U0506961

木石之墟

九州

之

唐缺 著

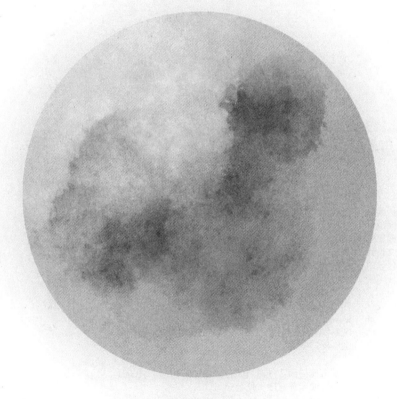

四川文艺出版社

图书在版编目（CIP）数据

九州·木石之墟 / 唐缺著. – 成都：四川文艺出版社，
2019.11

ISBN 978-7-5411-5445-4

Ⅰ．九… Ⅱ．①唐… Ⅲ．①长篇小说 – 中国 – 当代

Ⅳ．①I247.5

中国版本图书馆CIP数据核字（2019）第196174号

JIUZHOU·MUSHIZHIXU

九州·木石之墟

唐 缺 著

策　划	周　轶
责任编辑	彭　炜
封面设计	叶　茂
封面绘图	夯丸文化
内文设计	史小燕
责任校对	蓝　海
责任印制	喻　辉

出版发行　四川文艺出版社（成都市槐树街2号）
网　址　　www.scwys.com
电　话　　028-86259287（发行部）　　028-86259303（编辑部）
传　真　　028-86259306

邮购地址　成都市槐树街2号四川文艺出版社邮购部　610031
印　刷　　成都蜀通印务有限责任公司
成品尺寸　168mm×238mm　　　　开　本　16开
印　张　　19.5　　　　　　　　　字　数　300千
版　次　　2019年11月第一版　　　印　次　2019年11月第一次印刷
书　号　　ISBN 978-7-5411-5445-4
定　价　　48.00元

版权所有·侵权必究。如有质量问题，请与出版社联系更换。028-86259301

目录

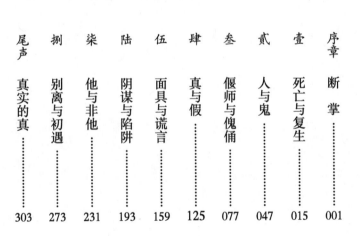

序章　断　掌 …………… 001

壹　死亡与复生 …………… 015

贰　人与鬼 …………… 047

叁　偃师与傀儡 …………… 077

肆　真与假 …………… 125

伍　面具与谎言 …………… 159

陆　阴谋与陷阱 …………… 193

柒　他与非他 …………… 231

捌　别离与初遇 …………… 273

尾声　真实的真 …………… 303

序章

断掌

1

和曹老头有关的两个常识是：镇上的每个人都想知道他的秘密；每一个试图发掘这个秘密的人都死了。

曹老头是在一个阴雨连绵的冬日搬到东鞍镇的，他的到来起初并没有引起人们的注意。这座位于越州北部的小镇曾经也是采矿重地，每天白日间车水马龙，夜里灯红酒绿，但自从附近的乌金矿被开采殆尽后就繁华不再，破败到近乎荒凉，一年有一大半的时间都笼罩在越州仿佛永远不会停息的雨水中。稍微有点本事的都搬走了，还留在此处的，要么是实在无处可去，要么就是犯了事跑来避祸的。曹老头这样的远方来客，每年不多也不少，不算稀奇。

但日子久了，人们开始留意到曹老头身上的种种不同寻常之处。他在靠近废弃矿区的地方修建了一座小院，远离市镇，离群索居，极少到镇上去。每隔一段时间，镇上卖菜的何婶会给他送去一些包括米面蔬菜油盐酱醋在内的基本用品，然后回来就会和邻居们嘀嘀咕咕。

"他身边带了三个跟班，个顶个的大小伙子啊！"何婶说，"但是算计下来，找我买的食物其实连一个人的正常分量都不够！"

"曹老头那么瘦，吃得肯定比一般人少点。"邻居甲说，"所以那些吃的可能是给他一个人准备的。"

"那几个跟班呢？难道不吃东西？"邻居乙问。

"那我就不知道了。"邻居甲深沉地摇摇头，"这世上不吃东西的，要么是怪物，要么是死人。"

怪物也好，死人也罢，曹老头和他的三个跟班终于引发了大家的好奇心。不同的人用不同的视角去观察，渐渐拼凑出更多的碎片。

——没有人见过曹老头赚钱。他只是不停地花钱。

——除了基本的饮食及其他日用必需之外，曹老头购买最多的就是各类锛凿斧锯之类的五金工具，有些是找镇民买的，有些是花费大价钱让邮差送来的，其中不少都是河络才能加工出来的精细机械或者小零件，甚至还包括了一台只有在黑市才能找到的价格昂贵的蚁视镜，透过这种造型奇特的镜子可以让人眼看清极细微的小物件。

——不知不觉之间，曹老头家附近的林地被伐倒了许多。假如他身边真的只有那三个跟班的话，这些跟班干活的效率可是相当之高，足足顶得上一二十个青壮劳力。

——有不止一个试图碰运气的淘矿人在废弃矿区里碰到过曹老头。以曹老头平时各种采买的大手笔，他显然不需要靠在废矿里捡垃圾过活，那他为什么会对这一片枯竭的乌金矿如此感兴趣呢？

——深夜的时候，时常能从曹老头家的方向看到醒目的火光，靠近了还可能闻到浓烈刺鼻的焦臭味儿。镇上的人在矿区生活了一辈子，没吃过猪肉也见过猪跑，很容易判断出这个老头儿肯定是在家搭起了高炉，在冶炼些什么——焦炭也是曹老头大量采买的东西。

把这些线索拼凑起来，大致能得出一个猜想：曹老头来到此处的目的，是为了在乌金矿区里寻找并提炼些什么东西。从他的日常花销来看，他想要找的这样东西多半非常值钱。另一方面，人们也对跟在他身边那三个年轻人的身份做出了猜测。

"那可能是三个死人！"有人猜测说，"又不吃饭，力气又比正常的活人大得多，搞不好就是三个行尸！曹老头肯定是个操纵死人替他干活赚钱的尸舞者！"

尽管这只是没有证据的推测，但尸舞者这个神秘的行当激发出了镇民们更多的联想。某些对尸舞者略有听闻的人，用他一知半解的知识声称，尸舞者会从药物和矿物中提取力量，说不定是此地的废矿中含有什么特殊的宝贝，能够让曹老头大大地收益。

"那样东西一定很值钱！"大家异口同声得出这样的结论，"说不定他能从废料里提炼出金子！"

"而且就算曹老头没有提炼出金子，他手里也很有钱！"这是另外一个显而易见的结论。

在东鞍镇这样天高皇帝远的地方，钱是动力，是原罪，是一切悲剧的起源。当每一个人都把曹老头当成银库的时候，自然就会有人想要去动点手脚。

然后他们就开始一个接一个地送命。

第一个死去的是在镇上开肉铺的米益。人们都以为切肉剔骨的活儿非常适合他，因为当矿上还红火的时候，米益的专长就是替矿主砍人。乌金矿枯竭后，他也一度离开东鞍去往别处，但似乎是想砍他的人有点多，于是又躲了回来。曹老头手里的钱，对他无疑有着强烈的诱惑。

当然，米益可不是只会玩蛮力的人，当年在矿区的时候，他所擅长的也从来不是扛着刀硬上。他也担心那三个跟班真的是力大无穷的行尸，于是选择了一个月黑风高的夜晚悄悄潜入曹老头的院子。

次日清晨，米益的尸体被挂在了他自己的肉铺的挂钩上。在那个本来应当挂着一扇本地产黑毛猪的粗大的铁钩上，米益浑身血污，满脸都是绝望的惊恐，尖锐的钩尖从他的胸口穿出。

这显然是一种杀鸡儆猴的警告。在这个官府都懒得过来踩一脚的地方，曹老头挂出这具尸体，就是摆明了在威胁旁人：少管闲事。

然而东鞍镇的恶棍们可没有那么容易被吓退，总得前赴后继地试完水才肯甘心。米益之后，第二个站出来的是药铺的劳先生。和米益不一样，劳先生不会玩刀弄枪，身上的肉比曹老头也多不了几两，所擅者无非是各种花样百出的毒物。在乌金矿尚未枯竭、各路矿主还在争夺不休的时候，死在劳先生毒药下的人绝不比死在米益刀下的少。而有些米益砍不动的人，劳先生也有办法去对付。

他相信，曹老头的命运也会如此。

在某一个何婶给曹老头送菜的日子，劳先生悄悄往其中的一包茶叶里掺入了毒物。这是他非常拿手的一种独门毒药，基本无色无味，只要曹老头拿去泡了茶，哪怕一口都不喝，只要鼻子里吸入了茶水的蒸汽，那也将无药可救。

第二天，劳先生并没有如往常那样早早地开门迎客。到了中午，几位熟人意识到不对，翻墙进入和药铺连在一起的劳先生的宅子，发现劳先生正坐在院子里的一张摇椅上，身躯早已僵硬，皮肤隐隐透出一种难看的橙黄色，那正是中了他的独门剧毒后应有的症状。

在那之后，还有几个人不屈不挠地继续尝试，下场和米益与劳先生差不多。若干条人命之后，东鞍镇的恶棍们终于明白了：曹老头是一个比他们更恶更凶更危险的存在，最好还是少惹为妙。

曹老头的生活重归清静。他也从来没有对那些死者发表过任何意见，仿佛所有的事件都和他丝毫无关。他仍然带着三个不吃饭的跟班远离旁人，仍然不断地在矿区里寻找什么，仍然不断在自家院子里点高炉，没人去招惹他他也绝不惹事。

卖菜的何婶在几年后病逝，她的儿子接替了母亲的生意，还是定期给曹老头送只够一人吃的食物。日子就这样慢慢过去。

来到东鞍镇的第十七年，曹老头终于迎来了死期，并不是有谁动手干掉了他，而是他的寿命自然地走到了尽头。他原本年纪就大了，身体也很瘦弱，在东鞍镇这样恶劣的环境里熬了快二十年，已经算是个不大不小的奇迹了。也正是到了这个时候，人们才意识到，曹老头终究还是个凡人，纵然能以种种不可思议的手段掌控别人的生死，自己却也逃不过那最后的一天。

那一天，何婶的儿子照惯例去给曹老头送货，却发现十年来头一遭，曹老头的跟班没有按时在大门口等候接货。他在门口拍门呼喊了许久，也没有得到任何回应。他猛然间意识到了什么，这些年来一直未曾断绝的和曹老头有关的传说涌上心头，让他做出了越墙而入的大胆决定。

他成了十七年来第一个进入曹老头宅院的人。院子里并不如他想象那样富丽堂皇，正相反，几乎没有任何多余的陈设布置，而是被各种各样的机械器具填满了：切削木料的、锻造金属的、熔炼矿石的、搅拌溶液的……与其说这是一个人类的院子，倒不如说像是河络的试炼工场。

"这死老头到底躲在这儿干什么？"小何老板低声嘟囔了一句，"真能从废料里炼金子么？"

这个猜测让他产生了一些期待，但他也并未忘记自己所面临的危险。他蹑手蹑脚地在院子里绕了几圈，并没有发现那三个跟班的踪迹，于是咬了咬牙，溜进了屋里。

在浓烈的药味儿和无法分辨的腥臭味儿当中，一根即将燃尽的昂贵的鲸油蜡烛让小何老板找到了曹老头。老头子此刻下半截身子在床上，上半身趴在地上，瘦得像具骷髅，看来已经没有力气重新爬上床了。他完全没有留意到外人的闯入，布满白翳的双眼正在努力瞪视着床前地板上的一样东西。那样东西可能是和曹老头一样从床上滚落的，但他甚至连伸出手臂去将之捞回来的能力都没有，只能就这样充满不甘地死死看着。

"十七年……十七年啊！"曹老头气若游丝，却仍然在用最后的一点精力不停地自言自语，就像一个失去神志的疯子，"为什么十七年了，都还不能得到我想要的？我马上就要死了，却还是不能成功……"

小何老板听不懂曹老头在叨叨什么，但能看出那玩意儿对老头很重要，以至于让他在垂死之际还念念不忘。他甚至顾不上先去翻找曹老头的钱财，急忙蹲下身来。这一看，他有些意外。

地上扔着一个黑乎乎的、形状都不规则的东西，要仔细分辨才能看清楚，那是一个打造得非常粗糙丑陋的金属匣子。他捧起这个匣子，很容易就能判断出，这个匣子就是一个普普通通的铁盒，里面可能掺杂了一些曾经在东鞍镇俯拾皆是，却已经被开采殆尽的乌金。乌金固然是一种重要的工业材料，尤其在河络的手里时常会有妙用，但因为在九州各地都有相当的储量，开采难度也不大，并不能算特别贵重的金属，更何况这样仅仅是在铁盒里掺杂部分、几乎是以杂质形式存在的合金。很显然，曹老头看重的是装在匣子里的东西——搞不好就是大家一直在猜测和觊觎着的"宝贝"。

匣子并没有上锁，只是松松地扣住，小何老板不费什么力气就打开了匣子，并且借助着最后的烛火看清楚了匣子里所装的物件。眼里所见到的恐怖让他禁不住怪叫一声，手一松，匣子掉落到了地上，里面的东西也随之滚落出来。

那是一只断掌。成年男性人类的粗大断掌。

而就在同一瞬间，蜡烛燃到了尽头，熄灭了。在一片昏暗中，除了自己紧张的呼吸与心跳声，小何老板还能听到曹老头留在世上的最后的言语。

"我不甘心……不甘心……"曹老头哼唧着，"我一生追寻着的东西……只是个可笑的梦么？十七年……我不甘心……"

2

殓房是一个鬼气森森的地方。

即便已经在衙门里做了二十余年的殓房看守，居寻仍然很不喜欢这个地方。最初的时候，他甚至会整晚整晚地做噩梦，梦见那些新鲜收殓的支离破碎的尸体从白布单下陡然坐起，眼球从眼眶里耷拉下来，闪动着青色的光泽注视着他。而因为这个倒霉的工作，身边人总会以异样的目光看他，连娶妻生子都比同龄人晚了几年，以至于他不得不频繁地解释："我只是殓房的看守，就是个守卫和尸体登记的活计，并不负责验尸剖尸——那是仵作的活儿。"

不过时间长了之后也就习惯了。看守殓房听起来晦气，其实工作并不辛苦，甚至很多时候颇为清闲，薪俸也还过得去。无非就是混口饭吃，居寻对自己说，和死人打交道还是和活人打交道其实也没太大分别。他有时候值守白昼，有时候值守夜晚，每天准点上工准点下工，不迟到也不多待，活得比河络的计时钟还精确。他依然不喜欢殓房，不喜欢每天从自己眼前晃过的死状各异的尸体，但却不会不喜欢拿到手的薪水。

今年南淮城的冬天来得比往年更早一些，十月还没完，空气中已经颇有几分肃杀的氛围。经验丰富的居寻早早准备好了小火炉和炭火，否则白天还好，在那间阴冷的小屋里值夜可着实难熬。

又是一个值夜班的夜晚。居寻仍然是掐着点儿来到殓房，等待交接的同事刘虎已经替他生火点好了炉子，看到他进门后，站起身来，把准备交接的记录递给他。

"你怎么了？看脸色不大好，生病了么？"居寻问。

刘虎摇摇头："不是。今天新送来的几具尸体……有点儿恶心。我晚饭都没吃，还吐了一场。"

"年轻人，不习惯死得太惨的死人也是正常的。"居寻拍了拍他的肩膀，"赶紧回去休息吧。见得多了就习惯了。"

"其实也不算是太惨，就是……很奇怪。"刘虎依旧面色苍白，"你自己去看看就知道了。记录上也写得很清楚。"

刘虎逃命般地快步离开。居寻微微愣了愣神，翻开手中的当日交接记录。只扫了一眼，他就明白那几具把刘虎吓得不轻的尸体到底是什么状况了。一股寒意刹那间流遍全身，他下意识地拉紧了衣襟。

"冬天真的到了。"居寻轻声自言自语着。

犹豫了一阵子之后，居寻还是走进了停尸间。两位仵作果然并没有下工，仍然在忙忙碌碌地围着尸体转，看来搞不好要熬一整夜。

"来了？"仵作之一的金永康是居寻的老熟人，只是点头打了个招呼，视线仍然没有从尸体上挪开。

居寻走上前，也开始观察今天送来的这四具尸体。三男一女，尸身的腐败程度相当高，估计已经死了很久了。四具尸体上都有整齐规整的切口，各自缺失了一些诸如心脏、肺叶、肝脏之类的重要器官，而在另外一张桌子上，则放着几个盛有内脏的瓶子。

"这些内脏……就是从这几个死人身上掏出去的？"居寻问。

"没错，发现尸体的时候，每一个人被掏走的内脏都摆放在他们的身边，虽然遭到了鸟兽啄食，但好歹还能辨认。"金永康说，"当仵作这么多年，脑子不正常的杀人犯也见识过不少，我还是第一次遇到这么疯狂的。他下手非常精准，切口都并不大，简直就像我们仵作验尸一样掏出死者的内脏，然后又整整齐齐地分别摆在旁边。"

"简直就像是在市集上摆摊做展示。"居寻眉头微皱。

金永康撇撇嘴："可不是。现在尸检还没有做完，捕房的人就已经来过好几次了，虽然那帮孙子平日里能偷懒就偷懒不拿百姓的命当回事，但这种杀人方法简直就是公然炫技向他们挑衅，脸皮再厚也忍不了吧。"

"尸体是在什么地方发现的？"居寻又问，"烂得那么厉害，应该是在比较隐蔽的地方吧？"

"在南淮城西北方向的山谷里。"金永康回答，"那里没有什么物产，风景也一般，平素去的人就不多。还是一个和家里闹别扭逃婚的富家女，离家出走躲到那里，才意外发现了尸体。发现的时候，四个死人几乎是并排躺在一起，已经烂得难以分辨相貌年龄了。我验尸之后大概能判断出三个男的都上了年纪，最年轻也有四十岁左右，最老的估计得有六十岁以上；女性死者却只有二十来岁。"

"死因弄清楚了吗？"

"暂时还没有。"金永康显得很疲惫，"除了掏出内脏的那几处伤口之外，尸体还被山谷里的鸟兽虫豸啃食过，到底是因为被挖内脏而死，还是罪犯是在他们死后才干的这缺德事，还得细细详查。今晚是回不了家啦。"

"你们辛苦了。"居寻同情地说，"这几个死人，我光是看一眼都觉得难受。幸好我只是个看门的。"

他回到自己的小屋，裹上早就备好的毯子，开始自己和自己下棋，以此打发无聊的长夜。方才所见的那几具尸体固然让人震惊，但毕竟事不关己，感叹两句之后也不愿去多想。

时间慢慢到了岁时之初，这是万籁俱寂的凌晨时分，按居寻的经验也是最容易犯困的时刻。他掀开毯子站起身来，准备沏一壶浓茶提提神，刚刚把茶叶罐子打开，耳朵里忽然听到一阵响动。

声音是从殓房东侧的围墙处传来的，似乎有什么人在轻轻敲击墙壁。这种声音居寻过去也曾听到过，跑出去查看却发现原来只是顽童们炫耀胆量的恶作剧。他本来懒得搭理，但那声音持续不断地响起，而且声响越来越大。

"该死的小兔崽子！"居寻狠狠地骂了一句，掀开温暖的毯子，先是提起衙门配发的铜棍，想了想又扔下了，随手捡起一根木柴。他气哼哼地提着木柴夺门而出，朝着声音传来的方向跑过去。

没错，还是上次小兔崽子们捣蛋的那一堵墙。那些混蛋小子们为了在同伴当中彰显自己的胆量，约好了半夜偷偷溜出家门，聚在一起玩夜探殓房的鬼把戏。那天碰巧殓房收入了一具怀疑是被家人谋杀的富商的尸体，声音响起的时候，居寻以为是凶手派人来抢尸，紧张得差点尿裤子。

这一次老子不会再被你们吓到了，居寻想。他快步走到围墙边，用手中的木柴敲了敲墙壁，怒吼一声："你们这帮小王八蛋！要是再敢捣乱，老子就……"

他的话并没有说完。墙体猛地一下裂开了，眼前一团浓重的黑影闪过，居寻还没来得及看清这黑影到底是什么，胸前就感觉到一股巨大的冲击力，整个身体向后飞了出去。那一瞬间居寻产生了一种古怪的错觉，觉得自己好似变成了一个羽人，腾云驾雾地在半空中飞翔。

然后这个倒霉的临时羽人就重重撞在院子里的一棵老树上，晕厥过去。

苏醒过来的时候，已经不知道是什么时候了。还没睁开眼睛，居寻就感到浑身上下每一块骨头都在痛，尤其是胸口被撞击的部位。他禁不住发出了大声的呻吟。

"佟捕头！他醒了！"一个男人的声音说。

"让大夫看看他。"另一个男人回答说，"如果身体状况允许，我们就抓紧时间开始询问。"

佟捕头？居寻一愣。佟这个姓氏在南淮城并不多见，如果后面再加上捕头的话，那就只可能会是一个人：按察司专门处理特殊事务的分署的捕头佟童。

这个特殊事务分署，通常被称之为邪物署，用来处理各种超出常规的疑难案件。这些案件的背后，要么牵涉到一些古老而不好招惹的组织，要么牵涉到一些不为常人所知的古怪人物，甚至于会和超自然的灵异力量有关——尽管这样的所谓"灵异"最后通常都会被证实只是人为——寻常的办案者难以应付。

难道那一桩离奇的剖杀案，果然背后有重大文章？居寻猜测着，缓缓睁开了眼睛。在适应了一段时间光线的刺眼后，他看清楚了站在身前的人。果然是佟童。

"不需要大夫，有话就问吧。"居寻龇牙咧嘴地说，"我还撑得住。"

"那就多谢了。"佟童也毫不客气，"四天前的晚上，你遇袭的时候，有没有看清楚袭击你的人的长相？"

"我都昏了四天了？"居寻一怔，"这孙子下手够黑的……没看清楚。当时我听到墙外有动静，好像是有人在敲打，就过去看看，结果墙突然一下开裂了，我只看到一个人影子，就被打飞了。"

"突然一下开裂了……"佟童思索着，"敌人是赤手空拳吗？还是有什么足够硬的武器？"

"我真没看清，抱歉。"居寻说，"事发突然，除了那一团黑影之外，我根本什么都没看到，也没看清打我的到底是什么。"

"那动作和姿态呢？有没有哪怕一丁点儿模糊的印象？比方说……动作硬

不硬、像不像活人？"佟童仍然不甘心，继续追问。

"我已经说过了，完全没有。"居寻艰难地摇着头，"到底怎么了，佟捕头，为什么那个家伙那么重要？而且你为什么要问我他像不像人？这是什么意思？那是什么鬼怪吗？"

佟童犹豫了一下，慢慢地说："四天前的那个夜晚，殓房里发生了杀人案。除了你之外，在场的两名仵作、一名杂工和三名闻声赶到的巡夜人全部被杀死。之前一天收入的几具尸体也被抢走了。"

居寻下意识地想要支撑着坐起来，然后从腰到肩一阵疼痛让他不得不停住动作："这么说，老金和他的徒弟，都死了？还有你说尸体被抢走，是被掏掉内脏的那几具吗？"

"就是那四具。"佟童说，"所以加在一起，已经有了十条人命——你差点成为第十一条。"

"那我还得感谢天神庇佑了。"居寻苦笑着，"不过佟捕头，如果只是普通的凶杀案，是不会惊动到你们的。这事儿……是和什么鬼怪啊妖魔啊有什么关系吗？是不是那四个人的死法是什么邪恶的祭祀？"

"倒不是因为那个。"佟童摇头说，"鬼怪也好，邪教也好，其性质的认定很严格的，不是看到几具尸体就能确定。不过，这件案子之所以把我们牵扯进来，确实是因为一样怪异至极、平时绝少能出现在人们视野里的东西。"

"怪异至极？"居寻想了想，"倒也是，凡是需要你们出马的，一定是各种疑难的、可能牵涉到一些冷僻知识的怪案。这件案子会和什么怪东西有关呢？"

佟童叹了口气："殓房被血洗后，捕快们清理了现场，找到了一样很要命的玩意儿。那个东西如果被证实的话，我们的一些常识可能就需要被改写了。"

说着，他拿过一个木匣子，打开匣盖，端到居寻的眼前。居寻低头一看，匣子里装着一只断掌，对于一个殓房的看守来说，这样的断手残肢原本半点也不新鲜。但他知道，佟童想让他看的东西必定不一般，于是强忍着脖颈处的刺痛，努力低头看过去。

显而易见，这是一只男性人类的手，粗大厚实，布满汗毛，还有着不少厚厚的老茧，从这些老茧和异乎寻常的突出关节来看，应该不是普通的干苦力活的粗人，而是个练武之人。

"这就是一只男人的手掌啊，"居寻喃喃地说，"哪儿有什么特异的地方呢？"

"我帮你换一个方向，你再看看。"佟童说着，把木匣转了个方向，让这只手掌的断口部位朝向居寻。

居寻倒抽了一口凉气，"啊"的一声惊呼出来，双手止不住地颤抖。如果这个木匣是捧在他自己手里的，居寻相信自己一定会失手将它跌落到地上。

"这……这不是人的手！"居寻努力控制着自己发颤的嗓音，"这不是人的手！不是人！"

壹

死亡与复生

1

羽原第二十七遍检查了那副绑在自己手腕上的河络特制机簧弩，没有问题，每一个部件都流畅自如，当目标出现的时候，这把弩绝对可以在眨眼之间连续射出三十支利箭，让任何人都来不及做出反应。河络的手工制作毕竟是很可靠的。

其实她并不想使用这种机簧弩。作为羽氏家族年轻一代的精英人物，她更喜欢使用羽族自己的长弓，也对自己的弓术充满信心，机簧弩在她的眼里有些投机取巧。但是没办法，这一次伏击的藏身之所实在太小，根本没有足够的空间让她施展自己的绝技——事实上，这里光是藏下她自己就已经足够费力了。

她已经在这片狭小的空间里躲藏了三天。如果换成家族里其他的高手，也许早就坚持不下去了，但是羽原不会。很小的时候，她就被族长相中，送到了九州最神秘也最可怕的杀手组织天罗里去进行特训。到了今天，她已经成为一名优秀的刺客，精准，冷血，坚韧，不达目的决不罢休。纵然其他的家族精英会嘲笑她走的路子不够正，她也并无所谓，因为天罗的荣誉从来不必表露于外。

　　而这样的荣誉，是用一次又一次的成功刺杀换来的。为了守护住它，今天的羽原也绝不能失败。

　　时间快到了。但羽原并不能确定刺杀对象会不会按时到达，那是因为对方的特殊身份——一位来自东陆的人族贵宾。羽原自己就是个羽人，非常了解羽族在接待外族贵宾时的做派，在那一堆可笑而烦冗的虚荣仪式的折磨下，很难有人还能做到万事准时。但是无所谓，天罗培训出来的忍耐能力可不是开玩笑的，即便对方会迟到几天，她依然可以等。

　　正在这么想着，远处隐隐传来了车队行进的嘈杂声响，里面还间杂着让羽原闻之作呕的羽族礼乐。居然准点到了，羽原想，这可有点出乎意料。不过这样更好。

　　她用手指在眼前轻轻戳了两下，把藏身之所的透视孔露出来，以便观察清楚形势。如她所料，藏身之所之外的街道早已戒备森严，光是她现在所在的这条宁南城的主干道上，就至少驻扎了五六十名羽人武士，个个全副武装身手不凡。再加上那位人族贵宾随身的卫士，成功刺杀的难度很高。

　　不过不要紧，最重要的还是位置和时机。所谓百密一疏，再严密的防范也会有盲点，而天罗却总是能精确地把握这样的盲点。

　　就像羽原正在做的这样。

　　车队渐渐靠近了。虽然还没有进入伏击区域，但以羽原过硬的目力，已经能够看清楚整个队伍大致的情况了。她扫了一眼，心里咯噔一跳。

　　——那位贵宾竟然没有如她所料想的那样坐在装饰豪华的马车里，而是骑着一匹高头大马行进于车队的前端，看上去骑术还不错。

　　这可是算计之外的突发情况了。骑在马上的人无疑比关在马车里的要灵活得多，羽原之前计划好的致命一击的效果可能会大打折扣。太出乎意料了，羽原想，按照羽族一向的惯例，和平年代接待异族贵宾的时候一定要讲足了排场，宛州制作的充满华贵气息的精致马车，瀚州引进的高大健壮的纯血名马，假如道路不好还会大张旗鼓地临时修路，恨不能让客人在马车上舒服得打呼噜——这正是谋划这次刺杀的核心前提。但这位贵宾……还真是与众不同。

没办法，时机稍纵即逝，万一被车队走过去就前功尽弃了，不得不硬上。羽原咬了咬牙，悄无声息地抬起手腕，准备发射。

但就在即将按下机簧弩的瞬间，羽原的身子一下子僵住了。她感到一个坚硬锐利的物体悄无声息地顶在了自己后背，正对着心脏的部位，从形状判断似乎是一支箭的箭头。她甚至没有听到声响，不知道这个硬物是怎么在她不知不觉间穿破背后的掩蔽物，直接顶到她身上的。

"千万别动。"背后的人开口说话了，是个男人，听声音居然还挺和蔼，"我的手不是太稳，要是一不小心在你身上戳个窟窿出来，那可就太糟糕了。"

"你能在我完全不知不觉的时候就制住我的要害，我相信你的手一定很稳。"羽原叹了口气，"所以我更不能动了。你是什么人？怎么会发现我的？能够识破天罗伪装的人，在这世上并不多见。"

"久病成良医吧。"身后的男人发出一声轻笑，"我和你们天罗打过无数次交道，也不止一次差点被你们干掉，所以对于你们惯常的手法还是略有一些经验的。羽族对于到访的贵宾一向是护卫森严，这种皇族级别的更是会直接动用虎翼司，还经常把人塞进他们的豪华马车里，寻常的刺杀手段很难行得通。我站在你们的角度去揣想，假如我是一个天罗，想要在宁南城内刺杀一个异族来宾，可能最佳的位置就是这里，就是你的眼睛所看向的那一片区域——年木的下方。"

"你说得没错，但是……时机已经错过了。"羽原喃喃地说。就在她被这个突然出现的神秘男人制服的当口，那位骑着马的贵宾已经悠闲自得地策马通过了伏击区域。那里有一棵需要十多个人才能环抱的参天巨树，也就是每一座羽族城市的中心和精神象征：年木。羽原所策划的刺杀方案，就和这株年木息息相关，但刺杀对象已经远离了年木，计划自然是失败了。

男人恍若不闻，继续说下去："在客人到来之前，虎翼司当然会对周边环境进行检查。但出于羽族固有的对年木的敬畏，他们只会检查年木上有没有藏人或者有没有安装一些危险的机关，而不会在上面停留过久，更不敢长时间踩踏，也就很难注意到你们真正所做的事情——你们很早就用天罗刀丝在年木顶端最粗大的那根树枝上做了手脚。天罗丝太细了，细到肉眼都难以看出痕迹，但只要你用弓箭准确地射在那几个被你们切削过的脆弱的断点上，那根树枝就会整体断裂并且跌落。作为年木上的一根树枝，它实际上比一棵普通大树的树干还要粗重，加上坠落的力道，足以把马车砸得粉碎，同时也把马车里坐着的人砸成肉泥。"

羽原低垂着头："都被你说中了。现在我落到你手里了，你打算怎么样？杀了我？还是把我交给虎翼司？"

"首先我会建议你把左手从腰上拿开。"男人说，"不管腰带里藏的是哪一样天罗的玩具，以你的身手，偷袭不到我，省省力气吧。然后再回答你的问题：我不会拿你怎么样，你回去吧，告诉羽昊炎，羽家的势力还远不能和风云两家相比，还是先韬光养晦闷声发大财比较好。越早露锋芒，越容易挨刀。"

羽原的身体又是一僵："你……你怎么知道我是羽家人的？"

"栽赃嫁祸这种事儿也是要动动脑子的。"对方并没有正面回答，"风氏又不是傻瓜，明知道人族贵宾访问宁南是大事中的大事，还非要挑这会儿来搞破坏，那不是唯恐别人不怀疑到他们头上么？风云两家缠斗了那么多年，不会犯这种幼稚的错误。羽昊炎毕竟还是太年轻了。"

羽原默然。过了好一阵子，她才轻声发问："你刚才还没有回答我，你到底是谁？是虎翼司的人吗？是风云两家的高手吗？"

"都不是。我不过是你想要刺杀的那位人族公主的保镖而已。"男人说。

羽原突然间脑海里灵光一现，反应过来："石秋瞳的保镖？那你就是云湛？那个南淮城的羽族游侠？"

"是的，我就是云湛。"男人回答，"很久没回过宁州了，没想到还有人听说过我的名字。"

"那倒是好。"羽原喃喃地说，"能把你顶在我背上的这支箭送给我吗？

回去告诉我的族长，阻止我的人是云湛，那我也就足够交差了。"

2

宁南城最近最大的新闻就是一位宛州人族贵宾的到访。这位贵宾名叫石秋瞳，是东陆强国衍国的国主石之远的女儿，受封常淮公主。和一般人印象里娇弱的王族千金不大一样，石秋瞳自幼好武，才干出众，多年来一直是父亲的最重要臂助。她的来访，从某种程度上而言，和石之远亲临也没有太大分别，具备独特的政治意义。

另一方面，宁南是整个宁州被人族同化程度最高的城市。这座在各族大战停息后才兴建起来的城市，原本就没有那些传统羽族城市那么古板，再加上靠近人羽交界处的天拓峡，渐渐发展成宁州的商业中心。来自富庶的衍国的石秋瞳，也必然会为宁南带来许多可观的商机。

所以宁南城上上下下无不为了这次到访而精心准备，尤其是城内最大的两股势力：代表着官方的城主，和比官方面子更大的宁南城的实际掌控者——宁南云氏家族，这两方都绝不能容忍出现任何闪失。

在石秋瞳进城的这个夜晚，在各种把人累得半死的仪式和晚宴终于平安完结之后，人族公主终于住进了专为她修葺一新的驿馆，宁南城主翼休喆和云氏家主云濡泽也总算可以稍微松一口气了。喧嚣暂时平静后，两位宁南最有权势的大人物一起坐在年木前两根古老的树桩上，守卫们都乖乖地拉开距离，以免妨碍两人的谈话。

"我记得常淮公主上一次来宁南的时候，我们还没搞出那么大的阵仗。"云濡泽说，"算起来应该是十一二年前的事情吧？那会儿我还是云家的一个无名小卒，都没捞到一睹人族公主芳容的机会。"

"那时候不一样啊。"翼休喆说，"一来当时石秋瞳才只有十四五岁吧？

还没有现在这样在衍国举足轻重的地位；二来那时九州的局势也还没有现在这么乱。表面上的和平终究也是和平，貌合神离至少也还能看见笑脸么，而现在……大家都有一些快要撤掉桌布掀桌子的迹象。"

"不谈这些了，战争的话题说起来头大。"云濡泽摆摆手，"老实说，这一次你的表现已经比以前轻松多了。半年前，唐国那位王爷来这儿的时候，你那黑眼圈看上去就像刚刚被人给揍了。"

翼休喆笑了笑："其实二者的重要性基本是一样的，唐国和衍国毕竟是现在宛州国力最强的两个公国。不同的是，麓王随身带来的武士并不太顶用，护卫的责任全都压在我们身上，而公主么……带了一个很好用的保镖，确实如你所说，我轻松多了。"

云濡泽的眉头微微一皱："很好用的保镖？你指的是云湛么？"

"还能是谁？"翼休喆又是意味深长的一笑，"说起来，云湛这些年来一直在宛州活动，绝少回宁州，我对他也不是太熟。他好歹曾经在你们云家做过人质，能替我讲讲么？"

"其实我对他也不太了解，毕竟他离开云家的时候只有十六岁。"云濡泽说，"这个人身世很复杂，亲生父亲姓云，养父风靖源是个没落贵族，所以很长一段时间里都用着'风蔚然'的名字。风靖源患有重疾，在他七岁那年病逝，临死前把他托付给了自己的远亲、也是我们云氏的死敌：雁都风氏的族长风长青。据说风长青一开始对他还不错，但他在自己的第一个起飞日无法凝翅，被证明是无翼民，对我们羽人而言几乎就等于被判极刑，风长青索性废物利用，利用风云两家和平谈判互换人质的机会，把他扔到云家当了质子。"

"但是我听说，云湛并不是真正的无翼民。他虽然的确无法像普通羽人那样感应明月的力量而凝翅飞翔，却能够感受到暗月的召唤，是万中无一的暗羽体质。"翼休喆说。

"对，我收到的线报是这么说的，可惜这些人并没能够亲见。"云濡泽说，"云湛来到云家后，经历了一些事情，然后被当时还在云家效力的羽族第一高手云灭带走，恢复了自己本来的姓名。云灭是他的叔叔，他父亲的亲兄弟，把自己的一身本领倾囊相授。老实说，单只一个云灭已经够我们头疼的了——当然也够风家头疼——再多一个厉害的徒弟，着实让人有些消受不起。幸好云湛后来一直待在南淮城，当起了收人钱财替人消灾的游侠，倒是没有回来找麻烦。而在游侠的外表之下，他还是著名的武士组织天驱的成员。"

"嗯，后面这些我都大致了解了。"翼休喆说，"听说他一贯好逸恶劳，经常穷得半死，不过查案确实有一手，连南淮城的官家都时不时要求助于他，只是即便是官家出马也治不住他的种种偷奸耍滑，甚至天驱的命令他也经常违逆。但是这一次，他居然肯万里迢迢地跟随常淮公主从宛州来到宁州，看上去，关于他和公主之间的种种传闻，也许是真的。"

云濡泽苦笑一声："是真的才麻烦。现在我们需要维系和衍国的关系不假，但国家之间的关系变得比殇州的天气还快，难保不会有我们想要对石秋瞳动手的时候。到那会儿，云湛就会成为一个巨大的威胁。"

"但愿那一天尽量晚点来到吧。"翼休喆也赔着苦笑。两位在宁南城翻手为云覆手为雨的大人物，眉间的皱纹深得像被刀子划出来的。

就在同一时刻，那位让整个宁南城都陷入紧张中的石秋瞳公主，也正在驿馆里休息。宁南是一座受人族文化影响很深的新兴城市，旧日的驿馆曾完全按照宛州的建筑方法先打地基再用砖石泥土修建，和宛州大城市能见到的人类深宅大院几乎无异。近些年来，在羽皇的号召下，传统复兴的风潮重新兴起，宁南城也耗费巨资修建了新的驿馆，尽管在建筑特色上还是吸取了许多宛州风格，但却巧妙地结合了羽人的树屋传统，将这座驿馆建造在了森林之上，形成一个美轮美奂的高空中的奇观。

现在石秋瞳就坐在驿馆贵宾房的高处，确切地说，屋顶上，这是这位不同寻常的公主若干不符合身份的小爱好之一。她已经脱了鞋，赤足踏在琉璃瓦上，在她的身下，由秘术控制生长方向的巨树紧密结合在一起，形成了一道道牢固的拱桥，把整座驿馆托举在半空中，那些沿着树干发散而出的茂密枝叶更是有如绿色湖泊。夜风拂过，树叶起伏荡漾，就像一道道碧绿的波纹向着远方散播，映入眼帘赏心悦目。这也是在和羽人们满面堆欢虚与委蛇一整天之后，难得享受到的只属于她自己的一点点宁静的时间。

可惜这样的宁静没能持续太久，房檐的另一侧响起了窸窸窣窣的攀爬声。石秋瞳平时性子沉静和蔼，但一旦发起脾气就像晴空霹雳，从宛州带来的侍卫都了解这一点并且绝不敢在她不愿意的时候去打扰她。敢于公然捋虎须的，找遍全九州，大概有且仅有一个人。

"每次我想要好好安静一会儿的时候，就会有闲杂人等来搅扰。"石秋瞳轻叹一声，但声音里并没有包含什么不悦。宁州的月色流淌如水，把她的面容照得明亮而缥缈，她依然美丽，依然看起来很年轻，却已经不再是十年前初来宁州时的犹带稚气的少女。

"我千辛万苦护送您老到这儿，一分钱不收还耽搁好多生意，最后换来一块'闲杂人等'的狗牌。真是好人难做。"来人也是一声长叹，然后老实不客气地一屁股坐在石秋瞳身边。这无疑就是让云濡泽和翼休喆两位巨头都大感头疼的游侠云湛。他有着羽人中不太多见的黑色的瞳孔，一头披肩的银发像是被月光染成的。

"你那是自找的。我早就说过了，这一趟不给钱，是惩罚你上次办理工部盗窃案的时候，又打塌了半条街。"石秋瞳悠悠然说着。

"这也能赖到我头上？"云湛愤愤地说，"那帮盗窃图纸的窃贼想要栽赃给河络，自个儿挖地道的水准又太差，打着打着就塌了……我总不能去帮他们挖地道吧？你纯粹就是随手抓一个借口不给我钱。"

"你反正都习惯了，还那么多话干吗？"石秋瞳侧过头来，眼神里带着笑意瞪了他一眼，"你这个混账东西手里是不能有钱的，有点儿钱就拿去乱花，还是穷着好。"

"没错，反正你给我在游侠街东头的宛南面馆挂了账，卤肉面管够，保证我饿不死。"云湛翻了翻白眼，"说真的，我还真有点儿怀念宛州了，自打进了宁州地界之后就很难找到肉吃。以后我要是当了羽皇，一定要在这帮不开化的扁毛里大力推广吃肉的风俗。"

"别忘了你自己也是'扁毛'的一员，再说你这德行要当上了羽皇，每天得有多少羽人为了种族的名誉去暗杀你……"石秋瞳摇摇头，"说正经的。我之前问过你，你都没有回答我，这一次到底为了什么一定要护送我来宁州。我要是个连自己都保护不了的女人，你也不会……"

她的脸上微微有点儿红，没有把话说完。云湛仰着头，好像是在赏月，始终没有作声。石秋瞳看了他一眼："算了，不想说我也不再问了。至少这一趟有你陪着，我省了很多心，而且……也算是完成了我惦记很久的小心愿吧，你马马虎虎算是陪我走了一次远路。"

"我也想陪你出来溜达溜达，知道你在宫里憋得难受，不过那确实不是主因。"云湛终于开口说，"我离开南淮，主要还是要躲开天驱的那帮大爷们，不想他们给我找事儿。虽然最终可能躲不过，但是……能赖一天算一天。"

"那我就大概明白了。"石秋瞳说，"之前我收到过情报，天驱和辰月这两家又杠上了，而且血羽会还在中间虎视眈眈想要坐收渔利。而你最讨厌的就是这种组织和组织之间没完没了的仇杀。"

云湛对着天空呼出一口气："可不是？这种黑帮火并最让人厌烦。"

云湛的所谓"黑帮火并"云云，其实只是在开玩笑。天驱和辰月是九州历史最悠久的两个古老组织，所作所为也绝非"黑帮"二字可以概括。千百年来，辰月教的教徒们游走于九州大地，撒播着战争的种子，用各种方法燃起君王们心中的战火。外人从来无法得知辰月确切的教义，尤其是最核心的信仰，但一般的判断是，辰月一直在努力维系或者自认为在努力维系世界的均衡。他们不追求绝对的混乱，却也不能忍受绝对的平静。有人打过一个比较恰当的比方：辰月教把九州看作一潭池水，把众生视作池水里的鱼群，而他们所做的一切，就是不断地往池水里投放凶恶强壮的鲇鱼，来让鱼群保持活力。

天驱却正好和辰月相反，总是以守护和平为己任。他们和辰月一向是死敌，却也和辰月一样，拥有着能在乱世中左右战争局势的惊人力量。纵然这两个组织在如今这个时代实力已经被削弱了许多，却仍然不容小觑。云湛就是天驱中的一员，和辰月也打过不少交道。

而石秋瞳所提到的血羽会，则是一个最近几十年才出现的组织，真正成气候不过十来年。这个组织和天驱、辰月不同，鱼龙混杂，也谈不上什么信仰，无非就是一个杀人越货打家劫舍的大帮会，正符合云湛嘴里所说的"黑帮"。然而正因为没有天驱和辰月那样血统纯正，这十多年来，血羽会这个没有节操的黑帮不管不顾地吞并扩张，至少从势力上来看十分庞大，隐然已经可以与天驱、辰月分庭抗礼。

"这一次，应该不只是杠上了那么简单。"云湛说，"我怀疑双方搞不好要正面冲突。"

"正面冲突？"石秋瞳有些吃惊，"那样的话，岂不是会搅得整个九州不得安宁？"

"从最近的一些蛛丝马迹来看，可能性很大，他们甚至邀请了一些早就不问世事的老家伙出山，不知道在密谋些什么。"云湛说，"但这也只是我根据天驱内部的一些迹象做出的猜测，具体的情况还不得而知。你知道的，天驱内部从来没有十分地信任过我，即便发生了什么事情，他们都不会在第一时间告诉我。不过么，一旦事情闹大了，他们肯定还得把最难的题目扔给我。"

"那倒也是。现在天驱里面能干的人不多了，山中无老虎，你这个蠢猴儿也不得不去充充大王。"石秋瞳说。

云湛一脸的苦恼："那可不是——所以我才得躲得远远的。天驱那帮子人啊，嘴里喊喊'守护安宁''铁甲依然在'倒是挺在行，真要动脑子，还得靠我老人家。但是这种黑帮斗殴太无聊，半点儿趣都没有，又不会给钱，我实在不想管。"

石秋瞳扑哧一笑："所以你老人家才拿我当挡箭牌。不过也好，你欠了我个人情，下次又可以给你派活儿不给钱了。"

云湛正想回答，却忽然间眉头一皱，向石秋瞳做了个噤声的手势。石秋瞳会意，也凝神倾听，果然隐隐听到驿馆的东南方向有一些响动，不过距离驿馆还有点儿远，应该来自于宁南城人类华族客商的聚居地，那里当然也有其他种族的住客，但还是以人族为主。

"没事儿，在华族客商的聚居地，就是通常被老顽固的羽人们称作'吸血街'的地方。"云湛说，"不是冲着你来的。"

但过了一会儿，喧哗的声音还没有止息，还加入了从远到近的疑似官家的马蹄声，看来发生的事情还不小。云湛看了石秋瞳一眼："你是不是想让我去看看？"

石秋瞳点点头："毕竟我们这一趟不只见羽人，还要和这些华族客商见面，最好是能搞清楚发生了什么。我不方便出面，就只能靠你了。"

3

吸血街果然出事了。除了日常负责城市安全的城务司之外，现场还有羽皇直属的虎翼司的人。而除了封路的羽族士兵之外，整条街从里到外根本看不见其他的普通居民，无论是人类还是羽人，无疑已经被士兵们驱散并且严令不许出门。

但这难不倒云湛，吸血街于他而言丝毫也不陌生。当他还用着风蔚然的名字、在宁南云家当人质的时候，时常到那条街上去闲逛。不过，街上商铺虽多，能让他花钱的地方只有一个，那就是赌场。他会在每个月领到月例钱的当天，到赌场去好好过一把瘾，输光了才回去，以至于小小年纪居然在宁南城还混出了一点儿名气。

而在赌场把钱败光了之后，其他地方就只能瞪着眼睛干看了。好在我们的风少爷其时虽然别无长处，脸皮厚度那是令人叹为观止，没钱也能觍着脸四处乱转，店铺里的人知道他是风氏的子弟、云家的质子，自然也不敢拿他怎么样。所以身上没钱的风少爷对这条奢侈的街道倒是门儿清，十余年后，往昔的记忆依旧存在。

他远远避开军士们的视线，寻找到了一棵他所熟悉的老树，攀爬上去。这棵树有一股枝杈伸得很长，可以直接探入吸血街上的某个院子。十年前，那个院子属于一位东陆商人的当铺，现在是什么样他也不知道，只能进去了再说。

一跳进院子他就笑了起来。院里面搭着一个丑陋的棚子，里面堆满了各种各样的杂物，可见这里仍然住着十年前的那位抠门儿的当铺老掌柜：舍不得多租个仓库或者房间，宁可让当铺的货物挤占他自己的生活空间。

云湛摇着头，来到院子里东进的第二个房间，敲了敲门。房里传来一个苍老而颤抖的声音："谁？"

"姜叔，是我，风蔚然！"云湛说，"就是当年老是拿着些破铜烂铁试图从您手里骗钱的那个在风家当质子的小混蛋！"

过了一会儿，房里的人再次开口说话，这次语声里隐隐有些喜悦："你这小混蛋，这么多年了居然没被人打死！"

"祸害万年在嘛。"云湛回答。

"刚才街上到底发生了什么事？"简单的寒暄之后，云湛直奔主题。

"死人了。"姜掌柜的眼神里饱含着恐惧。

"谁死了？怎么死的？"

"在我们好多人的眼皮子底下死的。"姜掌柜说，"死的那个你也认识，就是专门贩卖殇州药材的那个夸父，垃悍骨。"

云湛记得这个垃悍骨，他有着标准的夸父的巨人身躯，张口说话时就像有一口大钟被敲响，留下嗡嗡嗡的回声。不过这也是一个与众不同的夸父，敢于主动走出殇州雪域，来到人类和羽人的地盘学习经商技巧，成了一个成功的商人，这对于一向以淳朴简单、不擅长算计而著称的夸父而言，实在是殊为难得。

"除了您之外，垃悍骨当初也是能和我聊上几句的人。"云湛回忆着，"在所有人都只把我当成一个混吃等死的小人质的时候，他居然还会关心一下我的父母在哪里，大概那也是夸父不同寻常的思维方式。他是怎么死的？"

"被人杀死的。"姜掌柜说。

"要杀死这么一个大块头的家伙，多半会是秘术师吧？"云湛说。

"秘术不秘术的我不懂，不过看样子他像是被人打死的。"姜掌柜的嗓子有点发颤，"那会儿我们商户们都被城务司的士兵们赶出来了，点着灯笼带着伙计在街上打扫呢，说是明天——其实也就是今天——那位衍国的公主要到街上来逛逛，还要准备些挂起来的灯饰。这种事儿对我们人类来说太常见了，所以大伙儿都麻利地动起来了，就只有垃悍骨始终没有出来。带头的军爷以为是垃悍骨故意和他们作对，派了两个当兵的去拍门，结果门一下子就被撞开了，垃悍骨从门里面飞了出来……"

"飞了出来？"云湛一怔，"这是什么意思？"

"就是横着飞了出来，像是被人打飞的。"姜掌柜说，"垃悍骨那个块头，这么一飞出来，把两个拍门的倒霉蛋也撞飞啦。士兵们赶紧围过去，发现垃悍骨已经死了，胸口不知道是被什么东西打得凹了进去，两个被撞的士兵有一个当场撞死，剩下一个还有气儿，全身的骨头也不知道断了多少根。"

"是谁下的手，人抓到没？"云湛连忙问。

姜掌柜摇摇头："没有。下手的人跑得很快，连影子都没看到。城务司的大概也想到了，能打死夸父的人绝对不是善茬儿，所以叫了虎翼司来接手。"

悄悄潜入垃悍骨的药材铺时，云湛还在想着先前姜掌柜说的话："打死夸父的人绝对不是善茬儿。"这话半点没说错，作为九州六族中的巨人种族，夸父不仅仅是身躯庞大，还拥有着惊人的力量和极为坚实强壮的肌肉筋骨，以及悍勇坚韧的性情。尽管他们人口很少，但个个能以一当十，历史上无论是人类还是羽人，都会尽量避免和夸父发生战争。

而现在，一个夸父居然会那么痛快地被人打死，让屋外的人几乎没有听到声音，下手者的厉害程度可想而知。当然，秘术也可以伪造出武术的效果，这就需要验尸才能看出来了。

死亡与复生 壹

此刻，垃悍骨的尸体已经被运回了药材铺，由虎翼司的验尸官就地验尸。云湛躲在房顶上，耳朵里听着验尸官的初步分析："……应该是拳头打的，一击致命，直接打断了肋骨，骨头刺入心脏导致死亡。"

"不，不是秘术，秘术可以造成相同的效果，但一定会留下精神力的痕迹，那是可以检验出来的。这就是武力，纯粹的武力。"

"从伤痕的大小来看，这并不是夸父的拳头，而应该是人类或者羽人的拳头。"

这可真是不一般了，云湛想，能够一拳打断一个强壮的夸父的肋骨，那得是多么惊人的力量。虽然自己或者师父云灭也能够一对一击败一名夸父，但那需要的是高超的技巧，单凭力气是不可能的。

他同时也听到了几位军官的对话，得知事发之后，垃悍骨的院子就被四面封锁，城务司和虎翼司两拨人相继在屋内搜过，并没有发现行凶者的踪迹。

这也挺有趣的，云湛揣度着。城务司虽然从等级上比虎翼司低，但日常处理的杂务更多，并不缺经验。按照姜掌柜的说法，事发之时，他们第一时间就封锁了整条街，杀人者是不太容易逃脱的。要么这位杀人者除了蛮力惊人之外，还有天罗那样出色的逃脱之术，要么……他或许用了某种独特的方法，依然藏在屋内。这种事，云湛在过去的游侠生涯中也曾遇到过，甚至为此付出了不小的代价。

他想要给下面的羽族士兵们提个醒，但转念一想，多一事不如少一事，最近需要操心的问题已经太多了。何况现在他名义上只是石秋瞳的一个跟班，不应该插手宁南城官家接手的案子，否则难免让羽人们脸上挂不住。眼前这桩夸父被杀案固然有些蹊跷有些离奇，却还犯不上为此自找麻烦。

很快地，虎翼司的人调来一辆特制的马车，把垃悍骨沉重的尸身运走了。现场只留下了四名瞌睡连连的士兵分别看守前后的门。云湛也打了个呵欠，决定先回到驿馆，但是还没来得及动弹，他的耳朵里忽然捕捉到了一点儿异响，声音来自于身下的某一个靠近后门的房间里。

他停住了动作，凝神倾听。没错，房间里确实有响动，而且不只一声，而是连续的若干声，声音略显清脆，有点近似于树枝、骨头之类折断的声响。

看守后门的两名羽族士兵也听到了这静夜里还算清晰的声音。他们迅速跑了进来，把住屋门，呼喝让屋里的人出来。云湛也不禁好奇心起，想要看看屋里面的人会如何应对。

两位士兵连声警告了好几次，呼喊的声音将前门的士兵也一起吸引过来。但无论他们怎么严厉警告，屋内的人始终一言不发，也并不现身。士兵们相互使了一下眼色，其中一人猛地一脚踹开了房门，四人一起冲了进去。

怎么能这么鲁莽，云湛心里暗叫一声糟糕，假如屋内躲着的就是先前的凶手的话，那可是个能一拳揍死夸父垃悍骨的绝顶高手，就凭这四名普普通通的羽族兵士，那不是找死么？

他的判断是正确的。几乎只是在一眨眼的工夫，房内传来几声沉重的打击声和一连串的惨叫，从声音来分辨，几名士兵甚至没能有丝毫的还手之力。一共四记打击，一人一下，然后房内再无声响。

云湛的额头上不觉微微渗出了冷汗。他自忖也能收拾掉四名普通的羽族士兵，但却未必能像房内这个凶手一样那么干净利落，甚至连老师云灭都可能做不到那么干脆。

这到底是个什么人？

正在想着，房内已经走出了一个人影。云湛只能看见他的背影，能看出此人个头较高，体态修长瘦削，尤其从肩背的宽厚程度来看，应该是一个身材正常的羽人。而等这个人走到月光下时，云湛能看清，他的发色是淡灰色的，这更是标准的羽族的发色。

这竟然会是一个羽人？云湛觉得难以置信。作为一个羽族武士，他当然很清楚羽人在武力方面的局限：骨质中空，无法承载过重的肌肉，也就导致了绝对力量的不足，这也是为什么羽人一向以弓术和关节技法见长的原因——避开硬碰硬的力量比拼，以距离和技巧取胜。

难道先前杀死夸父垃悍骨的，并不是这个羽人？

眼看着羽人已经大摇大摆走出了院门，云湛轻轻落到地上，往门里看了一眼。虽然只是粗略地扫一眼，他也能看清，那四名士兵果然已经倒毙在地上，死状也很容易分辨：两个胸口被打得凹陷下去，和垃悍骨几乎一模一样；另外两个头颅歪得很不正常，大概是被直接拧断了脖子，而且并不是关节技法的巧劲，因为颈部的皮肤下能看到大片瘀血。

"看来我需要重新认识一下自己的种族了。"云湛自言自语着，跟了出去。

前方的羽人看起来走得不紧不慢，步幅却大而稳健，前行速度很快。云湛一路上还要不停地寻找掩蔽，眼看被拉得越来越远，就要跟不上了。他把心一横，索性不隐匿行迹了，直接快步跟了上去。对方好像对他视若无睹，一路穿过宁南夜间僻静的街道，在拐过贫民区的一个巷口之后，忽然不见了。

云湛有些犹豫。这片贫民区他也并不陌生，里面道路狭窄，路径复杂，廉价而脆弱的建筑物不停地拆了建建了拆，形成了一个盘踞在城市边缘的巨大迷宫。即便是在十年前，他也记不清里面的道路，更别提又经过了十年的变化。如果贸然跟进去，很可能会成为对方的活靶子。

他站在巷口，还没有打定主意，突然感到脚底下踩着的地面隐隐有点震颤。凭借着多年来面对各种危险所形成的本能，他还来不及去思索这震颤意味着什么，就已经脚下用力，整个身体向后弹出。双足刚刚离地，方才所站立的地面猛然破裂，一双手从地下伸出，用力捏合，但却捏了个空。

——如果云湛没有及时躲开，这一捏之下，他的双脚脚踝恐怕已经被那惊人的力量直接捏成了碎骨。

刚刚站定，"轰"的一声响，探出双手的地面被整个掀开。被云湛追踪的羽人从地下一跃而出，一步纵跃到他身前，挥拳直击云湛的面门。

这一下绝不仅仅是动作迅若闪电，拳头刚刚挥出，云湛就感觉到一股可怕的劲风扑面而来，甚至连呼吸都被带得有些不顺畅。他生平遇敌无数，却从未见过任何一个敌人这么简简单单的一拳击出就带有如此的压迫力，他毫不怀疑，这样的一拳绝对能打死一个夸父。

我一定是遇上了一个假的羽人，云湛在心里叫苦，他甚至无法用拳脚去格挡，只能拼命侧身闪躲，敌人的拳头擦着他的面颊打了个空，竟然让他的耳朵有一种被硬物摩擦到的痛感。而对方一拳打空后，似乎没有预料到有人能躲开他的拳头，也愣了半秒钟，但紧跟而来的就是暴风骤雨般的连续出拳，每一拳都是那么大的力道，每一拳都向着云湛的要害部位，看来是存心要以最快的速度把这个跟踪者直接打死。

　　云湛简直感觉自己回到了十年前，回到了刚刚拜叔叔云灭为师受训时的情景。云灭这厮训练时对他没有丝毫怜悯，下手狠得每每让云湛以为这位亲爱的叔叔就是想要弄死他。那时候云灭嫌他躲闪攻击时反应太慢，就经常这样用连续的拳脚来招待他。云灭精确地控制着力量，不会把自己的侄子打成重伤，但是鼻青脸肿却在所难免。

　　"你现在挨我的揍，最多不过掉几颗门牙，"云灭的话语冷得像冰，"以后要是被真正的敌人揍了，搞不好掉的就是脑袋。"

　　眼下云湛面对的就是掉脑袋的险境，而且真正是字面意义上的掉脑袋。这个不知从何而来的古怪羽人，力量大得异乎寻常，如果被迎面打中，搞不好头颅真的会被打断飞出去。好在云灭严苛的训练并没有白费，云湛在狭窄的街头一次次于千钧一发间躲过敌人的攻击。但他没能看清这个羽人的面目——对方的脸上戴着一个可能是木质的面罩，整张脸呈现出木头般的死板和僵硬。

　　他耐心地躲闪着，寻找着反击的时机，并且渐渐注意到了对方动作的特异之处：这个羽人出拳确实很快，每一拳也都是攻向他的要害，但招数之间缺少变化，显得有些僵硬。这样的出手动作他也曾经见到过类似的：一具行尸。在某一次南淮城的查案中，他遇上了一位极少出现在旁人视线中的尸舞者，并且与之大打了一架。尸舞者通常不会自己出手，都是依靠他们通过秘术所操纵的行尸来战斗——通常称之为尸仆。那一次云湛一个人对付三具行尸，经过一番苦战才最终取胜。那些行尸在秘术和毒药的催动下，力量和速度都高于常人，并且不怕受伤，但毕竟是通过尸舞者操控才能完成动作，反应总是显得僵硬一些。

难道眼前的这个怪物羽人，也是这样的一具行尸？云湛想着。那样倒是能解释为何这个羽人拥有不正常的巨大力量。然而这当中仍然有个很大的疑点，那就是尸仆是需要尸舞者通过秘术进行操纵的，而且距离通常不能够离得太远，但是云湛一路跟随羽人那么久，并没有留意到附近有第三个人跟随。

顾不上细想，还是得先把敌人解决了再说。云湛集中精力，观察着羽人出拳的破绽。他的判断没有错，可能是因为对自己的力量拥有太过绝对的信心，羽人出拳并没有太多花招或者虚招，就是始终直来直去，尤其喜欢右拳一拳打头之后下一拳转而用左拳攻击心脏，而且一味猛攻，并没有太注重防御。云湛看准时机，趁着羽人一拳攻击头部落空之后，不等下一记打向胸口的左拳头击出来，左右两手已经各自抓住了一支弓箭，一支直刺向敌人的左手，另一支从下往上，出其不意地挑向敌人的面具。

对面的羽人显然没有料到不停闪避退让的云湛会突然间发起反击，仓促之间右手回斩，折断了刺向他左手的那支箭，却忽略了挑向面门的那一支。猝不及防间，一声金属和木头的撞击声后，面具碎裂了，藏在面具后面的那张脸终于展露了出来。

云湛急忙抬眼想要看清楚这张脸，但羽人的反应比他想象中还要快，已经猛地一弓腰一低头，用自己的头颅作为武器，狠狠撞向云湛。

砰的一声闷响，羽人的头顶到了云湛的胸口，云湛仿佛被一头凶暴的四角牦牛用角挑中了，身体如断线的风筝般飞了出去，重重撞在一间贫民区小木屋的墙上，把薄薄的木板墙直接撞塌了。木屋里一阵叮叮当当的响动，应该是云湛撞倒了无数的金属物件，然后就安静下来，似乎他已经摔晕过去。

羽人静静等待了一会儿，始终没有等到云湛的动静。他那失去了面具的脸上现出了犹豫不决的表情，但最终，还是迈步走进了那个已经被撞得塌掉了一半的小木屋。木屋中一片狼藉，地上散落着许多大小不一的铁料，还有已经成型的簇新的菜刀、锅铲、门环、锄头等物，看来应该是一家铁匠小作坊。云湛就仰面躺在这一大堆菜刀和锅铲当中，双目紧闭，一动也不动。

又是一阵犹豫之后，羽人走向云湛，俯身查看。就在他弯下腰的一瞬间，地上的云湛忽然双足发力，踢出了一样什么东西，咔嚓一声，羽人的双足被一个圆形的物件锁住了。

那是一个铁制的捕兽夹。

没等羽人做出反应，云湛的双手也齐齐挥出，两根结实的铁链缠住了羽人的双臂。他的身体旋即像弹簧一样从地上弹起，就像方才羽人撞他那样，也用尽全力地冲撞过去。两个人纠缠在一起，摔出了铁匠铺，云湛用尽全身的力气压住羽人的身体，借助着从铁匠铺顺手牵羊借来的捕兽夹和铁链，暂时压制住敌人的力量。

终于，借助着今晚明亮的月光，他看清楚了敌人的脸。

然后他就像被雷击了一样，眼神里充满了惊奇和难以置信。

"父亲！"云湛脱口而出，只觉得自己的声音都已经完全变调，仿佛是从幽深的地下传来的。

4

又是一整天的繁忙行程。

石秋瞳已经习惯了在自己的躯壳里装入两个灵魂。当身着华服、带着礼貌的微笑周旋于各国各族使节之间的时候，她是公主，是政要，是女将军，是国之重臣，这也是她随时表露在外的灵魂：威严、庄重、高贵、王道、凛然不可侵。

但她心里是清楚的，她最想要的样貌并不是那样。她时常在梦里回到十五岁，回到第一次到访宁南城初遇云湛时的情景。两个人不过是小小地聊了几句天，她就鬼迷心窍地跟着云湛去了赌场，毫不犹豫地把自己身上贵得吓死人的饰物借给这个第一次见面的羽族少年做赌本。那天晚上，她甩掉了随身的卫兵们，和那个当时还叫作风蔚然的少年一起躲在屋顶上，喝了很多酒，骂了很多娘，那真是生平难有的畅快。

几年后，她和云湛再次相逢，云湛已经由当年百无一用的小赌棍成为一名天驱武士，并且定居在南淮城当了一个游侠。从那时候起，石秋瞳就觉得自己的无聊无趣的生活中似乎又恢复了几分色彩，也许那个躲在房顶上偷偷喝烈酒骂脏话的无拘无束的十五岁少女，才是她真正的灵魂。

总算又忙完了。和几位宁南城的大人物会面后，她又去参观了宁南最重要的商业街，这条街上的商户以人类为主，早已做好了迎接她的各种精心准备。石秋瞳满脸亲民的微笑和商户们交谈着，装作不经意地四处打量，并没有发现任何异常，仿佛凌晨时传来的那些响动都只是来自梦中。

但那并不是梦，她的确派出了云湛去查探，云湛也的确在天色发白时回到了驿馆。他受了点轻伤，并不严重，石秋瞳见惯了云湛的这副模样，也并没有大惊小怪故作姿态。但她能看出来，云湛的精神状态不大对，像是遭受了什么无法言说的重大打击，始终恍恍惚惚魂不守舍，甚至于连对石秋瞳的问话都没有什么反应。她并没有多问，只是安排随行的御医替云湛医治。

"今天你不必跟我出去了，"石秋瞳出行前对云湛说，"好好休息一下。有什么事情等我回来之后再慢慢说。"

云湛没有回答，任由御医往他的胸口上涂抹伤药，似乎真的有些灵魂出窍的味道。

回到驿馆，石秋瞳甚至顾不上换衣服，直接穿着盛装来到云湛的房间。云湛以几乎和她早晨离开时一模一样的姿势靠在椅子上，目光呆滞，这让她有些担心。听到脚步声，云湛像是大梦初醒般眨了眨眼睛，视线忽然变得灵动。

"您这一身太亮眼了。"云湛的嘴角又挂上了石秋瞳所熟悉的那没心没肺的讥嘲笑容，"我以为宁州的太阳啪叽一声掉地上了，简直光耀九州。"

石秋瞳大大地松了一口气。云湛这孙子固然说话还是那么损，但能损得出口，至少说明他的脑袋没有坏掉，又恢复了正常。

"昨天晚上到底发生了什么？"石秋瞳在另一张椅子上坐了下来。

云湛的笑容消失了。他把身体往椅背上重重一靠，两眼望天，抿着嘴唇，好像接下来要说出的话让他充满了困扰。

"昨天晚上，吸血街发生了凶杀案，有一个家伙先打死了一个夸父，然后又干掉了四个城务司的士兵。"云湛说，"我追上了他，想办法用路边铁匠铺里的捕兽夹和铁链困住他，看清楚了他的脸，这个人我认识。"

"你认识？是谁？"石秋瞳忙问，"是你们天驱里的人？还是你认识的辰月教徒或者天罗？"

"都不是，那是一个……原本应该死了的人。"云湛说话的腔调很是奇怪，"而且，已经死了差不多二十年了。"

石秋瞳大为震惊："死了二十年了？那是什么人？"

"我的父亲，确切地说，养父。"云湛说，"我不是和你说过么，在被送到雁都风家之前，我一直待在杜林城的一个没落贵族之家，家里一共只有三个人：我，家仆陈福，以及我的父亲风靖源。昨天夜里，我见到的就是风靖源。"

石秋瞳慢慢站起身来，在房间里来回踱着步，脑子里则努力回想着云湛所讲过的他的身世。那个名叫风蔚然的小孩，从小在杜林城过着一种十分尴尬的生活。他是贵族之家，但父亲风靖源常年卧病在床，家道衰落，却又偏偏一定要维持贵族的基本生活准则，以至于他每顿饭都吃着最低标准的贵族膳食，终日饥肠辘辘，最后终于和平民小孩们一起在街头烤花鼠肉，养成了后来无肉不欢的好胃口。

然后到了七岁那年，风靖源终于病故，云湛被托付给雁都风氏的风长青，又被当作交换人质送到宁南城，这才和石秋瞳相遇。石秋瞳甚至有时候会想，幸好风长青是个长着势利眼的老王八蛋，不然我也许就和这个名叫云湛的小王八蛋擦肩而过了。

"我记得你说过，你的生身父亲其实是一个天驱，而风靖源则是他的好朋友。"石秋瞳回忆着，"你的生父被辰月教杀害，风靖源保护了你待产的母亲，让你顺利降生，而你的母亲则死于难产，风靖源也被秘术所袭，受了重伤，那成了他后来持续的重病的来源。但他还是把你带回杜林城，一直把你当成亲生儿子那样抚养长大，是个伟大的人。"

云湛点点头："他的确是。如果没有他，我现在早已经是一团尘土了，尽管我小的时候还并没有意识到这一点。所以，当他的面孔突然出现在我眼前的时候，我才会那么吃惊，这一整天脑子也都是乱糟糟的。更加难以置信的是，当我脱口而出叫了一声'父亲'之后，他竟然认出了我。尽管没有说话，但我看得懂那种眼神，他认出了我，然后用力挣脱束缚，逃走了。他当时有一百个机会可以杀死我，却并没有对我动手。"

云湛简单描述了一下风靖源那超越凡人的可怕力量，石秋瞳皱着眉头想了想："他应该是二十年前去世的吧？你所看到的他的脸，还是二十年前那样么，还是说已经又老了二十年？"

"这就是问题所在。"云湛说，"他的脸看上去老多了，是不是刚好二十年我不敢讲，但的的确确变老了。我之前曾经因为他惊人的力气怀疑他是被尸舞者操控的尸仆，但是行尸是不会老的，死的时候什么年纪，身体状况也会一直那样维持。我的父亲……到底是什么怪物？二十年前，我亲眼看着他的尸体被埋葬，然后才离开的杜林城。这二十年究竟发生了什么？"

云湛的脸上满是苦恼和困惑。石秋瞳轻叹一声，走到他身边，伸手轻抚他的肩膀："不管怎么样，既然事情已经发生了，我知道你一定会去探寻真相的。那就去吧，别让自己的心里留下一个伤人的死结。但是你要记住，不管那是不是你父亲、不管你父亲究竟变成了什么样，他终归是他，而你，是你自己。"

云湛抬起右手，按在石秋瞳放在他肩头的手背上："你放心吧，我早就不是七岁的小孩子，也不是十六岁的小糊涂蛋了。只要能守护住一个人，只是那一个人，没有任何事情可以击倒我。"

"我知道的。我一直都知道。"石秋瞳轻声说。

石秋瞳的车队在第二天离开，去往另一座羽族重镇杉右港。云湛并没有跟随她离去，而是留在了宁南，试图寻找风靖源。但风靖源只在那一夜出现，惊鸿一瞥地杀死了五个人，随后就消失不见。云湛花了三天的时间，没有找到一丁点儿风靖源的行踪。至于宁南城的官家，更是头绪全无，草草将此案定性为叛党试图在人族贵宾到来时搞破坏，然后抓了一圈他们所谓的"叛党"顶罪了事。

绝不会这么简单，云湛想，风靖源的出现和叛党不叛党的没有半个铜锱的关系，背后一定牵扯着一些更要命的东西。但他找不到风靖源，只能退而求其次，打算从被杀的夸父垃悍骨身上找到一点线索。

"垃悍骨么？"姜掌柜搔搔头皮，"老实说，虽然都在一条街上做生意，我和他其实不算太熟，毕竟夸父的块头太大，再怎么和善，还是看着心里发毛，我胆子小。不过胆子大点儿的都和他处得不错，他倒确实不太像一个人们心目中的典型的夸父，平时脾气挺好，别人有什么需要总是乐意帮忙，生意也做得很实在，从来不坑人。"

"那他平时有没有什么躲着大家的地方？"云湛问，"比如说，他虽然日常总是与人为善，却总是不让人进他家门什么的……"

姜掌柜大摇其头："垃悍骨经常请街坊们去他家喝酒，连我都推脱不过去过一次。他们那帮酒鬼喝醉了就撒酒疯满屋子乱窜，垃悍骨家里的铁锅上破了几个洞恐怕都瞒不过外人。所以这一次垃悍骨被杀，我们也都觉得莫名其妙，他实在不像是会得罪人招来杀身之祸的那种。"

"那么，垃悍骨有没有可能在无意间妨害别人的利益？"云湛又问，"比方说，他虽然与人为善，但好歹是做药材生意的，会不会有谁嫉妒他的生意好，所以要干掉这个竞争对手？"

"那就不大好说了。"姜掌柜说，"宁南城里有好多家药铺呢，倒是没听说垃悍骨和谁有生意上的冲突。他在这方面大概还保留了一些夸父的传统，对金钱并不是特别看重，自己少赚点儿也无妨，之前还倡议过我们这条街上的商户正经搞一个商会呢。"

"商会？"云湛若有所思，"难道是这个商会可能得罪谁？"

但紧跟着的调查让他有些失望。宁南城固然已经是宁州羽人世界里最商业化的城市，但其程度比之人族还是有不小的差距，尤其各种钩心斗角你死我活的商战几乎是不存在的。风云两家斗得如此之狠，宁可一次次地牺牲人命，也很少在商业上下功夫。何况垃悍骨也就是提一个成立商会的建议，完全没有开始实际运作，要说为了这个提议就下手杀人，未免有些勉强。

总体而言，垃悍骨的死成了一个莫名其妙的无头悬案——尽管官方口径已经结案。云湛找不到杀人凶手，也找不到杀人动机。而垃悍骨是一个孤家寡人，在宁南没有其他的亲人，连想要替他查找真相的人都没有。

云湛再留在宁南也没有别的意义，倒是云家三天两头派人在驿馆附近监视他的行踪，多半是担心他还惦记着当初被困在云家做人质的仇。云湛往一个盯梢者的身上塞了一张纸条"下次要盯梢我换个聪明点儿的"，然后郁郁地离开了宁南。

但他并没有追赶着石秋瞳的脚步去往杉右，也没有转头回南淮，而是去往了一个他已经有二十年未曾踏足的地方。

那就是杜林城。

杜林是宁州版图上一座丝毫也不起眼的小城，既不是战略要地，也没有丰富的物产。这座城市总共只有一条称得上热闹的大街，从城北贯穿到城南，杜林人的生活分作两半，一半在森林里，剩下一半都围绕着这条街来运转。许多年前，云湛就住在一座面朝这条大街的大宅院里，见证着一个末等贵族家族荣耀的尾声。

"我过的是帝王家的生活，也见识过真正一家几口只有一条裤子穿的穷人的日子，但是'没落贵族'应该是个什么样，还真不知道呢。"石秋瞳曾经好奇地向云湛问起过那段日子。那正是十余年前两人在宁南的第一次相遇，云湛撺掇着石秋瞳和他一起爬上房顶，对着月光偷偷喝酒，说着一些平素找不到人倾吐的闲话。

云湛坏笑一声："打个比方，你住在你们南淮城的宁清宫，外表富丽堂皇，吃的用的都是最好的，一把梳子都要镶玉，哪怕一个痰盂儿都是名瓷窑烧出来的。而我的家呢，用杜林城的标准来衡量，外面看起来就很像宁清宫了，里面却是空的。"

"空的？"

"和空的差不多，各种各样的家具器物、文玩字画，一样一样都拿去卖了钱，只剩下一个徒有其表的大宅子。用人什么的也雇不起了，一个个都走掉了，最后只剩下一个仆人。也就是说，那么大的院子，里面只有三个活人，走在大部分的地方，都听不到半点人声。"

"听上去有点像鬼宅的感觉。"石秋瞳说。

"而且陈福——也就是我家唯一的管家、厨师、园丁、看门人、马夫——毕竟只有一个人，精力有限，我父亲又病重，他能把我们俩照顾好就算很不错了。宅院就只能一点点腐朽，一点点破败，任由蛀虫入侵，很多角落里布满了蛛网。"

"这就更像鬼宅了，夜里进去探险应该挺有趣的。"石秋瞳的脸上居然有点儿向往。

"你真是饱汉子不知饿汉子饥……"云湛咬牙切齿，"说到饿，你知不知道，在好几年的时间里，我每天的午饭是燕木槿、黄炎果和红茸汤，晚饭是烤麦饼、赤豆黄和鲭鱼羹，没有任何变化。我向陈福提抗议之后，他就在中午给我上烤麦饼、赤豆黄和鲭鱼羹，晚上上燕木槿、黄炎果和红茸汤。"

"为什么？"石秋瞳不解。

"因为那是贵族的食谱，而且恰好是贵族食谱里最便宜的两种搭配。"云湛说，"我们家的俸禄有限，再贵的就吃不起了。"

"那可真是太可怜了。"石秋瞳的脸上终于现出了真正的同情，"所以你才会偷偷跑到街头和平民孩子们一起吃老鼠肉。"

"那叫花鼠。"云湛纠正她说，"我们宁州的特产，吃野果和森林里的小昆虫，又干净肉又多，可不是你们那儿钻灶台的那种丑陋的家伙。"

"反正都差不多。"石秋瞳摆出了标准的公主的不屑一顾。

　　然而那时候，云湛还并不知道自己的身世。直到叔叔云灭告诉了他一切的真相，他才知道风靖源并不是他的亲生父亲，也不是他一直以为的迂腐不化的死脑筋贵族，而是一个有着一腔热血的天驱武士。这么一想，当初那种刻意为之的对贵族传统的可笑维护，其实不过是一种伪装的保护色，让人们把他们一家当成丑角一般的真正的没落贵族，从而不会去留意到云湛的真正身世。

　　被人嘲笑，被人轻视，有时候反而是最好的保护。

　　那之后的十年里，云湛一直对风靖源充满了感激。尽管没有血缘关系，在他的心里，风靖源就是一个真正伟大的父亲。但那一个凶杀之夜的离奇重逢，却让这份感情蒙上了阴影。他希望能弄清楚这一切的原委，不管这阴影最后会变成阳光还是地狱。

　　杜林城的变化并不大。踏入城门的时候，云湛恍惚间以为时间又回到了十九年前。尽管增添了一些新建筑，去除了一些老建筑，这里仍然是那座冷冷清清的小城，全城只有中央大街有一点热闹的气象，人们的穿着打扮朴素而过时，就像雁都宁南等大城市里贵族家的仆人。但相比起大城市，杜林人的表情和步伐都要悠闲得多，或许是因为在这座小城里并没有那么多值得去争抢劫夺的东西。

　　但来到当年的故居时，云湛还是发现了变化：昔日破败凋零的风宅，此刻已经换了主人，整座院子被完全地重新修葺过，裂缝的围墙、掉漆的门板、残损的屋檐、坍塌的台阶、锈迹斑斑的门环都已经更换一新，显得华丽气派，与当年那副静待蛀虫蛀空的模样不可同日而语。

　　门口写着"风"字的牌匾当然也早就消失了，如今的主人姓雪，这仍然是羽族的一个大姓，说明宅子里住着的仍然是贵族。千回百转，无数的姓氏和血脉在宁州的土地上轮转，贵族与平民的枷锁却从来没有被挣脱。

　　云湛站在宅院门口，观看着，流连着，感慨着，很快吸引了看门人的注意。看门人很乖觉，看出云湛的气度不太一般，并没有惊扰他，而是回到了院子里。几分钟后，他重新回来，跟在另一个人的身后。那个人径直走向云湛，开口说："这位先生，请问有什么事么？"

　　云湛这才惊觉，回过神来。此刻站在他身前的，是一个相貌清雅秀美的年轻羽族女子，气质恬淡中略带几分洒脱，衣饰并不华贵却显得得体端庄。从看门人在她身后垂手而立的姿态来看，她应该就是这个宅院的现任女主人。

"抱歉，打扰到你了。"云湛微微鞠躬施礼，"我大概二十年前曾经在这个宅子里住过。故地重游，看到昔日的旧居，忍不住多看了两眼，并无他意。"

他转身想要离开，身后的女子却叫住了他："家仆告诉我，这位先生在门口流连了好一阵子，应该是勾起了不少旧时的回忆吧？如果你愿意的话，欢迎你进来看看，毕竟尽管相隔二十年，你我却都曾在同一个地方居住过，也算是有些缘分。"

女子说话落落大方，让云湛平添了几分好感。他也是个爽快的人，想了想，点点头："十分感谢，那就打扰了。"

已经二十年没有踏入过去的家了，跨过大门的一瞬间，云湛有一种恍如隔世的感觉。他看到之前杂草丛生的院子此刻被打理得井井有条，假山、鱼池、绿树、红花相映成趣；他看到马棚不再是过去那间只有两匹瘦马的歪歪斜斜的破茅草棚，已经用结实的木料修整起来，里面养了七八匹瀚州名种的高头大马；他看到过去那堵附庸风雅照着东陆样式建起来、却因为无力维护而字画剥落的照壁，此刻已经被推平，换成了花台；他看到堂屋的陈设已变，过去那些充场面的廉价的字画古董换成了真正的名家之作。

此外，旧日充满陈腐气味的书房，现在一进去就能闻到扑鼻的书香；旧日黑漆漆脏乎乎只有陈福一个人在其中忙碌的厨房，现在人流攒动，不断有人运进新鲜蔬菜扔出垃圾……宅院里有了人，就有了生气，有了随着人声四处流动的活力。

"这座宅子是我的父亲五年前买下来的。"名叫雪香竹的女子告诉云湛，"他之前一直在雁都做官，后来年纪大了，想要清静，因为喜欢杜林附近的那座小山，干脆就在这边买了个大院子，搬回来住。"

"我知道那座山，小时候也时常上去玩，"云湛说，"虽然不高，但是风景很好。"

"而我一直在中州求学，学习人族的文化，很少回杜林。"雪香竹接着说，"几个月前，父亲病逝了，我才赶了回来。"

两人谈谈说说，来到了一排住房前。云湛指着一个房间对雪香竹说："这个房间，过去是我睡的。我可以进去看看吗？"

雪香竹微微一笑："当然可以。这里现在是客房，没有客人的时候都是空着的。如果愿意的话，你今晚可以住在这里，寻找一些过去的记忆，也省得你去找客栈。"

"你能让我进来看看，就已经很叨扰了。"云湛说，"就不敢再麻烦了。"

雪香竹看着云湛："云先生，虽然你我刚刚结识，但我觉得你和我一样，都应该是不拘小节的人。无非是住宿一夜的事情，何必扭捏呢？"

云湛哈哈大笑："你说得对。那我就不客气了。"

客房舒服而干净，完全符合一个贵族之家的待客标准。之前的晚餐也很愉快，雪香竹在中州求学，也曾游历到宛州，对人族的文化很熟悉，和十六岁之后就生活在人族地盘上的云湛谈得非常投机。最让云湛感到惊喜的是，在听完了他如何喜欢吃肉的故事后，雪香竹不声不响地给厨师下达了吩咐，在素菜果蔬上齐之后，仆人居然端上来了一盘香气四溢的烤花鼠。

"我们平时从来不吃肉，所以猪鸡牛羊什么的没办法给你变出来。不过现抓两只花鼠还是没问题的，这也算是你的童年回忆么？"雪香竹做了个"请"的手势。

"你真是个妙人。"云湛由衷地竖起了大拇指。

现在酒足饭饱躺在暖和柔软的床铺上，云湛却不知怎么的没了倦意。他又想起了风靖源。下午参观如今的雪宅时，他曾问起过当年风靖源独居养病的那栋小楼，得到的回答让他很是失望。

"我父亲买下这座院子的时候，那栋楼就已经没有了。"雪香竹说，"毕竟里面死过人，而且死得那么惨，后来的主人或多或少都会有些忌讳，所以从你们手里接手后，马上就拆了那栋楼。现在那个位置上的小楼完全是后来新盖的。"

雪香竹没有说错，云湛想着，风靖源确实死得很惨。那时候这位风氏最后的家主把自己孤独地关在小黑屋里任由病痛折磨，并且命令陈福每七天才能进去一次，替他送进饮食和其他必要的物品，运出便溺垃圾。所以后来到了某一天，陈福推门进去的时候，风靖源的尸体已经开始腐烂，空气中充满了可怕的尸臭的腐腥味儿。这样的一个容纳过腐尸的房间，除非是那种专门猎奇的怪癖者，正常人恐怕都不会愿意保留吧？

云湛还记得那个房间。很宽很大，却除了一张大床之外几乎没有别的家具；有一个不小的窗户，却从来都用厚厚的黑色窗帘遮挡住阳光，整个房间里缭绕着浓重的药味和说不清道不明的臭气。父亲躺在床上，床头唯一的一根蜡烛用摇曳的微弱烛光把他照得有如一块沉默的岩石，只有到了开口说话的时候，才会暴发出剧烈的喘息，说明他病得到底有多重。

童年的风蔚然害怕进入父亲的房间，害怕闻到那股药味，害怕看到那鬼火一样飘摇的烛光，但他总还是需要定期去给父亲请安。他甚至不敢靠近床头，只是站得远远地和父亲说话，而风靖源也并没有什么力气多说话，说得最多的只是几个重复的词句。

"很好，你长大了，很好。"这是风靖源最常说的几个字。然后他就会挥挥手，示意风蔚然可以离开了。风蔚然如释重负地逃将出去，深深地呼吸着外面充满阳光的新鲜空气，觉得自己又活了过来。

如今回忆起二十年前的一切，云湛仍然能感受到那个早已不存在的房间带给他的压抑，同时却也有另外一份心酸和感动。跟随云灭学艺并且加入天驱之后，他对于秘术有了很多了解，也明白了当初让风靖源受伤的玄阴血咒有多么恐怖——玄阴就是九州主星之一谷玄的别称，谷玄代表着黑暗和终结，其星辰力的作用多半和各种抑制生命的效果有关。风靖源中了这种咒术后，生命力就不断地衰减流逝，全身的脏器发肤都在衰竭，实际上是每时每刻都处在巨大的痛苦中。对于风靖源而言，倘若能早早死去，或许反而是一种莫大的解脱。

但风靖源并没有选择解脱，而是强忍着痛苦继续坚持活下去，只是为了用他的生命来为那个本名云湛、现在化名叫风蔚然的孩子提供尽可能长久的保护。

"父亲……"云湛躺在黑暗里，轻声念着，只觉得眼眶微微有些湿润，但内心却一团迷乱。父亲的身影不断出现在深黑色的虚空中，忽而是当年那个没有病痛的健壮的天驱武士，忽而是躺在床上气息奄奄的垂死之人，忽而是戴着面具下手残忍凶狠的冷血杀手。风靖源仿佛是这三者的结合体，又仿佛整个人被撕裂成了三个不同的个体，渐渐成为一团面目不清的阴影。

正在想着父亲的事，耳朵里忽然传来一声极其细微的响动，像是有人翻墙跳进了雪家的院子里，从声音来判断，身手还不错。云湛横竖睡不着，想着自己食人花鼠无处报答，索性起身出去看看。

他悄悄推开窗户，轻轻落到地上，循着方才的声音跟了过去。没错，的确有一个黑影在雪宅里轻手轻脚地前行，看方向是通向雪香竹的卧室所在的小楼，也就是当年风靖源住过的旧楼推倒后所重建的新楼。但云湛注意到，这个人的脚步虽然很轻，看动作姿态却并没有偷偷摸摸的感觉，而且对宅院内的路径熟门熟路，不似不怀好意者的偷偷闯入，倒像是熟客来访。而且从走路的体态来看，这应当是个女人。

有点儿意思，云湛想着，一路小心地跟了过去。果然，这个黑影在小楼前遇到了雪宅巡夜的家丁，但家丁并未阻拦她，反而向她躬身施礼，目送着她走进楼里。云湛似有所悟，绕到小楼背后，贴身于雪香竹所在的卧室的窗外。

三更半夜的，跑到一个漂亮姑娘的卧室窗外蹲着偷听，这要是让石秋瞳知道了，多半要打断我的狗腿。云湛自嘲地想。

深夜来客在房门外有节奏地敲了几下门，雪香竹应该是识别出了对方的暗号，说了一声"进来"。尽管只说了两个字，云湛也能听出，此刻雪香竹说话的声音依旧温婉淡雅，语气里却多了一种独特的威严和力量，让这个原本大家闺秀一般的女子，突然间像是换了一个人。而那位深夜来客接下来的称呼，更是让云湛一下子明白了些什么。

"教长。"深夜来客用充满尊崇的语调喊着。

贰

人 与 鬼

1

尽管官方极力掩盖，南淮城那起离奇的杀人剖尸案仍旧不胫而走，在城里流传开来。和平年代的人们缺乏刺激，每每遇到这种带有神秘色彩和恐怖氛围的奇案总是格外兴奋。一时间，街头巷尾贩夫走卒都在谈论此案，并且给出了各种各样千奇百怪异想天开的猜测。

然而，对于稍微多了解了那么一点儿真相的人们来说，这个案子可远远不是打发无聊的谈资那么简单。以邪物署的捕头佟童为例，这些日子里承受了很大的压力。几具尸体还没有经过细致的验尸就被抢走，也还没有查明身份，抢尸者也逃得无影无踪，整个案子的线索几乎就此全面中断。

事实上，如果真的全面中断倒也省事了，倒霉就倒霉在那个"几乎"上——还是有一条孤零零的线索留了下来，就是那一只断手。正是因为这只断手的存在，让这个已经极难调查的烫手山芋被移交给了邪物署。佟童还是老样子，没有任何抱怨，接下了这个简直让人无从下手的案子，但其他的捕快们就难免要腹诽两句。

唯一一个反而心情变得更好的，是邪物署专门负责证物鉴别的霍坚霍老头。霍老头老得像根悬挂在风中的干枯豇豆，一双眼睛只要是两尺外的东西都看不清楚，偷奸耍滑甚至于偷偷把存档的证物拿到黑市上去卖都是家常便饭，却偏偏是整个署里不可或缺的栋梁之材。因为此人记性绝佳又见多识广，年轻时更是跑遍了九州各地，在鉴别证物方面有一绝，各种物品只要交到他手里，几乎都能很快辨认出出处来历——不过在此过程中，你必须要忍受霍老头对他年轻时风流韵事的回忆唠叨："嗯，这个蝙蝠铜雕是典型的越州南部的风格。想当年我去越州的时候，遇到一个刚刚死了丈夫的年轻小寡妇，那小腰，细得就像……"

除了物证鉴别，霍老头并不负责其他事，况且其他事就算想要他做也很难做得好，所以这起只剩下唯一一件证物的案子交到邪物署之后，霍老头就可以一边清闲地喝酒哼小曲，一边幸灾乐祸地看着同僚们每天满脸痛苦地翻找各种陈年卷宗和资料。

"所以说就是别人在办案，你一个人在偷懒了？"霍坚的新任情人、城西南酱油铺姓梁的老板娘说。说话的时候，两人正坐在打烊后的酱油铺里，梁老板娘炒了几个小菜，烫了一壶酒，陪着一到下工时间就迫不及待逃出捕房的霍坚小酌。

"话不能这么说，没活儿干就不能算我偷懒。"霍坚嘴里嚼着一片肥厚的猪脸肉，口齿不清地说，"统共就一件证物，我也告诉了他们我能看出来的，就完成了我的任务了。"

"证物？是不是就是那只奇怪的断手？"梁老板娘好奇地问。

"你怎么知道？"霍坚一怔。

"谁不知道啊？早就传遍整个南淮城了！"老板娘摆摆手，"你们衙门哪儿能藏得住事儿？"

"跟你说了多少遍我们不是衙门！"霍坚提高了声调，"我们是按察司直接管辖的，比衙门那帮混饭吃的九流捕快不知道高到哪里去……"

"都一样！在我们白姓眼里都一样！"老板娘用更高的声调打断了他，

"不就是披着官家皮狐假虎威抖威风的嘛，真要说起赚钱来，连给相好的买根银簪子都买不起！"

这话戳到了霍坚的痛处，他蔫蔫地缩成一团不敢多说。不过他另有一点长处就是脸皮奇厚无比，夸父砍一刀都能把刀刃反弹回去，喝了几杯酒之后立马忘了先前的尴尬，又开始继续吹牛。梁老板娘再去给他炒成一碟子辣椒鸡蛋，坐下时，忽然压低了声音，表情有些神神秘秘："喂，跟我说说这个案子呗。就算线索再少，也总能查出点什么来吧？那只断手到底是谁的？是不是像他们说的那样，去年被灭掉的净魔宗又卷土重来了，又要搞魔女复生之类的祭祀了？"

霍坚尽管喝得满脸通红，倒是还没糊涂，坚决地摇了摇头："不能说，你知道的，我们有条例，案子的细节不能往外说，谁都不能说。"

"你们还有条例不许把证物拿去卖钱呢，我怎么没看你遵守呢？"老板娘把眼一瞪。

霍坚不吱声了，但眼神里仍然明白无误地写着"不"字。梁老板娘火冒三丈，手里的筷子正要往霍坚额头上杵，门外忽然响起了一个声音。

"因为偷结案后的证物去卖是之前的捕头默许的，也是我默许的。"说话的人推门走进来，"老霍的薪俸在捕房里最低，那是上头的人因为他年老体弱而看轻他，我们没有能力改变这一点，在其他地方睁一只眼闭一只眼让他找补一点儿，合理。但是在破案之前，没有任何人可以泄露案情，老霍不行，我也不行。"

老板娘低着头不敢吭声了。她已经认出来了这位不速之客究竟是谁。眼前这个身材高大肤色黝黑的年轻人，就是邪物署的捕头佟童。佟童原本是一个不善言辞的人，平素沉默寡言，但武艺高强，办案也善于动脑，经常能注意到被旁人忽略的细节，在上一任捕头去世后接替了这个位子，然后在同僚们的逼迫下，慢慢也开始稍稍多说话，不然方才的那一番话还真不容易说出来。

老霍更是大气都不敢出，过了好一会儿才想起来："头儿，你跑到这儿来找我，是有什么要紧事么？"

佟童点点头，转身走出门去。于他而言，只要对方明了了他的意图，那就无须多说话了。

霍坚冲着自己的相好尴尬地笑了笑，缩着肩跟在佟童身后出门而去。从温暖如春的室内乍一下被冷空气包围，他禁不住连打了几个喷嚏。

"好好的一个晚上就被糟蹋了。"霍坚低声发着牢骚，并没有敢说得太大声。佟童虽然年轻且不爱说话，也极少辞色俱厉地对待下属，身上却有一种不怒自威的气蕴，让霍坚这样的老油皮也不敢在他面前太过火。

"老霍，我知道你不喜欢加班，但今晚必须得加一个。"佟童并没有理会霍坚的二话，"我要你马上回捕房，把你所知道的所有和那只手掌有关的资料全部写出来整理好。"

"为什么那么急？"霍坚不解，"再说了，相关的事情我早就和你们讲过了，陈智不是做过记录了吗？"

"还不够。"佟童说，"我要你榨干你的记忆，把所有的东西都榨出来，而且越快越好。"

霍坚虽然年老油滑，却绝不像他的外表那样看来昏聩糊涂，听着佟童非同一般的要求，忽然间明白了些什么："是要在最短的时间里收集资料，给比你们更能干的人让他帮忙，对么？"

佟童没有否认，霍坚心里更有数了："我知道了，又是那个姓云的扁毛把活儿揽下来了，是吧？"

"不能算他把活儿揽下来了，"佟童说，"只是碰巧他正在调查的事情也和咱们这个案子有关。他的本事，你知道的。"

霍坚愤愤地哼了一声："没错，这孙子是有点本事，折腾老子的时候也挺有本事的……不过他出手的话，确实把握能大不少。咱们走吧。"

不过，临走之前，霍坚少不得要费点工夫和梁老板娘依依惜别。佟童倒是颇有耐心，没有赶这么一丁点儿时间。老板娘充满怒气，却又不敢对佟童发火，一张脸上带着奇怪的尴尬，挥手送别了霍坚。等到两人离开街道，从视线里消失之后，她重新关上酱油铺的门，然后从后门离开，从城西南走向城南的一片区域，那里是南淮城的贫民区。

贫民区的居民舍不得点灯，整片区域黑沉沉的，唯一的一片亮光来自于著名的游侠一条街。这条街上挤满了各种挂着游侠名头的骗子无赖，以及其他各式各样既穷且不太爱守规矩的人物，每到深夜，就是他们活动的时候。

街口有一个小小的面摊子，摊主是个歪嘴秃顶的小老头，一口炉子，一口锅，白水煮面条加上几片土豆，油辣椒不要钱随便放，两个铜锱一大碗，很受那些深夜游荡的穷汉们欢迎。不过此刻已经入冬，生意就冷清了许多。老板娘到来的时候，摊主正裹着破棉袄打盹儿，一丝口水顺着嘴角流下来，棉袄里露出一小截黑沉沉的烟杆头。

老板娘走近了他，还没来得及说话，他就已经闭着眼睛先开了口："这么晚了，有急事？"

老板娘的声音一改先前和霍坚说话时的泼辣与市井，显得很严肃："他们还是和云湛接上头了，看来是要让云湛去帮忙调查。"

摊主轻叹一声："迟早的事。我本来以为云湛去了宁州，可以多拖一阵子，让他卷入的话，就有些麻烦了。"

老板娘拖过一个供食客坐下吃面的板凳，慢慢坐了下来："我有点儿不太明白，云湛好歹也是我们天驱中的一员，也为组织立过大功，这件事情，难道不是越早让他插手越好么？"

摊主摇摇头："并不是这么简单。云湛这个人才智卓绝，为人虽然不拘小节，在大事上也算得上正直，但他的问题就在于过于正直了。我们天驱的信仰是守护安宁，为了这样的安宁，很多时候却并不能像他那么正直。尤其是当下，我们和辰月的冲突越来越激烈，各国对我们也越来越提防，如果云湛继续恪守他那样的正直，和我们的冲突会越来越大。"

老板娘似懂非懂，没有吭声。摊主又问："那只断手的消息，打探到了吗？"

这回轮到老板娘摇头了："霍坚那个老混蛋，平时看起来稀里糊涂的，涉及办案的事儿，口风倒是很紧。不过听他们的对话，应该是要把相关的资料寄到宁州去交给云湛，我们要不要截下来？"

"不行，风险太大。"摊主说，"佟捕头是个很谨慎的人，不能打草惊蛇。既然事情交给了云湛，就先让他去折腾吧。"

老板娘犹豫了一下，吞吞吐吐地开口问道："其实，我一直有一件事想要问您，这次的事，到底是有人意图栽赃我们天驱，还是……就是天驱干的？当然，您不愿意回答就算了。"

摊主沉默了一阵子，过了好久才说："诚实地说，我也不知道。即便是现在，天驱内部的意见也并不统一，我不敢肯定是否会有激进派悄悄地安排一些事情。"

"那您呢？您属于哪一派？"老板娘追问。

摊主微微一笑："我？哪一派都不属于。我就是个在南淮城支着小摊卖素面的死老头子，等着哪一天抽烟抽到活活咳死。"

他从破棉袄里取出那根黑沉沉的烟杆，放上烟叶点上火，吧嗒吧嗒抽起来。

2

教长。

这位女性深夜来客用这样的词汇称呼雪香竹。

这两个字一入耳，云湛就明白了：雪香竹是辰月教教徒，而且职位很高，年纪轻轻已经是教长了。而这个熟门熟路的深夜访客，无疑也是一名辰月教徒。

这么说起来，雪香竹盛情招待自己留宿于家中，其实恐怕是包藏祸心的。她可能已经认出了自己，所以才把自己留下，保不齐有什么图谋。

云湛自然不会害怕。他继续听着屋内的对话，做好了随时出手打上一架的准备。和辰月打架，对他而言和吃饭喝水也差不了太多。

"怎么样？确认了吗？"雪香竹问。她的声音还是很柔和，声调也并不高，仿佛只是在和亲近的朋友家人娓娓而谈，但这柔和中却掺杂着一种不容人违抗的坚硬。

女辰月教徒依旧庄肃地回答："确认了。宛州那边已经传来了确定的消息，那三具尸体，就是我教的三位长老：宫靳、南离火和殷曜。"

云湛心里微微一紧。辰月教徒所说的这三个人名，他虽然并不认识，却都有所耳闻，那是辰月教里三位颇有威望的长老，据说已经久不问世事，但这种说法原本难以证实，唯一能肯定的是这三人都曾经是天驱的劲敌，在他们归隐之前，有不少天驱武士都在这三人的手中丧生。

但现在，这三个人却同时丧生了，成了"那三具尸体"。

"死因弄清楚了么？"雪香竹又问。

"还没有，那三具尸体在送达殓房的当夜就被抢走了。"女教徒说，"而且我们还得到了上次没有得到的细节：当时一共发现了四具尸体，有一个不是我们的人。"

"仔细说来听听。"雪香竹说。

"那一天是一个逃婚的大小姐，在南淮西北方的一座山谷里发现的尸体。"女教徒说，"尸体都被摆放在一棵大树下，几乎是并排而放，除了我教的三位长老之外，还有一个至今没有辨明身份的女人，所以一共是四个死者。"

"没有辨明身份的女人……"雪香竹重复了一遍，"和我们的三位长老死在一起……她的死法也和长老们一样吗？"

"确切地说，只是尸体被发现时的状态，死因还没能确定。"女教徒说，"这四个人的肚腹都被剖开了，内脏被掏出来整整齐齐地摆放在每个人身边，切口也很整齐，完全像是仵作验尸，而不像是暴力的破坏。"

这一段雪香竹之前应该听过了，所以并没有特殊的表示，云湛却越听越是心惊。他这才知道，就在他陪伴着石秋瞳来到宁州的这段时间，南淮城发生了这样一桩匪夷所思的血案，光从辰月教徒的描述都能感到一股令人不寒而栗的邪气。而且，受害者竟然是连国主们都不敢轻易招惹的辰月教的长老，这事儿似乎在血腥恐怖中又透露出一丝滑稽。

到底是谁杀了这三位长老？杀人的目的是什么？那个"额外的"女性死者又是什么人？

云湛只觉得自己的好奇心像春日的嫩草一样不断发芽生长。他甚至隐隐有些后悔，不该跟着石秋瞳跑到千里之外的宁州，不然的话，能够第一时间从南淮城开始调查，也许能找到一些有意思的东西。

"尸体被抢又是怎么回事？没有留下任何线索么？"雪香竹继续问。

"是一起明目张胆的恶性事件。"女教徒说，"有人在深夜里撞塌了衙门的墙，闯入殓房，不但抢走了尸体，还杀死了好几个巡夜人。只有一个殓房的看门人活了下来，但被撞墙那一下的力道弄得昏迷了好几天。没有任何活人看清楚袭击者到底是什么人，但是几位死者倒也并没有白死，他们应该是在搏斗中砍断了对方的一只手，这只断手也成了唯一的线索。"

云湛听到这里，忽然感觉到了一丝不安。从"撞塌了衙门的墙"这个叙述，他能够听出一种可怕的力量的存在，而这样的非人的力量，就在不久之前，他曾经在一个相似的深夜里亲自体会过。

那会是同一个人吗？那个人这样做的目的是什么？

墙内的女教徒接下来说的话更是让他意识到问题的严重："我们的人并没能够亲眼见到那只断手，它直接被移交给了邪物署。根据斥候打探到的消息，那只断手绝非一般，似乎不是活人的手。"

不是活人的手，那会是什么？行尸吗？云湛想，这个凶手和风靖源之间，会有什么联系吗？

还没来得及细想，雪香竹突然提高了声调："云湛先生，外面也挺冷的，该听的也听得差不多了，请进来吧。"

云湛没有感到意外，大模大样地绕到前门，走了进去。女教徒知趣地向雪香竹鞠了一躬，接下来的动作却有些出乎云湛的意料：她居然也向云湛鞠了一躬，这才退了出去。

"看来你虽然是个天驱，倒也挺受辰月尊重的。"雪香竹打趣说，"请坐吧。"

"狐假虎威而已。"云湛不客气地在椅子上坐下，"这都是贵教教主的面子。"

云湛和这一代的辰月教主木叶萝漪是老相识。两人曾经斗得你死我活，也曾经携手合作，算是有着一种亦敌亦友的奇特关系，而萝漪这个总是带着人畜无害的甜美笑容的女性河络，也算是云湛生平仅见的最狡诈的对手。想到了这一点，他也明白过来了，正是因为自己和萝漪的关系，雪香竹才会一见面就认出了他，并且把他留了下来。

"昨天一见到你，我就认出你来了。"果然雪香竹这么说道，"毕竟你在我们辰月里太有名了，谁都知道教主既想杀你，又想把你留在身边。还有人猜测教主其实是想嫁给你。"

"这个玩笑不能乱开，羽人和河络不能通婚的。"云湛严肃地说。

"好吧，就算这是个玩笑，至少我不敢随便就动手杀你——马屁拍到马蹄子上就糟糕了。"雪香竹说，"但你突然出现在杜林，我也不知道你的真实意图，万一是要和我们作对呢？所以我才把你留了下来，想要观察一下你的意图。不过，就在昨晚你回房后，我已收到了另外一个消息，算是明白了你离开石秋瞳独自行动的目的，尽管为什么要来杜林还不大清楚。"

云湛先是愣了愣，继而很快把之前发生的事情联系在了一起。正好这时候女仆送来了茶水，他端起茶喝了一口，借助着喝茶的时间，脑子里已经有了比较明晰的判断："我懂了。那个在宁南城被杀的夸父，居然是个辰月。确切地说，结合着先前在南淮被杀的那三位，应该说，'也'是个辰月。所以这个消息才会那么快传到你这里。"

"垃悍骨是我们一直布置在宁南的一枚重要棋子。"雪香竹说，"你知道的，夸父身上天然带着头脑简单不擅权谋的保护色，这样他在宁南活动会比人族或者羽人方便得多。"

云湛放下茶杯，站了起来："既然垃悍骨是个辰月，我一直以来所疑惑的杀他的动机也就解释得清了。现在我算是知道了，正经地出大事啦，那么短的时间里，四个辰月教里有头有脸的人物被杀。看上去，有人想要和你们过不去。"

雪香竹的面色有些沉重："没错。而且，不只四个，到现在已经有五个了，还有一个被杀的消息并没有公开。那么，接下来该我提问了：你为什么会来到杜林城？恐怕不仅仅是故地重游那么简单吧？"

云湛叹了口气："当然不是。但是，既然你故意让我听到了那么多关键的信息，我也不想说谎话骗你——能不能先别问了？有些事情，我暂时不想说出来。我只能说，这一系列的针对辰月的凶杀案，也许和我认识的人会有关联。我来到杜林，就是想要查清楚这件事，一旦有了确定的结果，我一定会给你们一个交代。"

雪香竹盯着云湛的眼睛看了许久，最后缓缓地点点头："好吧，我暂时相信你。这几天里，你依然可以住在这里，我会让手下人尽量给你提供方便。这座宅子只是一个单纯的住所，并没有任何辰月相关的秘密，如果你想，尽可以里里外外地再仔细看一遍，只要能找到对你有用的东西。"

"那我就不客气了。我确实需要再看看。"

回到自己的房间后，云湛坐在床边，很久都没有回过味来。他没有料到，一起单纯的夸父被杀，竟然会牵扯出涉及辰月教的连环凶案。身为一个天驱武士，他当然知道，连续五位辰月教里有身份的教众被暗杀，这样的事不啻一次凶猛的火山爆发。尤其是在如今天驱和辰月之间暗流涌动的背景下，这样专门针对辰月的暗杀会显得非常耐人寻味。

仿佛是一眨眼之间，他的眼前出现了若干难题，跳动着，吵闹着，不怀好意地嘲笑着他：风靖源为什么要杀死垃悍骨？垃悍骨的死和先前死去的另外四名辰月教徒有无联系？那些人会不会都是风靖源杀害的？如果是，风靖源为什么要突然对辰月下手？他当年为什么没有死、又是怎样度过了这二十年并且变成现在这副模样？

此外，南淮那起案件本身的细节也勾起了云湛无穷的好奇心。杀人切腹，把内脏器官整整齐齐地堆放在一旁，这样凶残的杀手的确并不多见，很有可能是个疯子——那一晚所见到的风靖源，就真真实实和疯子差不了多少。然而这样的做法同时也可能有其他的解读，譬如是某些不为人知的邪教的特殊祭祀，光凭猜测是不顶用的，必须找到证据。

"看来，又要开始忙活了。"云湛自嘲地笑了笑，倒在床上，终于沉入了梦乡。

梦境中，他恍恍惚惚地从床上坐起，离开房间，来到了院子里。白天所见的繁荣富丽的雪宅重新变得颓败荒芜，野草在院子里自由地疯长，蛛网裹挟着残破的砖瓦四处侵袭，夜枭的啼叫掺杂着老鼠的窸窸窣窣不时刺入耳膜。这是二十年前的风宅，少年风蔚然和病得奄奄一息的风靖源的家。

往昔的记忆再度从坚冰中复苏。云湛，或者说七岁的风蔚然穿行于月光下重新浮出水面的风宅，毫不费力地找到了父亲居住的那栋小楼。他在小楼的阴影里犹豫了一下，最后还是走了进去。他穿过了那条长而阴暗的走廊，踩着吱嘎作响的地板来到父亲的门前。那扇黑沉沉的木门，分隔着门外的生机和门内的陈腐，曾经是风蔚然最为害怕的一道分界线，但现在，他必须要越过它。

门开了。依然是那道缥缈如幽冥间的晦暗烛火，阴影里的病床上，父亲风靖源沉默无语。风蔚然一步步来到床前，让自己被那股刺鼻的药味包围。

"父亲。"七岁的少年轻声呼唤，"父亲，您还好么？"

床上那团仿佛凝固的黑影在听到这句话后终于微微动了一下。过了半分钟，风靖源微弱暗哑的声音慢慢响起："我还好么？我已经死了，你忘记了么？死人还能有什么好？"

风靖源的语声里充满了一种邪恶的嘲弄。风蔚然不自禁地向后退了几步，怯生生地说："是的，你已经死了。可是……可是我明明看见你了！就在几天前，就在宁南，你杀了人！"

"是的，我杀了人，你看见了。"风靖源发出窗外夜枭般的怪笑，"可我还是死了。死了，依然可以杀人。"

随着这一句话，风靖源猛然从病床上坐了起来。在七岁孩子的眼中，风靖源的身躯庞大如山岳，带着碾碎一切的气势，大踏步向他走来。风蔚然惊呼一声，转身夺门而逃，却发现门外的一切已经变得面目全非，原本只有一条的长廊如同龟裂的土地一样分散出无数的枝杈，把这栋小楼变成了一座庞大的迷宫。风蔚然慌不择路，在迷宫里跌跌撞撞地穿行，在转过一个岔路之后，他绝望地发现风靖源正挡在他的身前。

山向他压过来，巨大的阴影淹没了他。二十年后的云湛大叫一声，醒了过来。

被单已经被冷汗湿透。

天已经大亮。云湛坐在床边定了定神，起身点亮了蜡烛。客房条件不错，有书桌，有纸笔，他来到书桌前，匆匆写就了一张字条，然后推开窗，吹出了几声节奏和调门都很古怪的口哨。不久之后，一只灰色的大雕从天而降，落在了他的跟前。

这是一只迅雕，原产于西陆神秘之土——云州。这种西陆之外罕见的猛禽凶猛健壮，飞行速度也比普通信鸽快出许多，一直被云湛的叔叔云灭驯养来传递信息，这个绝招也教给了云湛。云灭年轻时曾经深入过云州腹地，从那里捕捉到了迅雕并学会了驯养之法。

云湛把写好的字条绑在迅雕身上，赏了它一块点心："这里没肉，将就一下吧，这可是贵族才能吃到的好点心。把这封信交给南淮城的佟捕头，辛苦了。"

迅雕很快飞走。云湛把其他的点心带在身上，边走边吃权当早餐，离开了雪宅。他偏离了唯一的南北向的城中大街方向，从一条细长如羊肠的小巷向东而去，来到了杜林城的城东地带，那里并不是全城最穷的地方，但也远离贵族聚居地，大多住着的是普通平民，建筑风格也大都是传统的羽族式树屋，依托着一小片森林而建，与其说像城区，倒不如说像是一个城中的村庄，与整座城市形成一种既共生又疏离的古怪扭结。

这一片树屋区的变化比他想象中大得多，不过好歹还能勉强辨认出一些旧貌。他凭着记忆来到一棵高大的槐树下，抬头向上望去，发现二十年前曾经修筑在那里的一座树屋已经无人居住，布满青苔和藤蔓，成了鸟儿们的窝巢。

又换了另外几座树屋，都是同样的结果，那些曾经存在于记忆中的房屋早已消失，曾经居住在屋里的人更是不知影踪。二十年的时光，足够改变很多人很多事，足够让一座城市面目全非，足够让一个人失去所有的童年玩伴，只能面对着一座座破旧废弃的树屋莫名嗟叹。

"一个都不在了么？"云湛叹息一声，"老子成孤家寡人了。"

"小伙子，你……找谁？"身后响起一个老妇人略带警惕的声音。

云湛回过身，看见眼前站着一个身材矮小、头发花白、右手只剩下三根手指头的老妇，一下子就想起了对方是谁："花家大婶？是您吗？"

老妇人有些惊奇："对，我的亡夫确实姓花。你是？"

云湛走上前，握住了老妇人的手："花婶，我是风蔚然，二十年前经常和您儿子一起玩。还记得我吗？"

老妇人瞪大了眼睛，吃力地打量了一会儿云湛，脸上终于露出笑容："记得，记得，我认出你来了，你是风家的小少爷。花棠那阵子偷偷带着你吃肉，我还揍过他呐，我们平民吃肉也就罢了，怎么能带着贵族吃肉呢？"

"其实现在我也还在吃肉，我也早就不是什么贵族啦。"云湛微笑着，"小棠呢？还在杜林吗？"

花婶原本还带着笑的面容一下子变得僵硬，眼神里浮现出深沉的悲戚。过了好一会儿，她才缓缓地摇摇头："不在了。不是不在杜林，而是……不在了。"

云湛一惊，连忙问："他……他怎么了？"

"大概六七年前的事情吧。"花婶凄然说道，"那一年夏天，杜林闹霍乱，他染上了，家里没钱抓药，就……"

云湛喟然长叹。九州暂时的和平总会给人们带来繁荣的假象，但即便没有战争、疾病、贫困、饥馑、罪案……百姓的生活仍然那么难，生命仍然那么脆弱。那个二十年前带着他在杜林街头烤花鼠的旧时玩伴，就这样无声无息地从世上永远消失，化为尘土。

他硬着头皮安慰了几句，又不得不接着问："我有一个问题想要问您：当年我离开杜林城之后，有人发现过我家有什么怪事发生么？"

"怪事？这我就不知道了。"花婶说，"你们家毕竟是贵族，虽然小棠喜欢和你一起玩，我们成年人总是要顾着贵贱之分的。平时如果不是有什么东西要买，那条街我都从来不去。"

"那您还知道当初和我们一起玩的那些孩子们的下落么？我可以找他们问问。"

花婶努力回忆着："当初的那些小崽子么？让我想想。好像还真没几个我知道的了，这些年虽然没有打大仗，但是闹过贱民的叛乱啊，碰巧就在杜林附近，城里好多年轻人都被叛军拉走了……"

云湛心里一沉，明白花婶在说什么。这些年尽管大规模的种族之间、国家之间的战乱始终没有打起来，但各族内部的小纷争并未断绝。以羽族为例，下层贱民和上层贵族之间的冲突已经延续千年，还爆发过几次称得上战争的大型冲突，即便他并不太了解花婶所说的这一次，也可以凭经验想象，无论谁打谁，普通民众总是垫脚石。运气坏的话，也许当年的玩伴们在战斗中死的死散的散，真的没法找到了。

"对了，我想起来了，还有一个活着的，而且就在杜林，但是……"

"但是什么？是谁？"云湛忙问。

"有一个腿有点跛的小安子，你还记得吗？"花婶问。

"我记得。"云湛说，"安林，在我们那帮孩子里年纪最大，右腿天生有点儿跛，但是行动很灵活，翻墙爬树比我们都厉害，而且胆子还很大。"

花婶叹了口气："他就是胆子大才撞了鬼了，被吓得疯疯癫癫的，到现在脑子都还没医好。不过也算因祸得福，反而躲过了打仗。"

"撞鬼？吓疯了？"云湛皱起眉头，"怎么回事？"

"就在你搬离杜林城后不久，有一天晚上，他不知道半夜跑哪儿去游荡，回来的时候就疯了，老是嚷嚷见到了鬼。"花婶说，"具体我也说不大清楚，不过你可以去找他，他还住在老地方。"

安林的家距离花棠家不远，走不了多久就到了。这间树屋虽然还没有废弃，比起周遭的邻居们来说仍然显得破旧不堪，甚至连门都掉了一半，不过大概是因为家里没有什么值得一偷的，也就没有人去修。

按照花婶的说法，安林的母亲在十多年前就去世了，唯一的哥哥也在那场叛军的起义中丧生，现在和老父相依为命。安林的老父亲在城中一位贵族的家中做厨工，夜里才能回家，现在家里应该只有他一个人。

走向那扇破烂的木门时，云湛的眼前莫名浮现出父亲的房门的影子。都是这样仿佛分隔阴阳的薄薄的门板，门外是正常人的世界，门里是病人或疯子，而云湛自己，在时光流转了二十年之后，仍然需要敲响这样的门。

"小安子，你在吗？"云湛轻轻敲门，轻轻说话，唯恐声音过大刺激到屋里精神失常的安林。

很快地，门里传来一个粗鲁而不耐烦的声音："谁啊？谁在喊我？"

"小安子，你还记得我吗？"云湛依旧小心翼翼地说，"我是风蔚然，我们小时候一直在一起玩，那个被你们嘲笑'贵族吃的东西还不如狗'的风蔚然，你还记得吗？"

"风……风蔚然？"安林的声音带有几分惊奇，"真的是你，那个跟在我屁股后面等着我烤花鼠分给你吃的风蔚然？"

安林还记得自己！云湛大喜，从刚才安林说的话来判断，似乎他也疯得不算太厉害，至少记忆还没有完全糊涂。也许真的能从他那里打听到些什么。

"对，是我，就是我，风蔚然！"云湛提高了声调，"我是专程来看你的。能让我进来吗？"

安林不吭声了，许久没有回答，云湛的耳中却听到了一阵奇怪的声响，像是安林在拼命挣扎着，和房里的东西相撞。云湛有些奇怪，又敲了几下门，安林依然不回应，但从房屋的后方传来隐约的门窗碰撞的声音，紧跟着是"咚"

的一声闷响。

安林跳窗逃跑了！云湛一下子反应过来。他连忙一脚踢开那扇破门，闯了进去，果然房内空无一人，后窗大开着并且还在晃动。

云湛也跟着从窗口跳出去，只见一个只穿了一条裤子的青年人的背影正在向远处疾奔，从那一瘸一拐的跑步姿态来看，毫无疑问就是安林。他大步地追了上去，安林听到脚步声，跑得更快。

两人穿行于树屋区之中。羽族传统的树屋都是依托森林而建，屋在半空，人在高处，这一追一逃撞断了无数枝叶。安林虽然精神出了问题，跑跳纵跃的身手却半点不逊色于往昔，而且他对这些密林高处的道路十分熟悉，让云湛更加难以追赶。云湛一面咬紧牙关穷追不舍，一面在心里纳闷：安林不是已经认出我来了吗？为什么还会那么害怕？

好在杜林城本来很小，这片树屋区面积有限，安林慌不择路，一路逃到了密林的边缘，再继续往前就是相对稀疏的树丛，安林没办法在高处奔跑跳跃了。他只能收住脚步，回过身来，绝望地看着云湛，一双眼睛瞪得像要裂开，眼神里满是惊恐。

"小安子，是我啊，风蔚然！"云湛脸上带着友善的笑容，说话声音柔和得像在哄孩子睡觉，"你还记得我的啊，我们是好朋友，别害怕，别怕了。我不会伤害你的！"

"不！你是他的儿子，你是鬼！"安林大叫起来，"他是鬼，你也是鬼！"

云湛一惊："他？你是指我父亲吗？他早就死了，怎么会是鬼？"

"他怎么不是鬼？我看见的，我亲眼看见的！"安林继续吼叫着，一条长长的口涎从嘴角亮晶晶地垂下。

云湛定了定神："那好吧，你说你亲眼看见的，我不信。除非你能说出来你看见什么了，凭什么就要说他是鬼。"

安林的喉头蠕动了一下，发出几声哽噎似的怪声。他的双腿由于恐惧而不停颤抖，终于支撑不住，两脚一软坐在了地上。

"他明明死了！葬礼上是我陪着你眼看着他被放进墓穴的！"安林的声音凄厉得像受伤的野狼，"可是怎么会留下一个头！还说话！"

安林有些语无伦次，但云湛听懂了他的意思："留下了一个头？下葬之后，你看到过我父亲的头？不可能的，他被发现去世的时候就已经完全腐烂了，脸都烂掉了，你怎么能认出他的头？"

"所以他是鬼！死了还要守住自己财产的恶鬼！"安林近乎声嘶力竭，"我没想干什么，就想着反正他死了，你搬走了，房子还没卖出去，想要去翻翻看你家会不会还有什么可以换钱的东西留下来。我晚上进去的……很黑……没人看见我……然后我就看见了他！绝对是他的脸，我见到过的……但是只有头！他的头就挂在半空中，看到了我，还眨了眼睛！他是鬼！他怕我偷你家的东西！他是恶鬼！"

云湛总算从安林这一番混乱而情绪激烈的讲述中理出了头绪。在风靖源去世并下葬、自己跟着家仆陈福离开杜林投奔雁都之后，失去主人的风宅托给了一位本地商人代售，在售出之前原本空无一人。一向胆大且鸡贼的安林想要到人去楼空的风宅里碰碰运气，看能不能偷到一点儿还能换钱的家什。于是他选择了一个深夜，黑灯瞎火地潜入风宅，不料却撞见了"鬼"，就此受到刺激，被吓得精神失常。

而他所见到的那个鬼，正是已经去世的家主风靖源。在那个命运注定的暗夜里，安林看到了风靖源死而复生，却仅剩一个头颅——但那个头颅是活的！还能看人和眨眼睛！

"你说他的脑袋挂在半空中，是什么意思？"云湛看出安林已经到了崩溃的边缘，有些不忍心再追问，但事关重大，却又不得不继续问下去。

"我第一眼看到，脑袋是浮在空中的。"安林似乎已经脱力，声音反而变小了，"再仔细一看，有几根线……有几根线吊着……一个脑袋……几根线……鬼！"

这最后一声喊叫又骤然变得响亮。安林从地面上奋而坐起，不顾一切地向着云湛猛扑过去，张开嘴露出焦黄的牙齿，看样子是想狠狠地咬云湛一口。云湛叹了一口气，侧身一闪，在安林的脖子后面轻轻地切了一下。安林两眼翻白，再度倒在地上，晕了过去。

云湛看着安林缩成一团的身体，轻叹一声："对不起了兄弟，我父亲的错也就是我的错，害得你变成了这样。无论如何，我一定会给你一个交代。"

云湛把昏迷的安林送回了家，在他的床铺下塞了一枚金铢，郁郁地离开。此后的几天里，他奔走于杜林城及附近的几个羽族村落，终于又找到了几位当时的玩伴，却仍然没有任何人能向他提供有用的信息，告诉他当年到底发生了什么事。所有人的记忆都停留在风蔚然离开的那一天，从那一天起，这父子俩仿佛就从杜林城的世界里永远消失了。而关于安林发疯的事实，也并没有人能提供更多的细节。

而雪香竹，既没有把他赶走，也没有催促他早点查清案件真相，反而每天好吃好喝伺候他，还想办法给他弄来了不少肉食。但云湛清楚，雪香竹待他的礼数越是周到，就越说明了她绝不会轻易放过这个案子。辰月绝不会容忍自己的人被连续杀害而袖手旁观。

这一天夜里，云湛陪着雪香竹喝了几杯闷酒，突然间恶向胆边生，跑到花房里抄过了一把铲子，直奔风靖源的墓地而去。他借助着酒精的力量狠狠地压制住自己对掘开亡父坟墓的内疚，挖开了墓穴，打开里面的棺材。棺材里有一具早已只剩下白骨的尸体，倒是既没有少了身体也没有少了头。

"快给我拿蜡烛过来！快！"云湛恶狠狠地对着守墓人吼道。守墓人看着云湛这一副足足能把他生吞活剥的神情，哪敢不从，慌慌张张地托着烛台，给他送来了好几根点燃的蜡烛。

云湛几乎整个人站在了棺材里，借助着烛光仔细地辨认着剩下的这副白骨。骨架的身体部分和云湛记忆中父亲的身材差不多，而他也并不记得父亲的躯体上是否有足以在骨头上留下痕迹的旧伤，看了许久也无法得出肯定或否定的结论。

他只能把焦点聚集在颅骨上，这一看很快就发现了问题。这个颅骨的主人似乎长过虫牙，牙齿残缺不齐，留下的也都歪歪斜斜，十分糟糕。但云湛记得，许多年前，当父亲偶尔咧开嘴冲着自己短暂地露出笑容时，那一口牙齿是整齐的。

这果然不是风靖源的尸体，至少头颅不是。云湛得出了这个意料之中的结论，却让自己的心情更加沉重。父亲果然是假死的，但他为了什么要假死，甚至于要骗过自己的儿子，又是为了什么变成二十年后这样的样子，还依然成谜。

这个难解之谜在两天后终于得到了初步的解答，尽管只是初步的，却的的确确给云湛指明了一个他之前完全没有意想到的诡奇的方向。那是他派往南淮城的迅雕终于回来了。迅雕的身体还在半空中，云湛就已经看见它的脚爪上绑着一个小小的包裹，知道那是佟童为他找到的资料，激动得一头碰在了窗框上。几天之前，在从辰月教斥候那里听说了发生在南淮城的那起惨案之后，他立刻派迅雕给佟童送去了字条，要求得到相关资料。之前他和邪物署有过好几次成功的合作，和佟童等人的交情不错，知道自己这个要求一定会被满足。

他把早已准备好的一块牛肉扔给迅雕，迫不及待地解下包袱打开，里面果然是佟童为他精心整理的各种资料。只看了几行字他就愣住了，几乎不敢相信自己的眼睛，再低下头仔细看看，一时间竟然感到有些手足发凉。

"所以真相是这样的吗？"云湛看着窗外早已物是人非的宅院，"父亲，你真的变成这样了吗？"

3

在对九州百业的整理搜集过程中，我见识过许许多多离奇古怪却又真实存在的行当。比如在澜州山区一些沟壑纵横的人羽混居区域，专门有羽人拆掉联通两座山的木桥，然后收费带人飞越峡谷，以此敛财，被不少当地人族蔑称为"扁毛骡"。比如在殇州的某些珍稀药材产地，采药人往往要给一些人族捎客付足保护费，才能得到采药的机会，因为掮客们才懂得如何和夸父进行沟通、保证外人不被雪原的守卫者捏成肉饼。

还有些行当虽然源远流长，其本质却是骗人的。比如流行于宛州一带的所谓"亡魂转生"，养活了不少干这一行的导亡师。但事实上，有据可查的导亡师全都只是装神弄鬼的骗子，而灵魂这种东西是否真的存在，迄今也还没能得到证实。然而人心需要慰藉，生者对逝者的思念可以寄托在虚无缥缈的"导亡"中，导亡师们也就不会缺少存在的理由。

我还接触过一些十分危险的职业，譬如一直笼罩在恐怖迷雾之下的尸舞者。人们对于这些操控死者的怪物充满了畏惧，但如果真的和他们有过一些接触，就会发现他们无非也只是一些为了生存而跋涉挣扎的人，也有着凡人的生与死，爱与恨。

但有一类人，直到现在我都对他们知之甚少，甚至于从来没有和他们当中的任何一员当面交谈过。我对他们的全部了解，都只是来自于极其有限的文字资料以及一些无法验证可信程度的他者转述。

那就是偃师。

所谓偃师，指的就是能够制作出可以行动的人偶的工匠——这种人偶通常被称为"傀儡"。这一行当的起源已然不可考，只留下一些无法验证的传说。譬如《晁闻集略》一书中曾经提到过，最初的偃师并不以创造傀儡这种没有生命的人偶为目的，而是雄心勃勃地想要集合九州六族的精华，创造出一种全新的生命。

"魅的头发象征精神，人族的头颅象征智慧，河络的心脏象征创造，羽人的躯干象征轻灵，鲛尾象征征服，夸父的手足象征力量。"这是书里所记述的这种创造的理论依据。很显然，这只是一种彻头彻尾的空想，固然带有某种血腥的诗意，却断然不具备现实的可操作性。

所以根据书中记载，最初的创造者们毫无疑问地失败了。然而，在此过程中累积出的许多和生物构造相关的知识，却让后来者产生了制作机械人偶的想法，而这一想法的可行性就高多了，最终形成了偃师这个独特的行业。

然而，或许是入门门槛过高的缘故，历史上能够真正成为傀师的人十分稀少，可以留下记载的更是屈指可数，而那些零星的记载也往往自相矛盾、难以取信。比如《晁闻集略》对傀师技艺的描述就十分谨慎，只是提到了几位幸运的目击者的所见，称他们见到过的傀儡外表粗陋、行动僵硬，尤其几乎没有什么智慧可言，只能遵从主人的一些很简单的命令。

　　但在另一些记载中，却有人信誓旦旦地声称，他们亲眼见到了足以以假乱真的傀儡：拥有看上去和真人一样的皮肤和五官，有着惟妙惟肖的神态和灵活流畅的动作举止，言语处事也和常人无异，只有到傀师把它拆卸成零件时，这些人才敢相信，那个方才为自己斟茶倒水表演剑术、和自己谈笑风生的英俊青年竟然只是一个假人。这些人说，这样的伟大造物才配被称之为真正的傀儡——那种没有智慧的充其量算是人偶。

　　如前所述，这些记载实在难以验证，我所能做的，也只是把它们忠实地记录在这里，供读者参考。我时常忍不住怀想，假若这世上真的有傀师存在，他们会过着什么样的生活？他们所制造出来的傀儡，到底是精巧还是笨拙，到底是可以实实在在地发挥效用，还是只是一堆无用的零件的拼凑？

　　更加让我困惑的疑团是，假如真的如传说所言，存在着那种聪明到足以乱真的傀儡，他们的智慧到底来自于何方？那一堆木片、金属、矿石、机簧、兽皮兽毛的组合，是怎么样无中生有地产生出意识和灵魂的？而拥有意识的傀儡，究竟该算作是器物，还是算作另外一种别样的生命？

　　——难道生命这种只有荒和墟才能完成的伟大创造，真的可以被卑微的九州生灵所复制么？

　　我想，一直到死，我都会陷入这样的困惑中无法自拔。当然，相比起解开心中的困惑，我更加希望的是能够在有生之年亲眼见到一位傀师，亲眼见到一具傀儡。然而九州如此浩渺广大，人生却如此白驹过隙，这个愿望大概是很难实现的吧。

——节选自邢万里《九州纪行·百业录》，来自佟童为云湛整理的资料。

4

"现场留下的那一只断掌，表面看起来只是普通的人类的手掌，但断口处露出的，却并不是人的骨头血肉，而是木料和金属。它的外皮覆盖着和真人无异的皮肤和肌肉，内里却全都是复杂的机械。"佟童在给云湛的信里面写道，"我把手掌交给霍坚，霍坚只瞟了一眼就吓了一大跳。他马上就告诉我，让我立刻请最好的工匠来检查这只手掌。如果这手掌只是徒有其形，那也就罢了；但如果能确认它有着不寻常的工艺，那可能就是大麻烦了。

"于是我们专门请来河络的专家鉴别了，证实它的内部构造确实十分精巧，这样的手掌只要有完整的手臂提供足够动力，完全可以像真人的手一样灵活，我们能做的它也能做，而它还能够承受比我们大得多的力量。这样的技术，即便是这位河络专家也没有办法仿制。

"霍坚这才告诉我们，河洛专家仿制不了半点儿也不稀奇。这样的手掌，只有某一类掌握了极为独特的神秘技艺的人才能够打造，他们可不仅仅只是做出一只手掌，而是能够制造出外表和人完全一样的机械，并且听从他们驱使！这样的人群，被称之为偃师，而他们所制造出来的机械人偶，则被称之为傀儡。霍坚在追忆了一大堆风流韵事之后，告诉我们，他年轻时曾经在殇州的天池山脉里无意间遇到过一位偃师，并且亲眼见到了跟随在偃师身边的傀儡。那位偃师当时可能是为了修理，把傀儡的一只脚卸了下来，断面就是那样，没有骨头，没有肌肉筋膜，而只有金属和木头构成的零件与机簧。

"我立即去翻找古旧的文献，但能找到的和偃师与傀儡有关的资料极少，最详细的描述或许就是那份邢万里的《九州纪行》。除此之外，其他一些零零碎碎的记录无非都是重复上面的话，而且由于缺乏证据支撑，看上去更加接近神怪奇谈。我所能向你提供的就只有这么多了，剩下的需要仰仗你的智慧去发掘。"

"需要仰仗你的智慧去发掘。"好一顶高帽子！云湛不觉哑然失笑，感觉这个过去就像闷葫芦一样的佟童现在倒是越来越会说话了。

不过笑过之后，更多的是理不清头绪的烦乱。偃师这个词汇他过去倒也有过耳闻，但却从来没有真正接触过，也基本没有听说与之相关的故事，一直只是把它当成一种怪谈，又或者是久已消失的历史的遗迹。佟童的一封信却把这样原本虚无的东西哐当一声扔进了他的现实中。

假如佟童所描述的这些细节无误的话，云湛基本上可以推想，他在几天前遇到的那个死而复生的风靖源，就是一个经由偃师改造后的傀儡。所以他才会重新拥有了身体，所以他才会突然变得力大无穷。但是根据那份邢万里的《九州纪行》，傀儡应当是完全凭空造出来的，其中并不含有生命的成分，却又为什么会保留着风靖源的头颅？

另一方面，佟童他们所得到的那只断手是在停尸房夜袭的当天晚上从袭击者身上砍下来的，但云湛在宁南城见到风靖源的时候，对方的双手都是完好的。究竟风靖源和南淮城的杀人者是不是同一人呢？还是说在他的身后，有一个偃师可以帮他及时地修复损伤呢？

而更让云湛感到头疼的是，眼下固然有了一个模糊的方向，该怎么样真正地去下手调查，他的心里仍然还是没有数。风靖源自从那一晚上鬼魅般的现身和他打了一架之后，就再也没有露过面，根本无从找起；而即便有了"此事和偃师有关"的线索，又该从何查起？

他走出房门，在雪宅的花园里慢慢地踱着步，整理着纷乱的思路。走着走着，他隐隐感觉有人在某个角落窥探他，抬头一看，原来是雪香竹正站在窗口，并不掩饰地注视着他。

"美人倚窗而立，多么美好的图景。"云湛打趣说。

"英雄愁眉不展，额头上的皱纹能抽出来织布，这就不那么美了。"雪香竹说，"看来你是遇上什么难题了，我能帮得上忙吗？"

云湛正想要打个哈哈搪塞过去，却突然间脑子里灵光一现，想到了些什么："还真有些事情需要你帮忙。你能不能给我讲一讲，你们遇害的那四个人具体都是什么身份？"

雪香竹微微一怔，并没有立刻回答，过了好一会儿，忽然展颜一笑："我明白了，我们的云大游侠找不到其他的突破口，想要从死者的身份关联上寻找一些共同点，来推测凶手的动机，对吗？"

云湛耸耸肩表示默认。雪香竹接着说："这个恐怕有点难办。你虽然是我们教主的好朋友，毕竟身份还是天驱，有些东西并不能随随便便透露给你。不过么……"

云湛早在等着她这句话："不过什么？"

"不过我们或许可以做一些交易。"雪香竹说，"先前我看到，有一只雕飞向了你的房间，同一只雕在若干天前也出现过，多半是你的信使了。如果你愿意把它带回来的信息向我分享一下，那我也许也可以向你分享。"

"你够聪明，也够会占便宜，果然是个典型的辰月。"云湛说，"我能讨价还价么？"

"第一，很少有人能在辰月面前讨价还价；第二，我不得不提醒你，这个案子拖得越久，对你们天驱可能越不利，毕竟辰月的人死了，天驱往往嫌疑最大。"雪香竹悠悠然地说，"所以在这种时刻，如果换了我，即便是吃亏，也只能咬牙答应下来。"

云湛思索了一阵子，颓然叹息："你们辰月果然一个个都是怪物，特别是女人……"

"你不必假装了。"雪香竹摇摇头，"其实从一打头，你就是想和我交换情报的，现在明明是遂了你的愿，又何必装得像被骗走了全副身家似的？教主说得没错，你的确是一个非常非常狡猾的对手。"

两人来到云湛的房间，云湛并没有隐藏，把迅雕带过来的所有资料都给了雪香竹。雪香竹翻完之后，脸上的神情阴晴不定。

"你怎么了？"云湛问。

"我没有想到这件事竟然会涉及偃师和傀儡。"雪香竹说，"那样的话……"

云湛等待着雪香竹把这句话说完，但突然之间，他感受到了一种巨大的压迫力，从头顶到脚底无所不在的将他包围在其中，释放出巨大的挤压力量。这是雪香竹在用秘术偷袭他！

这样的秘术云湛并不陌生，以前也曾经遭遇过，那是一种能够操纵空气的高等秘术，令无形的空气在极短暂的瞬间聚拢，形成砖石墙壁一样的可怕挤压力，可以把一个大活人生生碾成肉饼。他临危不乱，利用身体四肢迅速地感知出这道空气陷阱所存在着的微小的薄弱之处，用力挣脱出去，右手已经握住了一支弓箭，向着雪香竹的喉头插去。

雪香竹也侧身闪开，四围的空气就像成为她的触手一样，将房间里大大小小的家具器物全部卷了起来，如飞石一般向着云湛砸去。空间窄小，云湛难以躲闪，索性跳窗而出落到了院子里。雪香竹紧随着也跃出窗口，脚下的空气就像垒成了一级一级的阶梯，她翩翩然凌空而下，姿态优雅若仙。

云湛和无数的秘术师交过手，包括辰月教主木叶萝漪这样的顶级高手，深知其中的关窍。他在院子里不停地绕圈奔跑，让雪香竹的秘术难以定位，而自己也抓住每一个有利的角度，不停地射箭干扰雪香竹的精神集中。但雪香竹虽然看上去年纪轻轻，却似乎也是个经验丰富的秘术师，她并不急于出杀招，只是保持着一定的压制力度，和云湛维持着均势，看来是想要先消耗云湛的体力，再寻找最适当的时机下手。

两个人都采取了几乎完全一致的战术，交手了十余分钟，并没有谁能够占到足够的优势，只可怜了这个修葺精美的院子，几乎已经变成了狼藉的废墟。最后雪香竹忽然停止了攻击，云湛也顺势在地面上站定，两人对望几眼，眼神里都有棋逢对手的佩服。

"怎么，不打了？"云湛问，"虽然我都还没弄明白你为什么突然就要揍我。"

"其实我并没有什么恶意，就是想试试你的身手能不能陪我一起去。"雪香竹回答，"我担心被拖累。"

"陪你一起去？去哪儿？"云湛又问。

"去找偃师。"雪香竹给出了一个让云湛非常意外的答案。他一时间有点儿不敢相信自己的耳朵："找偃师？你知道偃师藏在什么地方？"

"有一些线索。"雪香竹说，"之前我没有想到此事和偃师有关，所以刚才的条件作废，我们定一个新约。"

"反正我别无选择，你只管开口就行。"云湛耸耸肩。

"我不但会把刚才所答应的几位死者的身份告诉你，还会亲自带着你去寻找偃师。"雪香竹说，"但是这一路上，去哪里，不去哪里，做什么，不做什么，你都必须听我的。如果我不愿意做出解释，你也不许问。"

"其实你完全可以把地点告诉我，我自己去就行了。"云湛说。

"此事涉及辰月教的重大机密，必须有我在场才行。"雪香竹斩钉截铁地说。

"我明白了，就依你。"云湛毫不犹豫地点头。

几天之后，两人已经来到了宁州的最西部，即将进入瀚州地界。绵延而险峻的勾戈山脉形成了一道天然的屏障，分割开瀚州的蛮族和宁州的羽族。在这一带的山路上行走，能见到的蛮族人越来越多。

按照雪香竹的要求，她并没有明确说出两人此行的目的地到底是哪里，云湛也没有多问，但还是得到了一些其他问题的解答。比如他所关心的四位辰月教死者的身份，雪香竹给出了一个他隐隐有些事先猜到的答案："你也知道，最近一两年来，辰月和你们天驱关系越来越差，即便教主个人和你是好朋友，也没有办法挽回这种走势，有些激进派就曾经主张直接开战。而被杀的这四位，都是极力反对开战的主和派。"

所以风靖源或者风靖源之外的凶手为什么要杀害这四位，倒还真不好判断。因为无论是天驱还是辰月，为了促成开战，都有理由对这四人下手；而假如是天驱、辰月之外的什么人想要挑拨，同样也可以用这一招。云湛提醒着自己：在获得确凿的证据之前，千万不能武断地妄下结论。

而雪香竹也终于向他透露了自己在辰月教里的职位。辰月教分为阴、阳、寂三支，其中的阴支负责仲裁、审判以及执刑，她正是阴支当中的一名教长，权位颇高。然而这件事由她出马，而不是交给负责日常事务的阳支，似乎更加证明了云湛的猜测：杀人者或许和辰月内部有关，雪香竹负担着锄奸的重任。

当然，雪香竹没有明确承认，云湛也不会多话。两人一路上相安无事，甚至可以说相处颇为融洽。相比之石秋瞳和木叶萝漪，雪香竹的性情更加婉柔和，沿途甚至会像一个小妹妹那样主动照料云湛的起居，半点儿也没有一个辰月教长身上应该有的霸气。然而，云湛绝不敢有丝毫的掉以轻心，从雪宅内那一次突然的发难可以看出，这也是一个可以随时切换出心狠手辣杀人不眨眼模式的女魔头。

来到距离进入瀚州草原大概只有一天路程的地方时，云湛敏锐地注意到了方向的变化："我们不是要去瀚州么？为什么又折向西北方向了？"

"我记得我跟你约好了的，你只管跟着我走，无须多问。"雪香竹回答。

"我只是很好奇，你这么一个漂亮的姑娘，难道不怕麻风病吗？"云湛说，"朝着这个方向继续再走下去，是一条死路，会通往一个依悬崖而建的村庄，那个村子里全都是麻风病人。"

"没错，我要找的就是麻风病人。"雪香竹淡淡地说。

云湛没有再多说。如他所言，向着西北方向继续前行，有一个规模不小的麻风村。这个村子的起源，其实是一场真正的悲剧。大约三四十年前，一群羽族的低等姓氏贱民在这一带聚啸山林，不分种族地疯狂劫掠，而由于此地基本属于三不管地带，驻扎在边境的羽族军队、蛮族军队和华族军队相互推诿，每每有所谓的剿匪行动，也只是做个样子。然而边境百姓所受的苦难却是实实在在的。

后来附近的村民们终于忍无可忍，一方面自己组织了一支武装力量，一方面在有同情心的贵族和商人的资助下请来了一批雇佣兵，总算是平息了匪患。在战斗的最后一夜，这支拼凑起来的民间部队歼灭了最后一股土匪，就地庆祝了一番，带着酒意在附近寻找到一个空空荡荡的村落，并在那里随意的寻找房间上床就睡。其时夜色已深，即便发现这个村落已经完全没有人，他们也并没有太在意，只是以为这村里的居民都因为不堪匪患而早已搬迁逃离。第二天早上，当他们在附近搜索到因为受到他们惊吓而逃离躲藏的村民时，惊恐地发现这寥寥可数的几个村民一个个面部溃烂，皮肤上布满丑陋的斑块，四肢残损，竟然全都是麻风病人。

这个小小的村庄，原来是附近的山民用来安放村里的麻风病人的。所谓安放，只是一种好听的说法，其实质就是让他们在这里等死。

并没有侥幸，这些人染上了麻风病，即便不被旁人所厌弃，他们也不愿意回家去把这种恐怖的疾病传染给自己的家人。他们只能继续留在麻风村里，等待命运的审判，等待变成一堆烂肉。

幸运的是，后来有一位四处游历的长门僧经过此地，利用长门僧丰富的医学知识尽力救治了这批人，大多数人最终活了下来，只是或多或少的都留下了残疾，以及无法消去的丑陋的瘢痕。他们也不愿意再回去面对世人厌弃的眼光，从此就在这里定居了，直到这个村里的最后一个人死掉为止。

那一群染上麻风的人当中，有一个雇佣兵碰巧是云湛的叔叔云灭的老相识，所以云湛知道此事。他并不清楚雪香竹为什么要去这个村庄，但既然答应了，就只能一路跟随。不过，当最终来到村口的时候，看着那几个带着好奇和警惕走出来的面容丑陋的汉子，他一下子就明白过来了。

"原来是这么回事儿，我居然一直没有想到。"云湛说，"这么看上去，偃师好像也不如传说中的那么邪恶嘛。"

在他的眼前，离他最近的那个面容已经毁掉的汉子，也失去了右手。然而他的右手腕却并不是光秃秃的，上面连接着一只非常灵活的、呈现出木质光泽的假手，那种从手指到手腕的灵活程度，绝对不是寻常木匠打造出来的不能动的木手所能比拟的。

假如在这只手上覆盖上一层人皮，那大概就和南淮城发现的那只断手没有什么区别了，云湛想。

叁

偃师与傀儡

1

那群马贼已经足足跟了有两天了。

行商们都十分担心，却也没有别的办法。在瀚州草原这样天宽地阔的地方，走上几天也未必能遇到官兵——况且遇到官兵也未必能顶事，被马贼盯上就只能听天由命。

现在看来，马贼们之所以还没有动手，是因为他们的人数还不太够，一旦援兵赶到，行商们就会成为待宰的羔羊。到了这个时候，他们或许才会后悔，为了省下一笔保护费而没有加入另外一支实力雄厚有雇佣兵随行的大商队，然而后悔已经晚了。

夜宿的篝火点亮之后，行商们愁眉苦脸地坐在一起，尽管号称是要商量对策，但实际上不大可能产生真正有用的对策，反倒是彼此争吵不休。而马贼们肆无忌惮地在距离他们只有几里远的地方也停下休息，在一望无垠的辽阔瀚州草原上，双方都能彼此看到营地里的火光。

"要不然……我们一起凑一笔钱，求马贼放过我们？"一个面皮焦黄的小个子行商伸手指了指远处马贼的篝火，"那样好歹损失少点。"

"我同意！"坐在他旁边的一个胖乎乎的面相和善的老头立即附和，"出门在外，多一事不如少一事。出点儿血总比连肉都被啃光好。"

"得了吧樊老四！"另外一个膀大腰圆、身边放着一把长刀的汉子不客气地说，"年纪那么大，胆子那么小，遇到什么事最先往回缩头！我们这帮人本来就是穷鬼，连雇佣兵那点保护费都舍不得交，凭什么要让马贼白拿？要拿，先试试我的刀！"

说话的这个汉子，按照他自己的说法当年曾经当过兵扛过枪，是个能打之人，所以一直都鼓吹着要和马贼们硬碰硬，这一番号召也得到了其他几个"能打之人"的响应，但大多数人听了这话，却只能面带苦相。这些行商当中，真正习武的并不多，大多是来自中州和宛州的小商人，一辈子战战兢兢地和算盘账本打交道，最多有点儿扛货物的笨力气，马贼过来的话大概可以一刀一个。

樊老四看来确实是那种完全不敢惹事的圆滑之辈，即便被长刀汉子不客气地训斥了，也丝毫没有生气，只是赔着笑脸说："那是那是，你们几位好汉肯定是没问题的，可还有一堆我们这样的老弱病残，打起来不就是一盘菜吗？"

"是啊，樊老四说得对，你们几个厉害，打不过大不了还能跑，我们总不能为了货物就把命丢掉吧？"另外几位行商七嘴八舌地赞同着樊老四的意见。

能打的和不能打的两拨人各执一词，吵得不可开交。过了好一会儿，才有一个眼尖的行商忽然发现有些不对："马贼呢？马贼去哪儿了？"

人们赶忙停止争吵，这才发现马贼营地里的火光不知何时熄灭了。草原上初冬的夜风如刀刮过，火堆散发的热力仿佛在一瞬间消散殆尽，每个人都感到了背脊上的凉意。

突然之间，从宿营地的北面数里之外传来了一声响亮的号角声，继而东面、南面、西面都响起了几乎相同的号角，像是在彼此呼应。紧跟着，四面八方无数的火把同时亮起，伴随着这些火光的，是暴风骤雨般的马蹄声。

"大部队到了！我们被包围了！"长刀汉子从地上跳起来，手里抓着刀，却又因为颤抖而把刀鞘摔在了地上，先前说着要和马贼们硬碰硬的气势刹那间消失得无影无踪。其他几个原本打算和他一起动手的人，此刻的脸色也都在火光下显得惨白，竟然没有人想到要去抄武器。

"我们完了。"最早建议交保护费换平安的黄脸小个子颓然说，"他们根本就连谈判的机会都不打算留给我们，就是要一网打尽啊。"

倒是看上去弱不禁风的樊老四此刻反而显得比较镇定："别多想了，保命要紧！所有人赶紧围在一起蹲在地上，双手抱头，脊背朝外，千万不要带武器！武器全部扔在火堆边最显眼的位置！快一点儿，如果他们顺利拿走所有的货物，没有任何抵抗，说不定会发善心留我们一条命。"

"钱没了还能再赚，命没了可就什么都完蛋了！"他又强调说。

樊老四说着，当先蹲了下来。其他人群龙无首，也没有别的主意，只能跟着他的话做。先前嚷嚷着要动手的几个人也飞快地把武器扔得远远的，和大家蹲在一起。

只一小会儿工夫，马蹄声就已经来到身前。马贼们分为四队，从四个方向发起冲锋并完成了合围，人数估计有近百。蛮族人一向以强悍勇武而精擅马术而闻名，这样一百个训练有素的草原汉子在开阔的平地上纵马冲锋，即便是两百名华族士兵也未必抵挡得了，更何况那些从未提枪上过阵的普通商人。单是听着马队由远及近的气势，以及冲入营地后各种井井有条的包围、分割、封锁、搜查，行商们都能意识到，先前那些反抗的念头有多么可笑。

尽管在这个和平的时代，华族语言已经基本上成为九州各地的通用语，但似乎是为了表示出对马贼的足够尊重，俘虏们仍然推出了一名懂蛮语的行商，向马贼们表达了投降并献出货物保命的意愿。

"很好，你们很识趣，"马贼头领听完之后，用流利的华族语言回答说，"我可以饶了你们的性命，但还不能放你们走。最近北都城正在准备清剿我们，我需要人手来帮我们修筑工事。"

北都是瀚州的都城，甚至于是很长一段时间里整个大草原上唯一的一座城市。所以，当草原上的人说起"北都城"会怎么样怎么样的时候，通常就是在指代蛮族政权。马贼头领的这句话讲得再明白不过：官家要清剿他们了，他们需要抓走行商们做苦力。

行商们大惊失色，纷纷开口苦苦哀求，但马贼头领并不为所动，一名看上去像是个小头目的马贼不动声色地举起手里的蛮族弯刀，手起刀落，一瞬间把哀求声音最大的一个中年行商的脑袋直接砍了下来。随着他的头颅带着飞溅的血花落在地上，人们安静了下来，虽然还有几声抑制不住的小声抽泣，但看上去，几乎所有人都认命了。

"所有人站起来，"小头目示威般地高举着手中仍在滴血的弯刀，"到那边去，规规矩矩地排好队，听从……"

话刚说到这里，他忽然发现旁人——无论是自己人还是战战兢兢的行商们——看向他的眼光变得很奇怪，就像是看到了什么难以索解的恐怖事物。他顺着这些充满惊惧的目光低头一看，忍不住惊叫起来，在这个草叶普遍低矮枯萎的初冬，他的脚下却不知何时长出了一圈古怪的红色植物，正好把他的足踝和小腿包围在其中。这些植物乍一看形若细长的树叶，颜色却红得像鲜血，边缘带有细小的锯齿，而且正在以肉眼可见的速度快速长大，已经高过了这位小头目的膝盖。

更为诡异的是，这些树叶看起来好像是在随风摆动，但仔细一看，摆动的方向和风向并不一致，竟然好像是动物一样自行在暗夜里的火光下婆娑起舞，带有一种妖魔般的怪诞。

小头目知道这些血色的树叶非比寻常，可能有极大危险，他的反应倒也很快，迅速地挥刀砍向面前的这一丛树叶。然而这些树叶带有一种独特的韧性，这一刀砍下去，并没有将其砍断，反而是被砍中的树叶像一根根灵活的触手，反过来把弯刀卷在其中。

而这一刀似乎激怒了这种正在疯长的古怪生物，那些飞舞的血色树叶猛然间收拢，像绳子一样缠绕在了小头目的身上。他几乎是在同一个瞬间就发出了撕心裂肺的惨叫声，身体拼命挣扎，却反而让这些血叶越卷越紧。

人们在火光下可以看得很分明，那些血叶边缘的锯齿如同真正的钢锯一样在小头目的身上划出了一道又一道的伤痕，鲜血不断涌出。但锯齿本身细而短，割出的伤口并不算太深，以瀚州马贼的强悍，原本应当哼都不哼一声。但这个小头目叫得如此之惨，几乎连嗓子都要喊哑了，可见是锯齿在他的伤口里注入了某些毒素之类的特殊物质，令他感受到了钢铁之躯都无法承受的剧痛。

马贼们先是惊呆了，继而迅速反应过来，几名离他比较近的马贼提起刀就冲了过去，试图斩断血叶，但刚刚迈出几步，他们的脚下也突然有无数同样的血叶破土而出，把他们全部都席卷在其中。

没有征兆，没有预警，妖魔一般的杀人树叶在营地的区域里不断从地下冒出，快速生长，攻击位于他们身畔的马贼。马贼们徒有一身武艺，对这些杀人血叶却一点儿办法也没有，只能在这片不可思议的杀人丛林中徒劳地挣扎，发出让人胆寒的绝望惨呼。而慢慢地，这样的惨呼声越来越小，说明马贼们的生命正在一个接一个地消失。

只有马贼头领并没有被卷入。他毕竟是这批马贼的首领，不但身手过人，头脑也很清醒，一开始就看出了那种古怪的血叶绝对不能碰，所以提前做好了闪躲的准备。当他的手下们一个个葬身于锯齿的包围之中时，只有他机敏地连续躲过好几丛血叶，一跃跳上自己的坐骑，猛抽一鞭，向着营地外围逃去。

但是他最终并没有逃掉。胯下的马匹刚刚带着他逃出了杀人血叶的领域，宿营地里忽然响起了一声古怪的吟唱。这一声吟唱很短，声音也并不大，却不知怎么的在马贼们的垂死哀鸣中依然清晰地传入每一个人的耳朵。

伴随着这声吟唱，马头前方的地面突然拱起，一根粗壮有如石柱的物体拔地而起，迅速长到两三丈高的高度。马贼首领猝不及防，策马直接撞了上去，这匹身躯高大、骨骼健壮的北陆骏马，竟然被硬生生地撞飞，马贼首领更是被弹飞出去数丈之远，身体掉入了正在熊熊燃烧的篝火中。

——人们都看得很清楚，那是一棵树，一棵突然在草原的地面上突兀生长起来的大树。

马贼首领哀号翻滚了许久，才总算扑灭了身上的火焰，但整个人已经被严重烧伤，眼看着奄奄一息，已经没有什么活路了。他的手指插在泥土里，被烧伤的喉咙发出含混不清的低吼："是谁？是谁干的？是谁？"

马贼们自然是无法回答他的，毫发无损的行商们则个个一脸茫然，不知所措。有几位有点儿见识的行商已经隐隐猜到，这些充满杀戮气息的不知道是动物还是植物的恐怖血叶，应当是来自于秘术的变化，而且这位秘术师显然是站在行商们一边的。但是秘术的施展对于普通人而言，根本就是无痕可寻，刚才那一声吟唱也来自于一片混乱中，无法精确定位。

这位秘术师究竟是谁？

只有一位贩卖乐器的行商，犹犹豫豫地不断瞟向某一个角落。近些年蛮族人越来越亲近东陆文化，华族的乐器乐谱也是其中最受欢迎的元素之一，让这位行商找到了商机。常年和乐器打交道，让他的听觉比一般人更加敏锐一些，所以已经准确判断出了那声吟唱的出处。只是胆怯让他不敢直视。

"不用看了，老詹，就是我。"一个人声响起，"是我杀了这些马贼。"

"樊老四？怎么会是你？"先前力主反抗、后来扔刀扔得飞快的粗壮汉子惊叫起来。

是的，这个说话的正是一直以来胆小怕事与人为善的樊老四。此刻他那张圆嘟嘟的胖脸上仍然带着和蔼可亲的笑容，眼神里却多了几分若有若无的凌厉，走路也不再像以前那样步态卑微佝偻，而是隐然有一种大人物的气度。他不紧不慢地走到垂死的马贼首领身前，叹了一口气："即便是当强盗、当匪徒，也总得给别人留些余地。我们已经同意把所有的财物都献给你了，你还要得寸进尺，要我们去做苦役，这就未免有点过分了。我有要事在身，不能在你们身上耽搁，抱歉了。"

马贼首领的眼睛里像是要喷出火来，身躯微微扭动着，像是想要挥刀砍向樊老四，却已经没有这样的力气了。樊老四不再搭理他，转身朝向不知所措的行商们："抱歉了各位，本来想混在你们当中安安稳稳进入北都城，这下子暴露身份了。我当然不会杀了你们，但是恐怕要委屈你们接受一下我的秘术，洗掉你们的记忆，让你们从此忘掉我的存在。麻烦大家都站过来。"

他的措辞虽然客气，但语气里充满了不容抗辩的威严，行商们也没奈何。无论怎样，这个身份不明的樊老四救了他们的性命也救了他们的钱财，只是要抹掉他们一些记忆，已经简直可以算得上是大善人了。人们并没有多说，也不敢多说，只是乖乖地按照樊老四的指令站过来排成好几行，就像是在阅兵。

樊老四并没有怎么做动作，只是右手食指和中指并拢，画出了一个秘术印纹。随着印纹的完成，一道淡淡的白光悄无声息地出现，逐渐扩散成了浅白色的雾气，把行商们笼罩在其中。那道雾气中隐隐约约有淡绿色的细碎光点在闪现，让行商们的脸看上去格外奇怪。

樊老四专注地操纵着秘术，两眼目不转瞬地紧盯着雾气的动向。行商们则一个个都很紧张，不知道这样能够抹去他们记忆的秘术会是怎样的效果，会不会樊老四一不小心失误了把他们的全部记忆都抹掉——那样岂不是成了白痴？有些胆小的索性已经闭上了眼睛，不敢再看。

就在施术者和被施术者都全神贯注的时刻，令人意想不到的变故发生了：樊老四脚边的地面突然间裂开，一个黑影从地下蹿了出来，挥拳直击樊老四的面门。

这一下突然袭击实在出乎所有人的预料，即便是先前无声无息地解决掉近百名马贼的樊老四都猝不及防。对于秘术师而言，在施展某一种秘术的同时强行中断是十分危险的事情，但是此刻他别无选择，只能硬生生地取消掉消除记忆的秘术，然后在一瞬间在自己的身前幻化出一朵黑色的巨大花盘，几乎和一张饭桌差不多大。

"砰"的一声，偷袭者的拳头打在了巨花上，整个花盘化为了无数的碎片。但借助着这一下关键的延阻，樊老四身形一晃，从原来站立的地方消失，重新出现在了七八丈开外的空地上。然而，虽然并没有被打中，樊老四仍然身体摇摇晃晃的似乎有些站立不稳，张口狂喷出一口鲜血，这就是强行中断秘术之后精神力反噬的后果。

一击未中，偷袭者并没有继续强攻，而是一步一步地慢慢靠近樊老四，大概是知道对方厉害，不敢急于求成。行商们不知道此人是敌是友，也不知道自己在暂时逃过被抹去记忆后，会不会反而招致更严重的后果，心情并没有变轻松。他们也看清楚了，这个偷袭者也是一个满面皱纹的老人，发色浅灰，身材高瘦，应该是一个羽人。

这个羽人来到距离樊老四大约十步的距离，樊老四也看清楚了他的脸，忽然用极度诧异的语调说道："我认识你！你是风靖源，天驱武士风靖源！三十年前我们交过手！"

被称之为风靖源的羽人停住了脚步，脸上现出困惑的神情。过了好一会儿，他才开口说："风……靖……源？你在说谁？谁是风靖源？"

他说话的腔调十分古怪，吐字不清，显得舌头非常生硬。樊老四也是愣了一愣，没有料到风靖源会做出如此古怪的回应，过了几秒钟之后才有些恍悟："你是脑袋受过什么伤吗？还是说也中过消除记忆的秘术？"

"受伤？秘术？"风靖源重复了一遍，表情恍惚，更加显得有些痴痴呆呆。樊老四正想再说点什么，风靖源却陡然间发出一声怒吼，向着他扑了过去。

在旁观的行商们的眼中，这一场打斗实在是不好看——至少和先前那些奇异血腥的杀人植物相比，明显缺乏观赏性。主要原因是这两个人的动作都太快了，让他们压根儿看不清楚。风靖源的出拳让他们几乎只能看到一些影子，樊老四也在利用秘术不断地改换位置，让这一帮普通人完全难以捕捉。而他们甚至都不知道该盼望谁获胜才会对自己更有利，只能焦躁地等待着双方分出胜负的那一刻。

最后，随着一声仿佛是火药爆炸般的剧烈爆响，两个身影终于静了下来，一个依旧站立着，另外一个倒在了地上。站立着的是风靖源，他身上的衣服出现了不少的破损，还有一根粗大的应当是秘术变化出的藤蔓穿透了他的左侧小腹，但他却站得稳稳当当，甚至没有喘气，那样腹部被刺穿的重伤对他而言似乎只是掉了根头发。樊老四却瘫倒在地上，鲜血不断地从嘴角涌出，双臂和双腿都以奇怪的角度扭曲着，看来都被风靖源打折了。

胜负已分。

风靖源随手扯掉了插在小腹上的那根藤蔓，上前两步，站到樊老四身边，伤口处却没有一滴血流出来，就像是一块木板被打了一个洞一样。樊老四喘息着苦笑一声："虽然我因为你刚才的偷袭而不得不强换秘术，因此被精神力反噬，受了一些伤，但是老实说，就算我没有受伤，也不是你的对手。风靖源啊，昔日的天驱武士，你已经不再是人了，对么？你竟然会被偃师改造成为傀儡，这是为什么？但是用活人改造傀儡这种事，过去还从来没有人做到过，难道他……难道他真的有这样的才能，超越所有的前人？"

"我就是因为深知自己才能不足，才最终放弃了偃师的行当，改而修行成了一个秘术师，和他比起来，我真是差得太远了，天差地远。"

行商们大多很茫然，不明白樊老四所说的偃师和傀儡究竟是什么东西，更加不明白那个"他"指的是谁。仍然是那位乐器商人见多识广，低声向大家解释说："偃师是一群行事很神秘的人，听说会制造一种人偶，就是用木头啊金属啊之类的东西做成人型，但是看上去和真人一模一样，而且能说话能动，从外表你都看不出来那是个假人，那种人偶就叫作傀儡了。所以如果樊老四说的是真的，这个姓风的羽人就是个这样子的假人。我之前也只是听说过，这还是我第一次亲眼见到。"

风靖源并没有回答，脸上仍然带着那种诡奇的恍恍惚惚的神态。樊老四吐出了一口血沫，接着说："无论怎么样，我曾经杀过不少天驱，就连你最好的挚友也是因为被我重伤之后才死的。而且，现在由你来取走我的性命，无非是天道循环，我死而无憾。而且……我也是一个失败的偃师，最后死在一个傀儡手里，真是双重的讽刺啊。"

"我的……挚友？"风靖源呆若木鸡地重复了一遍，突然之间，凝滞的眼神里闪过一丝奇特的光。"挚友？"

"看来你成为傀儡之后还真是什么都忘记了。"樊老四摇了摇头，"当初你在天驱里面，虽然能力出众，但是性格怪僻，并不合群，只有一个好朋友和你始终肝胆相照，那个人姓云，名叫……"

刚刚说完那个"云"字，风靖源陡然间发出一声狂怒的暴喝，有如一头受伤的草原驰狼。似乎是被樊老四的这几句话唤起了某些沉睡已久的心底深处的记忆，风靖源双手抱头，面容因为痛苦而极度扭曲，嘴里发出一连串狼嗥般的吼叫。樊老四仿佛预料到了他的反应，只是轻轻叹息一声，闭上双目。

"我要你死！"风靖源咬牙切齿地喊出这四个字，一拳向着樊老四的胸口打去。这一拳带着雷霆万钧之势击中了樊老四的心口，咔嚓一声，拳头直接没入了身体里。

樊老四的嘴角带着解脱般的微笑，不再动弹了，反倒是风靖源拔出拳头之后，仍旧一脸茫然。他抬起头来，凝视着照亮整个草原的明月，嘴里梦呓似的不断念着："姓云的挚友……姓云的挚友……性格怪僻……肝胆相照……唯一的朋友……"

过了许久，他才收住了声，大踏步地向着远处走去，背影渐渐消失在苍茫的夜色中。直到这时候，一整夜担惊受怕的行商们才总算能松一口气。

<h1 style="text-align:center">2</h1>

云湛早就从云灭那里听说过和麻风病有关的正确知识，这一点和雪香竹所说也差不多，所以对于进入麻风村并没有什么恐慌。他倒是很佩服雪香竹，毕竟年轻姑娘都是爱美的，能够如她这般坦然的和麻风病人相处，着实不易。

"对于我们来说，再漂亮的脸，终归不过只是一张皮而已。"雪香竹说，"有什么好怕的？"

云湛口头表示赞同，但在心里却想着：也未必一定如此吧？我们在外奔波那么多天，您这张脸可是每天都倒饬得一尘不染……

麻风村里剩下的人已经不多了。毕竟麻风病人处处被人恐惧、躲避、排斥，再加上自己要和疾病作艰难的抗争，生存的艰辛比起常人要多出好几倍，这些原本健壮精悍的习武之人，三十年间死得七七八八，到现在只有不到二十人了，而且大多疾患缠身，失去了劳动能力。

"现在村子里还剩下四个人能干活，种地、砍柴、狩猎，再加上长门僧偶尔会来接济我们一下，就这么勉强活着吧。"那个右手换成了傀儡似的假手的男人说，"我叫沈静，马马虎虎算是这里的村长吧。"

交谈之间，沈静领着两人穿过了村子，来到村尾他的家中。云湛注意到，村里原来的房屋已经倒塌了一大半，农田也大多荒芜了，四处荒草丛生，不时能见到窜来窜去的野鼠。过去三十年间的逝者基本都草草地掩埋于田间地头，用木头刻成的简陋墓碑早已腐蚀朽烂，已经无法分辨死者的名字。

这地方，和我童年的家还隐隐有些神似呢，云湛自嘲地想。

如沈静所言，除了最开始随着他迎出村口的那四五个人之外，其他人基本连行动都很艰难了，偶尔能见到一两个坐在门口晒太阳的，也是破衣烂衫，神情麻木。

三人在沈静那座同样破烂的房屋里坐下。在接受了雪香竹的金铢资助之后，沈静非常爽快，丝毫也懒得打听两位陌生来客的身份用意，雪香竹想知道什么他就答什么。

"没错，那位长门僧帮助了我们之后，我们仍然活得很艰难，毕竟好多人都残手残脚，没有办法干活，那时候连先生就出现了。"沈静说，"他告诉我们说，他一直在寻找一批活人来帮助他完成实验，而这样的实验最好不要让外人知道，我们这帮离群索居的人简直太符合条件了。他不但答应了要帮我们安装假手假脚，还给了我们一笔钱，够我们养活自己一两年的，这样的报酬谁不会心动？我们几乎是立马就答应了下来。

"实验开始之后我们才知道，他要给我们装的不是那种普通的死木疙瘩，竟然是能够活动自如、几乎能和我们的血肉之躯结合在一起的一种机械。假如结合得足够好，就会像我这样，几乎觉察不出那只是假手，甚至于会感觉到比过去的真手还要灵活，还要有力。喏，就像你们现在看到的我的这只右手一样。"

沈静说着，一口喝干了自己身前的木头杯子里的白水，将它放在桌子上，然后左手猛地一扫。眼看着杯子就要落到地上，他的右手却已经迅疾地伸出，稳稳当当地把杯子抄在手中。

"果然很灵敏。"雪香竹点了点头，"这么看起来，这位连先生的确是一个技艺相当高超的偃师。"

沈静脸上的表情却很凝重："技艺高超么？在我身上或许是这样吧，但并不是每个兄弟都有这样的好运气。事实上，能够像我这样把假手或者假脚用得随心自如的，总共也就只有三个人，其他人身上的或多或少都有一些问题。轻一些的无非是不好用，不灵活，严重的在装了假肢之后，会反而感觉身体不适，越来越衰弱，到最后一病不起，丢掉性命。那种情形，就好像……就好像……自己的生命力被假肢吸取干净了一样。

"连先生在村里待了一段时间，观察到这些现象之后，似乎十分失望。他也曾经帮助出状况的兄弟第二次更换假肢，有的情况好了一点，有的反而更加糟糕，他也找不到什么好办法来解决。有一天，一个兄弟忍不住和他吵了起来，结果他带来的手下二话不说，把这个兄弟活生生打死了。然后连先生和他的手下离开，从此再也没有出现过。"

"从此再也没有出现过……"雪香竹若有所思，"那你们的人怎么办呢？"

沈静摇了摇头："还能怎么办？能将就用的就将就用，身体越来越差的没别的办法，只好用刀把假肢再砍断，为此又有几个人失血过多而死。总体而言，连先生这个实验让少数几个人受益，却让多数人反而更糟糕。唯一算得上赚头的，大概就是村里多了一些米粮钱。"

"那些因为安装了假肢而死的人，埋在了哪里？能不能让我看看他们的尸骨？"雪香竹问。

沈静并没有犹豫："就在村里，都是随便找个地方挖个坑就埋了，愿意看我就带你去看吧。我们这样的人，活着的时候尚且被人厌弃，死后的那一把骨头又何必太在意？"

他站起身来，带着云湛和雪香竹来到荒芜的田间，随手指向一座墓碑早已朽烂并且可能是被野兽撞倒在地的小坟包："这是张浦，连先生给他换了一条左腿，刚换好的时候还能行走自如，但慢慢地他的身体就越来越差，连原本好好的右腿也开始萎缩，在床上躺了几天之后，一直喊着心口痛，就那么着无声无息地死掉了。"

　　沈静举起出门时随手带上的锄头，打算帮雪香竹挖开坟墓，雪香竹摆了摆手，运用秘术将空气凝聚成无形的硬物，直接在地面上凿出了一个大洞，露出里面的一具白骨。云湛跟在雪香竹身旁走近这具尸骨，心里想着：最近老子还真是刨坟上瘾了。

　　他低头审视着这具尸骨，其他部分似乎都正常，左腿确确实实是看上去很复杂的金属结构，外面还残留着一些还没有彻底烂完的木片。还没来得及多想，雪香竹已经动了动指尖，用秘术把那条金属假腿拆了下来，然后丝毫不嫌肮脏地将它握在手中，仔细观看。就在金属假腿从人骨上脱离的一瞬间，云湛感受到了一丝隐隐约约的星辰力的存在。他的心里忽然明白了一些什么。

　　"可以把这根假腿给我让我带走吗？"雪香竹问沈静。

　　"我说过了，人已经死了，在尸体上面装腔作势毫无意义。"沈静说，"你给了我这笔钱，让我的兄弟们能够多活一两年，就算要宰了我把我带走，说不定我都会同意。"

　　"那就多谢了。"雪香竹点头表示感谢，"我还想问问那位连先生的事情，麻烦你把你所知道的一切和他有关的细节都告诉我。"

　　沈静努力回忆了许多，可惜云湛用他专业的游侠素质，很容易就判断出，这些细节没有什么用。比如沈静记得很清楚连先生长什么样，但此人既然是个偃师，想要随手改换一下自己的形貌原本轻而易举。而真正重要的身份来历，连先生从未透露过，他仿佛就是突然出现于麻风村，做了一次不太成功的实验之后，又突然离开，没有留下半分痕迹。

　　"虽然你什么都没有问，但以你的头脑，大概也可以得到一些有用的信息了吧？"离开这座慢慢等死的麻风村时，雪香竹问云湛。

　　"我之前对偃师这个行当完全不了解，唯一得到的一点儿知识就是前几天迅雕送来的。"云湛说，"我注意到前人对偃师的一些总结，说偃师所制造出来的傀儡，都是完全用没有生命的物质所做成的，那些傀儡不管和真人有多么相似，都无非是木头铁块变成的。我当时就在猜测，完全没有生命力，又不需要像尸舞术那样用秘术去驾驭，那要让这些傀儡像活人那样动起来，多半需要嵌入星流石碎片，借助星辰力来进行驱动。事实上，刚才你拆下那只金属假腿的时候，我的的确确感觉到了星辰力的存在。"

所谓星流石，就是偶尔从九州天空中坠落到地面的碎块，通常是石头和金属的混合物。星相学家们普遍猜测，星流石可能来自于诸天星辰的本体，就是那些从那些闪烁的星辰上分裂出来的碎片，尤其是十二主星。而事实上，星流石也确实普遍都能呈现出某一颗主星的星辰力特性，是一种极为珍贵的力量来源。

"但是麻风村里的残疾人们却与众不同，他们本身是活人，却在自己的血肉之躯上加装了傀儡的部件，照我看来，连先生多半是想拿这些可怜人们做实验品，瞧一瞧星辰力和人族天生的精神血肉能否共存。不过结果我们也都看到了，可能有小部分人体质比较好，能够和星流石碎片共生，大部分人的生命力反而会被星辰力所压制。

"至于这个人为什么会想到把活人和傀儡结合起来，我就不清楚了，或许是因为过去的傀儡制作方式有缺陷，又或许是嫌还不够强。这方面大概你了解的比我多一些。"云湛说着，颇有深意地看了雪香竹一眼。

雪香竹并没有搭腔，显得若无其事，云湛也没有再多说。两人骑在马上又前行了一段路之后，云湛问："我们接下来去哪儿？还是要这样让我闷头跟着吗？"

"告诉你倒也无妨。"雪香竹说，"离开这座山之后，我们要继续西行进入瀚州草原，去往丹颜城。"

"这我倒是知道。"云湛说，"你们辰月在丹颜有一个据点，你确定带着我去无妨么？"

"有我在，去哪里都无妨。"雪香竹淡淡地说。

"我看出你在贵教权势滔天了。"云湛由衷地赞美说。

瀚州草原上的蛮族人世代在马背上生活，在很长一段时间里，整个瀚州只有唯一的一座城市，那就是蛮族的都城，大君所在的北都城。不过随着蛮族和华族文明的不断融合，最近一两百年以来，草原上也有了一些北都之外的新兴城市，丹颜就是其中之一。虽然它的规模还远远不能与宛州和中州的大中城市相提并论，但毕竟在瀚州草原上有着特殊的地位，渐渐成了瀚州东南部的一个交通枢纽和商业重镇。人族、羽族、河络族……甚至于以前极少会走出殇州雪原的夸父，九州各族的商人们在这里交汇，一点一点地改变着这片野性之土的面貌。

不过总体而言，丹颜还是一座相对朴实的城市，城市的主要功用是为南来北往的商人们服务，所以城里随处可见装饰简单、只能提供最基本吃住与牲畜休养的廉价客栈。云湛和雪香竹所住的客栈已经是全城最贵了，若是和南淮城那些富丽堂皇的客栈相比，大概连二流都排不上。

奔波数日，从险峻的大山脉到朔风渐起的草原，每天风餐露宿，雪香竹却似乎没有感到丝毫疲惫。随口吃了点儿东西，她便离开了客栈。云湛却并不想显得那么敬业——何况就算想要敬业也不知道从何做起。他充分发挥自己厚颜无耻的本色，仗着有雪大财主付账，要了一大盆白切羊肉和一瓶瀚州著名的烈酒青阳魂大快朵颐，酒足饭饱之后倒头就睡。

但他本性里的警觉并不会因为喝多了酒而减轻。也不知道睡了多久，他忽然在睡梦中意识到有人走进了他的房间，立刻睁开了眼睛。进来的是雪香竹，她看见云湛睁开眼睛，叹了口气："看来不管睡着了还是醒着，想要偷袭你都不太容易。"

云湛也跟着叹了口气："看来贵教不管是教主还是教长，都不大有男女分别的概念。当年你们的教主看着我洗澡，还要跟我说：'因为河络和羽人不能通婚，所以我现在相当于是在看着一只掉光了毛皮的猩猩。'"

雪香竹嫣然一笑："其实我和她的感觉倒也差不多……说正事吧，接下来需要你帮忙了。"

"出什么问题了？"尽管雪香竹依然带着笑容，云湛还是从她的眼神里看出了一丝焦虑。

　　雪香竹十分罕见地踌躇了一下，最后还是开口说："都到了这种时候了，有些事情还是应当让你知道。这次我带你来丹颜，就是想用你来做后手：假如我无法找到我想要找的那个人，你们天驱里也有人可以帮得上忙，而且正好就在丹颜附近。"

　　"所以，你想要找的那个辰月教徒并不在？"云湛问。

　　"那个人并不常驻丹颜，只是很凑巧，按照计划，他会在近日里途经此处。"雪香竹说，"但是发生了意外，他在半路上被人杀死了。"

　　"不会又是那个力大无穷的傀儡吧？"云湛反应很快，"算起来，这是他杀掉的第六个辰月教徒了。"

　　"还能是谁呢？"雪香竹看来有些无奈，倒并不显得愤恨，"就在前几天，一批从宛州过来的行商遭遇了马贼，我所要找的那位辰月长老原本假扮成行商混在商队中，不得已出手干掉了马贼，却没有料到，那个傀儡一直跟踪潜伏着，利用他全力催动秘术的时候突然偷袭，最终杀死了他。不过这一次，我们总算有了现场的目击者了，那些行商给出了一些有趣的证词。"

　　说到这里，她有意地住口，目光炯炯地盯着云湛。云湛立刻明白了她想要表达什么："我猜想，这位长老在被杀之前一定和傀儡有过对话，并且喊出了他的名字，是吗？那个名字应该是风靖源，对吧？"

　　"所以你看，你也不必老是嘲笑我事事对你隐瞒了，风蔚然先生，"雪香竹把"风蔚然"这三个字念得格外重，"大家彼此彼此，都有自己的小秘密。"

3

　　密集的马蹄声就像暗夜里的战鼓，从四面八方汹涌而来的火光犹如死神的引路灯。夏中明抱着头仓皇逃窜，却发现无论逃到哪里，都躲不开马贼的追击。身边的同伴们一个个倒下，身首异处。最后，一匹黑色的高头大马冲到了他身前，骑在马上的马贼高高举起弯刀，向着他的脖子猛砍下来。头颅飞在夜空中的时候，夏中明看见自己无头的身躯像一棵被砍倒的大树一样，扑倒在荒草中。

和前几天一样，他从这个不断重复的噩梦中大汗淋漓地醒来，发现虽然夜色还深沉，自己却已经再也睡不着了。他只能披衣起床，离开这间充满了牲畜臭气的便宜客栈，坐在丹颜城黑漆漆的街头，身体止不住地颤抖。

其实真实的情形并没有那么糟糕，那天晚上，马贼并没有杀死几个人就被樊老四一举灭杀了，其后出现的那个被称为"傀儡"的怪人也只杀了樊老四一人而已，但那一天晚上的种种怪诞与血腥还是深深印刻在夏中明的心里，让他不断承受梦魇的折磨。

"要不要来一口？"耳畔忽然响起一个人声。夏中明偏头一看，是一个银色头发的羽人，手里拿着一个蛮族人喜欢的银质酒壶，脸看上去还算和善。

"谢……谢谢。"夏中明接过酒壶，不管三七二十一灌了两口，青阳魂的辣味让他咳得涕泪交加，但咳过之后确实感觉好多了，身体也不再发抖。

"别客气。"羽人说，"我也遇到过马贼，知道被一大帮拿着刀子的凶神围起来是什么样的感觉。你们的事儿已经传得整个丹颜的人都知道了，不过能活着离开，连货物都没怎么丢，实在算是很走运了。"

夏中明点点头："没错，虽然我被吓得够呛，夜夜做梦被马贼砍掉脑袋，但醒来之后，摸摸自己的脑袋还在，就觉得还算幸运了。"

"而且就连你们的记忆都还在，除了受了点惊吓之外，别的什么都没有损失。"羽人说，"说起来，那个秘术师也够厉害的，居然懂得怎么消除别人的记忆，幸好那个奇奇怪怪的什么什么俑救了你们。"

夏中明的脸上多了几分悲戚："叫作傀儡。其实，如果樊老四就是要我们忘记他，那也是应该的，毕竟我们这么多人的命都是他救的。不过眼看着樊老四用秘术就干掉了那么多马贼，谁也想不到一个傀儡竟然会比他还强。"

说到这里，他的手忍不住又有一点儿抖，羽人把酒壶再递给他，他又喝了一大口，苍白的脸上多了几分红润。羽人拍拍他的肩膀："其实我还有点好奇呢，那个什么什么俑到底长什么样，真的像他们说的那样，完全就是个人造出来的木头疙瘩吗？"

"没有人敢靠近看，但我们都听到了傀俑和樊老四的对话。"夏中明说，"听樊老四的意思，那个傀俑好像身体是人造出来的，但是头颅来自于一个活人，叫风靖源，他还认得那张脸。"

"认得那张脸？那可很巧了呀。"羽人说。

"可不是嘛。"夏中明说，"樊老四是来自于一个叫辰月的组织，风靖源原本属于一个叫天驱的组织，似乎这两个组织老是打架，所以樊老四见过他。那个风靖源的脸看上去木木的，就像是得了离魂症一样，但听到樊老四提起这些过去的事情时，居然还有一点儿反应，就像是活人时候的记忆还没有完全消失。"

"还没有完全消失……"羽人若有所思，"他们还说了些什么吗？"

夏中明努力回忆着："我记得樊老四还提到了风靖源的一个老朋友。"

"哦？什么样的老朋友？"羽人也喝了一口酒，看似漫不经心地问。

"他说风靖源过去是一个很孤僻的人，即便是在天驱里很有地位，也并没有什么朋友，唯一的一个挚友姓云，却偏偏死在了辰月的手里，而且是因为被樊老四重伤才导致死亡的。所以樊老四死前一直在说，这就像是天命的循环，他死在风靖源手里没有什么遗憾的。"

"姓云的朋友……"羽人重复了一遍，令人不易察觉地轻轻咬了一下嘴唇，"好啦，谢谢你讲的故事，既然大难不死，就好好活下去吧。"

他把还没有喝空的酒壶塞到夏中明的手里，带着酒气摇摇晃晃地离开，身形很快消失在丹颜城幽深黑暗的长街之中。

天明之后。

云湛和雪香竹已经离开丹颜，继续南行。他们的目的地距离丹颜大概一天半的路程，是一个叫作棘马的蛮族小部落，大约只有不到一千的人口。这样的小部落在战争年代是根本没有办法生存的，往往不得不断地合并以壮大势力保护自己，但到了和平年代，往往又会不断地分化出来追寻自己族人的利益。这样的分分合合也算是九州历史的一种缩影。

本来意图寻找的樊老四，意外或者说不意外地丧生于风靖源之手，让雪香竹失去了目标，不得不依靠云湛了。按照她的说法，樊老四年轻时曾经和几位偃师有过瓜葛，或许可以提供一些和连先生有关的线索；但既然樊老四已经不在，也可以试着去棘马部找寻一位名叫行昆海的天驱。云湛并没有推脱，两人即刻启程。

一路上云湛显得非常沉默，几乎很少说话，雪香竹看出了他的异样，也并没有去打扰他，反而有意无意地加快了骑行的速度。两人一天的时间跑出去一百多里地，按这样的速度，第二天早上只需要再骑一个对时，就可以到达棘马部落了。

"谢谢你。"云湛说。说话时，夜色已深，两人已经扎好了各自的帐篷，点亮篝火，准备吃些东西去休息。

"谢我什么？"雪香竹问。

"谢谢你陪我疯跑了一天。"云湛说，"瀚州草原真是个好地方，在这样辽阔高远的天地下纵马狂奔，倒是挺能让人调整心情的。"

"还在想着你父亲的事情吗？"雪香竹看了云湛一眼，"看来你和他的感情还真不错——尽管他和你没有什么血缘关系。"

"看来我的身世已经是你们辰月教里尽人皆知的秘密。"云湛耸耸肩，"血缘不血缘的，有什么意义呢？我终究是从来没有见过我的亲生父母。倒是风靖源，尽管只是我的养父，却做到了他所能做到的一切来抚养我长大，我不可能不去感激他。而现在，他成了一个半人偶，成了杀人凶徒，我也不可能不去想。"

"你毕竟是我教最危险的敌人之一，身世又和我们有那么深的渊源，我自然得把你的一切资料倒背如流了。"雪香竹把一块烤热了的面饼掰开，将其中的一半递给云湛，"不过我倒还真有些好奇。我们的资料里，对于你，对于你的叔叔云灭，对于你的养父风靖源，都有很详细的记载，但唯独很少提及你的生父。能给我讲讲他么？尽管你没有见过他，但云灭好歹是他的兄弟啊。"

"你为什么会对这个感兴趣？"云湛反问。

"可能是因为……我也很早就失去了自己的父母。"雪香竹回答，"我之前告诉你你家的宅子是被我父亲买下来的，当然是骗你的谎话。我父母去世的时候，我大概只有七八岁的年纪。他们都是被人杀死的。"

这一番话倒是大大出乎云湛的意料。虽然和雪香竹相处有些日子了，他一直觉得，雪香竹温婉可人的外表之下，藏着的是一颗冷冰冰的抗拒之心，抗拒和人敞开心扉的交流，抗拒谈论与自己有关的一切事情。此时此刻，雪香竹竟然会主动讲起她的童年身世，这可着实有些不容易。

越来越觉得这个姑娘有些像木叶萝漪了，云湛心想，虽然都那么杀人不眨眼，虽然乍一看好像都是包在坚冰一样的外壳中，但是……偶尔也会流露出她们作为人的一面。

"其实也没有太多特别值得一说的，"云湛说，"这世上唯一一个了解我生父的人，或许就是我的养父，但他还没来得及和我说什么就已经去世了，而现在……又变成了这样。云灭即便和他是兄弟，其实两个人待在一起的时间也屈指可数。"

云湛回忆起了云灭向他讲述父亲时的情景。那时候他刚刚跟随着云灭离开自己做了好几年人质的宁南云家，并且知道了风靖源只是他的养父，自然会迫不及待地向云灭打听自己的生父究竟是什么样的人——风靖源在病中好歹曾经向他描述过他的生母。然而云灭的回答让他十分失望。

"你的父亲名叫云谨修，是一个天驱武士，是我的亲哥哥。"云灭说。

云湛支棱着耳朵等云灭说后面的话，但云灭却没有再多说一个字，他终于忍不住了："喂，云谨修，天驱，你哥哥，这就完啦？"

"当然完啦。你还想要什么？"云灭显得很不耐烦。

"我的意思是说，总得有一些细节吧。"云湛说，"比如他长得什么样，是怎么样的性格，聪不聪明，武艺高不高强，在天驱里是不是个举足轻重的人物？他既然能够被辰月追杀，总该是个很厉害的角色吧……"

"哪儿那么多废话！"云灭更加恼火，脸上除了烦躁不屑之外，似乎还隐隐有那么一点狼狈，"其他的我一概不知！再多问今天晚上不许吃饭！"

云灭一向是个言出必行的狠角色，对云湛更是要求极严，听到师父如此威胁，他自然不敢再多问什么。一直到了许久以后，性情温柔和善的师母风亦雨才告诉了他真相。

"其实你叔叔真的很想告诉你关于你父亲的一切，但是他确实说不出来。"风亦雨说，"他这个人打小就性情桀骜，眼高于顶，对云家的人都不怎么看得起。而你的父亲从小就很听家族的话，除此之外，性格上大概还有点浮躁，不像你叔叔，高傲是一方面，练武非常刻苦勤奋是另一方面，这就更加让他鄙夷了，两兄弟虽然一起长大，一年里说话可能不会超过二十句，即便是流着同样血液的亲哥哥，对他而言大概也像是路人甲仆人乙那样无足轻重。反倒你的养父风靖源更合他胃口一些，算是难得的和他有一些私交的人。"

"没错了，这是典型的我师父。"云湛哼哼唧唧地说，"茅坑里的石头和他比起来都像是宛州的丝绸。"

"他成年之后就离开了家，跑去做了赏金猎手，更加和你父亲没有任何联系了。一直到你父亲遇害，他才知道，哥哥那副冰冷的外表之下，隐藏着的却是一颗守卫安宁的天驱的心。到了这个时候，他才开始有些后悔没有和哥哥多一些交流接触，多一些亲近，可是后悔已经晚了。"风亦雨接着说。

云湛想了想，忽然间眼眶微微有点红："我明白了，所以他才会在云家暗中照料我，所以他这么怕麻烦的人居然会把我带在身边收我做徒弟，都是因为他对我亲生的爹心里怀有愧疚的缘故。"

"那你会怪他吗？"风亦雨问。

云湛摇摇头："当然不会，他原本什么都没有做错，相反我应该谢谢他……很感谢他……"

他接过风亦雨递过来的手绢，擦了擦眼睛，接着嘟哝说："不过我的观点还是不变，我师父就是一块茅厕里的石头，师母你嫁给他简直就是一朵鲜花插在了牛粪上……"

　　"所以就是这样喽。"十年后的云湛对雪香竹说，"关于我的亲生父亲，我所能知道的就这么一点。后来我加入天驱之后，也曾经查找询问过他的资料，但他当初在天驱里似乎肩负着什么秘密任务，日常也几乎不和旁人来往，没有人知道他的情况。倒是关于我母亲，我了解得多一些，我养父一直都夸她是一个了不起的坚强的女性，毕竟她既不是天驱也不是辰月，不会武术，不懂秘术，完全只是一个普普通通的女人，却甘愿一直跟随着我父亲，不畏艰险。"

　　"这么说起来，我好歹还是比你幸运一些。"雪香竹说，"无论怎样，我见过我的父母，和他们一起生活过，知道他们是怎么样的人。很多时候，人们觉得自己不幸，无非是没有遇上足够多的比他们还不幸的人。"

　　"我见过，见过许多。"云湛说，"所以尽管有时候我觉得我足够倒霉，有时候转念想想，又觉得也还好。过去的事情终究已经过去，时间没有办法倒流，对死人的事情惦念再多，他们也没法儿活过来，还不如赶紧弄上一大碗卤肉面喂给活人，未来的时光终究是属于活人的。"

　　"云湛，我算是明白为什么木叶萝漪那样一个让所有教徒都敬畏无比的人，偏偏却对你青睐有加了。"雪香竹抬起头，看着天空中如一幅画卷般展开的璀璨星光，"你经历过很多事，但你的心里却没有黑暗。这样的人，很难得。"

　　"多谢夸奖，我觉得我受不起，你不知道我没钱的时候天天做梦抢南淮城的银库……"云湛笑了笑，"那你呢？你的心里，有很多黑暗么？你每次提到你去世的父母时，脸上都是一种波澜不惊的平静，但平静得似乎有些过头了，大概也是在掩饰些什么吧。"

　　"何必明知故问呢？"雪香竹也轻笑一声，"早点儿休息吧。赶紧吃东西，明天还要赶路。虽然风靖源到现在为止只杀辰月，谁也不能打保票行昆海一定会安全，还是早点到棘马部的好。"

　　云湛没有再多说，岔开了话题，向雪香竹讲述了一些他在南淮城做游侠时的趣事。雪香竹听得十分专注，几乎要把刚才说的"早点儿休息"给忘掉了。

钻进帐篷之后，听着另一座帐篷里均匀细密的呼吸声，云湛忽然想：大概雪香竹也和当年的风靖源与云谨修一样，是个没有太多朋友、很少有人能陪她像刚才那样聊天的人吧？

　　翌日两人继续赶路，上午就抵达了棘马部落。这个小小的部落仍然保留着最传统的蛮族的生活方式，部落头领正在组织着为数不多的男人们进行冬季到来之前的最后一次大规模狩猎，以便多储备一些肉干皮毛油脂等物。再往后，想要在寒风呼啸的草原上寻找到猎物，就很困难了。

　　云湛自告奋勇，和男人们一起出猎。他虽然并没有什么狩猎的经验，但是弓术之精湛在当今九州或许只有云灭等寥寥几人能胜过。部落的猎手们寻找猎物，驱赶围堵，云湛算准了射程箭无虚发，让这一次围猎的收获比棘马部人预计的提高了几乎一半，时间也节省了许多。蛮族人心眼朴实又最看重好汉，云湛立即成了部落的英雄，在庆功宴上被灌成了酒缸。

　　"不能再喝了……还有正事儿呢……"满脸通红的云湛揽着已经将他视为好友的部落头人塔米尔，"我是来你们部落找人的。"

　　"没问题！"蛮族人一向身材偏矮壮，塔米尔被云湛揽着，活像一个儿子被当爹的拥抱着，"我们部落的年轻女人，只要是还没婚配的，你看中哪个，我去帮你找她家求亲！但是我们蛮族和华族不一样，没有什么父母之命不可违的说法，最后能不能成还要看女人自己愿不愿意……"

　　"不不不不……不，不是这个意思。"云湛一下子舌头都大了，"我不是要娶你们的姑娘，我是来这儿找一位朋友。"

　　"朋友？谁？"塔米尔问，"部落的每一个人我都清楚。"

　　"我想找一个住在你们部落的华族人，名叫英途。"云湛说。

　　塔米尔的眼睛一下子瞪圆了："你说什么，英途？那个华族的老婆子？"

　　云湛点点头。接下来发生的事情让他有些始料未及：塔米尔"唰"的一声拔出了腰刀，重重一刀砍在身前的桌子上，刀刃直接没入了桌面，可想而知这一刀用了多大的力道。

"如果你是那个华族老婆子的朋友，就请你们俩马上离开，棘马部落不欢迎你们！"塔米尔的眼珠子瞪得好似牛眼，"我们草原上的人恩怨分明，你帮我们打到了猎物，我会折算成金铢补给你。"

云湛哭笑不得："我又不是来打短工的，要你的金铢干什么……老兄，请你相信我，我对你们是没有恶意的，不管那个老婆子干了什么，至少你可以先告诉我，我们一起想想有什么补救的办法。"

塔米尔紧紧捏着拳头，额头上青筋暴露，看得出来确实是愤恨到了极点。但是最后他还是松开了拳头，用尽量平和的语调缓缓对云湛说："补救？怎么补救？失去的牛羊和粮食，你可以用牛羊和粮食来补救；失去的生命，你能拿什么来补救？"

4

那个名叫英途的华族老妇人，是在五年多前来到部落的。当时部落里的两位猎手在追逐几只黄羊的过程中遇到了几条与族群失散的野狼，虽然最终杀死了野狼，自己却身受重伤，还失去了马匹，眼看就要丧生在冬季草原的皑皑白雪中。就在这时候，碰巧从附近经过的英途把自己的御寒物品和食水留给他们，又冒着风雪去往最近的部落寻找救兵，终于保住了这两个人的性命。

英途自称随着丈夫在北都城经商多年，不料丈夫有钱后遭到奸人的妒忌陷害，死在了北都的监狱里，家产也全部被抄没。唯一的儿子想要刺杀仇人为父报仇，但是并没能够成功，反而当场被仇人的保镖杀死。她如今孤身一人，无处可去。

棘马部的人们看她可怜，收留了她。她平时干活非常勤快，而且心灵手巧，把华族的针线功夫也教给了部落里的女人，大家原本都十分喜欢她，相处融洽，丝毫不因为她是华族人而看不起她。

直到那次惊人的事故发生。

一直以来英途都单独住在自己的帐篷里。她告诉部落里的人说，她在帐篷里一直供奉着丈夫和儿子的灵位。尽管蛮族和华族的信仰并不尽相同，但对于亡者和鬼神的敬畏还是相通的，因此旁人从来都不会到她的帐篷里去，即便有什么事一般也是在帐篷外叫她。

她平时除了最基本的口粮和衣物之外，几乎没有任何需求，把部落分配给她的零用都拿去买了工具和草原上不容易寻到的木材，自称是一个人生活没有别的盼头，可以为亡夫和亡子做一些雕塑。她倒是确实时不时地会拿出一些木雕给旁人看，所以也无人起疑。

后来，到了一年多前的秋天，部落原来的驻地附近频繁发现狼群活动的踪迹，也出现了几起放牧的牲畜被袭击的事件，虽然没有造成太大的损失，却也足够引起警惕了，因为倘若在附近活动的是一个足够大的狼群，一旦发起全面进攻，以棘马部这样的小部落，根本没有实力应对。

于是塔米尔的哥哥、当时的部落头人在和部落里的长辈们商议之后，决定暂时迁徙。人们装好物品，勒住牲畜的嘴，用厚布包好马蹄和其他牲畜的蹄子，选择了一个顺风的夜晚悄悄离开，这样的话，无论是声音还是气味，都不大容易被狼群发现。

整个迁徙的过程原本十分顺利，但在下半夜的时候，却出现了离奇的意外。一匹马的前蹄踏在了一个被土拨鼠挖空的地洞里，失足翻倒，正好撞翻了英途带着的一口木箱子，从木箱里滚落出一样东西，赫然是一个木头人偶，不过并不完整，只有头颈和胸部。

而恰恰就在这个时候，远处顺风传来了一声狼嚎，当听到这一声狼嚎之后，那个半身人偶突然间张开嘴，发出了几乎一模一样的狼嚎声！这个声音非常响亮，就好像是把原本普通的狼嚎声用特殊的方法又扩大了数倍，以至于即便是在逆风的方向，也传入了群狼的耳朵。

这狼嚎声就像是一种召唤，立即把整个狼群都吸引了过来。男人们拼死抵抗，女人和小孩也都抓起一切可以入手的武器帮忙，最终还是在天明时分击退了狼群。但代价是惨重的，这个原本只有一千人左右的小部落失去了好几十条性命和大批的牛羊马匹，其中就包括了为了保护族人而一直舍身冲在最前的塔米尔的哥哥。

稍微稳定下来之后，人们查找那个半身人偶的出处，找到了英途。英途很爽快地承认了那个人偶是她的，却拒绝说明她为什么会做出这样的人偶，也拒绝说明她的真实身份。部落里的人恨极了英途，但这毕竟是她的无心之失，最终也并没有伤害她的性命，只是把她逐出了棘马部落，任由其自生自灭。

"所以，就是这样。"塔米尔说，"当时在我的心里，已经拔刀把她杀死了上千遍，但哥哥死了，我要继任头人，要给所有人留下行事的原则，不能那样做，只能让她离开。但是我，还有部落里的人，永远也不可能原谅她。"

"我明白了，既然这样，我们也不多打扰了。"雪香竹说，"那你们知不知道她后来的下落呢？"

"北都。"塔米尔说，"有人曾经在北都城见到过她，在大贵族白巨川的家里当用人。不过那已经是半年之前的事情，现在还在不在我就不清楚了。"

"多谢了，老兄。"云湛说，"很抱歉，今天打搅了你们宴会的好心情，希望以后还能有机会来帮你们打猎，陪你们喝酒。"

塔米尔的脸依旧显得很僵硬，但过了一会儿，还是露出了一丝笑容。

"随时欢迎。"塔米尔说。

北都城位于瀚州北部的朔方原，离开棘马部落后，两人掉转方向，一路向北。走出三十余里地后，云湛忽然勒住了缰绳，雪香竹也紧跟着停了下来，看样子并不感到意外。

"虽然我答应了你，你不告诉我的我一概不问，这个承诺也可以继续信守下去。但是我还是建议你，最好适当地跟我讲一些和偃师、傀儡有关的东西，否则的话，这一路上万一真碰上状况，我不太好随机应变。"云湛说。

"我本来也打算告诉你。"雪香竹说，"事情到了这个地步，多让你了解一些对我们有利。这么说吧，到目前为止辰月已经有六个人被杀了，能确定是被风靖源杀死的是最后这两个，前四个还无法肯定，但也很有可能。我之前告诉你，这个被杀名单是一些反对对天驱开战的保守派，其实并不是这样，这些人的死，和天驱辰月之间的纠葛无关。又或者说，即便他们仍然是被天驱杀死的，但他们彼此之间仍然有着特殊的联系。"

"和偃师有关的联系，对么？"云湛问。

雪香竹点点头："没错，和偃师有关。我先问问你，天驱和辰月各自保守的最大最重要的秘密是什么？"

云湛想了想："就我所知的话，天驱最大的秘密是天驱武库，辰月最大的秘密则是辰月法器库，很荣幸，这两样破玩意儿我多多少少沾过一点儿边，而且都是和贵教教主木叶萝漪一起。"

云湛所提到的天驱武库和辰月法器库，都是在这两个组织中流传已久的古老传说。据说天驱武士的先驱们在久远的晁朝拯救过火山河络的一个部落，为了报恩，河络们穷尽数代人，掏空了一整座山，在山体里藏进了超过十万件河络打造的精良兵器，其中甚至包含了传说中的威力巨大的魂印兵器。能开启这座武库的君王，就能拥有足以征服九州天下的力量。可惜的是，千百年来天驱们四处寻找，却从来没有找到过这座武库的踪迹，只是云湛曾经卷入过一起和开启天驱武库的钥匙有关的阴谋，并因此结识了这一代的辰月教主木叶萝漪。

辰月法器库则是云湛亲自进入过的，这个法器库起源于辰月早年间的内部分裂。当云湛被卷入那起事件不得不和木叶萝漪合作时，萝漪是这样向他描述辰月法器库的：

"那时候辰月教的先驱们在信仰的光芒下初聚在一起，都愿意为了这种信仰而献出自己的一切，但在如何实现信仰方面，却存在着巨大的分歧。有一些人希望自己隐藏在所有人的视线之外，用隐形之手推动九州各大力量的分合迎拒，另一些人却希望以更积极的姿态影响世界，为此必须要先把辰月打造成举足轻重的势力。

"当时分歧的双方各自有若干种理由来支持自己的观点，其中有两种理由始终针锋相对。前一种认为，任何一个组织的实力都会经历高峰和低谷，不可能世世代代保持稳定。假如在树大招风后突然经历一个大滑坡，就有被摧毁的危险。而另一方坚持认为，只要能把实力的累积做好，掌握一些足以世代相传的、不因为人的变迁而变质的财富，就不必担心这个问题。"

辰月法器库就是持后一种观点的辰月教先驱们经年累月慢慢打造的，其中包含了很多威力无穷的法器，隐然含有和天驱武库对抗的意味。云湛曾目睹过那些法器的威力，幸好法器库此后继续陷入封闭状态，暂时不会对世事产生影响。

"你说得对，天驱武库和辰月法器库，都是我们这两个组织流传最久的秘密。"雪香竹说，"它们的共同点是：都已经成型了。"

云湛琢磨着雪香竹话里的含义："你的意思是说，还存在着某种'没有成型'的秘密？"

他顿了顿，再和这些日子自己所亲身经历的事情联系到一起，眼前忽然一亮："我懂了。偃师和傀儡，就是你想说的'没有成型'的秘密。也就是说，天驱和辰月，其实一直都对制造傀儡这种事很感兴趣？"

"某种程度上来说，可能比对天驱武库和辰月法器库的兴趣还要大。"雪香竹说，"这件事需要上溯到四百多年前。"

"四百多年前的话，还是战争年代吧？"云湛说，"我一下子想起了一件古老的悬案，这事儿不会和'夏阳之殇'有关吧？"

所谓夏阳之殇，是天驱历史上的一次谜案。其时正值四百多年前的九州乱世，在辰月的暗中推动下，澜州最大的人族公国宁国和最大的羽族城邦喀迪库城邦陷入了你死我活的战争，其中最惨烈的一次战役发生在澜州知名的海港城市夏阳。在这一次战役中，宁国投入的兵力超过了五万人，喀迪库城邦也在其他羽族城邦的支援下出动了两万羽族精兵，双方在夏阳打得两败俱伤血流成河。

天驱和辰月都深知这一次战役的关系重大，也各自派出了精锐力量，随时准备干预战局。无巧不成书，双方埋伏的地点选在了一处：夏阳城附近的环溪谷。

然而一直到战役结束，天驱和辰月双方的人都没有露面，斥候在环溪谷里看到了尸横遍野的惨状：天驱和辰月加在一起大约有三四百人，天驱以武士为主，辰月以秘术师为主，竟然全部丧生无一幸免。

云湛并不知道辰月是怎样调查的，但天驱调查的公开结果是，有一个双面斥候把天驱辰月双方的行踪都出卖给了宁国国主，于是国主派人解决了这两股隐患。这件事情的诡奇之处在于，这三四百名天驱与辰月的精英，加在一起不啻一只小规模的军队，怎么会就在那个山谷里全军覆没，而且现场并没有第三方势力的任何尸体留下。这个惨案最终被人们称之为夏阳之殇。

"就是夏阳之殇。你老是抱怨我什么都不告诉你，现在我可以给你透露一个重要的秘密了。"雪香竹说，"现在公开的说法是，夏阳之殇是一桩谜案，没有人知道那么多的天驱和辰月是怎么被一网打尽的，但事实上，天驱高层知道，辰月高层也知道。"

"是傀儡干的，对吗？"云湛问。

"那是宁国国主一直捏在手里的一张底牌：一批专门用来进行屠杀的傀儡。遗憾的是，还没有摸清那些傀儡的底细，喀迪库城邦的领主就策划突袭把它们全都烧毁了，但是傀儡的巨大威力却从此给天驱和辰月都留下了极其深刻的印象，双方也各自进行了秘密的研究。只是偃师是一个太过神秘、人数也太过稀少的行当，而且制作傀儡并不是对着几张图纸就可以照猫画虎的，它太过精细复杂，需要考虑和计算的环节太多，极其考验制作者的天赋，以至于优秀的偃师根本凤毛麟角，所以这样的研究一直以来进度很慢。两边好容易有了一点儿成果，又生怕被对方挖走，所以也一直严守着秘密，历代都只有最核心的人物才知晓其存在。"

"很显然了，您是核心人物而我不是。"云湛笑了起来，"所以说，这次被杀的六位辰月，都是和你们对傀儡的秘密研究有关的人物，你带着我来瀚州想要找的天驱英途，也是这样的人物。真是活见鬼了，你一个辰月教长，居然对天驱的秘密了解得比我还多。"

"所以不管是天驱还是辰月的人，都觉得你并不像是一个天驱。"雪香竹说着，微微一笑，"别那么紧张，我不是木叶萝漪，不会劝你加入辰月的，因

107

为我也并不觉得你像辰月。"

"多谢夸奖——姑且把这算作是夸奖吧——还是接着说说英途吧，现在一提到这些黑帮拉人入伙的破事儿我就脑仁疼。"

"具体我也不是很了解，但是可以肯定一点，她是我透过辰月的情报体系所能找到的唯一一个天驱偃师了。如果她也出了什么意外，我们的线索就断了，又得从零开始了。"

"我是个不信鬼神的人，但是这会儿恐怕只能念叨天神庇佑了。如果不能找到英途，我这个废物天驱就实在太没面子了。"

几天之后，两人进入了北都城。作为瀚州草原几乎永远的都城，北都已经屹立了数千年，带着蛮族人粗粝豪放的气质与华族的万年帝都天启遥相对应。尽管随着和平时期的到来和华族人的涌入，北都增添了不少华族风味，但和宁州的宁南城那样几乎从本质上被同化还是大不一样——这里依然是草原汉子的魂之所寄。

比方说，北都城内的普通居民已经被允许建造东陆风格的房子了，但每一位达到了一定等级的蛮族贵族或者高官，仍然不允许在城内按照华族的方式建造土木结构的宅邸，必须依照蛮族千年的传统继续住在帐篷中，大君本人也不例外。当然，这个年代的帐篷和过去的时代不一样了，仍然是吸收结合了不少华族和河络的技艺，其舒适程度比之宛州有钱人的庭院也差不到哪儿去，几乎可以算作是穹顶的房屋。

云湛和雪香竹顾不上休息，直奔塔米尔头人所提到的大贵族白巨川的府邸。白巨川是当世蛮族大君的亲侄儿，位高权重，所拥有的帐篷群——蛮族人称之为霍司提，大概就和华族人的大宅院同等性质——也占地颇广。霍司提外围随时有如狼似虎的蛮族士兵把守，这一男一女两个羽人稍微靠近一点儿就立即被驱赶走，连开口问话的机会都没有。

"那个黄胡子的蛮族小哥要是知道自己赶走的是一位辰月教长，不知道会不会尿裤子……"云湛喃喃地说，"我这样的底层流民倒是习惯了。"

"我们可以夜里进去找她的，以你我的身手，不会是什么问题。"雪香竹说。

"确实不会是什么问题，但也有更简单的解决方法。"云湛说，"如果她真的是天驱，买一根炭笔画上几个圈儿就行了。"

雪香竹看了他一眼："你几天前还在瞧不起黑帮，现在倒是把黑帮的手段玩得挺熟的。"

"取其精华，去其糟粕，这是我做人的原则。"云湛严肃地说，"即便对黑帮也不能一棍子打死。"

云湛在华族商人的小店里买到了炭笔，按照天驱内部的秘密规则在英途必然会按时查看的地方留下了联络记号。接下来的时间无事可做，他懒劲发作，索性回到客栈房间又去大睡了一觉。醒来时已经是黄昏，雪香竹照例行踪诡秘不知去向。他伸了个懒腰，感觉肚子在提抗议，决定下楼找点儿吃的。

这间客栈是蛮族贵族投钱开的，但十分聪明地雇用了华族人来掌柜管理，所以客栈被打理得有声有色，还分为了华族风格、羽族风格、蛮族风格三个不同的区域。两人住在羽族风格的楼里，于雪香竹而言倒是没任何问题，云湛却找不到肉吃了。于是他离开客栈，打算到街上找个餐馆弄点儿肉食。

走出客栈大门没有多远，他已经敏锐地注意到有人在后面跟踪。云湛不动声色，继续前行，在脑子里盘算着找个什么僻静地方来打发这个跟踪者，就在这时候，他的耳朵里响起了一个尖细难听、如钢针般刺耳的声音："云湛，别回头，听我的指挥。铁。"

这是一个上了年纪的妇人的声音，能一口说出他的名字，尤其最后那个"铁"字，毫无疑问是指代天驱的那句切口：铁甲依然在。在过往的多少血腥乱世中，这五个字就代表着天驱的信仰：坚定，无畏，守护安宁。

5

铁甲依然在。

这个说话的人就是他要找的女天驱英途！云湛心里一阵暗喜，果然按照着英途秘术传声的指点，七拐八拐来到了一座小巷，钻进了一间店面狭窄、充满油烟气的小馆子。这是一个典型的蛮族小餐馆，粗糙、肮脏，大厨与其说是在做菜不如说是煮猪食，菜单上除了几样最常见的主食就是大块大块的肉，南淮城的大家闺秀见了都要晕过去。

好在云湛不是什么大家闺秀，连续数日赶路只能吃面饼和肉干也实在馋坏了，在油腻腻的桌旁一坐下就要了一大盘水煮羊头肉，啃得不亦乐乎。

他一边吃着肉，耳朵里一边钻入英途那尖细刺耳的秘术传声："我在你对面的墙后面，有个窥视孔能看到你。我会读唇语，所以你和我说话，不必出声，动动嘴就行了。"

云湛无声地说了句"明白"，英途接着说："已经有人告诉了我在宛州和宁州发生的事情，那个化名樊老四的辰月秘术师的死我也知晓了。所以我每天上街采买的时候都会留意有没有天驱留下的记号，只是没想到来的会是你。我七年前曾经见过你，当时并没有露面也没有和你说话，所以你并不认识我，不过你留给我的印象很深。"

"现在我认识你了。"云湛说，"尽管我还是没能看到你的脸。"

"我们做偃师的，易容改扮只是小菜一碟，就算让你看到了也无妨。"

"但你还是非常谨慎小心，是为了不让雪香竹发现么？"云湛问。

"你是指和你在一起的那个年轻姑娘吗？没错，对我而言，即便是和天驱见面都是足够冒险的事情，更加不能和陌生人有瓜葛了。何况那个姑娘……我能感觉到她身上有一种不一般的戾气，你和她在一起也要当心。"

云湛想，我要是告诉你她是个辰月教徒，而且还是辰月中的教长，说不定你连我都不会见了。但这句话他最终并没有说出口。英途已经继续说了下去："你来找我，应该是为了打听最近这一系列和偃师有关的事情吧？我在这边消息不够灵通，你先把你所知道的告诉我。"

云湛把自己如何目睹风靖源在宁南城杀人、如何从南淮邪物署那里获取了南淮城凶杀案的细节、如何前往勾戈山脉中的麻风村探寻连先生的踪迹等等经过都讲了一遍，只是隐瞒了雪香竹的身份。最后他犹豫了一下，补充说："顺便，那个被改造成了傀儡的风靖源，是我的养父。我和他在宁州杜林城一起生活了七年，直到他病逝。"

英途沉默了一阵子，过了足足有两分钟，她的声音才重新响起："我想起来这个风靖源了，差不多三十年前的确有这么一号人。性情倔强，不爱说话也不怎么会说话，但是武艺不错，经常被派去干只适合一个人完成的艰难任务。后来他就莫名其妙失踪了，我也并不知道他去了哪里，没想到是一直在杜林城抚养你。等一下，风靖源把你养大，而你又姓云……姓云……"

英途的嗓音突然间颤抖起来，又是半晌不说话。很快地，从这个小饭馆的厨房里走出来一个人，径直坐到了云湛的对面。这是一个瘦瘦小小的老妇人，看起来慈眉善目，仿佛是街头巷尾随处可见的普通的小老太太，以云湛的眼力也看不出来她这张脸究竟是本来面目还是易容过后的产物。

英途一声不吭，细细地端详着云湛的脸，目光中怀有一种近乎热切的探寻，同时也带着一种深沉的悲哀，让云湛感觉浑身不自在，就好像有一把冰冷的刀子在他的脸上刮过一样。但很快地，他从英途先前最后说的那句话里猜到了些什么。

"刚才你好像突然反应过来我姓云，然后情绪就有点不太对，但是你几年前见到我时却甚至没有和我说话。"云湛说，"让我来猜一猜吧，你是不是认识我的亲生父亲，名叫云谨修的天驱武士？因为你知道云谨修是风靖源唯一的好朋友，于是想到了能够让他不怕麻烦抚养长大的孩子一定是云谨修的后代。"

英途的眼眶里忽然泛出了泪光："果然是他……果然是他。你和他长得很像，和你母亲也长得很像。你是云谨修和夏如蕴的儿子。"

"你连我母亲也认识？"云湛有些惊讶，"她只是个普通人，并不是天驱啊。"

"我既然认识你父亲，当然也认识你母亲。"英途幽幽地说。

云湛隐隐觉察到，英途似乎和他的父母有着不同寻常的关系。他也禁不住抬头细看英途的面容。虽然英途一直在用模棱两可的语气暗示他她的这张脸是易容后的假面，但假如眼前这张脸就是英途的真容的话，仔细看过去，她应该只是因为经历了太多生活的折磨而显得格外苍老憔悴，实际年龄或许并没有看起来那么老——也许就正好和自己的父母在相近的年龄。

他立刻就有一种向英途打听自己父亲的冲动，但转念一想，好像又不大好开口询问，毕竟他几乎可以肯定，一旦问起来，就会牵扯出父辈之间的情感纠葛，恐怕会有些尴尬。还是得先打听正事要紧。但看着英途的神情，似乎已经满心沉浸在了过往的回忆中，又不便打搅她。他有些如坐针毡的尴尬，只好装作津津有味地品尝羊头肉，好在英途自己回过神来。

"还是先说正事吧。其他的事儿，以后有机会，我会慢慢告诉你的。"英途说。

云湛如释重负地连连点头。英途给自己倒了一杯酒，一饮而尽，缓缓地说道："如果你已经去过棘马部，就会知道，我随身带着的一个还没制作完的傀儡害苦了他们。没错，我是一个偃师，肩负着为天驱研究傀儡重任的偃师，但是时光如电，韶华白首，到现在我还一事无成。而我已经是这一代天驱里还活着的唯一的一个偃师，等我死后，整个组织也就可以断了这份念想了。"

"为什么天驱和辰月都对傀儡那么执着？"云湛问，"这个东西虽然威力非常大——我已经亲身经历过了——但难度也那么大，相比之下，魂印兵器或者星辰法器会简单得多吧。辰月法器库我进去过，如果要说厉害，未必比傀儡差。"

"因为人。"英途说。

"人？什么因为人？"云湛不解。

"无论是天驱的魂印兵器，还是辰月的星辰法器，终归需要人来使用。你就算有一百把苍云古齿剑那样的魂印兵器中的至尊，也得需要一百个天驱武士来握持。但假如没有那么多人呢？"英途说。

云湛一怔。英途的这句话虽然简单，却把他带到了一个过去从未思考过的新方向。

"天驱曾经拥有过无数的追随者，在一次次的乱世中，都是可以决定战争格局的举足轻重的力量。但是现在呢？距离上一次乱世才过去了多久？现在的天驱还能抵挡得住哪怕是一个小公国的绞杀吗？辰月虽然我并不是太了解，但是想象一下也能想得出来，不会比天驱强到哪里去。"

"不必想象，我和辰月打过很多次交道，甚至于曾经和他们联手对抗过某些更危险的敌人，他们确实比我们强得有限，大哥不笑二哥。除此之外，天罗、长门，大概都差不多。和平年代的必然结果。"云湛说。

"没错，到了和平年代，大家都开始安安心心过日子，开始安安心心享受没有打杀的日子，但是世道总在轮回，下一次乱世终究还会到来。如果没有制衡的力量，没有足够多的人来推动这种力量，九州会变成什么样？"

云湛长出了一口气："没错，魂印兵器或者星辰法器都只是工具，能使用工具的人才是关键。而傀儡，只需要给一个命令就能做很多事情，一个人就能操控很多个，能够把对人数的依赖降到最低。我懂了，这的确是一种很长远的考虑。"

他想了想，又补充了一句："当然，现在看起来，理想相当美好，难度却也相当的大。"

英途苦笑一声："没错，确实非常非常难。身为偃师，既要精通机械，又要熟悉人体结构，相当于得身兼工匠、医师、仵作于一身，而这两点仅仅是最基础的，就好像武士入门之前先得学会握刀的姿势，但仅仅会握刀根本就还算不上是武士。"

"要我猜的话，最难的或许是动力？"云湛说，"人进食，食物转化为精力，让我们有力气行动。但是傀儡没有办法进食啊。"

"对，动力也是非常艰难的部分。"英途说，"早期偃师的手法是在傀儡的体内燃烧矿石，但那样的话，傀儡要么会做得很大，十分笨重，失去了制造的意义；要么就会动力不足，用不了许久就动不了了。但后来人们发现，星流石碎片里往往蕴藏着巨大的能量，尽管成本昂贵，星流石碎片也得之不易，好歹也是一种解决方法。所以，这也并不是最大的难题。你的头脑很聪明，能不能再想得更远一些？"

云湛扔下手里抓着的羊头肉，一面用一块和桌面差不多油腻的抹布擦着手，一面皱着眉头，苦苦地思索着。一个傀儡，已经获得了人类的外形，已经获得了精巧的机械结构，已经可以模仿人类的筋骨关节，甚至于已经有了足够的动力——它到底还缺些什么呢？还有什么妨碍着它无限的接近于一个真正的活人呢？

正在思考着，一只北都城里常见的流浪狗不知何时钻到了他的桌旁，闻着桌子上的肉香味和油香味不停地流口水。它一次次试图跳起来够到桌上的食物残渣，但由于身材太小，只能勉强碰到桌面的下沿。

真是一条蠢狗啊，云湛想着，旁边就有一只高度适中的凳子，先跳到凳子上，作为一个中间的支点，再跳上桌子不就行了么？这种办法，人只需要瞄一眼就能想得出来，狗却很难能想得到，这大概就是智慧种族和普通生物之间的差异。智慧真的是一种不可逾越的鸿沟啊……

他突然一激灵，一下子明白了过来："你是在说智慧！要让傀儡获得人的身体相貌、做出人的动作都不难，最难的是让它们像人类那样思考，拥有真正的智慧！"

"你果然是聪明，那么快就能领悟到了。"英途的眼神里有了一些赞许的意味，"没错，傀儡不同于尸舞者的行尸，不是依靠着尸舞术来操控其行为的，一个真正的傀儡一旦制作完成，就可以只接受主人简单的命令，然后完全依靠自己的思想去完成一切任务。否则的话，充其量只能算作是半成品。然而，赋予傀儡智慧，这种事情实在是太难了，一堆没有生命的矿石和植物，到底要做出怎么样的组合和改变，才能够从中产生意识呢？"

"对呀，怎么才能做到？"云湛发现自己也对此产生了强烈的好奇心。

"这就是历史上真正成功的偃师如此稀少的原因，因为绝大多数人穷其一生，所能制作出来的仍然只是半成品的人偶，仍然需要制造者用精神力去驱动——那就成了另外一种成本更高，效率却远远更低的尸舞术。而寥寥无几的成功者们，一个个都把自己的方法紧紧握在手里不肯公开，后来者也无从模仿。想象一下吧，一个行当难度极大，成功的机会极小，还偏偏找不到愿意对你倾囊相授的名师，从业者怎么可能多？"

"岂止是怎么可能多的问题，到现在居然还没有灭绝，已经算是不大不小的奇迹了。"云湛说。

"我大概也是年轻的时候失心疯，自以为自己很聪明，算学、医学、机械都学得很好，手也很巧，八岁那年就做出了能滑行十余丈的木鸟。那会儿从一位老工匠那里听说了偃师，马上就觉得这应该成为我终生奋斗的目标。然而你也看到了，我今年五十五岁，做出的最大成就是一个能听到狼嚎就立刻模仿的废物，而我看起来简直像七十五岁，这么多年的殚精竭虑苦苦求索，并没有给我带来丝毫回报。"

云湛的同情心油然而生，看着这个足足比自己的实际年龄看上去老了二十岁的女人，一时间却也找不到什么安慰的话可以说，只能换一个话题："可我还是不太明白，为什么我的养父的头颅会出现在傀儡的身体上？"

"这就是我今天叫你过来的原因，有一些非常要紧的，可能关乎你性命的事情要告诉你，而这件事和你的生身父亲云谨修有关。我从你刚才的表情能看出，你不愿意听到你父亲年轻时的风流韵事，但是你恐怕非听不可。"

云湛尴尬地笑了笑："我不是那个意思，其实我也很想知道一些我父亲的事情，请您说吧。"

"我先前说，我是这个时代的天驱中唯一一个偃师了，这话说得不确切，我是活着的唯一一个。还有两个已经死去了，一个名叫南宫晟的，算是我的师父，年纪太大大病死了；另一个就是你的父亲云谨修。"

云湛下意识地捏紧了拳头。尽管已经隐隐有一点猜到，但当得到确认的时候，他还是压制不住内心的震惊。云谨修不但是个天驱，还是天驱中仅存的几位偃师之一，如今发生的傀儡杀人案，会和当年的他有什么联系吗？

一说起云谨修，英途的表情就变得有些奇怪，似乎是表露出一种思念与怨怼相互交织的复杂情感："那时候，天驱里年纪更大的偃师都去世了，包括我师父，只有我们两个年轻人了。你父亲头脑比我更灵活，手也更巧，但毕竟见识和经验还差得远，一直以来，无法完成从人偶到拥有智慧的傀儡的关键转变。你父亲这个人……虽然聪明，性情却比我浮躁，他一直觉得我那样埋头独自钻研的法子太笨了，于是想要寻求一种捷径。"

"捷径？这能有什么捷径？"云湛说到这里，忽然有所领悟，"啊，他是想要去找成功的偃师，直接学习人家的法子。"

英途叹了口气："我当时劝不住他，也没有什么可劝的，毕竟想要做什么是他自己的自由。何况偃师原本都是行踪诡异几乎不与外人联系的人，我也没有指望他能成功找到一个偃师。但是你的父亲，确实很有能耐，竟然真的找到了，可惜的是，找到的是一个非常危险的对象，正是这个不明智的选择导致了他最后的丧命。"

"无非就是想要找个老师而已，怎么会丧命呢？"云湛问。这种感觉有些奇怪，明明是在打听生身父亲的死，但他却并没有感觉到有什么悲伤，仿佛只是在谈论一个和他没有任何关系的普通同行，相比起风靖源成为杀人傀儡带给他的巨大冲击，完全不是一个概念。大概我从本质上就是那种看重感情而不是看重血缘的人吧，云湛想，我也不知道这究竟是好是坏。

"因为他选错了人。"英途说，"顶级的成功偃师虽然稀少，在我们这个时代总还是有那么几个存在的，而这寥寥无几的存在当中，有一位相当邪恶。你父亲所去寻找的，恰恰就是这位邪恶的偃师。这个人的化名，你先前已经跟我说过了。"

"连先生！"云湛反应很快，"在麻风村用麻风病人们做实验的连先生！原来这个邪恶的偃师就是他！"

"没错，他的真名叫姬映莲，莲花的莲。"英途说。

"莲花的莲？那这名字倒还有几分女性的味道。"

"事实上，他原本就是女性，一个和我一样的女性。"英途说，"但是这个人的性格古怪至极，好像是因为出生在贫苦山村，从小的时候就因为自己是个女孩，一直被家里人嫌弃，并且最终被卖给了人贩子换钱。后来她对自己女性的身份深恶痛绝，自己利用偃师的技艺把自己改造成了一个男人。"

云湛叹为观止："这可太……出人意表了。其实继续保持女人的身份，证明自己可以沽得比男人更出色，不是更好么？"

英途摇摇头："你这是正常人的思路，对一个性情偏执的人是没有什么意义的。他变成了男人，麻风村里的连先生就是他。不过不管是男人还是女人，他都比我要厉害何止百倍，他所制造出来的傀儡，基本就和传说中的夏阳之殇一战中的杀人傀儡一样，是可以以一当十对付天驱和辰月的好手。"

"那的确是很厉害了，面对天驱辰月都能以一当十的话，我都未必能胜得过。"云湛说，"既然这样，他为什么还要找麻风村的病人去做实验？"

"因为他还不是当世第一，还有一个人比他更强。"英途说，"姬映莲的傀儡已经很强了，却连续三次败于同一个人之手，那个人才是九州第一的偃师。对于姬映莲那样的性格来说，不能站在最高的位置上就难以甘心，何况对手还是一个女人。"

"女人？"云湛再一次感到意外。

"对，当世最强的偃师是一个名叫沐怀纷的女偃师。"英途说，"屈居第二对于姬映莲来说已经是巨大的耻辱了，偏偏他把自己的性别从女性改换成了男性，最后却发现女性比他更强，这样的耻辱就会翻倍。"

"他们俩的差距具体在哪里？"云湛感觉答案已经呼之欲出了。

"还是那两个字：智慧。"英途回答，"这样两位顶级的偃师进行比拼，当然绝不可能加入任何人为操控的因素，发布命令之后，无论开打还是做打架之外的其他事情，都必须完全依靠傀儡自己的发挥。到了这种时候，基本就相当于两个活人的相互比拼了，假如力量、速度等素质都差不多，最后考验的还得是脑子。沐怀纷制作出的傀儡，永远比姬映莲的傀儡要聪明一筹，姬映莲拼尽全力也追赶不上，反而差距好像越来越大。"

"我懂了,所以他一直在努力寻找在傀儡的智慧方面超越沐怀纷的方法,但是偃师这种事儿大概的确需要讲天赋,他的天赋不如沐怀纷,再怎么努力也追赶不上了,最后只能……另辟蹊径,走一条前人没有走过的路子。"云湛的眼神里闪动着奇异的神采,"如果纯粹采用非生命的材料无法超越,那么,取一个巧,在傀儡的构造中加入活人的智慧呢?"

"所以他才会去麻风村找那些因为麻风病致残的可怜人们做实验,从替换手脚四肢开始,就是想要观察包含有星流石碎片的人造部件和血肉之躯的人体结合,会有什么样的反应。麻风村只是我们知道的一个地方,在其他地方一定也有更多类似的实验,还有更多被星辰力吞噬的受害者。而到了最后,当技术终于成熟,终于找到了解决这样的相互排斥的方法之后,姬映莲走出了最后的一步。"

云湛抓起桌上的酒壶,往自己的嘴里咕嘟咕嘟灌进去半壶:"那就是我的养父,风靖源。他就是姬映莲这个疯狂计划的最终成品:一个同时拥有傀儡的钢铁力量和活人的智慧的新傀儡,或者说,半人半傀儡的怪物。这个老混蛋,我不会放过他的!"

云湛是一个极少说狠话的人,通常面对再凶悍的敌人,也会对对方保持足够的尊重,但这一次,他的语声里已经透出了罕见的杀意。对方伤害的是风靖源,是那个几乎用尽自己的生命去保护他的人,他无法容忍看到自己的父亲——即便没有血缘关系——连平静的死亡休憩都难以得到,却最终沦为一个半人半机械、以屠杀为唯一目标的怪物。

"先冷静一下,小伙子。"英途说,"我能体会到你的愤怒,但如果你真的想要和姬映莲为敌,光有愤怒是不够用的。"

云湛站起身来,在小饭馆里来回走了几圈,最后狠狠一拳砸在墙上。拳头破了,流出了鲜血,伤口的疼痛让他的头脑慢慢静了下来。他开始努力地从二十年前开始梳理和风靖源有关的种种头绪。

毫无疑问,风靖源当年是假死。极有可能就在那些困居于小黑屋里几乎不和外界联系的岁月里,姬映莲就已经找上了他。风靖源中了玄阴血咒,身体一点一点地腐坏，根本就是在慢慢等死，假如有人向他提出更换一具人造的身体的建议，他恐怕很难不动心——即便是失败了，无非也是早死几天晚死几天的分别，何况那样活着原本就是巨大的痛苦。所以，风靖源极有可能是抱着死马当成活马医的心态，接受了姬映莲的建议，开始了更换身体的漫长过程。那时候仆人陈福每隔好几天才会进一次那个房间，年幼的风蔚然更是避之不及，姬映莲完全可以在几乎不受打扰的情况下慢慢实验。

然后就到了风蔚然七岁的那一年，也正好是姬映莲可以完成全部改造的时候。可能是为了一种不受打扰的方便，可能是最后的步骤很漫长，会超过陈福进屋照料的周期，他选择了让风靖源假死，并且在假死前就通过风靖源之手做好了安排，把风蔚然和陈福打发到了遥远的雁都。那样的话，他就不会受到任何干扰了，可以完成他梦寐以求的创造了。

只不过这当中出现了一次意外，那就是风蔚然的童年好友安林的意外闯入。结果安林恰好看到了尚未安装傀儡躯体、只剩下一颗头颅的风靖源，生生被吓疯了。

这大概就应该是风靖源被改造成傀儡的来龙去脉了。能够瞒过少不经事的自己并不奇怪，但居然能一直瞒过机警的陈福，可见姬映莲果然是足够狡诈。如果自己想要为风靖源复仇，单有一腔怒火是不够的。

"你说得没错，需要冷静。"云湛重新坐了回去，"这件事当中还有一些没弄清楚的，比如姬映莲为什么会让我的养父去杀害辰月的傀师？按理说，那些人对他是很难构成威胁的。难道辰月也发现了什么新的制造傀儡的法子？另外，您还没有告诉我，我的生父云谨修去找姬映莲拜师的遭遇。我记得他是死于辰月之手的，怎么会和姬映莲有关呢？"

英途长叹一声："姬映莲确实不是个好人，但是你父亲的死……也确实有几分咎由自取。你可知道，你的母亲夏如蕴，是姬映莲的养女。"

"你说什么？"云湛惊呼出声，"养女？"

"是的，养女，而且可能是姬映莲在这个世上唯一信任的人。"英途说，"不过她并没有成为傀师的潜质，姬映莲也从未勉强她，只是把她留在身边照顾自己的生活。云谨修大概也就是为了这一点才去接近她的，想要通过她的关系去获得姬映莲的信任。"

"妈的，我的亲爹居然是……这么一个人渣。"云湛心里百般不是滋味，忍不住大吼了一声，"再拿酒来！越多越好！"

酒保上酒的工夫，英途饶有兴味地打量了一下云湛："你这个年轻人真是比我想象中还要有趣。如果换了一个其他的什么人，听到我刚才的说辞，多半要直接掀了桌子怒斥我撒谎，揍我一顿都说不定。"

云湛苦笑一声："我这个人虽然浑身都是缺点，但有一个最大的好处，就是从来不会骗自己。你所说的原本合情合理，也没有撒谎的必要。再说了，就在前些日子，刚刚有一个人和我说过：无论别人变成什么样，我始终是我自己，不会因为他们而改变。好了，不用谈我这些无聊的事情了，接着说云谨修和夏如蕴吧。"

不知不觉中，他开始用名字称呼自己的亲生父母，也许是因为他还没有意识到，他的内心深处还是隐隐有些在意这件事的，毕竟一个再洒脱不羁的人，也不会愿意知道自己的出生原来并不是出于爱情，而只是某种龌龊的阴谋和欺骗。

"你不妨猜一猜，后来发生了什么事。"英途说。

云湛想了想："一般情况下，大概应该是云谨修成功地骗到了夏如蕴的感情，然后通过夏如蕴去接近了姬映莲。但是姬映莲这样老奸巨猾的货色，肯定从一开始就识破了云谨修的图谋。考虑到后来云谨修是死于辰月之手，那姬映莲就并没有亲自下手，多半是通过什么方法嫁祸于他，借刀杀人，只是这当中出了岔子，他并没有料到夏如蕴也会始终跟随着云谨修，不离不弃。结果……他还是失去了自己在这个世上唯一信任的人。"

云湛尽可能地让刚才的叙述显得平静，但最后说到母亲之死的时候，腔调还是有些奇怪，仍旧是在努力压制着情绪。那毕竟还是给了我生命的人，云湛想，哪怕我用云谨修和夏如蕴去称呼他们，这个事实也不容改变。

"大体上你都猜对了，包括姬映莲的借刀杀人。他想办法夺走了一个辰月手里正在研制的傀儡，以他的才智，很轻松地就能够破解出其中的技术要点，然后再想办法假造证据，让辰月误以为云谨修盗窃了他们的秘密。对傀儡的研制，很可能关乎着辰月长久的未来，辰月自然是要对他追杀不止，你的父母最终因此而丧生。"

说到这里，英途紧紧闭上了眼睛，脸上既有深沉的悲哀、不甘和无奈，却也似乎有一种倾诉之后的解脱。这些话，这段记忆，大概也在这个老妇人的心里憋了半生了吧，云湛想，如今总算可以对故人之子一吐为快，于她而言或许也是件好事。

"我所知道的一切都已经告诉你了，剩下的疑团就靠你自己去发掘吧。"英途说，"尽管我名义上还属于天驱的一员，实际上已经很久没有和任何人联系过了，他们可能也早就把我遗忘。希望你也不要把遇到我的事情告诉别人，就把我当成一个在北都城安静等死的老仆妇就好了。"

"我答应你。"云湛说。

离开饭馆走回客栈的途中，云湛心潮起伏，似乎很想再找个肮脏的酒馆叫上几斤青阳魂醉成一摊烂泥，又似乎很想找一条冰冷的河流小溪跳进去，让冬季的流水浸泡冲刷一下，好让头脑清醒。刚才和英途的一席长谈，竟然牵扯出了那么多过往的秘辛，实在是让他始料未及。

无论怎样，因为英途没有明确说出口的与云谨修的特殊关系，云湛总算是了解了不少他一直想知道的父母年轻时的往事，也恶补了不少于偃师世界有关的常识。对于风靖源为什么会变成一个傀儡，也大致心里有数了。

但是接下来的难题在于，如何找到风靖源对辰月实施杀戮的原因，以及如何制止这样的杀戮。尽管从感情上来说，死掉几个辰月教徒对云湛而言说不定反倒是挺快慰的事儿，但毕竟风靖源无论是死是活，身份始终是一个天驱武士。由他出手杀死那么多辰月教徒，最终难免会演变成天驱和辰月的直接对立，再加上目前双方本来就有很多人一直想找个由头开战，后果可能不堪设想。

此外，他还在犹豫着要不要把先前听到的一切都告诉雪香竹，或者至少告诉她一部分。雪香竹固然也隐藏了不少秘密没有告诉他，但无疑也是对偃师世界有着不少了解的人，如果能够与她合作，也许能省不少力气。

云湛在心里权衡来估算去，直到走回客栈的门口还没有打定主意。此时夜色已深，蛮族人不像南淮城的华族人那样有很多消夜的方式，整个北都城几乎一片寂静。只有客栈门口挂着的灯笼还亮着光。

云湛正准备从大门进去，耳朵里忽然听见从侧后方的墙上传来一声非常轻微的响动，那有可能是一只路过的野猫，甚至有可能只是一片落在墙头的枯叶，但直觉却让他产生怀疑。他不动声色地进入客栈，做出微醉的样子摇摇晃晃地上楼，故意重手重脚地进入房间关上门，随即以最快速最轻捷的动作推开窗户，从窗口翻出，踩着客栈外墙上一块凸出的砖头贴在窗外，再悄无声息地把窗户重新关上。这是他多年来的习惯，无论来到什么地方，都会事先打探好一切可能可以利用的退路。

大约过了五分钟左右，并没有出现任何异状，让云湛有点怀疑自己是不是多心了。然而，就在他准备重新回到房间的时候，房内突然传来一声重响，应该是整个房门被人撞开了，随即有什么东西撞击到了地板上，发出一声轻微的爆裂声。随着这一声爆裂，房间的四壁和天花板上响起了一连串密密麻麻的声响，像是有无数钢钉之类的尖锐物体钉了进去。

那是天罗的暗器！云湛暗暗心惊，只觉得自己的背上已经冒出了冷汗。他和天罗这个九州最杰出的杀手组织打过很多次交道，对于对方所擅长使用的一些杀人器物都有一定的了解。刚才在房间里爆裂开的那种暗器，外形像一个小小的圆球，里面填充了火药，一旦炸裂，就会利用火药的力量散射出数十枚淬毒的钢针，武功再高强的人也很难躲得开。刚才如果不是自己凭借着敏锐的直觉觉得有敌人在跟踪自己，并且提前躲在了房间外，现在说不定已经中招了。

他继续贴在墙外，耳听得房间里传来脚步声和惊呼声："人不在了！""不可能啊，刚才我们明明看见他走进房间的！""难道是跳窗逃跑了？""到窗口看看！"

就这么短短的几秒钟时间，云湛已经听出来了，跟踪并且试图暗杀他的一共有三个人，而且他几乎可以肯定，虽然使用了天罗的暗器，但这三个人并非天罗——尽管天罗在暗杀特别厉害的角色时也有可能一次动用三个人，但绝不会像这三人一样慌乱而多话。

很快的，跟踪者中的一人推开窗户，探出了头，云湛屈起右手食指和中指的指节，在他的太阳穴上重重一敲，这个人连哼都没法哼出一声，就已经晕了过去。

云湛揪住他的衣领，把他的整个身体向着房内猛地一推，然后借助着这个身躯的掩护，自己也紧跟着蹿进了房间。借助着窗外照进的淡淡月光，他看清了剩下两名敌人的站位，左手抽出一支弓箭，并没有拉弓，而是直接用腕力将箭掷出，把其中一个敌人的咽喉穿透。紧跟着，他身形一晃，来到了最后一个敌人的身前。这是一名刀客，见到云湛靠近，立即挥刀向他拦腰横劈，云湛一跃而起闪过这一刀，然后在空中右腿踢出，正中面颊。刀客的身体被踢得飞了出去，撞在客栈墙上，身上扎进了无数支天罗的毒针，眼看也是活不了了。

三名敌人死了两个，好在第一个只是被打晕了，依旧靠在窗台上没有动弹。云湛正准备把他拖进屋里，忽然想起一个重要的问题：既然已经有敌人来袭击他了，那么隔壁房间的雪香竹呢？

他顾不上问口供的事，一步跨出门板已经被打碎的房门，冲到雪香竹的门外，用力推门。门并没有闩上，一推即开，可以很清楚地看到屋内空无一人。雪香竹并不在屋子里。

云湛先观察了一下，确认屋里并没有其他人，这才小心翼翼地走了进去。他发现这个房间里的陈设表面看起来整整齐齐，仿佛是雪香竹正常地出门了，没有任何人动过，但如果仔仔细细地看一下，就会发现房间里有一些异样的痕迹。他俯下身，从地上捡起一个东西，那应当是从屋外沾到鞋上又落到地板上的一片寻常的树叶碎片，但这片碎叶此刻却坚硬无比，而且呈现出银色的光泽。

——这是金属变身术，能够将物体短暂转化为金属的秘术，不过到了一定时间后又会恢复原状。

云湛放下这片已经变成银子的碎叶，继续查看其他地方，很快又发现床底下滚落了一个苹果。这个苹果大部分都是正常的黄色，而且黄色果皮下的果肉

123

饱满厚实，但上面有一块却呈现出墨一样的漆黑，黑皮下面的果肉已经完全干瘪，用手一按就是一个破洞，破洞里赫然呈现出烧焦的碳粉一般的脆弱质地。

这种秘术对云湛而言丝毫不陌生，它叫作"枯竭"，是谷玄秘术里威力很大的一招，能够在瞬间夺走一切生物的生命力。

除此之外，他还在屋内书桌旁的墙上发现了一个圆滑的深陷的小坑，从光滑程度来看应该是刚刚被挖出来不久，看着这个坑的形状，很容易让他想到雪香竹所擅长的亘白系操纵空气的秘术。

看来这个房间里刚刚发生过秘术师之间的交锋，而且水准相当高，云湛想。但是敌人是谁、敌人和雪香竹之间究竟谁胜谁负，就无法从现场判断了。雪香竹只是孤身一人，倘若遇上了好几名秘术师围攻，说不定会处于下风。

不过这当口顾不上担心雪香竹了，云湛相信她身为辰月教长怎么都能有脱身之法，倒是刚才那一番打斗已经惊醒了客栈里的人，他得赶紧卷上包袱逃跑，不然一个羽人在蛮族人的都城杀死了两个人，着实很难向官家解释。

幸好他历来都有出门在外不拆行李的好习惯，此刻拎上包袱就走，倒也并不费事。在几条小街里穿来躲去，避开了闻讯赶来的北都城卫，这才稍微松一口气。接下来该做什么呢？云湛想着，似乎应当先找一个地方暂时藏身，慢慢寻找雪香竹的下落。如果雪香竹还在北都而自己贸然离开，两人就失散了。要说躲藏的地方，自己眼下在北都只认识唯一的一个人……

想到这里，云湛忽然暗叫了一声不好，转身狂奔向和英途会面的那间小饭馆。一进门他就心里一沉，只见饭馆里已经一片狼藉，桌椅板凳几乎全都打碎了，鼻端还能闻到很浓重的血腥味。

往前绕过一张被劈成两半的饭桌，他看到了英途。英途浑身浴血地靠坐在墙边，一动也不动，云湛抢上前一步想要搭她的脉搏，发现她的身体已经开始发凉。

肆

真与假

1

英途死了。

云湛重重一拳打在地上，只觉得心里一阵无法抒发的愤懑，这不仅仅是因为连日来像无头苍蝇一样乱撞，始终找不到明确的方向所带来的郁闷。其实他和英途无非是刚刚结识，也谈不上任何友情，这位老妇人和他之间仅有的联系，大概只是年轻时曾经和他的父亲之间有那么一些并没有明确说出来的情感纠葛。但是他还是难以抑制自己对英途的同情：一个选错了努力的方向，导致一生虚掷时光的可怜人，到死时也是孤身一人。他甚至都不能确定，英途将自己的全部生命都用在了对傀儡的徒劳追逐上，究竟是出于对天驱的信仰呢，还是仅仅是不愿意放弃、不愿意承认自己的失败。

他定了定神，检查了一下小饭馆里的状况，除了英途的尸体之外，厨房里还有两个蛮族人横尸于地，从衣着来看应该是饭馆的经营者。除此之外，并没有袭击者留下的尸体或者其他痕迹，倒是有另外一样东西很醒目：一个只有一半身子的傀儡。

　　这无疑就是曾经在棘马部引发灾难的那个半夜莫名模仿狼嚎的半成品傀儡，英途嘴里所说的耗费半生做出来的废物。云湛扶起这个傀儡，发现它的躯壳上伤痕累累，至少遭受了包括华族长刀、蛮族弯刀、长枪、单鞭等若干种兵器的打击，很多地方都碎裂了，露出包裹在内的金属部件。他忽然间明白了：这个半身傀儡，并不真的像英途说的那样百无一用。在主人遭受到袭击的时候，它仍然能帮助主人对抗敌人，而且从它的头顶沾着的斑斑血迹来看，这个无手无足的半成品用它唯一的武器——头颅——仍然对敌人造成了杀伤。

　　"你并没有失败。"云湛轻声说，"你终究还是做出了一个可以战斗的傀儡。你是一个真正的偃师。"

　　在这里也没有别的可做的了，他正打算离开，眼睛的余光注意到英途的右拳紧紧握着，看姿势有些不自然。他一下子意识到了些什么，重新回到英途身边，伸手想要掰开这只拳头，却发现指节已经僵硬，没有办法掰开。

　　"抱歉，我也是为了替你找到杀害你的凶手，抱歉了。"云湛咕哝了一句，咬咬牙，手上用力，硬生生掰断了英途的好几根手指，这才让手掌摊开，露出其中的物件。

　　那是一根金属铸造成的羽毛，用涂料涂成了鲜红色。云湛把这根金属羽毛夹在指缝间，大感意外。

　　"血羽会？"云湛自言自语着，"怎么会是血羽会？明明是天驱辰月和偃师之间的事情，血羽会跑出来插一杠子做什么？"

　　血羽会是一个崛起极快的组织。最初的时候，血羽会只是被贵族压迫的羽族贱民们团结起来保护自身的小小的互助会，"血羽"其实就是在以贱民自况，以此和贵族们血统越纯正高贵、凝结出来就越洁白明亮的白色光翼相对立。后来在吸收了一位人类军师的加入后，血羽会开始改变了初衷，成了一个云湛口中真正意义上的"黑帮"。它不再只是以羽人为主体，而是来者不拒什么种族的成员都收——能打就行。人类、羽人、河络、夸父、魅——甚至于大洋中的鲛人都有血羽会的分支。相比起天驱和辰月，血羽会显得更加急功近利不讲规则，成员也鱼龙混杂良莠不齐，但也因此带来了势力的极速扩张。单论人数而言，恐怕已经超越了上述两个古老的以信仰为根基的组织。

云湛一时间大感头疼。某种意义上而言，他宁可和辰月天罗打交道，尽管这两个组织里最顶尖的高手可能比血羽会的高手更难对付，但他们行事总会在自己的信仰的约束之下，可以预判，可以理解。但血羽会这样的真正黑帮，发起疯来会像狂犬，摸不清他们的行事规律。何况他和辰月教主木叶萝潆好歹是亦敌亦友，和天罗内部的重要宗主安学武也有不错的交情，遇事会有商量的余地，而血羽会与他之间素无瓜葛，攀交情都攀不上。

但无论怎样，总算有了下口的方向，至少可以有的放矢了。云湛迅速理清了思路：偷袭英途的人已经走了，和雪香竹交手的秘术师也走了，但偷袭自己的人在死了两个之后，还有一位昏死在窗台上。自己离开客栈时，官家的人已经来了，客栈里的其他人也都闻声而至，他应该一时半会儿跑不了。以云湛对血羽会的了解，这个组织在别的地方可能显得不太讲究，但对内部成员一向很讲义气，应该会有人去尝试救援他，跟踪这些人，就有机会摸到血羽会的巢穴。

两天之后。

那个被云湛打晕的血羽会武士果然没能逃脱，被北都城的城卫队带走收监，准备审讯。但血羽会也如云湛所料的那样手眼通天，甚至都用不上劫狱之类粗暴而没有技术含量的方法，直接通过贿赂上级官员把他弄了出来。

云湛悄悄地跟踪着这个人，找到血羽会在北都城的分舵，讲义气的舵主赏罚分明，先是为了他侥幸大难不死而安排了一顿丰盛的接风宴，继而因为他没能完成刺杀云湛的重任而罚他关了三天的禁闭。云湛运用缩骨术屈身于屋檐之下，偷听到了血羽会的帮众们觥筹交错间的对话，但结果却让他很失望。

"舵主，现在任务已经完结了，我总算可以问问了吧：这次要我们去刺杀的羽人是干什么的？那个家伙好厉害，我们动用了从天罗那里买来的暗器，竟然都伤不到他分毫，反而赔上了两条兄弟的性命。要不是我命大，你也不必花钱把我从监牢里弄出来了。"从云湛手下死里逃生的武士问。

舵主狠狠地往地上啐了一口："我他妈的还觉得气闷呢，一下子丢了两员好手，让咱们折损了不少实力，而且还压根不知道杀这个人是图什么。"

他把手里啃了一半的羊腿往桌上一扔，稍稍压低了声音："告诉你吧，别说杀那个羽人的目的了，老子就连是谁下的命令都不知道，只是收到了血杀令。"

武士一呆："血杀令？"

"没错，就是血杀令，我检验了好几遍，绝对是货真价实的——这玩意儿也没谁吃了豹子胆敢去伪造。你也知道的，接到血杀令就如同帮主亲自下令，无论怎样也得……"

后面的话云湛就没有听下去了，也没有必要再听。他对血羽会略有了解，听说过这个血杀令，那时只有会内极高层才有权发出的一种追杀令，接到血杀令的分堂分舵或者会中成员必须无条件接受命令，就如同帮主亲口发令一样。血杀令的制作工艺非常特殊，融合进了星辰秘术，在血羽会成员那里会有一套复杂的验证过程，以确保不会有人假传圣旨。既然这个舵主是接到了血杀令才开始行动的，那么，他的确不必，也不能打听究竟是谁下的令。

又一条线索中断了。但也不完全算是没有收获。能够发布血杀令的人，在血羽会里也是十个指头就能数出来的，这至少说明了这次由风靖源所引发的偃师事件已经引起了血羽会高层的重视。而血羽会是一个无利不起早的组织，能让血羽会插手的事件，其中一定有足够吸引人的利益。

利益，利益。云湛躺在拥挤嘈杂的小旅店大通铺上，反复思考着这个问题：风靖源的身上究竟有什么利益值得让血羽会出手？难道他们也和天驱辰月那样未雨绸缪，想要培养自己的偃师？

应该没有那么简单，云湛的直觉告诉他，这个血羽会的高层，一定有点儿问题。不过这个结论属于那种看起来很正确，事实上派不上用场的正确的废话，因为血羽会本身就从来不和天驱相互通气——事实上二者多半是互相嫌弃的，他到现在对血羽会的高层人物几乎一无所知，想要从中间筛出一个可能利益相关的人来，谈何容易。

想来想去，他决定先回宁州与石秋瞳会合，然后跟随着这位出访的公主一起回到南淮。虽然血羽会的总部到底在哪里他并不知晓，但以这个组织的庞大规模和每年攫取的惊人财富来看，总部一定得设立在一个商业足够发达的富庶地区，尤其有可能在宛州。而他在宛州有诸多关系可用，要查找到血羽会的更多信息会容易一点儿，不像在北都城举目无亲，为了逃避城卫队的追捕，只能先用药物染了头发，然后躲到这充满汗臭味儿、烟味儿、劣质烧酒味儿的大通铺旅店里。

隔壁铺位的两个人开始争吵，原因是其中一人带在身边的孩子尿炕了，弄脏了旁边那人的被子。这两人偏巧都是来自宛州的华族人，嘴巴厉害得很，却都不敢轻易动拳头，于是为了这泡尿足足争吵了小半个对时，各出机杼舌灿莲花，云湛扯了棉花塞住耳朵都堵不住。他很想揭竿而起一拳一个把这两位打晕过去，又或者离开这里到街上去逛逛透气，但此时自己的身份是个逃犯，无论如何也得低调行事，只能强忍了。

正在一肚子火无处发泄的时候，他的脑子里忽然感到了一种秘术的入侵。这种入侵非常柔和，缓缓地和他的精神力对接，却并没有丝毫强硬，反而像是有人在柔和地敲门，请求他放自己进入。而且，这股入侵的精神力于他而言十分熟悉，似乎过去曾经打过很多次交道，他一下子明白了这是谁，也相信对方绝对不会趁这种时机对他有所伤害。于是他放松头脑，让自己的精神力顺应着对方的呼唤，渐渐达到某种琴瑟和鸣般的和谐境界。

然后他的眼前陷入了一片毫无光亮的纯粹的黑暗，身体陡然间失去重量，像是坠入了一道无底深渊，飞速下坠一段时间后，下坠之势又开始减缓，仿佛有一条无形的河流在托住他。过了半晌，下坠完全停止，脚底踩到了坚实的地面，眼睛里也渐渐能看到柔和的光亮。

适应了这片光亮之后，云湛发现自己正站在一片一望无际的蓝色海洋之上，蓝天白云相映，水天一色，海浪高低起伏如蔚蓝山峦，海面下还能看到鱼群的身影，端的是一幅美景，除了唯一一点不对劲的地方——整片海洋是完全静止的，就好像被瞬间封冻起来了一样，海浪纹丝不动，鱼群固定有如雕塑。

紧跟着，这片冻土一般的海面开始微微颤抖，从遥远的海平线方向出现了一个高速移动的黑点，继而转化为越来越清晰的巨大的黑影，向着云湛的方向冲了过来。逐渐进入视线后，云湛能看清楚，来的是一头雷犀，这是一种形状近似犀牛的怪兽，但比犀牛庞大得多，有着坚硬的外皮和尤其坚固的头骨，以及不屈不挠的凶猛斗志，在战争年代经常被驯化来作为攻城武器，以它铁锤一般的头颅去撞击城门，要么城破，要么自己被杀死倒地，否则绝不会退缩半步。

只不过，寻常的雷犀大概也就两丈多高，这一头雷犀却足足有五六丈高，冲向云湛的时候就如同一座移动的小山。距离再近一点，可以发现这头雷犀的四蹄并不是普通的钝形脚趾，而是各自向外伸出两根尖锐的长尖凸起，有若剪刀。除此之外，当这头狂奔的雷犀张嘴喘气的时候，嘴巴里露出的牙齿赫然也是尖利的食肉动物的利齿。

"太调皮了。"云湛摇摇头，"就算是想要拿我寻寻开心，也不必这样把雷犀和驰狼杂交在一起吧。"

这头变异的雷犀距离他越来越近了，一双血红的巨眼瞪视着他，嘴里呼出清晰可见的白气，低下头向着云湛一头拱了过来。云湛却仍然站在这凝固的海面上一动也不动，等到雷犀头部的凸起眼看就要撞到他的时候，身子猛地跃起，双手已经各自握住一支长箭，用力下戳，准确地插入了雷犀的双目。雷犀发出一声震天动地的吼叫，四肢一软，跪倒在海面上，绝望地哀鸣着。

云湛借着箭支戳入雷犀双目的反弹之力，身体向后一个空翻，稳稳当当落在地上。然后他抬起头，向着只有太阳和云彩的天空大喊起来："好了！别玩啦！快点出来吧！"

喊声在空旷的天海之间远远地传播出去。过了一小会儿，从远方的天际飞来一个遮天蔽日的庞然大物，远远望去就像是把一座城市升腾到了天空中，当它掠过太阳的时候，连太阳的光芒都被短暂地掩盖住了。那是一只金色的大风，只存在于传说中的巨鸟，九州体型最庞大的生物，据说一只成年大风的体长可以超过一千尺，当它展翅翱翔的时候，翼展可以超过五千尺。它的体重能达到四千万斤，降落下来足以压垮一座山；如果一只大风以较低的飞行高度掠过一座城市，单是双翼扇动带起的气流就不啻一场恐怖的龙卷风暴，足以摧毁城内的一切。

当然，上述的一切只存在于传说中，几代人当中也未必能出一个可以亲眼目击到大风的，但此时此刻，这只大风却出现在了云湛的视线里，而云湛对此并不惊讶。

大风飞到了云湛的头顶，把云湛及周围方圆数里的海面都笼罩在它的巨大阴影之中。然后，从大风的头部缓缓飘落下来一个小小的白点，如羽毛般慢慢地飘落到云湛面前站定。这是一个河络，女性河络，有着一张看起来天真无邪的可爱面容，白净的小脸上带着甜美的微笑，任何一个第一次见她的人都很难不会心生好感。然而云湛却知道，眼前的这个河络姑娘，纵然不是全九州最可怕的人，至少排个前三前五是丝毫不必要谦虚的。眼下他所身处的，也正是这个河络运用自己的精神力幻化而出的纯粹的精神世界，之前，当感受到对方的召唤后，他立即同意了，引导着自己的精神进入这片幻境。事实上，贸然进入一个秘术师所搭建的精神幻境是非常危险的事情，因为建造者拥有着支配幻境的绝对权力，几乎就是这片虚幻天地中的天神，如果要在幻境中攻击或杀死进入者，都是轻而易举的事情，那样的话，在幻境中被杀死的人就会在现实中发疯。

但是云湛相信她不会这么做。两人固然经历过不止一场生死对决，却也同样经历过共同出生入死的全力合作；这个河络是他的敌人，也是偶尔能和他倾谈心事的朋友。她会在很多场景下用尽全力试图杀死自己，却不会利用这个幻境，云湛坚信这一点。

这就是当今辰月教的教主，令人闻风丧胆的微笑的女魔头，木叶萝漪。

木叶萝漪还是老样子，至少在云湛面前没有半点儿辰月教主的威严和架子，一落到地上就一屁股往硬邦邦的海面上一坐，然后从腰间取下她从不离身的银质小茶壶，咕嘟咕嘟喝起来。喝了几大口之后，她似乎满意了，擦了擦嘴，抬起头来看着云湛。

"好久不见啦，云湛。挺想你的。"萝漪说。

"我不敢想您。"云湛说，"凡是您出现的地方，一定没好事。不过……见到您还是很高兴。"

"这还差不多。算你有点儿良心。"萝漪说。

"这海面是怎么回事？"云湛指了指周围，"简直就像戏台上的布景。你们家的海是用来跑雷犀的么？"

"我本来是想把你扔到真正的海水里让你陪豪鱼玩一玩的。但后来转念一想，你我好久不见了，一见面就把你弄成落汤鸡，也未免不够友好，所以临时冻住了海面，换了头雷犀。"萝漪回答。豪鱼是九州另一种传说中的巨型生物，是海洋里最大的鱼类，不过比之大风还是稍逊一筹，会被大风当成最佳的猎物。

"你还是那么顽皮。"云湛叹了口气。

"只有在你面前，我才能偶尔顽皮一下。"萝漪看着云湛，"在别人面前，我是辰月教主，是杀人不眨眼的女魔头，是撬动九州的阴谋家，总是绷得很紧，很累。"

萝漪的话语很真诚，云湛反而有些手足无措，过了一会儿才说："你把我拉到幻境里来，不会就是为了顽皮那么一下，还是有正事的吧？是不是和最近发生的傀儡事件有关？"

萝漪脸上的笑容消失了，在开口的时候，语气变得严肃："是的。我这次来找你，是想让你放弃追查，把整个事件留给我们辰月来处理。"

云湛没有感到意外："我猜也是。但是抱歉，不大可能。你消息那么灵通，应该早就知道了，现在那个人头傀儡身体的怪物，顶着的脑袋是我养父风靖源的。他用尽一切把我养大，我不可能置身事外。"

"如果换了别人拒绝我的要求，他现在已经是尸体了。"木叶萝漪说，"但是，因为是你，云湛，我愿意和你多说几句。这件事情不是你想象的那么简单，这其中包含着辰月教的一个绝大秘密，即便以你和我的交情，我也绝不能告诉你。我们俩虽然是朋友，但是首先，我还是一个辰月，更加是辰月的教主，我别无选择。"

"我了解，我也别无选择。"云湛说，"我是一个天驱，一个多管闲事的游侠，但是首先，我是风靖源的儿子，这一点永远也无法改变。"

木叶萝漪望着云湛，眼神里充满了失望："这么说，没得商量了，你一定要插手到底，对么？"

"一定要。"云湛毫不犹豫地点点头。

"那你就不怕我现在就杀了你？"萝漪突然目露凶光。这一瞬间，那个甜美可爱的河络姑娘消失了，坐在云湛面前的是睥睨天下的辰月教主，是动一动手指头就能改变九州命运的无冕帝王。

随着这句话，除了两人所在的这一小块海面仍然保留着封冻的固态，整片大洋都活动了起来。原本碧蓝如洗的天空骤然间阴云密布，云层中雷光闪动，传来阵阵响彻天际的轰鸣声。海水似乎被墨水染过，翻滚怒号，高高掀起的巨浪有若一道道黑色的墙。

而在远方的海域，一声惊天动地的巨响，海水像是被无数的炸药炸开了一样，一个山峦一样的物体从海面下钻出来，从它身上流淌下来的水流就像瀑布一样。这是一条豪鱼，海洋中的霸主，在它的体型面前，云湛渺小得像是一只可怜的鲸虱。

"你是想被大风吞掉，还是想被豪鱼吞掉？还是先被豪鱼吞掉再进入大风的肚子？"萝漪冷冷地问，"或者还想要点儿别的？我可都以满足你。然后从这里出去之后，你就会变成一个彻头彻尾的疯子，我也就少了很多很多麻烦了。"

云湛轻笑一声："这只豪鱼长得真够蠢的，难怪不得只能做大风的食物……你不会杀我的，萝漪，至少不会在这里杀我。虽然你心里从来不会断绝了杀死我的念头，但你是木叶萝漪，不会在你邀请我进入的幻境里杀人。"

"你怎么又摆出这么一副从小和我上一个学堂的很熟的口气？"萝漪斜眼瞥他，"你就不怕自个儿判断失误？"

　　"怕，我经常判断失误。"云湛回答，"但是我还是乐意赌一把。毕竟我们是朋友，一般而言我比较了解自己的朋友。"

　　萝潇狠狠地盯住云湛，但过了一会儿，眼神重新变得柔和："我有时候真的拿你这小子没办法。好吧，你猜对了，今天我不会杀你。但是下次见面，我或许就不会把你拉到幻境里来谈心了，如果你仍然不肯罢手，我们之间只有不死不休。"

　　"这我同样相信，因为你是辰月教主。"云湛耸耸肩，"不过，既然下次见面你都要杀我了，能不能最后满足我两个死前的遗愿？"

　　"第一个遗愿一定是借钱，尽管你所谓的借钱从来没还过……"萝潇的脸上恢复了那副亲切可爱的笑容，似乎刚才的死亡威胁压根儿就没发生过，"可以给你一点儿路费，让你不至于饿死街头回不了宛州，但多的一个铜镏也别想。我得对得起那位美丽的公主，管住一个男人可不容易。"

　　"你们女人一个个都那么邪恶。"云湛满脸苦相，"既然说到了石秋瞳，你能不能告诉我她现在在哪儿，以你们辰月的消息网，你一定知道。"

　　"我确实知道。"萝潇说，"大概四天之后，她就会抵达北都城。所以离开幻境后，我会给你留下足够你在大车店里住四天大通铺以及天天啃面饼的钱，保证你能活着和她一起回到南淮城。"

　　"太没人性了……"云湛双手抱头，仰面躺在身下依然坚硬如土地的海面上，"那位前代的圣人是怎么说的来着？女人和小人，都不是什么好人……"

　　萝潇没有接云湛的笑话，目光里有些忧伤："然后，等你回到南淮以后，下一次见面，也许我们中就只有一个能活着了。我不想这样，真的不想，但我别无选择。"

　　云湛不吭声，目光仿佛完全被那只依然遮蔽着太阳的金色大风所吸引。远处的豪鱼仍旧在风暴与海啸中不安分地游动着，每一次最轻微的动弹，都像是海水被整个撕裂了。

2

再有一天半的路程，车队就能进入南淮城。衍国常淮公主石秋瞳的这次漫长的出访，也总算即将结束。

衍国国力强盛，石秋瞳在民间威望也高，所以到了这里之后，石秋瞳索性完全甩开一切随侍人员，畅快地纵马奔跑在一片枯黄的楚唐平原上，身边仅有一个跟班，自然就是不良游侠云湛先生了。

"停下喝口水吧。还有你至于做出这副屁股马上要散架的模样吗？"石秋瞳勒住马，"真是没用，亏你还是个男人。"

云湛如释重负地也停了下来，翻身下马，把水囊递给石秋瞳："我们羽人骨头中空，在马背上被颠断骨头的可能性比你们人族大。"

"断个屁，你主要是脸皮中空，里面塞得进城墙砖……"石秋瞳大口灌水，然后把水囊随手扔回去，"还能跑得动吗？我还想再跑跑，干脆甩掉所有人，今晚我们就能进南淮城了，让他们慢慢着急去。"

云湛先捏出一张夸张的苦脸，但看到石秋瞳眼神里隐隐的期待，再张嘴时已经换了口风："五个金铢。五个金铢陪你一路颠回宁清宫。"

"不行，五个金铢太多，拿到你手里就要作怪。"石秋瞳一挥马鞭，在马屁股上轻抽一鞭，坐骑嘶鸣一声绝尘而去，留下她的下半句话在风中回荡，"两个！不二价！不要就滚！"

云湛赶紧重新上马，一边打马追上去一边抱怨："一把年纪了还那么疯，你是真不担心嫁不出去啊……"

两人真的在傍晚时分进入了南淮城。云湛深深地吸溜了一下鼻子，作陶醉状。石秋瞳斜眼看他："我记得你曾经说过，南淮城的空气里有一股很呛人的

137

脂粉气，让你这样的英雄好汉非常闻不惯。"

"理论上是这样的。"云湛依然陶醉着，"但是在连肉都找不到的宁州和只能找到肉的瀚州待久了，南淮城简直就是天堂。如果这世上真的存在转世这种说法的话，我下辈子一定要投胎当个南淮城土财主家的少爷，确切地说二少爷或者三少爷四少爷。"

"为什么不是大少爷？"石秋瞳不解。

"大少爷得继承家业啊，那多累，就像您这样成天操碎了心。"云湛振振有词，"就得当那种只花钱不管家的少爷，每天吃了睡睡了吃，吃睡之间坐在院子里晒太阳，身边路过一个胖乎乎的丫鬟就在她腰上拧一把……这样的生活给我个皇帝也不换。"

"直接投胎变猪更好。"石秋瞳呸了一声，"刚才什么声音？"

"我肚子里的声音。"云湛拍了拍空瘪的肚子，"再不弄点儿吃的我就真得饿死了去投胎了。"

"我知道，你又惦记着御膳房的那点儿玩意儿了。"石秋瞳满脸鄙夷，"走吧，看在你这一路上没有功劳也有苦劳，今天勉强让你过过瘾。"

云湛却出乎她意料地摇了摇头："别去御膳房。也不要去别的什么大饭庄。随便招呼一个守城门的卫兵把马送回宫里，陪我走路钻钻小巷子，吃点儿民间狗食，怎么样？"

"为什么？"石秋瞳问，"每次说起去御膳房蹭饭，你的口水能把护城河都淹了。"

"我确实是想去蹭饭，但是我想到，有一个一天到晚没有自由的可怜虫，刚刚在宁州和瀚州做了好几个月的假面人，假如回到王宫里，又得继续端着那张她不喜欢的假脸了。去大饭庄也不妥当，达官贵人们很容易就能认出她来，马上会摇着屁股围上来讨好巴结。所以我想带她去一个没有谁能认出她的地方，让她多放松一晚上，哪怕只是一个晚上。"

石秋瞳低下了头，过了许久才轻声说："好，躲开那些摇屁股的，我们去吃你的狗食馆。"

她轻轻握住了云湛的手，没有松开。

云湛领着石秋瞳来到游侠街背后的另一条街，那里有着种种适合中下层平民的便宜食物，整条街都被笼罩在一种油腻腻的香味儿之中，灯火通明人声鼎沸，即便是在十一月的冬夜也能带给人一种温暖的感受。

"怎么样？想吃点儿什么？"云湛一脸莫名其妙的踌躇满志，就好像这条街上所有的饭店和小摊都是他开的似的。

"按照祖上的规矩，宫里有很多东西都不能吃，因为被视作只有贫民才吃的低贱的玩意儿，比方说下水，但是我偏偏很好奇。"石秋瞳说，"这儿有猪杂面吗？"

云湛打了个响指："跟着我来包您错不了，这条街上恰好就有全南淮城最好吃的猪杂面摊子，价廉物美老少皆宜，老板和我还挺熟，可以打折。"

"打折也是我掏钱，你美什么？"石秋瞳轻蔑地哼了一声，"走吧。"

猪杂面。宽阔的大海碗，红亮亮的热汤，细长的面条，表层浮着一层勾人食欲的辣椒油，卤好的猪肝、猪心和猪肠切碎了扔到碗里，让人一看就食指大动。

"再切一碟咸辣萝卜丁！"云湛招呼着老板，一个沉默寡言的秃顶中年人，"烫一壶黄酒！"

老板冲他点点头，并不说话，很快把萝卜丁和黄酒送了上来。石秋瞳用筷子夹起一小块猪肠，放在嘴里，眉头微微皱了一下。

"怎么了，不好吃？"云湛关切地问。

石秋瞳摆摆手，细细咀嚼了几下，眉头舒展开来："味儿比我想象的重，不过，仔细嚼一嚼挺香的。这样的香味儿，御膳房里没有。"

"那就是了。这就是我们穷人爱吃的味道。"云湛说。

他希里呼噜毫不客气地把一大海碗猪杂面吃得精光，连加了很多辣椒和花椒的汤都喝光了，这才满意地拍拍肚皮。而石秋瞳也居然吃掉了半碗，看样子体验还不错，也着实不容易。

"回去吗？"云湛问石秋瞳，但不等她回答已经自己接了下去，"得，看你这副表情，就像跟着爸爸逛庙会舍不得回家……爸爸再带你去个地方吧。"

他拉起石秋瞳，走向另一条交叉的小巷，但刚刚走出还没几步，前方突然传来一阵喧闹的声响，人群聚在一起，挡住了去路。

"怎么回事？"石秋瞳皱着眉头问。

"大概又是什么街头斗殴吧。"云湛说，"这种事情在贫民区非常常见，穷人们为了一棵大葱一把韭菜就能够打起来。走，我带你绕一下路，花不了多少时间。"

"我想看看是怎么回事。"石秋瞳说。说完，她当先向着人群里挤了进去，云湛赶忙跟在她身后，嘴里哼唧着："你有那么多国家大事要操心，反倒有工夫跑到这儿来管闲事……"

话虽这么说，云湛不客气地拿出他在底层社会打滚的本事，各种厚着脸皮地推挤撞钻，替石秋瞳杀出一条血路，两人挤进了人群最里边。他只猜对了一半，里面并不是斗殴，而是单方面的殴打，他从围观者的议论纷纷中，很快听明白了原委，原来是一个酒铺里的学徒毛手毛脚打碎了一大坛子酒，正在被老板痛打。这个学徒看起来只有十三四岁，身材矮小瘦弱，老板则身躯肥大，一个能顶学徒三个，手里抓着一根木棍，下手毫不留情，每一棍子挥出都能听到风声。而学徒只是闷着头挨打，一声都不敢吭。

石秋瞳看得火起，顺手挽起了衣袖，就要上前去教训一下那个胖老板。云湛拉住了她的胳膊："你好歹也是一国的公主，这样在街头亲自动手揍人，未免有失身份，传到令尊耳朵里，又得把你拉过去啰啰唆唆。还是让打手上吧。"

"好吧，打手，交给你了，"石秋瞳狠狠地说，"这个死胖子要是半个月之内能下床，你明年就别想再在面馆里吃白食了。"

"放心好了，揍人这种事儿我是专业的。"云湛说着，就准备走上前去。但刚刚迈出了第一步，从人群的另一侧忽然传来一声威严的呵斥："住手！"

云湛停住脚步，只见从人群里走出来一个须发皆白的老人，穿着一身朴素的布衣，但是浑身上下收拾得整洁得体，身姿笔挺，犹如一棵青松，有一种不怒自威的庄严气势。酒铺胖老板毕竟是生意人，善于相面，即便这个老人衣着简朴，他也能看出对方绝非一般人，只好停住了棍子，但嘴里还是不甘心："这小子打碎了我的酒坛，损失好几个银毫呢，我是他的师父，揍他一顿有什么不对的？"

老人上前一步，目光中威势逼人，胖老板不自禁的向后退出两步。老人伸手把被打得鼻青脸肿的学徒扶起来，转头对胖老板说："他给你造成了钱财损失，你可以扣工钱赔偿，但打人就是触犯了国家的律法，哪怕他是你的学徒。闹市当街打人，造成混乱，阻碍交通，更是可以直接把你抓进衙门治罪。"

老人说话简明扼要而又井井有条，再加上那一派不凡的气度，胖老板压根不敢还嘴，只是嘟囔了一句："就他那点儿学徒工钱，扣到几辈子也还不回来啊。"

"如果你答应不再体罚于他，我可以替他赔偿你。"老人说着，从身上掏出半个金铢，"这总够了吧？"

胖老板喜出望外，接过金铢来，连声说道："够了够了！我不打了，以后也不打了！"

他扭过头，居然在胖脸上挂出了几分和颜悦色，招呼着学徒跟着他回去。老人轻轻摇了摇头，不再多言，翩然而去。

"这个老头很厉害啊，"云湛说，"该立威的时候立威，该讲理的时候讲理，既保护了弱者，也不让富人吃亏白白损失钱财。看样子应该是至少当过官的人。"

"我没见过他，肯定不是现在衍国的朝臣，或许是已经退休的官员。他确实处事公平得体，很难得。"石秋瞳说。

旁观了这一场小风波后，云湛继续带着石秋瞳向前走，那里有一间简陋的茶铺，虽然陈设装修相比南淮城知名的大茶楼差得远，不过地方不小，也很热闹，人们坐在磨损得很厉害甚至腿都歪斜了的破竹椅上，喝着一个铜锚无限加开水的盖碗茶，听着茶铺中央台上的说书人讲评书。

今天说书人讲的是个传奇故事《屠龙英杰传》，云湛有些失望："可惜了，今天讲的这种不着四六的神怪故事。我本来指望你能听到《常淮公主荡寇记》呢，讲一位姓石名秋瞳的公主如何率领南淮守军英勇无畏大败拥有香猪骑兵的叛军的……"

石秋瞳扑哧一乐："我自己的故事有什么好听的？每天听到的溜须拍马还不够多？这个好，咱们坐下听。"

茶铺里靠近说书台的好位置都已经被坐满了，两人只能在边缘的一张桌上坐下，要了两碗茶和一些花生干果，石秋瞳注意到云湛对干果的嫌弃眼神，索性又给他要了一包油纸包着的卤鸡爪。好在说书先生嗓音洪亮中气十足，即便坐得远，也能听得很清楚。

今天讲的这本《屠龙英杰传》，取材于九州大地上最神秘的种族：龙。据说全九州知识最渊博的龙渊阁在制订龙的条目时，给出了很著名的三条定律：没有人见过真的龙；没有人能证明龙的存在；没有人能证明龙的不存在。

即便如此，绝大多数人还是相信世上真的有龙，并且相信龙是九州最强大、最具力量、最具智慧，同时也可能是最危险最邪恶的一个物种，一旦现世就会毁灭世界，与之有关的各种神话传说民间话本也层出不穷。《屠龙英杰传》的故事，就是讲一群执着的人如何踏遍九州大地寻找龙的踪迹，如何同另一群同样寻找龙、却试图控制龙为其阴谋服务的野心家斗智斗勇的故事。这个故事虽然胡编乱造全然没有现实依据，倒也天马行空十分热闹，故事里的主角们足迹遍布九州各地，甚至远赴陆地之外的大洋，人们可以跟随着说书先生的描述在文字里饱览九州风光。

两人坐定时，说书人正讲到故事里的两位男女主人公在殇州雪原最险峻也是气候最恶劣的高峰——木错峰下和敌人搏斗的高潮部分："……只听翼聆远一声悲鸣：'婴妹！你何苦如此！强用猎心会吞噬掉你的生命！来日方长，咱们且让他一局却又如何？'林婴柳眉倒竖，秀目圆睁，怒道：'若这贼子真的将山中之龙唤醒，九州大地或将不存，你我又岂有活路？今日我舍去这条性命不要，也要拦阻他！'列位看官，前回早已说过，这猎心乃是邪灵兵器中的极品，吸人精魄，绝非善物……"

听众们都在为了两位主角的命运而提心吊胆，真正经历过许多凶险的石秋瞳却对这样生编硬造的故事并无太大代入感，只是对说书先生着力渲染的木错峰的凶险环境十分向往："还真挺想去木错峰看看，看那里到底是不是真的那么险恶，也那么美丽。"

"这并不难啊，你不是没事儿就被你爹使唤着满九州出访么？"云湛说，"下次去和夸父们谈心的时候，顺道去瞅瞅呗。"

"不一样的。"石秋瞳摇摇头，"当我出访的时候，我代表的是衍国，是我老爹，是一种国家的符号，我这个人……基本上是不存在的。我要每天根据不同情况在脸上填充礼貌的笑脸或者肃杀的冷脸，我要谈政治，谈军事，谈贸易往来，谈合纵连横。就算真的把我放到木错峰下面，我脑子里想的还是如何和夸父谈购买殇州药材的价格，如何安排运输，如何提供能让夸父感兴趣又不至于让它们军力大涨的商品……那种情况下，我站在哪里，都相当于坐在谈判桌旁边，毫无意义。"

石秋瞳说话的时候，神情淡然，语声里也波澜不惊，似乎只是在讲述一件吃饭睡觉一般的小事，但云湛一直注视着她的眼睛，不知不觉间握紧了拳头。

"我明白了。"云湛说，"我会改变它的。"

"改变什么？"石秋瞳问。

"我会带你去看你想看的一切。"云湛说，"木错峰、冰炎地海、晶落湾、溟濛海、阴羽原、南药、厌火、九原、泉明港的相思树、朱颜海的湖水、毕钵罗的灯火……甚至于我叔叔云灭曾经去过的云州，我们也要去。那时候你不是什么狗屁公主，不用想什么狗屁药材狗屁运输，只是石秋瞳，一个自由自在的人，我们骑最快的马，吃最好的肉，喝最烈的酒，用心去看所有的景色。"

石秋瞳半晌不语。过了好久，她才用手指头点了点云湛的额头："你呀，干脆上台去取代那个说书先生好了，我觉得你报菜名报得很熟嘛。"

云湛矜持地点点头："我一向都是多才多艺，干一行像一……"

他没有说完。他已经感觉到石秋瞳的头轻轻靠在了他的肩膀上，柔软的发丝拂过他的脖颈，那股淡淡的温柔的香味让他沉醉。

"我们一定会去的。"石秋瞳说，"我们一起。"

3

霍坚踩着点来到邪物署的大门前，一分钟不早，一分钟不晚。但是正准备进门的时候，他的视线里出现了一个恐怖的身影正在向着他高速移动而来，这个身影让他立即转身，撒开腿就跑。但霍坚毕竟年纪大了，再怎么拼命地迈动两条老寒腿，跑起来也并不比一只鸭子快多少。那个人不费吹灰之力就追上了他，拍了拍他的肩膀。

"老霍，怎么啦？每次见到我就躲，我没欺负过你吧？"来人笑容可掬地揪住了霍坚的衣领。霍坚用尽吃奶的力气也睁不开，只能气哼哼地直跺脚："云湛，你这个臭小子就一点儿也不懂得尊老吗？我干吗不躲你？你每次一来就专门抓着我老人家不放，害得我晚饭都吃不上热乎的。"

"但是今天我真的没太多事儿找你。"云湛依旧坏笑着，"我就是远远看见你，忍不住想要过来吓唬你一下而已。现在吓唬过了，我去找佟童去了。晚餐愉快。"

把霍坚气得七窍生烟之后，云湛走进了邪物署。如他所料，佟童早已经在公事房里了，和他殉职的前任席峻锋一样，勤奋敬业，以身作则，一丝不苟。不过相比之下，云湛显然更喜欢佟童，因为这个年轻人身上带有一种质朴的善良和开朗，相比之下，席峻锋总是惦念着一些无法放下的过往，显得阴沉而心

144

思太重。

"云大哥，总算等到你回来了。"佟童见到云湛，很是惊喜，"上次给你的资料都收到了吧？"

"都收到了，你帮了大忙，还没来得及谢谢你呢。"云湛和邪物署的人都很熟，所以也毫不客气，从外间扯过一把椅子就坐在了佟童对面。另一位和云湛交情不错的捕快陈智连忙给他送进来了热茶。

"咱们客气什么！"佟童摆摆手，"每次有什么疑难的案子，不都是你帮忙么。这回查到些什么吗？"

云湛犹豫了一下，佟童会意，起身关上了门，把其他捕快们好奇而委屈的眼光挡在外面。云湛这才把前些日子在宁州和瀚州所经历的一切大致给佟童讲了一遍，佟童听完之后很是意外。

"我真是没有想到，这起案件竟然能和你牵扯那么深。"佟童说，"可是按你说的，现在能找到的线索基本都断了，可能知道真相的要么是辰月教主，要么是血羽会高层人物，光是要找到他们都足够费劲，更别提从他们嘴里打探到消息了。"

"何况我也没法去找木叶萝漪，"云湛苦恼地说，"她老人家能暂时高抬贵手不追杀我我就算万幸了。"

"我可以想办法帮你弄一些血羽会的资料。"佟童说，"血羽会虽然行事乖张，但是在组织结构上很谨慎，官家所能掌握或者抓获的，往往都只是他们的下层支线，就像壁虎的尾巴，断了也不会波及全身，尤其在南淮这样的都城，他们更是会十分小心。不过我可以向其他地方的同行求助。另外，和偃师有关的更多详细资料，我也会想办法帮你查一查。"

"那就拜托你了。"云湛说。

"你就先好好休息一阵子吧，在外面奔波那么久也够辛苦的。"佟童说。

"恐怕不行，我这个人就是天生贱命，"云湛说，"收了客户预付款的时候老是偷奸耍滑，这种半个铜锱都没人给的事儿，反倒是停不下来。回宛州的路途上，我也想过发生在南淮城的那起凶杀案，总觉得一口气杀掉三个人，还带了一个身份不明的添头，并不是很像风靖源其他几个案子里的做法。尤其是杀人之后剖开肚腹，着实有点匪夷所思。能不能把具体发现尸体的方位告诉我，我想到那里去转一转看看。"

与佟童道别之后，云湛去往了案发的地点。那是位于南淮城外西北不远处的一个山谷，官方名字叫澹坳谷，由于名字过于佶屈聱牙，一般人就直接按照方位将其称之为西北谷。这座山谷里既没有什么物产，也没有值得一看的风景，反倒是地质结构不稳当，一到下雨就容易闹泥石流。加之南淮位于宛州腹地，出城向四面走去都能找到很好的风景，所以这个离城很近的山谷反而平日里无人问津，也难怪那几位死者的尸体一直放到腐烂才被发现。

好在那位发现尸体的富家小姐记性不错，精确地指出了一个重要的标志："那几个死人的附近有一棵松树，树上被人刻了字，是……是辱骂国主的话，我不敢说出来，但你们看到就会明白。"所以云湛费了一番周折之后，还是找到了那棵树。树上果然不知被何方神圣刻下了辱骂国主石之远，也就是石秋瞳的父亲的言语，大意是讲石之远占据着宛州最富庶的公国却毫无作为，不配当国主。

这话倒真没说错，云湛看着这两列刻在树皮上的歪歪扭扭的大字，在心里想着。石之远并不是个没有才干的人，以衍国的家底，守成绰绰有余，事实上衍国在他治下确实称得上国富兵强——尽管其中有不少石秋瞳的功劳。但是要想向外"作为"，他那点韬略大概就不够用了。何况眼下本来就在和平年代，对外扩张谈何容易，只是辛苦了满九州乱跑的石秋瞳……

过了好一会儿，他才摇摇脑袋，把那些乱七八糟的联想驱逐出去，开始查看发现尸体的现场。根据那位富家小姐事后惊魂未定的描述，当时四具尸体就躺在距离大树不远的一块相对平坦的土地上，三个上了年纪的死者几乎是非常整齐地并排放置，并头而卧，年轻一些的那位女性死者离另外三个人稍微远一些，但也就是大概不足半尺的距离。

此刻死者的痕迹早已被抹去，这片平地上只能看到冬日的枯草。但云湛站在一旁，在头脑里想象着当时的场景，越想越觉得离奇。三位辰月教的偃师同时出现在此处，很难用偶然解释得通，几乎可以肯定是和他们的偃师技艺有关。但那个身份不明的年轻女孩是谁，为什么会和这三人死在一起，又为什么尸体的摆放会和这三个人稍微拉开一定的距离？这不足半尺的距离，无论是南淮城的普通捕快还是邪物署的佟童等人都没有太在意，但云湛却总觉得这其中有问题，最大的可能就是——三位辰月偃师和第四名死者不是一路人，四个人可能是偶尔碰上，然后被共同的敌人杀害的。

此外，云湛还想到了另外一种可能性：会不会那个无名女孩才是杀手？这个想法看似有些大胆，但在实际发生的一些案子里可以找到相近的案例。比方说，一个厌世的人想要寻死，或者一个想要谋杀他人的罪犯出于某种目的要掩盖自己的杀人动机、嫁祸给其他的人，就会在杀人之后自己也选择自杀，但是会用巧妙的手法把自己也伪装成同一批被害人之一，从而误导查案者的视线。

除此之外，最让云湛想不明白的依然是杀人后剖腹的残忍手法。如果死去的四个都是普通人，也许可以往变态连环杀手之类的地方去推论；但既然雪香竹已经向他确认了三名死者都是辰月教徒，而且恰恰好全都是偃师，这可不是那种脑子有问题的杀手能做到的，十七八个一起上多半也做不到。所以，剖腹，以及剖腹之后挖出内脏的手法，一定是有一些特殊的深意在其中。可惜的是，这样的深意目前还得不到合理的解释，他只是凭着直觉认为，这确实不大像被改造成傀儡后的风靖源的手法。

不过后来撞翻了衙门的围墙、打死打伤一票人的那个抢尸者，倒是和风靖源颇有几分神似，毕竟云湛曾经和风靖源交过手，也曾亲眼见到被风靖源杀害的羽族士兵，知道那种凭借着绝对力量进行蛮不讲理的打击的感觉。但是同样的，问题来了，如果抢尸者是风靖源，他为什么要大费周折地去劫夺尸体？

真是该死，云湛想，如果当时我在现场，又或者事后我能够第一时间看到几具尸体，或许就能找到一些那些没用的仵作或者捕快发现不了的细节。但现在只能通过他人的描述来进行想象补充，那就实在是太空泛，缺乏实证。

他在现场附近仔细探查，并没有发现什么多余的痕迹，毕竟捕快们已经在这里搜查过了。但他还是不甘心，继续向着山谷深处走去，寻找着可能留下的不一般的痕迹。

一直到肚子开始咕咕叫，他才顾得上抬头看看天色，发现不知不觉间日头已经西沉，眼看着天就要黑了。宛州的冬天固然不会像北陆那样酷烈，但要在这山谷里过一晚上也够呛，云湛连忙掉头往回走。

但是这座山谷虽然不算太大，因为平时少有人来，基本没有几条人工的道路，也缺乏路标。云湛沿路上注意力都放在寻找可能的凶手或者死者留下的痕迹了，并没有记路，走出一截之后才发现——迷路了。他并没有能找到山谷的入口，却反而好像越钻越深，来到了一处完全陌生的所在。

真是活见鬼，云湛狠狠骂了一句，再看看天，已经快要黑透了。以他的武艺，在这样距离城市不远的山谷里倒是不必担心遇上什么野兽或者山贼，但总得找一个能避风和生火的地方过夜，不然的话，一不小心冻病了，还不得被石秋瞳嘲笑到明年。

他东张西望地借助着最后一点自然光线寻找能避风的山洞，以便先把火折子节省下来。走着走着，突然间脚底下踏空，脚下出现了一个深洞，身子猛地往下坠。

他倒是反应很快，双膝刚刚没入洞口，就已经迅速拔出一支箭往洞口处一插，然后借着这一插的反向力道腰腹用劲，跳了出去。在地上站定后，他走上前去细细一看，发现刚才踩空的地方赫然是一个人工挖出来的陷阱，下面黑乎乎的看不清有什么，但可以肯定深度不小，从里面传出来的腐臭味儿来判断，多半还有动物——或者人——死在里面。

好险，云湛擦了擦额头上的冷汗，幸好老子反应快，堂堂南淮城知名游侠，倘若就这么死在了一个抓野猪的小陷阱里，那真是丢死人了。但紧跟着，他想到了：假如这里有人工挖掘的陷阱，岂不是意味着附近可能有人居住？

他不禁燃起了希望，连忙在陷阱附近仔细寻找，果然在一片树丛后面发现了一条显然是人工开辟出来的小径。他沿着小径向前走去，小径指向了一条弯弯曲曲爬坡上坎的道路，十分难走，即便以云湛的身手，在这样的黑暗中也好几次险些摔跤，何况他还得随时小心提防不要踩上另一个陷阱或者别的什么机关。不过最终，他还是顺利地走到了这条小径的尽头，那里如他所愿，矗立着一间简陋的小木屋。

尽管木屋里黑漆漆的，既没有灯火也听不到任何声响，云湛还是兴奋地奔过去，敲着木门问道："请问有没有人？过路的人，山里迷路了，想要借宿一晚。"

敲了几遍，并没有任何人回应。云湛猜测木屋里并没有人，心想既然无人，我进去睡上一晚也无妨，至少可以挡风。他试着推了一下，门居然并没有闩住，一推就开。

云湛跨进门里，屋内有股呛人的尘土味，说明确实至少有一段日子无人居住了。他小心翼翼地摸索着屋内的陈设，摸到了一张粗糙的木桌，并且在桌上摸到一根还算有点长的蜡烛，连忙掏出火折子，把蜡烛点亮。跳跃的火光立刻照亮了整间屋子。云湛打量了一下四周，忽然心头一紧，已经本能地向后跃出一步，手里张弓搭箭，做好了出手的准备。

——这间屋子的屋角里坐着两个人！依稀能看清楚是一男一女，并肩坐在一张长条板凳上，一言不发，似乎正在看着他。

僵持了一会儿之后，这两个人依然没有丝毫动静。云湛试探着开口说："两位，我并没有恶意，只是在山里迷了路，想要在这里借宿一晚上，明天一早就走。我可以付钱。你们是听不到我说话么？"

不管他说什么，那两人都没有丝毫反应，就连坐着的姿势都没有一丁点儿变化。云湛忽然生起了一个奇特的念头。他放下弓箭，一步一步地向前靠近了两人，看对方依然没有动弹，大着胆子伸手去试探两人的鼻息。

没有呼吸。也没有脉搏。而且手腕上的皮肤冷得像冰，任何一个活人都不可能有这样的体温。

这是两个死人么？云湛想，但是这里是温暖的南淮，不是殇州雪原，纵使是冬天，两个死人的尸体也不可能保存得那么完好，半点儿腐烂的迹象都没有。而这时候他也在近距离看清楚了，这两个毫无呼吸心跳的人的确是一男一女，看年纪大概都在四十岁左右，尽管并不年轻了，却看得出来相貌都不错，年轻时大概也是一对俊男美女。他们都穿着粗布衣衫，从手工来看是自己缝制的。此外，那个男人的左手可能是以前被人切断了，现在安了一只很粗糙的木头假手。

断手？

云湛突然间想到了些什么，咬咬牙，从怀里掏出一柄匕首，小心地抓起那个男人的手，在木头假手和小臂的结合处切开了一道伤口，然后再把伤口分开。和他料想的一样，断口里根本没有血肉和骨头，而是金属。

这一男一女，并非活人，而是两个傀儡。和云湛的养父风靖源一样精致完美的傀儡。

4

九州有两座泉明港。确切地说，泉明港只有一座，却有着两副不同的面貌。一方面，泉明港地处中州西北部、滁潦海中部，既是著名的渔港，也是中州最重要的商业港口，被人们称之为中州的明珠之城。

另一方面，由于这里北通瀚州，西通雷州，南连东陆，各处的地下活动往来皆方便，也使得泉明港成了九州最重要的黑市。据说，每一天在泉明港发生的地下交易，其金额并不比正经生意的金额少。

泉明港黑市交易比较集中的一个地方，位于城西，叫作竹林巷。据传古代有名人雅士在这条巷子里隐居，种了许多竹子，弄竹饮酒，陶然而乐，这条巷子因此而得名。不过到了现在，雅士早已化作尘埃，只有一帮和风雅绝不沾边的或粗鲁或凶狠或奸诈的人在此聚集，竹林巷也有了一个新的诨名，叫作"野猪巷"。

常笙就是泉明港野猪巷的一分子，而且是很重要的一分子。黑市也是市场，只要是市场就需要规矩和秩序，尤其搞地下交易的人们脾气和胆子都比较大，一言不合就会拔刀子，这种时候就更得有人出面来维持秩序。

常笙的作用，就是维持黑市的秩序。她的长相和美貌绝对沾不上边，身为一个女人，块头倒比一般的男人都要大，胳臂上的肌肉坚硬得像铁打的，野猪巷里的男人们和她掰手腕，从来没有谁能赢。七八年前，为了制止两帮贩卖香猪香囊原液——可以制成名贵的高级香料，其交易权一向被国家把持，律法上禁止私人买卖——的走私贩子的斗殴，常笙的右手被砍断了。但她毫不在乎，只是找同样住在野猪巷里的河络巧匠金手雷嘉替她装了一只假手。河络族的全名长得能让人念断气，所以日常生活中都是用外号加简化短名来称呼，金手雷嘉外号叫"金手"，手上的技艺果然了得，做出来的假手和其他的普通工匠或大夫做出来的全然不同，竟然颇有几分灵活性，可以拿刀，可以握筷子，打架的时候也能感受到足够的力量。

"你真是太厉害了，矮子，"常笙夸奖雷嘉说，"再努把力，说不定你能做出和真手一样的呢。"

"那个倒是有可能做得出来，甚至可以比真手还好用。"雷嘉回答，"但安在你身上，你可能会死。现在这个就挺好了。"

"为什么会死？"常笙不明白。

雷嘉没有多说。这个死矮子就是这样，说话只说半截，逼他也没有用。不管怎么说，他给了常笙一只不错的手，常笙一直记得他的好，也就时时关照着他，让野猪巷里的人不敢去欺负他。毕竟说不定哪天，自己又会丢掉一只手一只脚什么的呢？到那时候还得用上雷嘉。

正因为如此，当那个突然出现在野猪巷的陌生人走进雷嘉的铁匠铺子，并且很久没有出来时，常笙立刻就警惕了起来。

"那是个什么人？你确定以前从来没见过？"常笙问前来向她通风报信

的人。

"一个上了年纪的老头子，是个羽人。"报信的人说，"至少我以前从来没见过他。"

"知道了，你不用管了，我去看看。"常笙说。

来到雷嘉的铁匠铺子外，发现雷嘉已经给店铺上了门板，看来今天是不会做生意了。常笙原本想直接敲门，但想了想，多了个心眼，决定先翻墙进去打探一下。她对野猪巷里的每一处细节都了如指掌，知道雷嘉的工作间西北侧的墙上有一个破洞，从那里既能偷听，也能偷窥。

从破洞里看进去，正好可以看见两人对面而坐，这果然是一个年纪挺大的老羽人，从侧脸看上去表情木木的，而金手雷嘉的神情就显得很复杂，有悲有喜，有激动，也有紧张。

"他真是个疯子啊。"雷嘉感叹着，"很久以前我就听说过他想要这么做，那时候我和我认识的几位偃师都觉得他疯了，觉得那是不可能实现的，但是现在，你就坐在我对面，不由得我不信。能告诉我他是怎么做到的吗？"

偃师？常笙一愣。她记得自己以前似乎曾经听到过这个词儿，那好像是一群传说中可以做出真人一样的人偶的怪人。听金手雷嘉的语气，难道他也是一个偃师？那样的话，能够给自己做出如此精巧的假手，倒也不足为奇了。

羽人还是一脸的木然，过了好久才慢吞吞地开口："不知道。和我无关。我只要你修好我。"

羽人说话的腔调很怪异，就好像是刚刚学会说话的小孩子，而"修好我"三个字听起来也着实费解。不过，当羽人站起身来，撩起上半身的衣服时，常笙一下子就明白了：他左侧的小腹上有一个彻底穿透了的大洞，但是洞里却没有任何血或者脓液，看上去就像是一块木板被穿了一个洞一样。

这个羽人不是活人，而是偃师制造出来的人偶！常笙脑子很快，马上得出了这个结论。这世上竟然真的有偃师，偃师竟然真的能做出和真人一样的木头假人，能说话，能走动，能思考的假人！她简直惊呆了。

雷嘉也站起身来，走上前去，河络的身材很矮，他不必弯腰，就正好可以检查羽人腹部上的那个洞。过了一会儿，他开口说："这个伤不要紧，看起来伤得很重，但并没有损及任何关键部位，你的头部没有受伤，提供动力的星流石也没有任何损伤，几乎就是木工和铁匠的活儿，一小会儿就能弄好。当然，这个伤口有可能继续开裂扩大，影响到其他部位，尤其是打斗的时候会加速这种开裂，长远看来对你不利，能修还是得尽早修好。只是我有一个问题。"

　　"问。"羽人只说了一个字。

　　"我虽然隐居在这个黑市的小巷子里做铁匠，外面发生的事情还是有所耳闻的。已经有好几位我的旧友遇害了，我没有猜错的话，都是你干的吧？"

　　"对。"羽人仍然只说了一个字。

　　"那么接下来，不管我肯不肯帮你修理，你都会杀掉我，对吗？如果这样的话，或许我不修还好一点，至少会给你杀其他人稍微制造一些障碍。"

　　"有区别。"羽人说，"如果你修好我，我杀了你，但放过你的朋友。"

　　话音未落，羽人的身形一晃，已经扑到了常笙悄悄窥视的墙洞边。常笙心里一凛，还没来得及做出任何反应，只见羽人双手齐出，像穿透两张薄纸一样击穿了墙壁，捉住常笙的肩头，把她硬生生地拽进了屋里。在寻常情况下，如果有人像这样抓住常笙的肩膀，其结果必然是会被她反手扭住，摁倒在地上一通暴揍。然而这个瘦长的羽人力气大得就像一头巨熊，常笙没有丝毫的反抗之力，就被摔在了地上。试图挣扎起身的时候，她才发现，就是刚刚那一捏，她的左右肩胛骨都已经被捏碎了，根本就无力动弹。

　　"矮子，你别管我！"常笙倒是一向很硬气，"让他杀！老娘这辈子活痛快了，无所谓早死几天！"

　　雷嘉轻轻笑了一声："你呀，毕竟还是太年轻了，活到我这把岁数的时候才会知道生命的可贵，能多活一天都是赚的。在这条巷子里，人人都把我当成一个没用的铁匠，人人都喜欢嘲笑我欺负我，只有你经常照料我。我不能看着你死。"

　　"我他妈的只不过是想留你一条命，万一以后我还要换手换脚的时候方便！"常笙这样的亡命之徒居然感觉眼睛有点潮乎乎的，"别他妈自作多情了，不要修它！"

雷嘉没有搭理她，只是对羽人说："麻烦你把她挪到墙角，免得碍手碍脚的，我这就帮你修理。请别再伤害她。"

羽人并不吭声，走到常笙身边，抓住她的一只脚踝，像拖面口袋一样把她拖到了墙角。常笙试图用脚踢他，但在这个羽人面前，她就如同一只面对着老鹰的小鸡一样，毫无反抗之力。

雷嘉转身回到内室，过了一会儿重新走出来，手里捧着一个大木盒，打开之后，里面是各种常笙从来没有见过的形状怪异的工具和机簧零件。他又找出了几块色泽不一般的金属和木料，先把其中的一块金属塞进了羽人身上的那个大洞，像是在判断比较大小。然后他又看似漫不经心地把一块颜色斑斓的不规则椭圆体——乍一看有点像枚核桃——也跟着放进了那个洞。咔擦一声，"核桃"被他用力捏碎了，露出里面一个泛出微光的极小的小东西，远远看去就像半根针。紧跟着，那个洞被雷嘉用另一个木块封了起来。

看来那个"核桃"只是一层保护壳，用来保护隐藏在其中的那枚比针还小的东西，但那究竟是什么，以常笙的见识是猜不出来的。但她却能够感觉到，随着那样小玩意儿暴露在保护层之外的空气中，整个室内突然间充满了一种极具压迫感的氛围，就好像有一种无形的巨大力量被释放了出来，让她一阵阵地头皮发麻口干舌燥，太阳穴突突突地跳动，似乎血液流动都加快了。

那是什么这么厉害？常笙一时间竟然感觉到某种久违的恐惧，要知道刚才羽人捏碎她的肩膀时她都没有哼一声，但这种未知的神秘力量似乎总是能击中人心深处的脆弱。她目瞪口呆地看着那道光芒从木头缝里透出来，逐渐扩大，形成一道银白色如月光般的光晕，把金手雷嘉和羽人都包裹在其中，紧跟着这种银白逐渐转化为耀眼的纯白。然后，羽人的身体上也泛起一种火红色的光芒，就像是中了剧毒的模样。

常笙似有所悟，果然她马上听到了雷嘉略带得意的说话："抱歉，我的小朋友不会死，我也不会死。别忘了，星辰力之间是相生相克的，以我的经验，很容易判断出给你提供动力的星流石碎片来自于郁非，所以我会用亘白的星流石碎片来压制你的力量。现在，你动不了了。"

常笙完全不懂雷嘉所说的星辰力的相生相克，她只知道亘白和郁非都是九州星空中的两颗主星，亘白是白色的，郁非是火红色的，具体怎么样这两颗星辰力能相互克制她就不知道了。但眼下，雷嘉似乎真的让先前不可一世的羽人再也无法行动了，这就是最大的好事。

"矮子，你还真厉害。"常笙夸奖说，"我过去真是小看了你。今天算是你救了我一命，以后……"

她的话并没有说完，因为羽人身上的光芒又起了变化。先前，她的眼里所能看见的，是纯白色的亘白的光亮包围着火红色的郁非的光亮，并将其压制住；但是现在，羽人皮肤上泛起的火红色当中，渐渐透出了另外一种颜色。

黑色。

雷嘉也注意到了这种黑色，他跟跟跄跄地退出好几步，再开口时，声音都变了，显得惊恐而惶急："黑色？这是谷玄还是暗月？怎么可能？你身上怎么会还有一种星辰力？从来没有偃师会用两种星辰力来驱动一个傀俑的。你到底是什么怪物？"

羽人没有回答，手指开始缓缓地做出抓握的动作，然后是小臂、大臂、肩膀、腰……常笙心里一沉，知道雷嘉的计划失败了。他的亘白星流石并没有能够压制住这个羽人模样的人偶——刚才雷嘉把它称之为傀俑——却好像反而激发出了某种他算计之外的力量。他所提到的谷玄和暗月，同样也是九州十二主星中的两颗，不过这俩名字一听就不是什么好东西。常笙有了一种非常不祥的预感：今天说不定真的会死在这儿，因为那不断蔓延的黑色。

非常奇怪，尽管已经摆脱了亘白星辰力的约束，但羽人并没有急于捉住雷嘉。他仿佛有恃无恐，只是不断地活动着肢体，从最开始的原地伸展到在室内迈开大步绕着圈子行走。先前一直泥塑一般的脸上，随着身体的活动，竟然呈现出一种显而易见的——欢愉，就像是一个孩子终于得到了一件他梦寐以求的玩具，完全抑制不住内心的喜悦。

常笙再看看雷嘉，发现雷嘉似乎想到了些什么，脸上露出一种极度恐怖的神情，又像是被彻底吓呆了，又像是某种深沉的绝望。

"这不可能……这不可能……"雷嘉嘴唇颤抖，双腿更是抖得厉害，竟然站都站不稳了，一跤跌坐在地上。常笙想起先前雷嘉面对死亡威胁时的表现，知道雷嘉并非怕死，而是可能想到一些比他个人的死亡更加可怕的事情。

羽人慢慢走到雷嘉身前，带着一种兴致勃勃的神态蹲下身来，注视着雷嘉的面庞，似乎那种极度的惊惧让他十分有快感："可能的，为什么不可能？"

"那……那只是个传说，只是个传说而已。"雷嘉满头大汗，"我虽然也觉得在理论上有可能，但是……想想还是觉得不会是真的。你……你是不是在骗我？"

"你自己看呢？"羽人嘴角挂着一丝邪恶的笑意，"你是偃师，虽然水平差点儿，好歹也琢磨了那么多年。你看我是真是假？"

常笙不明白雷嘉说的传说指的是什么，所谓真的和假的又是在指什么，但她确实能看出，此刻的羽人和先前已经截然不同了。刚刚现身时的羽人，神情木讷，和人交流似乎有障碍，说起话来都口齿不流利，而且遣词造句几乎是尽量的惜字如金，似乎多说一个字对他而言都很困难。但是，当浑身上下被黑色笼罩之后，羽人说话的腔调完全变了，尽管嗓音还是那样，但说话却很流畅，充满了自信，口吻近乎轻佻和油腔滑调。

就像是换了一个人，常笙想到这里忽然身子一颤。换了一个人？难道刚才雷嘉的星流石压制计划出了岔子？尽管亘白星流石的确压制住了先前由郁非所提供的能量，但是却……释放出了另外一个存在，一个更加恐怖的存在？

雷嘉紧咬着牙关，目光中满是痛悔，眼看着羽人从怀里掏出一样东西递到他的面前。那是一个金属盒子，颜色漆黑，做工粗糙到近乎丑陋，不知道是哪里的铁匠随手打成的，甚至于可能是被丢弃的废品。但看到这个铁盒后，雷嘉的反应却异常剧烈。

"铁盒！铁盒！是那个铁盒！真的是那个铁盒！"他蓦地发出一声野兽般的嘶嚎，合身向着羽人撞了过去。

这个动作无疑是徒劳的。羽人伸出右手的食指，轻轻一点，就让雷嘉重重摔在了地上。他用一种怜悯的眼神看着雷嘉："不用那么后悔，我后悔的年头比你长多了，但那又有什么用呢？无非都是命运之轮碾压过后的残渣。你瞧，我现在就想得很开了，几百年的苦头都吃过了，还去想什么信仰，还去想什么神圣的、不容动摇的东西……"

又是一个难以置信的说法，常笙想着，几百年的苦头是什么鬼玩意儿？你他妈就算真的是一个木头疙瘩，放上几百年也该烂掉了吧？但她看了一眼雷嘉的表情，却猛然意识到：这个鬼玩意儿说的话是真的。

"现在，修好我吧。"羽人对雷嘉说，"作为报酬，我会给你和你的朋友一个痛快的。不然的话，你知道我是什么人，我会让你们后悔生在了这个世上。"

雷嘉浑身发抖，也不知道是害怕到了极点还是愤怒到了极点。突然之间，从他的嘴里发出一声尖锐的呼哨，像是下达了什么命令。随着这一声呼哨，内室里冲出来了两个人影，向着羽人直扑过去。

在常笙的印象里，雷嘉一向都是孤家寡人，一个人居住，没有任何亲人，朋友大概也只有自己一个，此刻突然又钻出两个人，让她很是意外。但很快地，她看清楚了，那是两个假人，皮肤上泛着木头的色泽与纹路，面孔也像是木雕的面具。她明白，既然雷嘉也是个偃师，这两个木头人应该就是雷嘉所制作的傀儡了。只是单从外观，也能看出这两个傀儡和羽人之间的巨大区别。这充其量也就是困兽犹斗的垂死挣扎，绝不可能有胜算的，常笙悲哀地想。

果然不出所料，羽人甚至于连看都懒得看一眼，站在原地纹丝不动。一直到两个傀儡扑到了他跟前，他才骤然抬腿，用常笙这样的武术专家都难以看清楚的动作踢出去两脚。砰砰两声巨响，两具傀儡被踢飞出去好几丈，重重撞在墙上，撞塌了墙壁后直接摔进了内室。虽然在一片尘土弥漫中无法看清室内的细节，常笙仍然能听到那两具可怜的傀儡肢体四分五裂的声音。

"这个躯壳比我想象中还要好用，力量也足够，真是运气不坏。"羽人满意地晃了晃脑袋，"好了，你最后的招也使出来了，没别的了吧？我们开始吧。"

金手雷嘉没有说话，只是低垂着头，仿佛被冻成了冰块。常笙把身体在地面上放平，长出了一口气，心里想着，我对于自己的死法已经想象过无数次了，就是没想到，最后会死在一个木头人的手里。妈的，太丢脸了。

伍

面具与谎言

1

　　这个距离南淮城只有几十里地的山谷深处，竟然藏着两个傀儡。这实在是太出乎人意料了，但仔细想想之前拿起凶杀案的细节，似乎又在情理之中。

　　云湛细细审视着这两个傀儡，他发现它们的制造技艺近乎完美，如果单纯只看外表，至少以他的眼力根本看不出来这是两个人造的人偶。脸型、五官、皮肤、毛发、痣和小伤疤……每一处细节都无懈可击。回想起先前从英途那里得到的与偃师技术有关的知识，以及他亲眼所见的英途制造出的那个粗糙的半成品，他可以肯定，制造出眼前这两个傀儡的，一定是一位大师级的高明偃师，绝不是天驱辰月当中那些缺乏天赋的偃师所能比肩的。

　　"可惜你们现在不能动。"云湛看着男性傀儡的眼睛，"不然我真想和你们聊聊天，甚至于打上一架，看看你们制作得到底有多精细，是不是能和我父亲相媲美……"

　　过了好一会儿，他才注意到自己的手足几乎快要冻僵了，进屋之后因为注意力完全被傀儡所吸引，他甚至忘记了生火。他在屋后找到了柴火，也找到了屋内生火用的壁炉，点燃壁炉之后，再到厨房里看到了还有半缸水的水缸，翻找出了米面、鸡蛋、油盐酱醋锅碗瓢盆等物。云湛煮了一锅糙米饭，又炒了一盘鸡蛋，虽然很简单，在这样一个迷失于山中的寒冷冬夜，已经不啻宛南酒楼的一桌酒席了。

吃饱喝足之后，浑身上下都暖了起来，云湛舒服得简直想要像只猫一样趴在壁炉边就睡，但他忽然想起一个关键问题：傀儡是不需要吃东西的，这个屋子里怎么会有厨房、怎么会有米面鸡蛋之类的食物呢？这些食物总不能是拿来喂猫的吧？

想到这里，他一下子顾不上浓重的睡意，决定先细细查看一下这座小木屋。木屋的结构很简单，除了他刚才烤火吃饭的堂屋以及一个厨房之外，其余还有两个房间，都没有上锁，举着蜡烛走进其中的一个房间，他看到了一张单人木床，床前的一张小桌子和一个衣柜，桌子上还放着一面铜镜和一把梳子。所有家什的做工都有些粗陋，肯定不是出自专业的木匠之手，应当是住在木屋里的人自己打造的。

看到那面铜镜和梳子，云湛想到了些什么，他把蜡烛放在桌上，拉开了衣柜门。衣柜里果然放着几件衣服，虽然并不多，但都是女子的衣物。再仔细清点一下，可以发现上层的衣物大概是给正常身量的成年女性穿的，但再往下衣物却越来越小，最小的只适合给两三岁的女童穿。

这说明了什么呢？云湛想，难道是有一个两三岁左右的女童，在这个木屋里一直生活了至少十多年，直到长成成年人？身躯能够长大，这个女童应该是活人，木屋里的火炉、灶台、柴火、食物调料等无疑也是为她所准备的了。可是，是谁把她一路养大的呢？是那两个一动也不动的傀儡吗？

一个山谷里的小木屋，一个女童，两个傀儡，而且是两个制造工艺非常高明的傀儡，这事儿着实透出一丝神秘。云湛本来想彻彻底底地把房间里检查一下，但夜间只能靠蜡烛照明，不大方便，他一向想得开，干脆决定先睡一觉，第二天起床再说——反正两个傀儡也跑不了。

燃着炉火的木屋很温暖。云湛躺在陌生人家里的陌生床上，按道理应该十分警觉，但不知道为什么，门外板凳上那两个纹丝不动的傀儡给了他一种很奇怪的安定感，就好像它们能够替他站岗守门似的。他睡得很沉，几乎没有做梦。

醒来时天已经亮了。云湛慢悠悠来到堂屋，两具傀儡还是昨晚的姿势，并没有半点改变，可见它们的确是没法动了。云湛回忆着英途告诉他的关于傀儡的知识，猜测这两个傀儡大概是失去了动力，也就是说，嵌在它们身上的星流石碎片失效了，或许是由于时间太长，碎片里蕴含着的能量消耗殆尽的缘故。

另一方面，昨天晚上云湛看到那堆女孩的衣服时，脑子里就隐隐约约联想到了一些什么，但困劲发作没有仔细去想，现在头脑清醒了，他也明白了昨晚一直跳动着的那个念头是什么——那具身份不明的女尸！当时一共发现了四具尸体，其中三具已经确认是辰月教的三位偃师，剩下那个年轻女子却身份不明，而且随着尸体很快被抢走，就连追查一下她的身份也不可能了。

现在想起来，那具尸体极有可能就是这个山中闺房的女主人。然而她为什么会和三位偃师死在一起，却相当让人费解。

此外，事后抢尸的又会是谁呢？会不会是这两具傀儡、假设当时它们的星流石能量还没有完全耗尽？那样的话，撞塌墙壁，用蛮力杀人，就正好吻合了。

看来还得细细搜查一下这座木屋……以及木屋之外，因为云湛一下子想到了，假如如他所猜测的，女尸就是木屋里唯一的活人而两具傀儡就是抢尸者，那么，他们抢回尸体之后，总需要找一个地方安置尸体吧？

云湛走出木屋，在附近转悠了一大圈，试图找到一座坟包或者哪怕仅仅是曾经被挖掘过的土地，但让他失望的是，并没有发现类似的痕迹。他又回到小木屋里，想看看傀儡们会不会把尸体埋在屋子里或者藏在屋里的某处，结果仍然是一无所获。

这不应该。云湛想：尽管还没有证据，但这一次我觉得自己的直觉没错，木屋里的女孩应该就是第四个死者，她的尸体应该已经被运回来了，就在这里，就在木屋附近，就在山谷某处。

他重新离开木屋，加大了搜索范围，反正大不了在这里再多耗一天，晚上继续在木屋里歇宿。他抱着这种破釜沉舟的气概，继续向山谷更深处走去，在经过一条已经基本干枯的小溪时，忽然在溪畔的泥地上看到一根骨头。他连忙奔过去，蹲下身查看，判断出这应该是人类的胫骨。

为什么这里会出现一根人类的胫骨？云湛站起身来，左右张望，看到距离小溪不远的一处山坡上有一个疑似人工垒起来的石台，他有点儿明白了，向着石台走了过去。

越是走近，越能看出这个石台明显是人工搭起来的，而且形状略有些奇怪，既不是规则的方形，也不是规则的圆形，倒是显得有几分扭曲，但那种扭曲的姿态云湛看着很眼熟。他心里一凛，知道自己已经快要接近答案了。

爬上山坡，来到了石台上，没错，这个石台果然是垒成了一个古怪的不规则多边形，那是九州天空中的一个星团的形状，而这个星团，正是辰月教的标志。在石台的上方，也正是云湛所期待看到的：一副散乱的人类骸骨，上面的肉早已被野兽虫鸟吃得干干净净，而这副骸骨并不完整，少了几根骨头，其中就包括一根左腿胫骨，应该就是云湛先前在溪边看到的那根，可能是被野兽叼到那里的。

——云湛所找到的，是一个天葬台，辰月教的天葬台。

云湛和辰月教打了这么多年的交道，对辰月的一些行事习惯还是有所了解的。辰月教徒一向认为自己的灵魂和肉体都归真神所有，所以对于自己死后的肉身会如何并不是太在意，也从来没有硬性规定过任何丧葬或者处理尸体的方法，但在教内，确实有一批人，一直延续着天葬的传统，意思大概是"我们的肉身来自于神的恩赐，死后也将它还给神"。

眼前的天葬台，正是辰月教中这部分人用于处理教徒尸体的方式，其重要的标志就是形状，完全按照辰月徽记的星团形状来搭建。

"这到底表示什么？你也是个辰月教徒吗？"云湛看着眼前这副女子的尸

骨，忽然间感觉事情越来越复杂了。

他细细验看了尸骨，并没有找到任何特异之处，也不想就此破坏一个辰月教徒的安眠，于是并没有动这具尸骨，沿着原路返回了木屋。在此过程中，一个大致的事件轮廓被勾勒出来了：这个年轻女子大概从很小的时候开始，就和两个傀儡共同在山中小木屋里生活。出于某些原因，若干年之后，她和三位辰月教的偃师死在了一起，尸体被运到了南淮城衙门的殓房。两个傀儡寻找着女子的踪迹，追到了衙门里，打死打伤若干人之后把女子的尸体抢走了，至于三位偃师的尸体是被他们带走的还是被别人趁乱带走的现在还不清楚。

所以，抢尸的事情其实和风靖源无关，他先前的猜想是错误的。

这之后，两个傀儡把女子的尸体按照辰月教的习俗放在了天葬台上，自己返回了木屋。在星流石碎片的能量耗尽之后，他们便再也不能动弹，就这样默默地坐在木屋里，等待着那个永远也不可能回来的逝者。

这么一想，倒还是个有点悲伤的故事呢，云湛想着，然而故事里依然有很多不清不楚的地方。这个女孩是谁？两个傀儡是谁制作的？他们为什么远离世人在这个山谷里居住那么多年？女孩为什么会和三位偃师死在一起？下手杀害他们的是风靖源还是其他人，甚至会不会可能是女孩杀死了三位偃师后再自杀伪装现场？这么做的目的是什么？

这一连串的疑团，随着女孩变成了一具白骨，其中的很多线头都已经断掉了。现在摆在云湛眼前的，就剩下这两具栩栩如生的傀儡了。这一男一女两个傀儡，应该是按照夫妻的模式来设计的吧？云湛猜想着，他们年龄差不多，相貌也都很好，如果是夫妻的话，也算得上是郎才女貌了，不知道当初制作它们的偃师是凭空描摹出的这两张面孔呢，还是按照真人的脸和身躯仿制的。当然，现在至少男性傀儡已经不够完美了，它的小臂上被云湛这个没礼貌的不速之客切开了一个大口子……

想到这里，云湛的目光不自觉地看向了傀儡手臂上的断口，他忽然发现，在伤口的上端，袖子遮蔽住的地方，好像隐隐露出一点什么纹路。他把傀儡的衣袖向上卷了卷，那个纹路清晰地呈现出来，原来是一个文在手臂上的文身，大部分在上臂上，小部分在小臂。而这个图案十分有趣，是一条龙，或者说得确切一些，人们想象中的龙。毕竟到现在为止，还并没有可以确切采信的和龙有关的记录，但这并不妨碍人们用自己的头脑去描绘心目中龙族的形象。

此刻出现在云湛眼前的文身，就是一条符合大多数人想象的龙：长如蛇的身躯，近似鳄鱼般的头部，像鹿角一样头上的龙角，巨大凶恶的爪子，浑身覆盖着鳞片——反正就是取材于各种不同的现实存在的动物。这个龙文身的手工非常精湛，整条龙仿佛是活的一样，似乎随时可能从傀儡的手臂上飞走，翱翔于云天。

奇怪，这条龙我绝对没有见过，但为什么会感觉很熟悉？云湛想着。没有见过，但可能是听说过，从别人那里听说过相关的描述，而且……似乎还是一个和我也稍微有点关系的人。可是到底是谁呢？手臂上的龙文身，木屋里的傀儡，和傀儡一起生活的女孩，辰月教的天葬……

辰月教！仿佛一道火光在脑海里点亮，云湛终于从记忆深处挖掘出了和这个龙文身有关的故事，并且捎带着，他也似乎有点猜到坐在板凳上的另一位女性傀儡的原型是谁了。

"抱歉，失礼了。"云湛对着女性傀儡嘟哝着，"反正你是假人，不是真的，我也绝不是要占什么便宜，但这件事真的很重要，我必须得看一眼……抱歉抱歉……"

他啰啰唆唆了一通除了他自己谁也没法听到的废话，最后还是咬了咬牙，掀开了女傀儡的衣领。果然，在傀儡的锁骨附近有一道斜长的奇怪伤疤，竟然呈现出金子一样的金色光泽。

"没错了。果然是你们俩。"云湛长出了一口气，"这太难以置信了，当年死了两个，现在冒出来两个一模一样的傀儡。你们是在玩布袋戏么？"

2

今晚的面摊生意很冷清。也许是因为今夜的北风刮得特别大，天气特别冷，许多摆摊的人都早早收摊，更别提出来吃夜宵的食客了。但是歪嘴秃顶的老摊主仍然在寒风中守着他的炉子和锅，似乎随时准备着会有一个潦倒的穷汉坐到摊子前，要上一碗加了几片土豆的清水煮面条，然后玩命往碗里加不要钱的辣椒油。

到了深夜大约岁时之初的时候，总算等来了今夜的第一个顾客。来人是一个银色头发的羽人，像老熟人一样往摊子前的板凳上一坐："大家都是天驱，打个折吧。"

老头抬眼看了看羽人："总共就两个铜镏一碗，我怎么给你打折？打五折么？你可真是太狠了，云湛，都不给人留条活路。"

云湛笑了笑："任非闻，任先生，光是你身上那根烟杆，就能在南淮城换上半座宅子了。倒是我是真穷，一个铜镏也得好好算计。"

名叫任非闻的摊主也笑了起来："好吧，说不过你。看在你那么穷的分上，我免费请你吃一碗。"

结果云湛免费吃了三大碗，每一碗都放足了辣椒，辣得他嘴唇发红倒吸凉气。最后他把碗一放："饱了饱了！还是咱们天驱有友爱精神，绝不会让任何一个同僚饿死！"

任非闻不动声色地听着云湛胡言乱语，又给云湛盛了一碗面汤，这才说："我早就和他们说过了，把我放在这儿监视根本就是笑话，云湛是什么人，怎么可能看不出来？但他们非要我来，我只好做个样子给他们看看。瞧，现在我还亏了三碗面。"

　　"老实说，天驱里的很多人，在我的眼里还不如一只香猪聪明，您老算是为数不多的例外。"云湛虽然在说玩笑话，却也不乏真诚，"我也猜到你大概是磨不开面子才勉为其难来这儿转悠转悠，所以一直没有说破，反正南淮城是个好地方，权当是用我做由头给你找个养老晒太阳的好地方。不过，今天来找你，实在是有事需要你帮忙。"

　　"这可真是难得了。"任非闻说，"根据我得到的消息，你已经和英途会过面了。和偃师有关的一切，她知道的远比我多；和你的亲生父母有关的事情，她知道的同样比我多，那你来找我是想打听什么呢？"

　　"想找你问一件天驱的旧事，大概发生在十七八年前的旧事。"云湛说，"那件事我过去听说过，但并没有太在意，其中的很多细节都不清楚。你是我所能找到的离我最近的天驱了，所以来来求你。"

　　任非闻有些意外："哦？天驱的旧事？你居然会关心这种事。是什么？"

　　"我想知道当年那个和辰月教长同归于尽的女宗主的详细情况，尤其是她是怎么死的。"云湛说。

　　任非闻更加意外："女宗主？你是指仇芝凝？你想打听仇芝凝和辰月教印皓的那一战？"

　　"没错，就是他俩。"云湛说。

　　"这可连我都没想到了，那件事应该和你现在在调查的案子毫无关系才对……不过，反正都被你蹭了三碗面了，也不差多讲一个故事。"

　　二十多年前，天驱和辰月各自出现了一位杰出的人才。天驱这边的是女性武士仇芝凝，尽管只有三十余岁，却已经成为天驱的副宗主之一——在天驱中地位仅次于七位宗主。她不仅仅武艺高强，胜过绝大多数天驱中的男人，而且天生有着非常罕见的体质：对秘术的抵抗能力比一般人强得多。由于拥有这样的体质，在和辰月教的秘术师作战时，她受到的伤害会比一般人小，自然也就成了令辰月十分头疼的劲敌。

　　而在辰月教那一边，也有一位年龄相近的出色人物足以和仇芝凝并驾齐驱，那就是辰月阳支的教长印皓。在辰月教的阴阳寂三支中，阳支的作用是负责各种日常事务，尤其是对外事务，讲得通俗一点就是和别人打架。而印皓年纪轻轻就能做到阳支的教长，显然在打架方面有过人之处。事实上，印皓算得上当时九州能排到前五位的顶级的秘术师，而且一向心狠手辣，下手绝不留情，至少有数十位天驱高手死伤在他的手下。这个生性狂傲的家伙，还在自己的手臂上文了一条人们想象中的龙，用意自然是夸耀自己的强大，能够和传说中的龙族比肩。

而仇芝凝由于天生的对秘术的抵抗能力，成了除了不轻易出手的几位大宗主之外唯一一个能够和印皓相抗衡的天驱，两人针尖对麦芒，交手过若干次，相互之间的胜负都很微弱，谁也奈何不了谁。但是天驱和辰月双方都知道，谁能够先拔除掉对方的这根尖刺，谁就能在大势上占据上风。

为此，至少天驱这边是制定过一些计划的，希望能够派出其他的天驱武士和仇芝凝合作，一起杀死印皓，但这个计划却被仇芝凝毫不犹豫地拒绝了。

"我只会和他单挑。"仇芝凝冷冰冰地说，"你们想要一拥而上，就别叫我，我不奉陪。"

"这不是你和他之间的私人恩怨，不是街头小流氓的好勇斗狠。"向她传达命令的另一位副宗主强忍着怒气说，"这是天驱和辰月之间的战争！"

"对我而言都一样。"仇芝凝翻了一个非常好看堪称妩媚的白眼，"我就是要和他好勇斗狠，我就是要和他决出胜负，你们觉得像小流氓就像吧。不行的话可以把我逐出天驱，我没意见。"

另一位副宗主被噎得也想翻白眼，但最终还是不得不妥协了。毕竟仇芝凝这样的人才实在难得，而且除了在和印皓的对决这件事上倔强了一些之外，其他方面，她仍然是一个出色的忠诚的天驱。

"就当是陪一个不听话的小顽童做游戏了，"那位副宗主后来苦笑着说，"虽然代价略大，但总是两害相权取其轻吧。"

辰月那边是否也经历了这样一个陪不听话的顽童做游戏的拉锯过程，任非闻不得而知，但能够肯定的事实是，也从来没有别的辰月教徒和印皓一起联手围攻仇芝凝。双方似乎达成了一种默契，这两个人可以随意地杀对方组织里的任何人，但彼此之间必须是一对一的公平对决。

仇芝凝和印皓就这样打打杀杀了好几年，直到距今十七年前的那个闷热的夏夜。由于这两个人在各自的组织里地位特殊，从来不会有人去监控他们的行踪，所以也就没有任何人知道，为什么他们俩会齐齐出现在宛州的心脏——南淮城，又为什么会不合常规地当着若干名天驱武士和辰月教徒的面大打出手，并且就在众目睽睽之下同归于尽。这一幕发生得太快，就连两边已经做好了准备火并的看客们，都万万没有想到。

"你说的这些天驱和辰月的看客，是为什么会出现在那里的？"云湛问。

"是为了一桩不太值得一提的小事，连我都忘了具体的情由了。"任非闻说，"好像是和一份辰月想要拿到的秘密情报有关。总而言之，天驱跟踪着辰月，两拨人在南淮城里的一座闲置的空宅里狭路相逢。但他们还没来得及开打，仇芝凝和印皓就出现在了他们的眼前。"

"这听上去就有点意思了。"云湛若有所思，"就好像是这两位约好了故意出现在目击者眼前，故意开打，故意同归于尽的一样。后来检查了尸体吗？"

"辰月那边怎么样不太清楚，仇芝凝的尸体被带回来了，我们的专家仔细验过尸。她中了威力非常强的能让整个身体剧烈震荡的秘术，如果是换了一般人，大概当场就会整个解体，化为无数的碎块。但她毕竟对秘术有着不同寻常的抵抗能力，并没有留下什么太严重的外伤，只是解剖之后可以发现，五脏六腑都被完全震碎了，包括心脏在内，那是真的无可施救。至于辰月那边，虽然细节我们无法得知，但他们必然也会经过严格的验尸，事后他的尸体被天葬，我们的斥候还曾冒险去目睹过那具尸体。"

"解剖了，检查了五脏六腑，并且看到内脏都被震成了碎块……看来这的确是真人了。"云湛琢磨着，"不过你们能够确定那具尸体就是仇芝凝的吗？我听说过仇芝凝身上有一道很著名的伤疤。"

"没有错，我们的验尸人仔细检验了她锁骨处的那道金色伤疤，确确实实是金属变身术留下来的后遗症。怎么了，你怀疑仇芝凝和印皓都是假死、那两具尸体其实是傀儡吗？"任非闻有点明白了云湛如此刨根问底的用意何在。

云湛点了点头："是有这样的怀疑，但我也相信验尸人不会搞错的，傀儡和真人的相似只在表面，剖尸之后就并不难分辨。我还有一个问题，能不能告诉我当年那个宅院的地址，就是天驱和辰月追寻情报、撞上了那两位好勇斗狠的男女流氓的宅院。"

"看来你的确是从这两个人身上发现了些什么。"任非闻目光锐利地看着云湛，"能不能告诉我？"

"很抱歉，暂时不能，只是一些模模糊糊的猜测，根本就还没有证据。"云湛说，"而且在调查完成之前，我一般不会把自己的思路告诉别人。"

任非闻仍旧盯着云湛，看了很久，最后轻轻吐出一口气："好吧，我明白了。我这就把地址告诉你。"

云湛记下了地址，向任非闻表示感谢，正准备离开，任非闻叫住了他："最近的这些年，我不断地听到和你有关的各种传闻，知道你可能是这一代天驱里最杰出的年轻人物。不过传闻也有好有坏……"

云湛一笑："没错，有很多人都觉得我不大像一个天驱，这一点我自己也承认。不过那又如何呢？我和仇芝凝有着同样的底气，可以随时随地地说出：你们不高兴的话，我可以滚。"

"不要误会，其实我倒是很欣赏你的这种性格。"任非闻说，"循规蹈矩并不是对每一个人都适用，信仰也并不是随时拿来挂在嘴边的童谣。我只是希望你有时候也能理解一下天驱的难处，千百年来，我们经历过太多的警惕、防备、压迫和剿杀，要维持一个组织活下去，还要持守着永恒不变的信仰，比起一个光棍游侠快活地养活自己要难多了。"

"我懂你的意思，任先生，请放心。"云湛说，"你瞧，我现在不还依然是一个天驱吗？"

"希望你一直都是。"任非闻说。

作为一个穷光蛋，云湛并没有单独的住所，他的家就在他的游侠事务所里，一个小房间，一张床。任非闻的面摊距离游侠街很近，他很快回到屋里，揉着填满了面条的肚子大睡了一觉。醒来之后已经日上三竿，他按照任非闻所给的地址赶往了南淮城东面。

当年发生事故的那个宅院并不大，是天启城一位惧内的高官在宛州金屋藏娇的所在，所以他并不敢太张扬。然而在十七年前，辰月就是得到了密报，那位高官利用这座宅院和宁州的羽人交换情报。如任非闻所言，年深日久，他也记不清楚情报的具体内容，唯一能肯定的就是，这份情报对于天驱和辰月双方都有所影响，所以两边螳螂捕蝉，黄雀在后，一前一后地都到了宅院里。

现在云湛就来到了宅子门口，发现它外观看起来虽然比较朴实低调，但打扫得很干净，一些缺损的地方也都经过明显的修补，可见现在仍然有人居住。他一时间有点拿不定主意，是又像上次在杜林城那样编造个理由大模大样混进去呢，还是悄悄翻墙进去。

正在犹豫，身后传来一阵稳健的脚步声。云湛回头一看，一下子愣住了：正在走向这座宅院的大门的，是一个衣着朴素的白发老人，手里还拎着一个菜篮子，看样子是买菜归来。这个老人，他在几天之前才刚刚见过，那天傍晚他陪着石秋瞳在南淮城里闲逛散心，正遇到一个学徒打碎了酒铺老板的酒坛、被老板痛揍。当时正是这位老人站出来，喝止了老板并且替学徒赔偿了损失，处事公平得体，给云湛和石秋瞳都留下了深刻的印象。他万万没想到，这位老人就是他想要探访的宅院的主人。

老人看见云湛，也是微微一愣，但紧跟着开口说出来的话让云湛吓了一大跳："你就是那位很有名的游侠云湛吗？是来找我的？"

"对，我就是云湛，但是您是怎么认出我的？我们之前完全不认识啊。"云湛一时间居然有点结巴。

老人微微一笑："几天之前，那个酒铺学徒挨打的时候，我在人群里看到了你和常淮公主石秋瞳站在一起。我对公主的事迹略有耳闻，如果她不带其他宫里的从人，身边只跟着一个羽人就到南淮城的贫民区里转悠，那么那个羽人只能是云湛。"

"您可真够厉害的，就在乱哄哄的人群里看了一眼就能认出石秋瞳，然后推断出我是谁，并且记住了我的相貌。我现在开始怀疑你以前当过捕头之类的了。"云湛心悦诚服。

"捕头倒是没当过，不过在刑部当过几年官。"老人说，"就算是没吃过猪肉也见过猪跑吧。请进。"

一杯茶的工夫，云湛已经和这位名叫冼文康的老人熟络起来。如冼文康所言，他之前一直在天子脚下的天启城为官，曾经做到过刑部侍郎，几年前才告老还乡，回到了南淮城居住，难怪石秋瞳并不认识他。

"如果不是亲眼所见，我大概很难相信，一个像你这样当过刑部侍郎的大官，告老还乡之后，居然就住在这样的宅院里，还会亲自上街买菜。"云湛感慨说，"所以请恕我直言，像你这样的人，我是真不太相信会在做官的时候专门买一座宅子金屋藏娇。"

他又补充说："尤其是在前几天，目睹了你的处事作风之后，我就更不信了。"

冼文康严肃地看着云湛："我想，我有些明白你今天的来意是什么了，你既然专门把金屋藏娇这件事提出来，一定是为了那个时候和这所房子有关的旧事吧。而你又是一个天驱武士，那么，最大的可能性就是想要找我查问十七年前的那件事，关于那两位天驱和辰月在这里同归于尽的事。"

"从知道你是这里的主人之后，我就没有打算瞒你。"云湛说，"反正不可能瞒得过，不如实话实说。不错，我就是为了那件事而来的，现在看见你，我知道它比我想象的还要复杂，但还是恳请你告诉我答案。"

冼文康站起身来，在狭窄而陈设简陋的堂屋里来回踱了几步，似乎有些为难。过了一会儿，他才开口说："这些年来，我极少和你们天驱打交道，但我听说过你。你这个小伙子很有意思，在很多事情上看起来和我格格不入，但细细探究的话，却又似乎和我是同一种人。"

"老实说，我也有这种感觉。"云湛说，"我不喜欢拍马屁，何况在现在这个场合拍马屁更是很可能会被当作有求于人的阿谀奉承，但我觉得我和你算是一见如故。"

"并不是拍马屁，我也有这种感觉。"冼文康笑了笑，"何况当事人已经死了，假如十七年后，有人能够帮我查清他死的原因，还他一个公道，也未尝不是一件好事。但我也希望你说实话，你为什么对这件事那么感兴趣？"

云湛想了想："还是刚才说的那句话，如果我编造谎言的话，一定会被你揭穿的。何况，为了对得起我们俩的一见如故，我也不应该欺瞒于你。"

除了涉及天驱偃师的一些机密，他从南淮城的那起剖腹杀人案开始讲起，把自己这些日子的经历大致讲了一遍，连养父风靖源的事情也没有隐瞒。冼文康大概也没有料想到此事竟然牵涉如此深远，一时间沉默了许久，脸上的神情阴晴不定。

过了很久，他才重新开口说话："单单是天驱和辰月的纠葛倒也罢了，没想到其中还牵涉到偃师和傀儡。而且，你很确定你在山谷的木屋里见到的那两个傀儡，就是仇芝凝和印皓的形象吗？"

云湛摇了摇头："我并不敢确定，毕竟文身也好，伤疤也罢，都只是我道听途说而已。我并没有亲眼见过这两个人。"

"那好，你现在就带我去！"冼文康果断地说。

冼文康虽然已经上了年纪，身子骨却极为硬朗，在狭窄崎岖的山道上健步如飞，半点儿也没有被云湛落下。

尽管如此，来到小木屋的时候，太阳仍然已经落山了，四野里一片黑暗。两人进入木屋后，冼文康快步来到依旧坐在长凳上动也不动的两具傀儡跟前，低下头仔细看着那具男性傀儡的面容，又挽起傀儡的袖子细细验看了那个龙文身，最后发出一声无限沧桑的叹息。

"没错了，这个傀儡就是按照印皓的模样仿制的，从脸型到身型再到那个文身，完全一致。"冼文康说话的语调很奇怪，"是她做的。只有她才有这样的能耐。错不了的。"

"你所说的'她'，是不是指的那位当世技艺最高超的偃师：沐怀纷？"云湛问。

冼文康并没有回答。云湛也没有追问，从桌上拿起他上次用过而还没有烧完的半截蜡烛，把蜡烛点燃，光亮立即充满了整个小木屋。

"刚才我们进屋的时候，屋子里一团漆黑，我都用了好久才能勉强看清一点儿轮廓。"云湛缓缓地说，"而你，直接走到了印皓模样的傀儡面前，在没有任何灯火的情况下，就把它的脸型和胳膊上的文身看得清清楚楚。我猜想，你一定有一双非比寻常的眼睛——和普通人不大一样的眼睛。"

冼文康又是一声叹息："脑子乱了，竟然连伪装都忘记了。虽然这么说有点儿奇怪，但我可能是老了，真的老了。"

"你不应该老。"云湛紧紧盯着冼文康的眼睛。

"对，我不应该老。所以我才说奇怪。"冼文康说着，伸手在自己的眼睛上抹了一下，手放下来的时候，他的左眼处赫然变成了一个黑色的窟窿。他紧跟着摊开手，那枚消失的眼珠就摊在手掌心上，没有一滴血迹。

"你猜对了，聪明的年轻人。"冼文康轻声说，"我是一个傀儡。由沐怀纷亲手制作的傀儡。"

3

"买菜之类的事情确实是掩人耳目用的，但我的喉管下方有一个特殊的装置，假如迫不得已一定要吃喝什么东西，可以吃进去，事后取出来倒掉就行了。"冼文康说，"所以我才能陪你喝茶而不被你看出破绽。"

"沐怀纷真是算无遗策，连假装吃喝这种事都设计好了。"云湛赞叹不已，"看来她制造你的时候，就已经打定主意要让你在人类社会里生活了。不过我还有一点不明白，傀儡的脸不是不会变化的么？但你在天启城当了那么多年的官，无论怎样都会有年龄的变迁吧，何况你现在看起来也是个老人。"

"她事先为我准备好了若干张人皮面具，并且教会了我更换的方法，每隔一到两年，我就按照一个真人差不多应该有的年纪换上一张新的，让自己看上去老一点。"冼文康回答，"不过身体的皮肤会影响到整个躯体的力学构造，即便沐怀纷也没有办法更换，因此这几十年来，我一直未曾婚娶。"

屋里已经点起了炉火，不过这炉火只是为云湛一个人取暖而点燃。坐在云湛对面的，是一个傀儡，近乎完美的傀儡。尽管之前云湛也曾经和风靖源面对面交过手，但风靖源并不是一个百分之百的傀儡，他仍然保留着活人的头颅，并且说起话来含含糊糊口齿不清，思维仿佛并不能随时随地做到连贯清醒。

而冼文康则不然。如果不把他剖开来仔细看内部构造的话，他完完全全就是一个活人，一个真实的成年华族人类，从相貌到体态到行为举止到谈吐，甚至于那些极细微的表情和眼神，各方面都近乎无懈可击。也只有这样巧夺天工的技艺，才能让他非但在人类社会里生存了好几十年，还曾经登堂入室成为天启城皇帝的股肱之臣。

"如果按照虚假的人类年龄来算的话，我今年应该是六十八岁。"冼文康说，"不过我实际上被制造出来的时间只有三十五年，当初制作的时候就是以一个三十岁出头的青年人为模板的。那时候真的有一个名叫冼文康的青年穷书生，父母双亡，和其他的亲戚也早就断了往来，就是一个人居住在一座荒山的茅屋里，自己种地砍柴采药维持最低的生活，其他时间都用来埋头读书，准备去往天启城参加科举。"

"这样一个几乎和其他所有人都不联系的个体，倒的确是最好用来冒充的对象。"云湛说，"不过沐怀纷为什么会想到用你去冒充他的身份呢？难道是杀了他？"

冼文康微微一笑："这种事，姬映莲做得出来，沐怀纷不会的。她从来就不是那种滥杀无辜的人。只不过那段时间，作为一个执迷的偃师，她一直想要做个实验，看看如果制造一个傀儡放入真人的社会里，让它完全独立地、不受偃师支配地和其他人生活在一起，像真正的人那样去工作，去交际，去钩心斗角，去和各种各样烦琐的事务打交道，最后会是什么样的。碰巧那时候，她路过那座山的时候遇到了病重的冼文康，尽管她熟悉人体结构，医术也算得上高明，但最后还是没能治好对方。冼文康死了。"

"然后她就索性按照冼文康的样貌制造了你，直接让你去冒充冼文康赶考、入仕、官越做越大、告老还乡……"云湛恍然大悟，"再然后，你就真的像一个活人那样度过了半生，直到现在都没有被其他人察觉。太了不起了，真是太了不起了，沐怀纷实实在在是个绝顶的天才。"

"其实也并不是像你所说的那么顺当啊。"冼文康的话语里带有一种莫名的惆怅，"我毕竟还是有很多地方都得万分小心，比如吃下去的东西总得躲着人偷偷弄出来，比如总是要避免受伤，比如我原本不需要睡眠，偶尔遇到同科好友联床夜话之类的事，不得不百无聊赖地在床上闭着眼睛假装睡觉，直到天亮才如释重负地睁开眼睛。我甚至不能陪着同僚们一起去泡澡，因为我只会更换脸皮，却没法更换身上的皮肤，也没办法伪装出年老后肌肉松弛萎缩的效果，一个上了年纪的老头子如果显露出三十岁年轻人的体魄，那也会足够奇怪。

"同样的，因为担心那些破绽，因为担心永远不会变老的身体引发怀疑，我没有办法真正地婚娶。说出来你可能不信，我虽然是个傀儡，却有着和人完全一样的精神世界，我也会喜欢女人。"

"我相信。"云湛点点头，"生而为人，总是免不了异性之间的相互吸引。如果沐怀纷不能让你做到这一点，她的作品就有缺陷了——抱歉，我不是那个意思……"

"不必介怀，我清楚你没有恶意，而我的确就是沐怀纷的作品，那只是一个无法抹杀的事实。"冼文康摆摆手，"所以，刚一开始尝试着融入人类社会的时候还很好，尤其是我考中科举当了官之后，还会有一种很强烈的自豪感，有些时候真的会觉得我就是一个活生生的人，和其他人没有任何区别的人了。但是日子长了，当我一次次小心翼翼地隐藏自己，小心翼翼地掩盖各种可能的破绽时，我才会意识到，我终究不是人，就连和朋友们一起到酒楼痛痛快快大醉一场都做不到。尤其是到了我喜欢上一位女子之后，我……"

冼文康微闭着双眼，陷入了对往事的回忆中。云湛充满同情地看着他，并没有出声搅扰，他也有点明白了为什么冼文康作为曾经的刑部侍郎，如今竟然连个家仆都没有请，大概也是想尽量避免有旁人进入到他的生活当中吧。不过他很快想到些别的："等等，我记得别人向我描述你的时候，说的是你是一个惧内的高官，因为惧内，所以才在宛州弄了个宅子藏你的小老婆。你为什么说你没有婚娶？"

说到这儿，云湛猛然反应过来："哦，对了，你说的是你从来没有'真正的婚娶'，也就是说，假的还是有的。"

"是的，我有过一房夫人，前几年病逝了，但她从未和我同床，甚至按照我的要求从未和我同房而睡。我也并没有对不起她，因为她当时原本走投无路，假装嫁给我至少可以衣食无忧。我只是找个借口和她说……"冼文康说到这里，哑然失笑，"瞧瞧我，就像个絮絮叨叨追忆旧日荣光的糟老头子。不提我的这些无聊旧事了，还是赶紧说正题吧。"

"不，半点儿也不无聊，其实我很想再多听听。"云湛说，"这是一种我过去从来没有了解过的存在和生活方式。不过你说得对，现在我们确实最好先谈谈案子，以后我一定会去找你喝茶，听你讲你的故事。"

"果然和我听说的一样，云湛不会放过任何一个蹭吃蹭喝的机会……"老人扭过头，看着那个和昔日辰月教长印皓一模一样的傀儡，"不过刚才我也不算完全跑题，印皓和我的结识，还真和我那位假夫人有关。在你之前，印皓是除了我的制作者之外，唯一一个知道我是傀儡的人。我也不必瞒你，大概二十年前，正好刑部在办一起案子，是针对你们天驱的。我那时候对天驱和辰月都并不了解，在固有印象里，觉得天驱是一个对国家有害的组织，以我的脾气，自然是想要从严从重，把几个涉案的天驱都直接斩首。"

"可以理解，在国家机器的眼中，天驱任何时候都值得直接斩首。你是吃国家饭的——虽然你实际上并不吃饭——站在你的角度，并不是什么错。"云湛说。

面具与谎言 伍

"对，站在我的角度的确不是错，站在天驱的角度就不一定了。"冼文康说，"天驱觉得我这样坚决采取铁腕手段的人，对他们是一种长远的威胁，所以想要对我采取某些手段。而我身为一个傀儡，力量相当强大，此前也曾经偶尔在一些场合展示过，他们知道要对我直接下手不容易，所以……"

云湛感到一阵恶心："所以想要从你的老婆身上下手，对吗？这帮王八蛋，居然也敢自称自己是天驱。"

"我倒没觉得他们做错了什么，政治斗争原本如此，换了我大概也会采取同样的手段。"冼文康说，"我刚才讲了，平时为了尽量少让人接近我的生活，我府上的人并不多，除了我自己之外更加没有第二个人能和天驱动手。所以当他们的人潜入之后，我只能自保，却没有办法同时护住我的假妻子。不过我没有料到，竟然有人会在这时候出现，出手帮助了我。"

"印皓。"云湛已经猜到了，"以他下手的狠辣劲，估计敢对你动手的天驱都活不了。"

"他当然并不是为了我好才帮助我的，身为辰月，接近我、施恩于我，也是有利益考量的。我对此心知肚明，也不多说，只是答应了要帮他做一件事。"冼文康说，"但他提出的要求却非常古怪，要以我的名义在宛州买一座宅子供他使用，而且仅仅是借我的名，钱都是他出的。"

"刑部大官养小老婆的院子，确实是一个非常好的掩饰。"云湛说，"不过你知道后来他拿这个宅子做什么了吗？"

"我和他约定好了不去过问，自己也绝不到那个宅子里去，承诺之事总是要守信的。"冼文康说，"买了那所宅子之后，我就没有再过问他的任何事情，他也从来没有再来打扰过我，至于他如何伪造出我去宛州寻欢的假象，那就是他的事了。"

"你们俩还真是痛快……"云湛喃喃地说，"所以后来他为什么会突然和一个女天驱同归于尽死在那里，你也并不清楚，对么？"

"我确实不清楚。"冼文康回答，"那都是事后好多天了，才有人把消息送到天启，我才知道他居然会死。至于那个名叫仇芝凝的女天驱，我在处理天

179

驱的资料时听说过，也知道她和印皓针锋相对，却从来没有见过。"

"印皓和你提起过她吗？"云湛又问。

"从来没有，事实上我和印皓见面的次数都寥寥无几。"冼文康说，"我们无非是交易的关系，也不是什么朋友，而且性格都很爽利，条件谈妥、事情办妥就行了，多余的话都没有几句的。"

"你们真是两个怪物。"云湛有些失望地叹了口气。但冼文康紧跟着说出来的话却让他心里突的一跳："不过，在他们死了之后，房子名义上还是我的，我好歹还得回宛州打理一下。何况那房子是印皓掏的钱，假如能找到他的后人之类的，我还要把房子还回去。所以得到消息之后，我处理完手里的事务，抽空告假回了趟南淮城，第一次在房子里走了一圈。我发现了一件怪事。"

"什么怪事？"云湛赶忙问。

"在最后那场两败俱伤的死斗之前，印皓应该是整理过所有的房间，几乎没有留下什么值得一提的痕迹。但是我在厨房后面找到了一包没有烧完的衣物，从残余的碎片来看，那里面有成年女人的衣物，还有小女孩的衣物。"

"小女孩的？"云湛一惊，"多大的小女孩？是不是两三岁左右的？"

冼文康的回答让他有些摸不着头脑："不是，应该比三岁的孩子要大一些，可能得有七八岁左右吧。"

云湛一时间有些纳闷。假如冼文康发现的小孩衣物正好是三岁小孩，那就和这个小木屋里所发现的女孩的衣服正好对上号，也许就能印证他的某些猜测，但如果是七八岁的话，那就不对了。但他相信以冼文康的眼光，不会看错，那就只好再换换思路了。至少，被烧毁的衣物中有成年女性的，大概也能说明一些问题。

"我还想问一件事。"云湛说，"现在这两具傀儡失去了星流石能量，没法动了。但是，如果我们给他们更换碎片，他们有机会活过来吗？"

"要看你怎么定义'活过来'。"冼文康说，"每一个傀儡，在被嵌入星流石碎片、赋予精神与意识之后，它所拥有的思维和记忆都是独一无二的。如果是中途更换星流石碎片，那没有问题，更换过程中的残余力量足够让我们保存一切，所以只要及时更换补充，一个傀儡可以几乎永久地活下去；但如果是完全耗尽之后再换新的，也许可以让我们重新获得行动能力，也甚至可以思考，但是……过往的记忆都已经不复存在了。简单地说，我们将会变成新的傀儡，不再是过去的冼文康、风靖源或是其他人。"

云湛很失望："那就没办法了。我本来还指望着如果给这两位更换星流石碎片，也许他们能活过来说明白过去发生的事儿呢。"

冼文康看了云湛一眼，欲言又止，过了一会儿又说："另外，在清理房间的时候，我找到了一条很隐秘的地下通道，一直通到院子外面。根据我的判断，那个地道是新挖成的，应该还不足三个月。我不能确定地道一定是印皓挖掘的，但照常理来说，有人在他的家里挖地，哪怕是技术最好的河络，他也不应该全然不知情。"

"这就更有趣了。"云湛说，"明天回南淮之后，能让我去看看么？"

"废话，我倒是想说不让你去看，能拦得住你么？"

地道里遍布蛛网，充满了浑浊的空气，看来在这十七年间冼文康也并没有使用过。云湛坐在地道的入口处——一个不起眼的杂物间的柜子下面——一面等着浑浊的空气稍微排出以防止中毒，一面思索着这些日子回到南淮之后的惊人发现。他感觉，先前的南淮城剖腹凶杀案是一棵树，从这棵树上分出了无数的枝杈：他的养父风靖源，至今下落不明的辰月教长雪香竹，偃师，傀儡，天驱和辰月对傀儡的执着，沐怀纷和姬映莲这两位风格迥异的最强的偃师，他自己的亲生父母云谨修和夏如蕴……

然而，当发现了那座山谷里的小木屋之后，他不知道这应当算是又一根枝杈，还是根本就是一棵新的大树。两位和偃师原本没有任何关系的昔日天驱辰月里的死对头突然间浮出水面，又牵连出一段和之前的案件貌似完全没有关系的往事，而这段往事就目前看来似乎充满了种种隐秘。

它们之间有联系吗？只是表面上的巧合，还是在泥土之下盘根错节，甚至于就是生长于同一根系之上呢？

云湛仍然只能选择相信自己的直觉。他觉得应该是后者。这一系列的事件之间，都有一个相同的元素，一根同样颜色的线，那就是偃师。云谨修是个偃师，夏如蕴是偃师姬映莲的养女；风靖源被偃师改造成了保留人头的傀儡；南淮城剖腹凶杀案极有可能和偃师有关，紧随其后的抢尸案则确定是木屋里的两个傀儡干的；而抢尸的两个傀儡，竟然被做成了和仇芝凝与印皓一模一样的外形；甚至于帮助印皓在南淮城准备居所的冼文康，本身也是个傀儡……

就像是一脚踩进了一个光怪陆离的新世界，然后就泥足深陷再也无法自拔了，云湛想。

等了一会儿，他觉得时间差不多了，手里拿着一把扫帚用来撩开蛛网，钻进了地道。地道狭长弯曲，虽然结构很结实，却显得有些逼仄，可见是挖掘时为了赶时间而省了工夫，只求能不塌就好，不去顾及舒适了。

这是不是说明了挖掘者是在某种突发状态下临时做出的开掘地道的决定？

如果地道就是印皓自己挖的，以他的实力，为什么会这么做？是为了避开比他更强大的敌人，还是有其他无法言说的苦衷？

他沿着地道一路走到头，发现地道在底下整个跨越了一条街，出口指向了邻近街道的一个孝义牌坊的石狮子下。这个牌坊云湛知道，是前代的某位衍国国主为了表彰某位舍生在火灾中拯救父母的大孝子而特批修建的，已经有近百年的历史了，算得上是古物，所以平时从来无人敢在牌坊下面动土。印皓把出口直接挖到这里，一方面固然是考虑到一般人不容易发现，另一方面似乎倒也符合此人目空一切的个性。

云湛悄悄地从石狮子屁股下面钻出去，倒是没有被人看到。他重新盖好了地道出口，就坐在牌坊下面发呆。假如这个地道真的是印皓打造出来悄悄逃跑用的，他到底是为了躲谁，以及为什么最终没能逃掉，反而和仇芝凝货真价实地同归于尽了。而这两个活人死了，倒是在几十里地之外的山谷里冒出两个仿制的傀儡，真是有些让人费琢磨。

另一方面，那个年轻女孩的存在可能是一个非常关键的突破点，能够让云湛产生很多丰富的联想，然而山谷木屋里的衣物最小是适合两三岁女孩穿的，冼义康发现的却是适合七八岁女孩穿的，假如二者能倒过来都好，然而探案不可能存在这样的假如。总而言之，还是对不上号。

还是得从十七年前的事情入手。云湛想，印皓不会无缘无故地计划逃跑，尤其这样的逃跑可能会违逆他桀骜的本性，十七年前一定有什么极为重大的事件发生，而且多半和辰月教本身有关。但是这样的事件多半属于辰月的机密，友善的好朋友木叶萝漪已经警告过自己，再多管闲事她就要不顾友情取了他的区区狗命，去找她打听一定是行不通的。雪香竹也有可能知道，但此刻连她在哪儿也不清楚。

想来想去，还是只能绕个弯子，去找任非闻打听一下了，这位天驱中的老前辈或许会知道一些辰月的事。最近一两年来，云湛和组织里的人关系有些紧张，甚至有过直接的交手，任非闻算是难得的对他还算友好的天驱成员了。

这次他也并不想再等到半夜了，从发现任非闻在悄悄监视他开始，他就已经反过来偷偷摸清楚了任非闻的住处，只是后来发现任非闻对此事完全不上心，根本就是随便走个过场，他也就从来没有去找过任非闻的麻烦。而且任非闻打打杀杀了一辈子，对自己老了之后的这种新鲜生活似乎还有点上瘾，即便云湛根本不在南淮城，他也喜欢在深夜里风雨无阻地摆开他的面摊子，听着各种有趣的街谈巷议，自得其乐。

云湛很快找到了任非闻的住所，那仍然是一间租来的简朴的小房间，倒正好符合任非闻的喜好。这一排房子都是专门租给穷人的，租金便宜，房主也从来不多过问是非，任非闻的房间就在二楼西侧。这样的穷人住处，就连象征性的看门人都没有，云湛径直走上了二楼，大模大样地拍门。

"老任，我又来找你蹭吃蹭……"一句话还没说完，云湛忽然住了口，右手从门板上收回来，握住了弓。他注意到任非闻的门并没有关严，从门里透出一股很明显的血腥味。

他在弓弦上搭好了一支箭，侧耳倾听，发现这个小小的屋子里既没有呼吸声也没有心跳声，这才推门进去。果然，他看见了任非闻的尸体坐在一把椅子上，咽喉处赫然插着一支利箭，尚未凝固的血液正沿着箭身滴落下来。

见鬼！云湛掩上门，在心里狠狠地骂了一句。这已经是最近一段时间以来第二个死在他眼前的天驱了，上一个是独自一人躲到瀚州的英途。无论英途还是任非闻，都给予了他很大的帮助，但他却没有能够挽救这两个人的性命，甚至连凶犯是什么样都没看见。这样的挫败感让他很是沮丧。

不过现在得先控制自己的情绪，少点儿无谓的愤怒，云湛强迫自己先冷静一下。他注意到任非闻咽喉处的血液还在往下流淌，说明任非闻刚死没多久，如果现在赶紧寻找屋里的痕迹然后追出去，也许能有一线机会找到凶犯。想到这里，他正准备蹲下身查看足迹，身后的门突然被一脚踢开，一阵劲风向他的后背袭来，应该是刀剑一类的武器。与此同时，二楼的窗户被撞开，一个黑影从窗口钻了进来，朝着他当胸一掌，掌风猛烈，看来力道不小。

云湛正一肚子气无处发泄，手里的弓向后一撩，与背后那个对手兵刃相交，随即左手一领，已经拧住了敌人的左臂。他所长年练习的羽族关节技法炉火纯青，左手劲力发出，咔擦一声，敌人的左臂瞬间被他扭断。

紧跟着他放开手，身躯迅捷无比地向旁边一闪，破窗而入的敌人如果不收掌的话，就会一掌打到自己人身上。敌人没有办法，只能硬生生收回力道，云湛借着他强行收力、失去对身体控制的当口，整个人腾空而起，右脚一记重重的侧踢，正踢在敌人的腰间，把敌人踢飞出去撞在了墙上，然后瘫软在地，失去行动能力。

而身后的那个敌人只是断了一条手臂，余勇犹在，向着云湛合身扑上，手中的长剑向前直刺，竟然是摆出了想要同归于尽的姿态。云湛左手食指中指齐出，从侧面夹住了剑身，右手的弓横抽，打在了敌人的颈部。这一下正中要害，将对方打得昏迷在地上。

云湛这才有余暇看清楚两个敌人的面孔。被弓打晕的是一个三十来岁的女子，而破窗而入的那个敌人虽然被打倒在地失去了行动能力，意识倒还清醒，云湛一看清他的脸就惊呼一声："邵明？怎么是你？"

瘫倒在地上的这个男人，虽然和云湛远远谈不上熟人，但云湛也曾经见过他。此人名叫邵明，是一个天驱武士，照此推断，那个晕迷过去的女人多半也是天驱中人。此刻自己出手打伤了两名天驱武士，而且由于心中愤懑，出手颇重，云湛的心里难免有些愧疚，但邵明接下来说出来的话，让他的一片愧疚登时化为乌有。

"云湛，你这个无耻的叛徒！"邵明怒喝道，"你尽管杀了我们，但天驱是绝对不会放过你的！"

"邵明，你到底在说些什么胡话？明明是你们俩先偷袭我，就算是我出手重了一点儿，可以给你赔个不是，也不至于出口就诬赖我是叛徒吧？"云湛一肚子没好气。

邵明冷笑一声："诬赖？任非闻的尸体就摆在这里，你连行凶的弓箭都还没有来得及抽出来，居然还有脸说我诬赖？"

云湛心中悚然："你是想说，任非闻是我杀的？别胡扯了，我和你们俩是前后脚刚刚到这里，我都还没来得及去检查尸体！"

"云湛，你的这些鬼话还是拿去骗三岁小孩吧，"邵明继续冷笑着，"你以为我们俩为什么会来这里？就是因为有人看见你一个对时之前在任非闻的家附近徘徊，身上带着弓箭，看样子意图不轨，这才通报我们。可惜我们来晚了一步。再说了，你以为我没有做过功课吗？看看现在插在任非闻喉咙上的那支箭，是不是你的？"

云湛反而收起怒火，冷静了下来。从邵明说的这几句话，他能够迅速地判断出，自己落入了一个陷阱，栽赃陷害他杀害任非闻的陷阱。一个对时之前，自己可能还在那座孝义牌坊的石狮子下面坐着发呆，绝对不可能分身出现在任非闻的家门口，但他也相信邵明不是在这种事情上说谎的人，那么就只有一个可能，有人猜测到了他事后要去找任非闻，于是假扮成他的模样在附近晃悠，故意让人看见。要假扮云湛的样子并不难，即便是人族要扮成他这样的羽人，只需要穿一身宽大一些的长袍，踩上高跷之类的东西把身高垫高一些，再戴上银色的假发，从背后看来就马虎像那么回事了。

而更让他在意的是那支箭。他走上前去，低声对着任非闻的尸体说了一声抱歉，动手把那支箭拔了出来。没错，只需要一眼他就能判断出，这就是他的特制的弓箭。云湛所用的弓箭都是师父云灭当年特意找熟识的羽族大师给他特制的，这种箭箭身比普通的弓箭更轻，但却更坚韧不易折断，出射后的飞行速度也更快，特制的箭头更是保证了巨大的穿透力量。只是云湛一向是个穷鬼，也知道这种特制的箭再要定做一来费时间二来费钱，所以箭袋里通常放着两种不同的箭，一种是这样特制的，一种是街边铺子里买的普通的。反正以他在云灭残酷的折磨之下训练出来的高超弓术，绝大多数情况下使用普通弓箭就足够了。

但是杀死任非闻的这支箭并不是普通的大路货，而恰恰是他的特制弓箭，那样的大师工艺，寻常人等是仿制不出来的。这就让云湛感到有些困惑了。作为穷鬼，他对这种昂贵的箭支一向小心使用，每用掉一支都是心里有数的，不可能有谁从他手里盗取。难道是有敌人如此有心，把他发射之后的箭支偷走了？

现在没时间细想了。邵明还在怒气冲冲地瞪着他，眼睛里就像要喷出火来："云湛，你一向都对天驱不够忠诚，组织里的高层觉得你办事能力还不错，一直都在容忍你包庇你，但是今天你竟然连自己人都杀害，那就谁也护不住你了。你将会成为天驱公敌，无论走到哪里……"

云湛没有让邵明说完。他径直走上前去，一掌拍在邵明的脑门上，后者两眼翻白，和他的女同伴一起昏死过去。云湛叹了口气，默默地离开，只觉得自己的脑子像是要被南淮城冬日的空气冻结成冰坨子了。

4

下工的时间又到了。这是人们每天重复而循环的最大盼望。

霍坚照例是整个邪物署里第一个踩着钟点离开的。而佟童，照例是最后一个。最近一段时间，因为之前的剖腹杀人案始终没有新的进展，也没有找到任何可用的新证据，倒是南淮城又出了几件别的案子，剖腹案就被暂时搁置了。

佟童埋头于新案件里面，每天都是天黑透了才会回家。

今晚的北风刮得格外猛烈。当同僚们都走光了之后，佟童一个人待在邪物署里，即便生着火炉，还是渐渐觉得寒气入体。在啃光了用来代替晚餐的馒头之后，佟童舒展着四肢从椅子上站起来，收拾好卷宗，打算离开。但刚刚站起来，他就听到门外传来一些细微的响动，不由警觉地握住了刀："什么人？"

门外传来一个压低的熟悉的声响："别嚷嚷，是我！云湛！"

真的是云湛的声音。佟童连忙放下刀，打开门让云湛进来。只见这个一向落拓的知名游侠此刻看起来更加灰头土脸，一张脸冻得像白萝卜，身上还背着出行的包裹，看架势似乎是要远行。

佟童小心地闩好房门，给云湛倒上热茶："云大哥，你背着包袱，这是……又要出门查案？"

云湛不顾烫嘴，把这杯茶一口气全喝下肚，脸上才有了几分红润之色："是啊，又要出门，也可以算是查案，不过更重要的是……先躲躲灾。"

"躲灾？"佟童先是一怔，继而明白过来，"哦，我听说了，今天下午南淮城发现了一个凶案现场，一个摆摊卖面的老头被杀了，有小道消息说他是一个归隐的天驱武士。难道此事和你有关？"

"不是我杀的。但有人试图栽赃我。倒霉的是，这个栽赃现在看起来蛮成功的。"云湛把事情经过向佟童讲述了一遍，"当然，天驱上层绝对不会像邵明那个没脑子的蠢货那么莽撞，不管三七二十一就愣要把我当成杀人凶犯，但把我抓回去或者客气地召回去好好审问一下多半难免，那样会非常耽搁时间。我猜测，栽赃我的那个人意图也就在这里，他不会指望天驱真的会把我当成杀害任非闻的凶手把我干掉，但是利用这件事缠住我，耽搁我的事情，却是他乐意看到的。"

佟童仔细想了想："没错，天驱不会愚蠢到真的把你当成杀人凶手，但是确实会浪费掉你大量的时间。也就是说，这个杀害任非闻并且栽赃你的人，是在和你抢时间。他担心你赶在他的阴谋完成之前找到他。这进一步说明了，尽管还不明白线头的起点在何处，但你已经找到了正确的那根线。"

云湛点点头："没错，之前我还只是在模模糊糊地猜测，但现在可以确定了，印皓、仇芝凝、十七年前那起让人摸不着头脑的同归于尽，还有山谷里的那两个傀儡，就是解决案件的关键。十七年前，一定有什么和印皓以及辰月教——还可能包括天驱——有关的重要事件发生，这起事件不但直接导致了印皓和仇芝凝的死亡，也是最近几个月这一系列和傀儡相关的案子的关键。我无论如何也要把这个案子打探出来。"

"我也可以帮你查。"佟童毫不犹豫地说，"涉及天驱和辰月的旧案，可能很难查找，也未必会在明面上和这两个组织挂钩，但我会想办法的。毕竟辰月的案件手法往往与众不同，以我的眼力，有机会辨别出来。"

"你我之间就不多说谢谢了。"云湛拍拍佟童的手背，"可惜我这么穷，也没什么东西能送给你们，等这个案子了了，我继续帮你查新的案子做酬谢吧。"

"然后你就会去找公主，理直气壮地以'我是在帮你们官家破案'为由找她要钱……"佟童哈哈笑起来，"反正不需要从我们的经费里出，我是没意见的。对了，说到案子，我差点忘了，今天来了两个卷宗，是从异地的同行那里求来的，尽管和剖腹案没有直接的联系，但是和傀儡有关，我原本打算明天叫人请你过来看看。"

"是什么事儿？"云湛一下子来了精神。

"两起案件，一起发生在中州泉明港，刚刚发生不算太久；一起发生在越州北部一个叫东鞍镇的小镇，有差不多半年时间了。"佟童说，"泉明港那起案件，很明确地和傀儡有关；东鞍镇的只是疑似，但二者之间有一个很重要的联系——出现了很可能是同一样东西的物证。"

"什么物证？"

"一个粗糙丑陋的铁匣子。"

"这可有点儿趣了，快把卷宗给我。"云湛说，"已经挺晚了，你不必留在这儿陪我了，看完之后我自己翻墙出去。"

"我确实该走了。不过你如果是要躲开天驱们的话，今晚住哪儿？"佟童问。

"我在南淮还是认识一些穷朋友的，到他们那儿挤一挤没什么问题。"云湛说。

　　佟童扔给云湛一把钥匙："你知道我家在哪儿。去那儿睡吧，我的床还挺舒服的。"

　　"怎么，你今天晚上不回去？"云湛先是一愣，继而脸上浮现出坏笑，"啊，我明白了，你今晚有约会！真是没想到啊，平时看你那么老实，我还真担心你打一辈子光棍呢。"

　　佟童的脸上微微一红："云大哥，你就别取笑我了。以后有空我再跟你汇报。"

　　佟童离开了，看得出来这段新恋情让他的心情很愉快。云湛笑了笑，把随身带着的面饼和肉干在火炉上烤热，就着热茶一边吃一边开始翻看佟童所说的那两起案子。

　　第一起案子发生在中州最重要的港口泉明港，案发地点是黑市交易的聚集地竹林巷，通常被俗称为野猪巷。大概一个来月之前，一个名叫金手雷嘉的河洛工匠被杀死在了自己的铁匠铺里，同时被杀的还有野猪巷维持治安的女性打手常笙。常笙是一个体格异常强壮的女性，黑市里的男人们都不是她的对手，却和雷嘉一起被人下重手活生生打死，可见这个凶犯的武力强得异乎寻常。

　　金手雷嘉平日里除了常笙之外没有任何朋友，他的铁匠铺除非是有生意，不然不会有任何外人在里面。这个案子原本可能成为无头悬案，但泉明港的捕快却在搜查雷嘉的铁匠铺时有了意外的收获：雷嘉是一个会制作傀儡的偃师。而就在他的后屋里，藏着一个还没有制作完成的十分古怪的傀儡——体内被嵌入了一个根据聆贝仿造而成的机械装置，可以记录外界的声音。

　　聆贝是一种珍稀而古怪的生物，那是一种状若白石的贝类，可以在干燥的状态下存活很久，一旦被投入温水或者酒里面，就能把周遭的声音全部记录下来，同时色泽转为殷红。日后想要听它记录下来的声音，就把已经变为红色的聆贝扔到火里，里面的声音会随着聆贝的炸裂而响起。只是聆贝价格昂贵得之不易，通常只有达官贵人才用得起，而金手雷嘉所制作的这种机械，只是使用了一些并不太昂贵的矿石，就能模拟出聆贝的作用，实在是技艺非凡。

可以说是天赐的运气，不知道是不是凶手实施谋杀时动静太大意外触动了傀儡的机关，又或者胆小的雷嘉原本就始终开着机关，总而言之，这个傀儡把案发时的现场声响记录了下来。当然了，这并不是真正的聆贝，大概雷嘉的手艺也还没有到尽善尽美，留下来的声音里有很多缺损，但是大致的案件轮廓还是能被捕快们分析出来的。那个杀害了雷嘉和常笙的不明身份的凶手，竟然也是一个傀儡，来到此处是为了找雷嘉为他修理一处伤口。从那段残缺不全的对话来判断，似乎是傀儡先用武力击倒了常笙，再以两人的性命威胁雷嘉就范替它进行修补。然而雷嘉好像并不甘心就这么乖乖地听对方的话，而是耍了点花招，运用了星流石碎片的什么什么特性，似乎是可以让傀儡失去行动能力，任人宰割。

雷嘉在做出这个举动之后的说话显得很得意，说明他至少短暂成功了。不过紧跟着出现的声音更加出人意料，那个先前说话口齿不清的傀儡，不但突然恢复了行动，连说话都变得流畅清晰，腔调大变，就好像是换了一个人。而他和雷嘉之后的对话说明，真的是之前隐藏在傀儡身上的另外一个意识觉醒了。

这之后所记录的声音很凌乱，几乎只有片段的词句，但从这些断断续续的对话当中，能判断出这个突然醒来的新的意识似乎已经沉睡了许久，是雷嘉刚才利用星流石碎片做出的某些举动让它复活了，并且展现出了一种和先前的傀儡截然不同的残忍恶毒的天性。

最让人费解的，是金手雷嘉反反复复提到的一个词："铁盒。"听上去应该是复活的新傀儡拿出了一个铁盒让雷嘉看，雷嘉看过之后，就陷入了近乎崩溃的状态，可想而知这个铁盒的出现带给他的巨大冲击。

翻完了这个卷宗之后，云湛已经可以大致猜想当时的情形了。根据草原上的行商们的目击描述，风靖源在杀死化名为樊老四的辰月偬师的时候，也受了不轻的伤，被改行当了秘术师的樊老四用秘术击穿了腹部。照此判断，那个跑到泉明港找金手雷嘉治疗的受损的傀儡，应当就是风靖源，他的口齿不清、说话吞吞吐吐，也证明了这一点。而风靖源的惊人力量他也见识过，一个黑市里的女打手，是无论如何扛不住的。

至于雷嘉所采取的让傀儡失去行动能力的手段，他也可以猜得到。英途向他讲述过傀儡的力量来源，高级傀儡的行动力都是由星流石碎片提供的，如果雷嘉能够利用修理的便利想到什么办法克制这种星辰力，就有可能让风靖源无法行动。

但接下来的那段记录就非常奇怪了，明明已经被克制的风靖源不仅仅是恢复了行动，从思想意识的角度更是完全换了一个人，就像是活人患上离魂症一样。按道理来说，风靖源的身体是由偃师制作出来的纯机械，头颅是他自己的活人头颅，怎么会又突然牵扯到另一个灵魂，并且按照那个灵魂复苏之后的说法，它已经被禁锢了许久，达到了数百年之久。这已经远远超出了风靖源的寿命了，总不能是风家的祖宗灵魂附体吧？可是灵魂这种东西，原本从未得到过证实，与之有关的各种记载，基本都是骗子在蛊惑人心借机敛财。

另一件怪事就是金手雷嘉反反复复提到的铁盒，好像那个铁盒带给他的冲击极大。那是什么样的铁盒？和什么事件有关？为什么雷嘉会害怕成那样？

云湛一面思索着，一面打开第二份卷宗。这是另一起古怪的案子，发生在民风粗犷的越州矿区。那里曾经盛产乌金矿，不过随着人们的过度开采，矿山早已被挖空，留下一群无处可去勉强度日的人。

大约半年前的某一天，镇子上一个游手好闲的年轻人莫名被杀，家里被翻得乱七八糟。家里人经过仔细清点，发现别的财物都没有丢——原本也没有什么财物可丢——只是少了一个铁盒。然而治安官问起这个铁盒的详细情形，他的家人却又语焉不详，除了能说出这个盒子工艺粗糙到近乎丑陋，里面可能掺杂了一定量的乌金杂质之外，其他一概不知。治安官反复追问，甚至用上了威胁，他们才不得不吞吞吐吐地说出实情：原来那个铁盒子原本也不是死者所有，而是他从镇上的另一位死者手里偷来的。

不过死者家人赌咒发誓说，那另一位死者绝不是被杀的，而是年纪老了自然死亡。那是一个神神秘秘的古怪老头，搬到镇上已经有十七年了。人们向治安官提供了很多和这个老头有关的细节：他很有钱；他很有钱却偏偏要搬到这个鸟不拉屎的穷地方，一住就是十七年；他带了好几个跟班，但日常所需的饮食却只有一个人的分量；他经常到矿区里寻找些什么，自己还在家不断地冶炼些什么；他临死之前，身边唯一的东西就是那个铁盒，似乎对之非常看重；他死了之后，他的那几个年轻的跟班也就消失了，虽然人们从来不敢靠近观看，但好像在将近二十年的时间里，那些跟班并没有显老……

于是治安官又去搜查了那个姓曹的老头留下的房子，基本如同镇民们所说，简直像个小小的冶炼厂。在镇上查了一通，并没有找出任何有嫌疑的可疑人物，治安官认为那可能是某一个路过的劫匪随手干的。

"这种事情就没法查了，我一个月连两个金铢都拿不到，总不能要我到外地去帮你们找吧？"治安官十分理直气壮，"要不然你们就去找辖区长官。"

这第二个卷宗简直比第一份还有意思，云湛想，把那些细节综合起来看，曹老头毫无疑问就是一个身边带着傀俑的偓师。再结合人们只能通过不吃饭这个特性来猜测出傀俑们的非人，可想而知这些傀俑的精致程度非同凡响，已经到了肉眼难以分辨的地步。这个拥有如此高技艺的偓师，有没有可能就是在当世的偓师中排名第二的姬映莲呢？以姬映莲的身份，竟然会在那样一个近乎蛮荒的镇子里隐居了十七年之久，直到寿命走到尽头，他到底想要做什么？

而且在这个案件里，也同时出现了一个粗糙丑陋的铁盒，会不会和泉明港黑市里出现的那个是同一个？它是怎么落入风靖源的手里的？这又到底是怎么样的一个铁盒，能够让姬映莲到临死的时候都还念念不忘，也能让金手雷嘉受惊吓到近乎崩溃？

另一个引起了云湛极大兴趣的元素，是十七年这个时间，一看到这个数字他就想起来，印皓和仇芝凝的诡异死亡也是在十七年前，这仅仅是一种巧合吗，还是说印皓的死亡和姬映莲的隐居之间有着某种相关的联系？

事情越来越复杂了，云湛想，不过复杂一点儿反而好，能够从中抽取的要点才会越多，怕的不是一个缠绕在一起乱七八糟的线团，而是压根找不到线在哪儿。

陆

阴谋与陷阱

1

南淮城真是一个纸醉金迷的好地方，羽原想，如果我不是一个羽人，或者说，如果我不是一个忠实于家族的听话的羽人，我真是想从此离开宁州，就在南淮定居。

此刻她正坐在南淮城最出名的赌坊之一、位于城北的宛锦赌坊门口不远处，等待着目标的出现。宛锦赌坊有个看场子的总管叫钟裕，其实就是个打手头子，尽职尽责且目光相当锐利，如果是一般的人想要去赌坊找茬儿，多半会被他看出来。但是羽原自信自己不会，她有着非常独特的伪装，即便是钟裕也应当看不出来。

算算时间，按照目标一般的习惯，凌晨左右进入赌坊，正午时分通常会停止一个对时左右的赌博，去找个地方好好地吃喝一顿，可能还会找青楼女子消遣一番，这会儿应该是他快出来的时候了。她全神贯注地盯着宛锦赌坊的大门，唯恐稍一眨眼的工夫就会让目标从眼前溜过去。

然而，似乎是天神刻意要和她为难，偏偏在这个关键时刻就有人来打扰了。一个人影走到她身边，亲切地问："姑娘，你这花多少钱一朵啊？"

　　羽原很不耐烦，但又不能把这种不耐烦展现出来，以免自己的伪装露馅。她只能一只眼睛盯着赌坊，心不在焉地用另一只眼睛瞥了一下来买花的人："一个铜锱三朵，四个铜锱一大把。冬天花少，就是这个价……啊？怎么是你？"

　　那一刻羽原实在是觉得自己活见鬼了。站在身前的是一个银色头发的羽人，正在满脸堆笑地看着自己，但那笑容于羽原而言不啻驰狼的咆哮——那是云湛！她曾经在宁州的宁南城见过一面的云湛，那个巧妙识破了她的刺杀计划、破坏了她的任务的云湛。

　　羽原长叹一声，眼见云湛站在自己跟前，根本都懒得再盯着赌坊了。她收拾着摆在面前的鲜花，慢慢站了起来："我上辈子一定欠了你很多很多钱，不管我要杀谁，你都一定会来捣乱。"

　　"这次你倒是会错意了。"云湛说，"我和云咲虽然都姓云，和他可是没有任何交情，你们羽家为了生意上的纠纷要杀他，我也不会有半点儿意见。我来找你，是为了别的事，你能猜到是什么吗？"

　　羽原看了一眼云湛身上的箭袋，低下头去："那支箭……被别人用了？这我无话可说，你就算是现在当街把我撕成两片，我也没有怨言。"

　　"我倒的确想把你撕成两片，但不是现在，我们得换个地方慢慢说。"云湛说，"不然的话，南淮城的人以为我在大街上欺负卖花的女童，以后我就别想接到生意了。"

　　羽原看了一眼自己的脚尖，自嘲地笑了笑："没错，我们侏儒虽然有很多地方不方便，很多地方会受人嘲笑，但是真是天生培训来当杀手的料。除了你，南淮城也不会有别人能看出来我其实是个矮个子的大人。"

　　云湛之前看过了卷宗，在佟童的家里好好睡了一觉，清晨离开佟童家，打算先去越州的那个东鞍镇调查一下铁盒子的事情。反正此刻天驱们都打算找他麻烦，他也必须得暂时离开南淮躲一躲。

　　走在街上时，他一面警惕着提防有天驱跟踪，一面也在留意几个常见的天驱留记号的地点，看是否会有天驱之间相互交流的暗号。尽管考虑到云湛自己也是天驱，天驱们如果要交流抓他的信息，应该不至于笨到用他懂得的方式，但不看一眼还是会觉得心里不太踏实。

结果这一看，没有看到和他自己有关的消息，倒是看到了另外一条警告讯息：最近在南淮城附近发现了疑似天罗的行踪，怀疑可能有天罗潜入南淮城实施暗杀，具体刺杀目标不详，具体刺杀地点不详。这原本是和云湛没什么关系的新闻，但考虑到最近的九州局势，他有些担心这一次的刺杀或许会和石秋瞳有关——毕竟如果闹到要动用昂贵的天罗杀手的刺杀对象，绝对不会是等闲人物。假如不弄清楚，这会比自己被冤枉为天驱叛徒还要让他心里不踏实。

所以他又留了下来，一面躲避着天驱的寻找，一面根据各种蛛丝马迹查找潜入南淮的天罗的踪迹。当他最终把刺杀地点锁定在宛锦赌坊附近，并且据此在赌坊外观察辨识天罗刺客的时候，一个让他感到很意外的身影出现了，那就是曾经试图在宁南城刺杀石秋瞳并最终被他阻止的羽氏家族的女刺客羽原。

羽原是一个侏儒，但并非那种先天手短脚短的畸形体态，而是正常生长到一定年岁后突然停止，身材只有正常人类的八九岁孩童般大小，配合着天罗所精擅的化妆术，完全可以装扮成一个普通的小女孩，用这种天真无邪人畜无害的伪装来麻痹敌人。云湛在宁南城的时候，就是从羽原的侏儒身材猜到了她的伏击地点——一个用于迎接石秋瞳到来的小得不能再小的花篮，并且制住了羽原，没有让石秋瞳受到袭击。

当然，见到羽原之后，云湛反而放心了。天驱们的情报有误，他们尽管发现了疑似"天罗的踪迹"，但来的并不是正牌的天罗组织里的职业杀手，而是曾经付重金交给天罗培训，其后又回到家族效力的天罗受训者。羽原是宁州大家族羽氏的成员，不会受别人雇佣，只受自己家族的差遣，而羽氏要刺杀谁只会是为了他们的利益。上次在宁南刺杀石秋瞳，是为了嫁祸给雁都风氏；现在在千里之外的南淮却没有任何理由这么做。更何况，羽原盯着的是赌坊，那是一个石秋瞳绝对不会去的地方。

于是云湛决定不去打扰羽原的生意。但转身没有走出几步，他又停了下来，因为羽原的身影忽然间让他想到了一些令他隐隐不安的事情。和石秋瞳无关，而是一些和他自身有关的事儿。云湛努力回想着之前在宁南城和羽原那一次短暂的会面，把每一句对话都翻出来细细嚼一遍，终于想明白了这种不安到底来自何方。

弓箭！云灭专门为他打造的特制的弓箭！他猛然想起来了，在阻止了羽原对石秋瞳的刺杀之后，羽原曾经在他临走前向他讨要过一支箭，说是拿着这支箭就可以向族长交差，因为被云湛破坏了计划原本是无可奈何的事情。这句话无疑是一种高级马屁，拍得云湛很受用，而他在女性面前又一贯比较有风度，所以并没有多想，把自己握在手里制伏羽原的那支箭给了她。这件事他转头就忘，并没有太在意，但此时此刻他才恍然大悟那支箭的去向。

"所以，你还是老实跟我说吧，那支箭最后为什么会落入杀害任非闻并且陷害我的人手里？"云湛说，"很抱歉今天我的心情比我们俩上次见面的时候差得多，所以无论用什么手段我也一定会让你说实话。"

羽原咬着嘴唇，显得很为难。在两人的身边，茶客们正在喝茶聊天听书，整个茶铺里一片喧嚷，这正是上次云湛和石秋瞳一起听书的那间茶馆。选择这样的地方谈话表面看起来对云湛不利，因为以羽原那副女童的扮相，倘若真的要闹将起来，云湛根本无力留住她。但他也很明白羽原这种人的个性，嘴里说着要用强，实则还是在用这样的环境来向羽原表达：我不想逼迫你，希望你能真心说实话。

另一方面，在这样人特别多的地方，假如有人想要暗杀羽原灭口，也不太容易得逞，这样做也是为了让羽原更安心。

"真的很抱歉，其实我不是故意要那么做的。"羽原说，"我有把柄落在别人的手里，不得已如此。如果那个把柄被人抖搂出来，我……我就再也无法留在羽家了，那样的话我宁可被你杀死。"

云湛没有立即回答，看表情好像是在专注地听书。羽原不知道对方的用意，也跟着听了一会儿。今天说书先生讲的是《常淮公主护国记》，那是讲大约两年前叛军围困南淮城的故事。说书先生口沫横飞，讲述着英勇无畏的公主石秋瞳如何率领南淮守军奋勇抵抗、死守城池，如何巧妙地利用驯兽师对香猪进行"策反"，最终击败了不可一世的香猪骑兵，保护了南淮百姓。

原来石秋瞳那个女人那么厉害啊，羽原想，也难怪不得云湛会喜欢她。

"这个故事是编的。"云湛仿佛看出了羽原的心思，"当然并不完全是编的，打败叛军总归是事实，但是过程当中的很多细节都是出自民间的想象，以及那种天然的对王室贵族的美化。石秋瞳并没有那么强悍到无所不能。"

"我懂了，那一次的叛军围城，其实很多事情是你帮她做的，对么？"羽原问。

"没错，不过这并不是我要说的重点。"云湛说，"石秋瞳其实有很多地方不及我，当然也有更多的地方比我强，但其中有一点，是我一直佩服她的，也是我远远不如她的地方。"

"远远不如她？那会是什么？"羽原禁不住好奇了。

"我有时候会软弱，而她不会。"云湛说，"你以为她喜欢当公主、当大将军，喜欢成天穿着华服摆着架子跑到宁州瀚州那些鬼地方等着让你刺杀么？她并不喜欢。但她并没有一甩手走开，而是把这一切都扛了下来，就算把牙齿都咬碎了，也从来没有退缩。"

羽原明白云湛说的是什么，却不明白这番话和两人之间的正题有什么关系，但她还是耐心听着，没有打断云湛的话。云湛继续说："而我和她不一样，很多时候我会觉得这件事不合我心意，不想做；那件事不合我的原则，我想退出。比如你知道我是个天驱，但你可能不知道，天驱挺惹我厌烦的，我每天都在想着要退出天驱，做一个自由自在无拘无束的穷游侠。"

"这倒是可以理解，你看上去就不像一个会被组织约束住的人。"羽原说。

"但是我最后还是忍住了。"云湛说，"因为我总是会想到她。九州和平了太多年头了，就像沉睡太久的火山，总有爆发的一天。前两年的叛乱没有闹起来，那种积蓄的力量难以得到充分的释放，未来必然会有更大的一仗，也许是把整个九州都卷入其中的一仗。到那个时候，九州需要天驱，而她……需要我在天驱里。"

他扭过头，用箭一样锐利的目光看着羽原："所以我不能被天驱定为叛徒，不能在现在这个时刻被逐出天驱。我一定要找到这个陷害我的人，不只是解决他杀死任非闻陷害我这一件事，还要把整个事件都弄清楚。我是一个不喜欢对女人动手，也不喜欢对被我制伏的人动手的人，但为了这个目的，纵使有一些手段我并不喜欢，我也一定会做，甚至于可以做得像我的叔叔云灭那样冷酷残忍。"

羽原面色苍白，一时间说不出话来。云湛接着说："所以现在对你而言有三个选择：第一个，死扛着不说，那么我无论采取任何手段也要让你开口；第二个，死扛着不说，直到死在我手里；第三个，把这个人说出来，也许以后他会找你麻烦，但至少现在你活着。而且，很有可能在他找到你之前，我已经干掉他了，你好歹还有些机会——比现在就毙命的机会更好些。"

这最后一句话无疑是一种正向的暗示。羽原看了看云湛近乎铁青色的面容，咬了咬牙："好吧，我说。只希望你能尽早找到那个人，不然的话，即便他不杀我，一旦我的秘密被他揭出来，我也只能自己了断自己了。我不能接受被逐出羽家，绝对不能。

"因为我原本不姓羽，也不是羽家的人。我只是个冒牌货。

"我从小就被丢弃在了宛州东北部黯岚山脉的一个善堂里，那时候甚至都还不到我停止生长的岁数，所以我也不清楚自己为什么会被丢弃。"羽原说，"没有亲眼看见过善堂的人可能想象不到这种地方有多黑暗，被收容在里面的孩子都像牲口一样被喂养，吃不饱穿不暖，最后谁能勉强活到可以自己干活养活自己的年纪，完全看运气，假如死在里面，那也就是无声无息地拖出去烧掉埋掉了事。但这样的善堂也就是条件恶劣罢了，毕竟经费有限，还有一种善堂……"

"还有一种善堂条件要恶劣百倍。"云湛接着她的话说下去，"那种善堂的目的是为了用极度严酷的生存环境来优胜劣汰，死再多人他们也不在乎，最终的目的是挑拣出足够强壮、足够聪明、足够坚韧、足够凶狠的孩子，训练他们去做杀手。我虽然没有亲眼见过，但是曾经经手过一个案子与之有关，所以略知一二。"

"倒也好，正好省得我多费唇舌解释了。"羽原说，"没错，我就是被这么一个善堂收容了。我是个羽人，又是女孩，身体本来就比一般宛州善堂里的人族小孩更瘦弱，所以从小就一直被欺负，挨打、被抢走食物什么的一直是家常便饭。但是很奇怪，我一直执着地想要活下去，无论怎么样都坚持着挺住，好几次差点儿死去，居然都活过来了。

"后来我就认识了一个自称名叫黄娟的人族女孩——不过那应该是她随手编造的名字。她和我一样很瘦弱，但是头脑胜过我百倍，运用了种种在我看来只有成年人才懂得的计谋权术，竟然也活了下来，而且对我还挺照料。她说，我这样执着求生的人，值得活下去，还说以后会带我一起出去。我也没太把她的话当真，但我确实自己也在努力寻找着机会。这样的机会终于被我等到了。有一年夏天，宛州东北部连续遭遇暴雨，善堂背后的那座山爆发了泥石流，善堂被冲垮了一大半，有很多孩子以及管理善堂的大人都被埋在了泥石流下面。而我碰巧因为晚餐的食物被人抢走了，半夜饿得睡不着觉，最早听到声音，最早逃命，反而活了下来。"

"但是你听到声音之后，也是自己离开的，并没有叫醒其他人吧？"云湛问。

羽原耸耸肩："那还有什么可说的？他们都死光了我反而更高兴。不过我还是叫醒了一个人，就是一直关照我的那个女孩黄娟。我们俩一起逃了出去。走在路上我们才知道，不只是善堂那里发生了泥石流，整片黯岚山区域都遭受了严重的灾害，无数人流离失所，还有一些小山村一夜之间被抹平。而就是在离开山区的半道上，我们遇到了一件改变我毕生命运的事情。"

"是和你冒充羽家的人有关，对么？"

"还能是什么？我们意外地在一处险峻的山路上撞见了一家三口，都是羽人，两个大人已经被山上的落石砸死了，一个羽族小女孩被砸破了头，并没有死去，但也奄奄一息。黄娟很熟练地在死者身上找到了一些财物，但很少，说明这一家人也是穷人，但同时还找到了一封信。那是写给宁州厌火城的羽氏家族族长的一封举荐信，写信人的名字我忘了，应该是在羽家能说得上话的长辈，说是他游历到宛州，遇上了贫苦无依的羽家三口人，攀谈后才知道原来这家人还算是厌火羽氏的旁支。所以他写了这封推荐信，想让一家三口去厌火投奔羽家，哪怕是在家里做仆人，活得也比在宛州好。"

云湛点点头："那我就明白了。你带走了那封信，冒充了那个真正的名叫羽原的女孩。她后来怎么了，是你们把她留在那里等死的，还是直接杀了她？"

羽原犹豫了一下，回答说："黄娟……把这一家三口都推下了山崖。她对我说，即便只有万分之一的可能性，也不能留下漏洞。也是她极力撺掇我让我拿着那封信冒充羽原去宁州，我害怕我孤身一人上路会死在半路上，她对我说，如果我想要日后活得好一些，甚至成为人上人，成为羽氏这样的贵族大家族的一员，这也许是唯一的机会；况且，只要我能孤身一人从宛州活着走到厌火，羽家的人一定会重视我。所以我听了她的话，一路上乞讨偷窃，颠沛流离，最终还是活着到了厌火，被羽家收留。果然如黄娟所说，我凭借着在善堂锻炼出来的求生能力，来到羽家之后，马上就得到了他们的重视。在发现我的身体因为不知道哪方面的原因再也无法长大之后，更是如获至宝，当即把我送到了天罗去受训。我并不是真正意义上的天罗组织里的一员，但是经受的严格训练一点儿也不比其他天罗少，这些年来为羽家立了很多功，即便其他的羽氏子弟看不起我，在表面上也绝对不敢表露出哪怕一丁点儿……因为他们怕自己有一天早上醒来之后，发现自己的脖子还在枕头上，脑袋却已经滚落到地上了。

"我唯一没有想到的，就是童年时候分别的黄娟竟然会回来找我。她利用当年的事情威胁我，要我替她做过一些事情。那一次拿到了你的箭之后，也是她从我的手里要走的。我没有办法，我不能离开羽家，我已经习惯了这样完成任务就能得到足够回报的生活，不用多动脑子也不用担心什么。如果要我再去当一个孤魂野鬼，我也许会疯掉。"

"那这个黄娟留下了她的联络方式吗？"云湛问。

　　"很抱歉，我没有任何联络她的方法。"羽原说，"从来都只有她单方面来找我，如果是杀人之类的任务，做完之后我不必汇报，她自己有方法验收；如果是要我替她取什么东西，就会事先约定一个地点，我把东西藏在那个地点，她事后会悄悄地拿走。相貌我倒是可以告诉你，但没有什么意义，她比天罗还擅长伪装自己，几乎每一次和我碰面都是一张不同的面孔，连我都不知道她现在真实的脸到底是什么样的。"

　　这是一个云湛预想中的回答，从先前羽原向他描述黄娟童年时的种种举动，他就知道这一定是个非常难对付的人物，不会轻易留下自己的痕迹。但不管怎么样，知道了有这样一个厉害的敌人在和自己作对，他反而有一些隐隐的兴奋。

　　茶馆里的说书先生已经讲到了故事的高潮部分，那个人们臆想中的并不真实的石秋瞳公主，正在率领着衍国大军发起最后的强大反攻，铁蹄踏过之处，叛军人仰马翻血流成河。如果人生也能像说书人的故事那么完美就好了，云湛莫名其妙地想到。

2

　　从羽原那里并没能打听到黄娟的身份信息，云湛也没有继续在南淮城停留，一路向东打算按原计划去往越州。不过每到一处哪怕是小市镇，他也会找茶馆客栈之类消息流通的地方，打探一下九州各地的逸闻趣事，最主要的是想听到还有没有辰月教徒被杀的消息。按照先前的走势，如果风靖源修补好了自己傀儡身体上的创伤，多半还会继续去寻找残余的辰月偃师——尽管数量可能已经不多了，然而在泉明港的那次意外中，似乎傀儡的体内有另外一个新的意识被唤醒了，那这具云湛也不知道该怎么称呼的傀儡的下一步动向就很难预测了。

　　来到宛州东部靠近云中城的小城嵇阳时，客栈的小二不知道往马饲料里添加了什么错误的原料，他的坐骑腹泻了一场，不得不在嵇阳多待两天好让马恢复。嵇阳是一座新兴的小城，和云湛此行的目的地东鞍镇有异曲同工之妙，也是依靠着矿业兴盛起来的，并不是天驱传统的据点。云湛原本也并没有指望能在这里获取什么讯息。

　　但是就在抵达嵇阳的第二天傍晚，他正坐在城里的一家小面馆吃面，并且腹诽着这里的卤肉面远远不如南淮城的时候，他注意到面馆门口走进来两个人，这两个人赫然都是常年活动在宛州的天驱，尽管和他并不熟，他也赶忙用帽兜挡住自己的发色，低下头去，唯恐被认出来又得惹出一场麻烦。

　　无巧不巧，那两个人所选择的座位离他还比较近，只是这两人似乎心事重重，一直在不停地交谈着些什么，并没有留意到云湛。云湛索性一边假装吃面，一边偷听两人的对话。这两人倒是很警惕，即便是压低了声音谈话，也并没有在公众场合说出什么关键字，云湛只能听出他们是有要事要取道嵇阳去往中州，和其他的几位天驱同伴会合，调查某一件要事。

　　云湛并不清楚这一件要事会不会和他有关。等那两人吃完面离开后，他悄悄跟踪在后面，找到了两人投宿的客栈，这次终于偷听到了正题，但这件事却让他感到十分意外。

　　原来他是多心了，这两位天驱来到此处以及去往中州，和他半点关系都没有。他们只是为了参与调查一起事件，非常怪异的事件，此事和天驱并没有直接关系，但所谓牵一发而动全身，天驱高层也下令进行调查。

　　听完了两位天驱的对话之后，云湛立即意识到了一些什么。他改变了自己的计划，不再继续向东翻山越岭进入越州，而是远远地跟着这两名天驱，改道向北，进入了中州地界，并且最终来到此行的目的地：华族的万年帝都，天启城。

　　这一天夜里，在天启城丝绸商人何利生的家里，在厨房附近的某个角落，一个身材略显矮圆，但肌肉颇为健硕的武士，正在被管家不客气地呵斥。

"你们这些乡下人，真是半点儿规矩也不懂！"管家声色俱厉，"老爷好心好意让你们这些穷亲戚来这里白吃白喝打秋风，那是他老人家的善心，但你们不能得寸进尺把何府当成你们乡下的祠堂到处乱闯！"

"我们乡下的祠堂也是不能随便乱闯的，会被族长责骂。"武士被骂也半点儿不生气，脸上挂着和善谦卑的笑容，看起来憨态可掬，就是似乎脑子也像脸一样憨，完全抓不住管家所说的重点，"再说祠堂里没什么好吃的，平时就只有一些供果，根本吃不饱……"

"所以厨房里有肉你就天天跑来偷对吗？"管家非常恼火，"老爷又不是没有给你们安排一日三餐，怎么还一个个和饿殍一样！何家是天启有名望的大户人家，大户人家就得有规矩，哪怕你们只是来打秋风，过几天就滚蛋，在这儿的时候也得守规矩。"

"我走不了那么早，您放心。"武士依然一脸憨态可掬，"六叔公跟我说了，我在这儿想住多久就住多久，我也不想那么早走，这里厨房的肉包子可好吃呢，比我妈蒸出来的好吃多了……"

总而言之，无论管家怎么生气，怒骂也好恐吓也好，这个看上去脑子有点儿问题的武士总是笑靥以对，绝不还嘴，但说出来的每一句话，似乎都能把管家给噎死。管家七窍生烟，嘴里的絮叨却也不肯停下来。

突然之间，一道人影从天而降，出现在了管家的身后。这个人影用手掌在管家的脖子上飞快地一切，管家甚至于没有意识到身后多了一个人，就已经倒在地上昏迷过去。而这个人影紧跟着变掌为爪，直接抓向武士的咽喉，竟然一出手就是杀招，眼看是想直接把武士的喉咙捏碎。

武士就像是被吓傻了一样，站在原地一动也不动。当敌人的指尖距离他的咽喉只有半寸左右距离的时候，他的右手才迅若闪电地向上一抬，稳稳当当地抓住了对方的手腕。

"别闹了，云湛。"随着这一抓，他说话的语气也变得沉稳有力，双目中锋芒毕露，"每次见面都要玩这一手，你不嫌烦，我还嫌烦呢。"

云湛哈哈一乐："好久没见面了，还怪想你的呢，夯货。"

　　这个能在满脸憨厚愚蠢和突然间精明强干的两副面孔中自如切换的胖武士，是和云湛亦敌亦友的老相识，安学武。之前此人曾在南淮城当过多年的捕头，满嘴律法道德，却总是成事不足败事有余，显得脑子里缺了不止一根弦，云湛和他打过不少交道。

　　但就在云湛初识木叶萝漪的那一次案件中，安学武才露出了真面目，他竟然是天罗中的一名堂主，武艺高强心机深沉，那副扮猪吃老虎的德行竟然连云湛都被骗过了。两人有过你死我活的交手，也有过合作，彼此的关系和云湛与木叶萝漪之间的关系差不多。

　　"别看你这孙子平时尽惹人讨厌，倒是和什么人都能交上朋友。"两人一起喝酒的时候，安学武这样评价云湛。

　　这一次，云湛来到天启，就是为了找寻安学武而来。两人进入安学武的客房之后，云湛开门见山："咱们俩就少点寒暄吧，要紧事。我听说就在最近一个多月里，有好几个天罗被杀了，而且死状都很惨，是不是真的？"

　　安学武眉头一皱："这不关你的事吧？怎么，我们天罗内部的事务，你们天驱也要来插上一脚么？"

　　"抱歉，这事儿和'我们天驱'没太大关系，纯粹就是我，我，我。"云湛说，"是我自己要来插一脚的。所以这事儿也和天驱天罗之间的狗屁没有任何关系，是我，云湛，要找我的朋友安学武帮忙。"

　　这个说法显然让安学武感到颇为意外。他沉吟了一会儿，开口说道："云湛，即便不冲着你我之间的交情，就凭你之前帮过我的那些忙，天罗也算欠了你的情。但是这件事非同小可，你至少要给出足够让我信服的理由。"

　　"如果我没有猜错的话，杀害天罗的那个凶手，很有可能和之前连续杀害辰月的是同一个人，而那个人，是我的养父，确切说是用我养父的脑袋改造成的傀儡。而且整个事件或许还牵涉到我早就死去的亲生父母。"云湛说，"这个理由够不够？"

　　安学武眨巴了一下眼睛，又眨巴了一下眼睛，刚才精明锐利的眼神忽然间消失了，脸上又挂出了当年云湛在南淮城时常见到的那副装傻卖痴的表情。

"云湛，虽然你我算是朋友，但天罗的规条就是规条，谁也不能违反，就算是我也不行。无论身在哪个组织，都必须严守规条，就像做捕快要谨遵律法一样。"安学武的脸就像是被糨糊粘住了，严肃得惨不忍睹。

云湛一时间摸不着头脑："喂，夯货，你是肉包子偷吃多了，脑子被肉汁糊住了么？怎么突然说起这些屁话了？"

安学武依旧严肃地摇头："抱歉，我现在清醒得很。我是一个天罗，而且是天罗山堂的堂主，任何时候都不能把不应该告诉外人的东西泄露出去。"

"你真是吃包子吃傻啦？"云湛鼻子都气歪了。他还想要再说，安学武已经上前一步，亲热地挽住了他的胳膊："当然了，从另一方面来看，我们俩是老朋友，虽然我不能向你泄密，咱们俩好好叙叙旧，请你吃顿饭喝点酒是没问题的。你一向那么穷鬼，就算来到天启城也肯定是住的大车店，今晚就留在这儿，咱们联床夜话。"

"联你妈个鬼，夜话你妈个鬼……"云湛正打算破口大骂，忽然看到安学武伸手在他的床头捣鼓了一下，床后面的墙突然裂开，露出了一个洞。他一下子住了口，似乎有点明白安学武的用意了。

"你肯定累了，先好好休息休息，晚一点儿咱们就去喝酒。"安学武不由分说，拧着云湛的胳膊把他推进了那个洞，然后再一拍机关，墙面合上了。云湛并没有反抗。

他环顾了一下四周，发现这里是一间小小的密室，里面有干粮有饮水，墙上有细小的窥视孔，还有另外一个方向的通道，可能是通往何府之外。安学武这个家伙，哪怕是在自己的窝里，也随时做好狡兔三窟的危机准备，真是对不起那张蠢脸，云湛想。

密室里还有一个用于休息的蒲团，他坐在蒲团上耐心等待着。过了大概十分钟左右，安学武的房门被敲响了。

"进来。"安学武说。

门被推开了，云湛从窥视暗孔里看到，一个穿着一身绸衫的老人走了进来，这正是这座府邸的主人，天启城富商何利生。何利生不仅是生意做得大，在宛州、中州、宁州等地都有分号，和政界人物也一向来往密切，即便在天子脚下的天启城也算得上是有头有脸的人物。但此刻，在安学武面前，他却表现得格外谦卑，尽管就在不久之前，安学武对着管家称呼他为叔公。

"就在昨天下午，又有一名天罗被杀，南天罗飞云堂的秦正，从手法来看还是同一个人干的。"何利生垂首向安学武汇报说，"重手打断肋骨，内脏全面受损，直接的死因是一根断折的肋骨插进了心脏。当然，性质都一样。根据现场的痕迹，秦正使用了天罗刀丝进行还击，但好像并没有伤到敌人。"

"我明白了。继续把警告传出去，尽量让我们的人先隐匿行踪，近期的计划能向后推延的就推一下，命要紧。"安学武说，"我们的斥候有什么新的消息传回来吗，关于行凶者的？"

何利生摇摇头："还没有。这个人非常狡猾，每一次下手都选择落单的天罗，而且一击必中，现场几乎不会留下任何痕迹。不过我们经过多方得到的消息的比对，怀疑这个凶手和先前连续杀害辰月的凶手是同一人，至少也是一伙的。根据从瀚州得到的目击者的说法，那个人被他杀死的辰月称为'风靖源'，而且极有可能是一个傀儡。"

"从杀人手法来看的确差不多。"安学武说，"这种纯粹凭借着力量重伤人的手段，并不多见，用傀儡的独特力量倒是解释得通。但是这家伙之前照着辰月杀，为什么又会转而和天罗作对了？"

"我们现在还不能确定，但根据我们从泉明港的衙门那里弄出来的消息，此事可能和一个傀儡随身携带的古怪铁盒有关。"何利生说。

"你说什么？铁盒？"安学武的声音陡然提高了。尽管此刻他背对着云湛，云湛无法看清他的表情，但从他一下子绷紧了肩背可以猜出，安学武似乎一下子进入了某种紧张状态。

我来对了！云湛兴奋地握了握拳头，那个铁盒果然和天罗有关，而占据了傀儡身体的新的灵魂看来也和天罗脱不开干系。但是，能不能得到和这个铁盒有关的具体信息，就得看安学武的决定了。

安学武和何利生接下来所交流的，基本就是云湛先前从那两份卷宗上所获知内容。但他仍然凝神倾听，唯恐一走神就漏掉点什么关键信息。但让他失望的是，何利生除了一问一答地向安学武进行汇报之外，什么多余的话都没有说。云湛能看得出来，何利生自己也并不清楚那个铁盒的意义，但他的脸上甚至没有表现出一丝一毫的好奇心，安学武不说，他就绝对不问。

这些天罗，云湛郁闷地想，一个个严守上下规矩到这样的地步。

何利生汇报完了他应该讲的，对安学武说："没有别的事的话，我就先告退了，您好好休息。"说着，转过身准备拉开门走出去。安学武却在身后叫住了他。

"利生，你虽然年纪大了一些，指望你去动手执行任务是不行的，但你的头脑我一向很信任。"安学武说，"泉明港和东鞍镇的两起案子里所涉及的那个铁盒，和我们天罗有关，是一桩年代很久远的秘密，以你的级别，在紧急情况下是有权利听闻的。我想要你听听看，帮我参详一二。"

何利生重新走了回来："请讲。"

云湛的心里一阵温暖。这个夯货，他想着，终归还是一个够朋友的混蛋。他不便在明面上破坏规矩把天罗内部的秘密告诉自己，就走了这么一招有点儿自欺欺人的棋：将此事讲述给有资格听闻的天罗下属，然后让自己偷听。虽然还是有点弯弯绕，总算是安学武的一片苦心。

"如果不出意外的话，那个做工很粗糙的铁盒，应当就是辰月教一直保存了三百年之久的一样奇物，而这个铁盒的诞生，和我们天罗却也有着莫大的干系。"安学武说，"利生，我考考你，你一向博闻强识，如果要说起三百年前辰月教最著名的大事，你能想到些什么？"

何利生毫不犹豫地立即作答："当然是苍银之月的打造。那是改变了天驱辰月之争格局的大事。"

而云湛听到这句话之后，觉得心里紧了一下。又是苍银之月，他想着，这个阴魂不散的破玩意儿，真是祸害万年在。

苍银之月是三百年前出现的一把威力无穷的法器，一直掌握在历代辰月教主的手里，世代相传。这是一把魂印兵器，确切地说，邪灵兵器，由一位叫作炼火佐赤的河络族星焚术大师打造。

苍银之月的法器效果，简而言之就是可以吸走人的魂魄。当然了，这只是一种形象的说法，毕竟历史上从来没有任何人能够证明灵魂、魂魄、鬼魂之类是真正存在的，所以如果要准确定义的话，那就是：苍银之月能够消除人的精神的意识。当持有者激发出苍银之月的力量时，在一个方圆数丈的大范围内，所有活着的生物都会在一瞬间失去精神和意识，虽然有呼吸和心跳，还有血液的流动，却再也不能动，不能说话，不能思考，变成活死人。

而且，在相当长的时期里，苍银之月是不可抵挡的，再高明的秘术师也没有找到过阻挡它力量发挥的方法。那几乎是天驱历史上最黑暗的时期，辰月教主利用苍银之月前前后后杀害了至少数百位天驱高手，就凭借着这一根不可阻挡的法杖，打破了天驱和辰月长期以来的均势，把天驱几乎逼入了绝境。直到百年之后，天驱们分析了历次与苍银之月交手的情形，终于发现了这柄法杖的唯一一丝破绽：在每次发挥力量到下一次使用之间，有一个极短的间隔，就好像再高明的潜水者也需要换气一样。于是他们孤注一掷，策划了一次几乎是赌上了天驱命运的绝命行动，以四十多位精英的性命为代价，利用苍银之月被催动的短暂间隙，抓住了那稍纵即逝的一瞬间，封印了这把法杖。但天驱前前后后也遭受了伤筋动骨的极大损失，后世天驱人才不足，和苍银之月着实有着直接的关系。

在那之后，苍银之月又惹出了许多祸事，云湛的成长经历就与它有莫大的关系。当时的辰月教主苏玄月看中了云湛那万中无一的暗月之翼的体质，想要利用云湛承受苍银之月中被封印的精神力量，打造一个比苍银之月本身还恐怖的邪灵战士，但因为被云湛的叔叔云灭所阻止而失败，但那股精神力还是在云湛体内制造了不小的麻烦，曾经差点儿要了他的命。所以一听到这四个字，云湛就禁不住咬紧了牙根，想起了许多不愉快的往事。

不过现在不宜想太多，还得集中精神听天罗的秘密。云湛摇摇脑袋，把苏玄月和自己的身世抛诸脑后，继续听着安学武说话："没错，你的反应很快，就是苍银之月。"

"那个铁盒，难道和苍银之月有关？"既然是安学武主动谈及，何利生也不再像先前那么拘谨了。

"确切地说，和后来成型的那一把杀死了很多天驱的苍银之月无关，但和这把法杖最早的雏形有关。正是在打造过程中出现的一次意外，才形成了那个铁盒，也给辰月教和我们天罗留下了一个绵延三百年的秘密。"安学武说，"你听说过盲一空这个人么？"

何利生点点头："当然听说过，他是三百多年前最厉害的一位天罗杀手。"

"对，据说他是一个魅，凝聚成人形时出了点问题，导致天生就没有任何视力，虽然有着外表上看起来完整正常的眼珠子，却只能作为摆设。但也不知道天神到底是在惩罚他还是在奖励他，眼睛看不见，他的听力和触感却异常发达，身体四肢也有着远超常人的灵活性和柔韧性，再加上出众的头脑和亡命提升自己的刻苦，他成为在历史上也有数的顶级天罗，尽管眼睛看不见，杀起人来却比视力正常的人还要强得多。"安学武说的这一番话，无疑是在向云湛解释。"也因为他先天的缺陷，他索性直接给自己选择了'盲'字作为姓氏。"

看来他还是对此挺在意的，云湛分析着此人的性格，过分的自嘲，其实就代表着在意和放不下。

果然安学武紧跟着就说："或许是和他的视力残疾有关，他的性子一向比较偏激激烈，只是他的刺杀之术确实出神入化，一方面天罗的高层需要借助他的力量；一方面其他普通天罗知道自己不是他的对手，也不敢轻易去招惹他，导致他越发肆意妄为，甚至经常顶撞上司。"

"这个……恐怕有点不太符合天罗的行事原则。"何利生谨慎地评价说。

"求贤若渴嘛，倒是不难理解。"安学武说，"只是因为没有人能制住

他，盲一空后来越发嚣张，越发无所顾忌，这才惹出了那场大祸，也葬送了他
自己的性命。"

3

三百年前。

正是天驱和辰月之争进入到相互僵持、彼此痛苦消耗的艰难阶段。辰月教主虞
尘染已经在位十年，却始终无法打破这样的均势。在天驱的强势维持下，辰月的许
多计划难以实现，九州大地陷入了死水一潭的和平，这是辰月教义所难以容忍的。

虞尘染决定铤而走险，强练暗月系秘术中威力巨大但却极为艰深危险的一
招——暗之噬魂。这一种秘术一旦练成，就能让中招者如同明月被暗月遮挡一
样，失去全部的力量，甚至连精神和意识都会夺走，变成一个活死人。而且，
和一般的秘术不同，暗之噬魂释放时几乎无迹可寻，也如同暗月那样总是隐藏
于明月的背后难以察觉，会大大增加成功击杀的概率，尤其是针对武士而言。

然而，威力总是与风险对等，越厉害的秘术也越会让练习者付出越大的代
价，何况这个咒术来自于上古邪书《魅灵之书》，危险程度比其他秘术还要高
得多。虞尘染十年来为了辰月教的事务殚精竭虑，自身的秘术功底荒废了不
少，实力比他自己所想象的弱了一些，结果尽管强练成功了暗之噬魂，却一不
小心引发了暗月星辰力的反噬，没有任何办法可以施救，只能一天一天地衰弱
下去，只剩下不到四个月的寿命，他所练成的暗之噬魂也似乎将要成为镜花水
月，没有用途可言。一代辰月教主，成了《魅灵之书》的又一个牺牲品。

虞尘染并不在意自己的生命，只是懊恼与自己的力量即将消逝，无法再为
自己所信仰的神奉献。在这最后的宝贵光阴里，他召集了辰月教宗们共同商
议，终于想到了一个办法，或许可以变坏事为好事——在这样的考量里，虞尘

染的性命反而是微不足道的。

辰月教徒们以惊人的效率迅速找到了一直避世隐居、几乎无人能觅其行踪的邪灵兵器铸造大师——炼火佐赤。这个或许是河络历史上技艺最惊人的魂印兵器大师，因为过于离经叛道，总是喜欢使用活人来炼造邪灵兵器，而遭到了自己部族的放逐。他对此并无所谓，隐居在了越州大雷泽的苍银潭里，继续着他执着的研究。只是在离开了河络部落之后，他不再像过去那样能随时获取足够的优质原材料，这一点让他很是恼火。

而虞尘染的到来，几乎就是天赐的神迹。当这个状若骷髅、头顶盘旋着氤氲的黑气、所过之处草木都纷纷枯萎的中年人来到他面前时，佐赤禁不住连说了数声"良才美质"。

根本不需要任何谈判，佐赤几乎是毫不犹豫地同意了虞尘染的请求，准备把虞尘染身上被暗之噬魂激发和缠绕的全部力量移出，打造成一柄前所未有的魂印法杖。佐赤甚至完全没有提出对这柄法杖的所有权，对于这个痴迷于创造的河络来说，打造的过程本身，就是最好的享受。当然了，辰月也答应了付给他包括辰月法器在内的丰厚报酬，以方便他日后其他的打造。

佐赤没有耽搁一分钟，和虞尘染简短谈妥之后立即开始行动。他把虞尘染装进了形状有若棺材的特制的长匣子里，开始动手一点点把虞尘染的精神力量移出来，装入特制的法器里；另一方面，在辰月的协助下，他很快凑齐了这根法杖的物质部分所需要的材料，可以开始制作杖身。

一切看起来似乎很顺利，除了一点：为了赶在虞尘染的性命终结之前完成打造，辰月们的速度太快了，没有办法做到尽善尽美的保密，这个消息传到了天驱的耳朵里，并且引发了不小的争议。一小部分天驱认为此事非同小可，应当立即集合力量阻止；但大多数人认为无此必要，毕竟天驱辰月争斗了上千年，天驱们早就见惯了辰月拿出来的各种各样的新秘术和新法器，并不当一回事。在他们看来，即便这根苍银之月被打造出来，也无法掀起太大的风浪，反而是为此兴师动众会显得天驱内心怯懦。

　　因此最终的决议是不采取任何行动。这是宗主团共同做出的决定，不容违抗。但有一位比较有见识的天驱还是无法抑制内心的危机感，他坚持认为苍银之月可能会成为一个非常危险的、对天驱伤害极大的祸患，必须要想办法在它现世之前就将之彻底铲除，防患于未然。

　　因此，在无法得到天驱力量支持的情况下，他想办法凑出了一笔巨额的金钱，开始了一个疯狂的计划：重金聘请天罗杀手刺杀炼火佐赤。只需要杀死独一无二的天才炼火佐赤，这世上的其他人即便手中握有资源，也未必能打造出辰月想要的法器——至少不会有佐赤打造出来的那样有杀伤力。

　　他真的很快找到了天罗，提交了自己的请求并且按照天罗的规矩预付了数额可观的定金，然后等待对方的答复，那是因为天罗是一个严密的组织，没有任何杀手有权利私自接活，一切任务都必须由上层进行调配。

　　但结果出乎意料：他的刺杀委托被拒绝了，定金被退回来了。似乎是考虑到他的特殊身份，天罗竟然还破例加赠了定金总额百分之十的赔偿金，可以说是足够给他面子了。他也因此无法多说什么，但心里还是很快想明白了这是怎么回事。表面上看他只是要刺杀一个河络邪灵兵器铸造师，但实际上，这是一场天驱和辰月之间你死我活的战争。假如天罗真的替他刺杀了炼火佐赤，这件事的性质就变成了天罗站在天驱这边一起对付辰月，这并不合天罗在天驱和辰月之间保持中立的原则。

　　毕竟天罗生存的宗旨就是求财和求生，他们眼里没有什么信仰，有的只是利益。

　　这位天驱没有办法，带着天罗退回来的金钱郁郁而归。但刚刚离开他和天罗的联络地点不到两天的路程，有一个人追上了他。那就是那个时代的天罗中单论杀人实力可以排行第一的恐怖刺客：盲一空。

　　"这个委托，我接了，我去替你杀炼火佐赤。"盲一空开门见山，没有丝毫绕圈子。

　　"可是，你们天罗高层不是说……"

　　"他们管不了我。"盲一空满脸的桀骜不驯，假如他的双目能用的话，此刻一定能从眼睛里喷出火星来，"在一群辰月的包围中刺杀一个魂印兵器大师，太有趣了，哪怕不给钱我都想试试。"

"当然，钱还是一定要付的，半个铜锱都不能少。"他又补充说。

"成交。"天驱不再犹豫。他明白，这是把苍银之月扼杀在摇篮里的唯一机会了。

盲一空收下钱，出发去往大雷泽。此人的确是能力非凡，竟然真的在辰月的层层监视布防之下潜入到了苍银潭的核心地带。在那里，几位辰月教中秘术高深的长老共同用秘术构建了一个无形的防护罩，炼火佐赤和他的几位弟子就在这层防护罩里面进行作业。但盲一空并没有着急，他的刺杀技巧可绝不仅仅只是体现在动手杀人的那一下，每一次行动之前都会非常细致地做好各项准备工作。尽管眼睛无法看到，但是凭借着天生的敏锐感知能力，他在苍银潭潜伏了几天之后，已经找到了一个唯一的下手时机：每隔数日，炼火佐赤都会打开那个关着垂死的辰月教主虞尘染的特殊法器，从当中移取一部分精神力，那是因为蕴藏在虞尘染体内的精神力过于庞大，无法一次取净，必须分批，而最为关键的一点在于，每一次打开法器的那短短的一两分钟之内，辰月教徒们都会向后退出若干步，并且短暂地收起秘术，或许是为了避免和虞尘染的精神力起冲突，这就给了盲一空可乘之机。

这一天下午，大雷泽上空阴风怒号，暴雨伴随着雷电接踵而至，佐赤照例开始吸取虞尘染的精神力，盲一空知道，他所一直等待着的出手时机终于到来了。电闪雷鸣和暴雨倾盆一方面会降低辰月秘术师们的观察能力，一方面也会给他们带来一定程度的麻痹大意：大雷泽是一个十分险要的所在，到处都是杀人的无底泥沼，很难有人能在这样恶劣的天气条件下穿越泥沼深入到苍银潭。但他们不会料想到，天罗第一杀手早就埋伏在了他们身边。

当一道响彻天际的闪电像狼牙一样撕裂天空的时候，盲一空敏锐地抓住了人们的注意力被雷声分散的一瞬间，从自己所藏身的沼泽污泥里甩掉用于呼吸的芦管，先算准了所有辰月长老所站的方位，用烟幕弹袭击他们，让他们无暇分身；然后他十指同时操作着六根天罗刀丝，形成一片死亡之网，向着炼火佐赤的头顶笼罩而去。

这是一个近乎完美的算计，这一击的方位，已经连风向风速和雨滴的延阻都囊括在内，简直比一位算学家还要精确。辰月长老们纵然秘术高深，对天罗刺客智计百出的谋划以及一瞬间的爆发还是估计不足，面对着盲一空扔出来的烟幕弹，明显都缺乏准备，出现了短暂的手足无措。那可能只是一眨眼工夫的迟疑，却已经足够让盲一空获得从容的出手时间了。至于炼火佐赤和他的弟子们，所擅长的只是铸造，面对天罗刀丝更是不可能有丝毫躲闪反抗的能力。

盲一空几乎觉得自己已经听见了天罗刀丝切开佐赤的皮肤肌肉、切断他的骨头、把他整个人分成若干碎块的动听的声响，却万万没有料想到，他漏算了一样东西。在潜伏观察的这些日子里，他已经调用了他所有的感觉器官，算清楚了炼火佐赤身边的一切细节，却唯独有一样器官无法使用：他的眼睛。他能够听见佐赤的脚下有几只蚂蚁在爬动，却因为天生眼盲，看不见一个所有人都能看见的东西。

——那就是暗月星辰力所散发出来的淡淡的灰黑色雾气。当法器打开后，这股雾气无声地渗出来，把佐赤的身体包围在其中。

暗月，九州星空中的十二主星之一，却很难被人眼直接观察到。它总是默默地躲在明亮而光辉的明月背面，肉眼往往难以分辨出它那毫不起眼的灰黑色。但暗月的力量却不容小觑，当天空中的星辰在各自的运行轨道上相互干扰相互影响到一定的时间后，会出现暗月遮挡明月的时刻。这个时间并不规律甚至难以被星相学家们所计算，但一旦发生，在明月被暗月遮挡的时刻，明月投射到大地的力量会全部被遮蔽，在这一段时间里，整个羽族甚至都无法起飞，因为他们感知不到明月之力。

这就是暗月星辰力的精髓所在：毫不起眼，难以被感知，但却有着实实在在的威力。

正因为如此，这一股能被所有人看到的暗月雾气，既不能被盲一空看到，也不能被他感觉到。他做到了一个顶尖杀手所能做到的一切，却偏偏被天生的缺陷所妨害了。他一向自豪于自己的感官比有眼睛的正常人更加敏锐精确，但是此时此刻，在这个性命攸关的时刻，他栽在了自己的眼睛上。

六根天罗刀丝伸进了暗月的黑雾里，并且立即遭到了侵蚀。尽管从雾气的边缘到佐赤的头颅只有区区数尺的距离，但就是这数尺的距离，不到一次眨眼的短暂瞬间，已经足够暗月那促使衰老与消解的星辰力对天罗刀丝施加足够大的影响。只偏差了一丁点儿，六根天罗丝组成刀网切碎了佐赤的一名徒弟，却堪堪从佐赤的身边划过，切掉了他的一只耳朵，削掉了他肩头的一块皮肉，却并没有给予他足够影响到打造魂印兵器的重伤。

而反过来，辰月教徒们也猛醒过来，齐齐向着盲一空出手。盲一空没有别的办法，也无法判断刚才究竟是发生了什么让他拥有十成十把握的致命一击竟然会打偏了。在这间不容发的时刻，他也无暇再去思考先前的失误，第一天罗的桀骜与自尊让他不顾一切地发起了第二击。他整个人和身扑上，直接冲向了炼火佐赤的身畔。

当然，即便是这样的以命相搏，他仍旧保持着战术上的绝对冷静。腾空而起的一刹那，他把身上携带的另外几件天罗的暗器全都扔了出去，但目标却不是朝向佐赤，而是法器里的虞尘染的身体。他很清楚，虞尘染被秘术弄坏掉的身体是苍银之月的关键力量来源，辰月教徒们不可能不去救。

盲一空赌对了一半。对的这一半在于，辰月教徒果然如他所料，硬生生收回攻击，纷纷冒着受重伤的风险去重新施展秘术干扰那几件暗器，而忽略了对他本人的攻击，令他可以直接欺近到佐赤的身前。但是，他还是有另外一半没有算对：虞尘染还没有完全失去生命力。他虽然被佐赤装入了法器，不断被吸取力量，但那股强沛无比的暗月星辰力仍然远超常人，并且，反应速度也没有减慢。当发现盲一空攻向佐赤的时候，他虽然身躯并没有动弹，却已经用至少有七八成火候的暗之噬魂向盲一空发起了攻击。

几乎是在同一时刻，一名跟在佐赤附近的佐赤的弟子也发现了盲一空的行动。这个华族人类弟子在跟随佐赤之前曾经是个武士，身体比一般人强壮，所以被命令负责搬运打造法杖所用的金属材料。见到盲一空的身影飞了过来，他情急之下，把自己手里托着的一块已经经过数次打磨炼制的金属坯向着盲一空同时扔了过去，这块金属坯以普通的铸铁为主，看似黑漆漆的并不起眼，但经过佐赤的加工，已经具备了吸纳精神力的基础属性——这是打造魂印兵器的基础。

暗之噬魂、能吸纳精神力的金属块、盲一空搏命一击的身躯，这三者在那个命运注定的时刻碰撞在了一起，在暗月之力的笼罩之下，瞬间炸开一团罕见的黑色火焰。

"都躲开！"失去了一只耳朵的炼火佐赤用尽全部力气叫喊起来，"都躲开！这是要命的东西！"

辰月秘术师们一面自己躲避，一面用秘术把佐赤和他还活着的弟子们都转移到了安全的距离。那团黑色的火焰并没有扩大范围，却在如注的暴雨中越燃烧越旺，足足过了大半个对时才慢慢熄灭。一位辰月长老当先走上前去检视，发现地面上已经烧出了一个大坑，坑里残留着一样东西。

一个黑沉沉的难看至极的铁块。

"抱歉，是我们保护不周。"这位长老向佐赤致歉说，"让您受伤了，还损失了一名弟子和一块原料。我这就下命令，以最快速度重新筹备原料，不会耽搁进度的。"

"放心吧，都不是什么大事。"佐赤不愧是邪派铸造师里的宗师人物，即便丢了一只耳朵，脸上也没有丝毫痛楚遗憾，相反却展现出一种让人意外的喜色，"相反的，我可能得到了一件宝贝。"

"宝贝？"辰月长老不解。

"这块铁。"佐赤冲着坑底的铁块努了努嘴，"我能感觉里面勃勃跳动的灵魂。好东西。美质良才，良才美质。"

4

"佐赤说的话是什么意思？"听到这里，何利生忍不住问，"为什么是良才美质？勃勃跳动的灵魂又是什么意思？难道……难道……"

他的脸色一下子变得煞白。安学武缓缓地点点头："没错。盲一空的身躯消失了，在黑色火焰里化为了灰烬，但他的灵魂却并没有消失。我不知道该把它讲成灵魂这种未经证实的存在，还是说那就是盲一空所残存的精神与意识，也许用灵魂可以比较方便地加以描述，总而言之……盲一空的灵魂和那个铁块融为一体了。他永远地活在了那个铁块里。

"辰月们一面继续协助佐赤打造苍银之月，一面也开始研究那个铁块。他们的确从中间感受到了与众不同的精神力量，但也就仅此而已。他们无法和那股精神力进行任何交流，无法将之提取出来，无法将之运用于任何地方。那个铁块尽管诡异，但放在辰月的手里，似乎就只是一块普通的星流石碎片，甚至连星流石碎片都不如——后者至少还能在很多地方派上用场。所以，当用新的材料打造的苍银之月完工之后，辰月把那个铁块留给了炼火佐赤，算是送了个人情。

"这之后，在苍银潭发生了一些事情，外人就不清楚了，只知道似乎是佐赤和他的弟子们闹翻了，佐赤生死不明——有传闻说他被自己的徒弟杀死了，但没有谁见到过尸体——那个铁块落入了一名弟子手里。就在辰月使用苍银之月开始对天驱进行屠杀的时候，那名弟子带着铁块消失了，这一消失就长达十年之久。十年后，一位辰月偶师带着一个傀儡路过越州某地，却在无意间遇到了那位弟子。你猜，是在什么地方？"

"那一定是在那个依托矿区建立起来的东鞍镇了。"何利生说着，顿了顿，"不对，那是将近三百年前，没记错的话，那片乌金矿都还没开始开采呢，自然也不会有东鞍镇。但一定是那个地方。"

安学武点点头："不错，当时那里只是一个贫穷的小山村，并无任何值得一提的地方。那位偶师也只是借道那里而已。然而就在借宿于村民家里的当晚，发生了怪事，他所带在身边的傀儡，在半夜里忽然违背他的命令，自己行动起来，去到了那位村民的邻居家里，杀死了他的邻居，然后逃跑了。偶师费了好大的力气才追踪到傀儡并且制服了傀儡。他发现，傀儡的身上多了一样东西，那是一个简直像顽童随手敲打成的很难看的铁盒。你再来猜一猜，能猜到这当中发生了什么事么？"

何利生思索了一阵子："我想，那个被杀死的邻居，就是当年偷走了铁块的炼火佐赤的徒弟，而那个难看的铁盒，就是由铁块打造成的，里面依然保留着盲一空的灵魂。也就是说，那一群辰月研究了那么久，却没有想到，盲一空的灵魂能够影响到傀儡。"

"没错，这也是十年之后，人们终于发现了这个带有盲一空灵魂的铁块的用途。"安学武说，"尽管还不明白为什么会把它打造成铁盒的形状，或许是为了外观上不引人怀疑，也有可能是那个徒弟发现中空的形状最适合发挥出盲一空的力量，但可以肯定一点，盲一空能够通过铁盒去主动感知到傀儡的存在并且控制傀儡。那天晚上，正是偃师带着傀儡来到隔壁，被他发现了，于是控制住了傀儡的思维，杀死佐赤的徒弟并且试图借机逃亡。而且，那个傀儡原本只是个半成品，外观看上去不错，自己的智慧很低，必须跟随在那位偃师的身畔才能听从命令去做一些简单的事情，但在盲一空的操纵下，不但能杀人，还能动作迅捷地逃出数里地。"

"也就是说，那个被操控的傀儡不仅仅是简单接收盲一空的命令，还有可能吸收了他的一些智慧。"何利生说，"那样的话，辰月的偃师们可就如获至宝了。"

"没错，那个铁盒后来就成了辰月教的一件重要的宝物，在辰月偃师们那里一代代传下去。只可惜，在此后的两百多年里，这样的研究一直都陷入僵局，无论辰月们怎么努力，都没有办法主动干扰盲一空的灵魂，也没有办法主动借用盲一空的精神力去提升傀儡的智慧。相反的，倒是盲一空十分不安分，两百余年间屡次想办法挟持傀儡逃亡，加在一起死伤的偃师不下二十位。所以到了最后，大约是距今六七十年前的一位辰月教主下令，铁盒不能再留在偃师们的手中，今后必须交给秘术高深的秘术师保管，直到出现足够掌控铁盒的偃师为止。而我所知道的最后一位掌管铁盒的辰月秘术师，是二十年前的印皓。在印皓死后，再也没有人知道那个铁盒的下落，直到最近。因此，可以说，这个铁盒的诞生，其实是我们天罗的错。"

云湛躲在暗道里听到了此处，一面感叹着苍银之月所带来的这一连串的事件，一面也终于可以把先前发生的种种事件串联在一起了。他早就从英途那里听说了天驱和辰月的偃师是如何人才凋敝，此刻就可以推断出，那个铁盒自始至终都没能够交付到足够有实力的辰月偃师手里，因而一直在秘术师们手中交割，到十七年的那个时间点，放在了辰月教最强的秘术师印皓手中。而尽管过程还不清楚，但印皓死后，铁盒落入了那位极有可能就是姬映莲的真正强大的偃师手中，而该偃师带着铁盒又回到了最初辰月发现它的地方，隐居了十七年，直到耗尽心力老死为止。而在这位偃师去世后，铁盒先是被镇上偷鸡摸狗的年轻人据为己有，却又因此招来杀身之祸，最终铁盒被云湛的养父风靖源带走。

而在泉明港，昔日的辰月偃师金手雷嘉原本试图利用星辰力克制风靖源，却不料弄巧成拙，反而将原本一直只能屈身于铁盒中的盲一空的灵魂导入了傀儡的体内。如刚才安学武所说，灵魂之说或许缥缈，但如果将之理解为精神和记忆，就不足为奇了。现在，这个傀儡已经被盲一空的精神所支配了，这或许是一个比风靖源危险百倍的存在。

他正在思考着，墙外的何利生又发问道："如果按照这么推论，三百年前的盲一空借尸还魂，占据了傀儡的身体，他为什么要残杀天罗？当年他的遭遇根本就是咎由自取，无论如何也怪不到天罗的头上啊？"

安学武摇了摇头："不是你这样的思考方式。盲一空不是常人，非常人的思维本来就可能比普通人更偏激，更容易迁怒。假如我是盲一空，被囚禁在一个方寸之间的铁盒里三百年，我或许会以天下的所有生灵为敌。何况对于盲一空而言，假如当初天罗接下了天驱委托，派出若干高手共同去执行刺杀，纵然最终还是未必杀得了炼火佐赤，却也不太可能重演当时那万中无一的巧合，让盲一空变成那样。"

"那我们接下来应当怎么应对？"何利生又问。

安学武长叹一声："盲一空原本就是几百年来最杰出的天罗，现在拥有了

221

傀儡可怕的身躯和力量，拥有了眼睛，那岂止是如虎添翼。现在只能让天罗尽量先躲藏，而且一定要分散躲藏，以盲一空的实力，多几个人聚在一起也不过是让盲一空一口吃得更大而已。分散躲藏，至少让他耗费时间一一寻找，还可以拖延他的步调。好了，你先出去吧。"

何利生立即收口不再多问一句，麻利地离开，并且替安学武关好门。不久之后，房门外隐隐传来何利生和管家的对话："……几个肉包子而已，多大点儿事？我那个侄孙子从乡下来，乡下人胃口大，多吃点儿怎么了？这么点儿事都要纠缠不休，我看反倒是你丢了我们何家的脸面——我们连让乡下亲戚多吃几口饭都吃不起？你也不怕传出去让天启城的人看笑话……"

"好了，滚出来吧！"安学武这才低声喝道。

云湛从暗道里钻出来，叹了口气："唉，侄孙子，看起来，这下子大家的麻烦大了，比我的养父风靖源的麻烦大多了。"

"盲一空现在也不过是在照着天罗杀，你有什么麻烦？"安学武哼了一声。

"那只是暂时的。"云湛说，"盲一空毫无疑问是个疯子，但又是个有智谋有手段的可怕的疯子，我不相信他带着这样一副千载难逢的好躯体就只是为了杀几个天罗出气。老安，你们天罗的内部事务不会干涉，但我自己也会去寻找这个盲一空。无论如何，他还顶着我养父的脑袋呢，尽管我也不知道是应该希望我养父的灵魂永远消失好，还是应该希望可以赶走盲一空，让我和他说两句话。"

"如果你需要什么消息，可以随时再来找我。"安学武说，"这个铁盒是件大事，总算我运气不错。"

云湛不解："运气不错？这家伙在对着你们天罗下手，怎么还运气不错？"

安学武看着云湛："原本我是打算好了的，等你听完了这一切离开之后，我会切掉自己的一根手指，用来惩罚我让你听到了天罗的机密。"

"以前你们天罗分裂的大消息也是你告诉我的，也没见你这夯货割掉自己的鼻子啊！"云湛低吼一声。

"因为我当时告诉你机密是为了请求你帮助我们。"安学武说，"天罗是一个讲究利益至上的组织，只要我确定你能为我们提供必要的帮助，那就不算破坏规则。但是刚才不同，我并没有觉得那件事用得上你，原本只是打算卖你一个人情，然后再惩罚我自己。但是如果牵涉到铁盒，牵涉到盲一空，那就截然不同了。天罗里没有几个人能对付盲一空，我必须借助你的力量，让你了解其中的关键是合情合理的。"

云湛哭笑不得："你这厮长得那么猪头猪脑，讲起原则来简直比天驱还可恶。不过……"

他握住安学武的右手，正色说："你居然会打算为了帮我的忙而切掉自己一根手指，我很感谢你。"

"去你大爷的！恶心！"安学武毫不客气地甩开云湛的手，"折腾了那么久，老子饿了，走，陪我到厨房偷点儿吃的，我这儿还有一坛好酒。"

云湛眉开眼笑："偷东西吃这种事儿，那可算撞到我的弓弦上了。"

"顺便，因为你这今天太开门见山了，有件事我都忘了跟你说。"安学武说，"就我所知，血羽会在打算对付你。你是不是最近和他们有过交手？"

云湛点点头："没错，杀了他们几个人，那几个人用的还是从你们天罗这里买的武器。"

"要不要我帮你查一下出售的源头？"安学武问。

"不必了，那个要对付我的人心思很缜密，追查不出什么的。"云湛说，"放心吧，你都杀不死我，血羽会就更不行了。"

安学武撇撇嘴："那是老子手下留情！总之你自己小心吧。我听说，血羽会这次动了真格，派出了暗月分堂的第一高手。暗月堂是血羽会中专门负责刺杀暗杀的分支，尽管整体绝不可能和天罗相提并论，但其中部分顶尖高手的实力绝对不容小觑，甚至还收容了天罗的叛徒。这次的这个第一高手，一向行事神秘，我还没有得到和他有关的具体资料，甚至于连名字都还不清楚，但根据比较可靠的消息，前年你们天驱有一位名叫顾小丁的武士被杀，就是死于这个人之手。"

"那还真有点棘手。"云湛皱皱眉，"顾小丁的武术，并不比我差多少，当时他被杀，所有人都很震惊，而且杀他的人用的是硬碰硬的重手法，和最近的傀儡杀人有几分神似，只是力量还不及傀儡那么可怕。我会小心的。不过现在，咱们先偷肉包子去，老子是真馋了……"

云湛和安学武喝得烂醉如泥，第二天中午才离开。他回到大车店收拾好了自己那点寒酸的行李，继续去往越州。有天罗的情报网来寻找盲一空，比他自己单枪匹马地找要有希望得多，没有必要在此事上再浪费精力。反倒是另一个关键元素让他很在意：三百年前，炼火佐赤的徒弟偷走铁块后，去了越州山区那片乌金矿区；十七年前，疑似姬映莲的偶师得到由铁块打造而成的铁盒，也去了那片矿区。他感觉，那个让盲一空活在铁盒里的秘密，多半和该矿区有关。左右其他的线索一时间都无法跟进，不如去越州走一趟。好在东鞍镇正好位于越州北部，靠近越州和中州的交界地带，从天启过去并不算太远，何况还有从石秋瞳那里蹭到的快马。

十多天后的一个清晨，云湛来到了东鞍镇。据说越州山区一年三百六十多天里有三百五十天都会下雨，云湛并没能赶上那难得的晴天，踏进镇子的时候，身上虽然披着雨布，也已经湿了一大半，还有不少在湿滑的山道上因为坐骑滑倒而留下的泥泞。镇子比他想象中还要荒芜，几条过去为了运输矿物而专门铺设的大道都已经近乎荒废，小镇基本就剩下了一条街，青石板路大多残损，街两旁的店铺也都关得七七八八，有的店门口枯草都有半人高了——当然，这也和其中有不少店铺的主人死在了那位姓曹的远方怪客手下有关。

一路走到小街的尽头，运气不坏，镇上唯一的一家小客栈还开着。店主是个胖乎乎的年轻姑娘，这样的身材在这一带的山区里倒是并不多见。她一见到云湛浑身泥泞的狼狈模样就笑了起来："先去洗个热水澡换身干净衣服吧，房间不用挑，这儿的房间都一样，给你张床，给你个火盆冻不死，其他别多想。"

"有热水澡，有床，有火盆，就已经是天国了。"云湛说，"当然，要是能来点儿吃的，那就算是天国的天国。"

他洗干净身上的脏污，换上干衣服，烤了一阵子火，总算觉得自己又活过来了。胖姑娘手脚麻利地替他下了一碗素面，里面有几片菜叶，还卧了一个鸡蛋，滴了几滴香油。云湛大口大口吃完面，拍着肚子赞不绝口。

"行啦，别拍马屁啦。"名叫闻珍的老板娘快人快语，"我一眼就看得出来，你也是来打探曹老头的事儿的。我们这儿已经死了太多人了，你们这样的人我们一概不敢惹，你有什么想问的就问，我只要知道就告诉你。"

"真希望天底下的客栈老板都像你这么可爱。"云湛喃喃地说，"也没什么特别要打听的，就是麻烦你指一下路，我去曹老头的家里看看。"

"朝着路尽头一直向前走，有一条挺窄的山路，沿着路向下……"闻珍把路径告诉了云湛，说得很详细，甚至还借给了云湛一把伞骨厚重、能顶得住越州山间的山风的大伞。

"真是太谢谢你了。"云湛说，"我还以为发生了那么多事情之后，你们一定会对外来客很不客气呢。"

闻珍摇头："你们一个个出手就能杀人，我们敢不客气吗？不过说真的，我对你特别优待，也是因为你人不错，说话有礼，和昨天来的那个姑娘一样。我们越州的人，尤其是山民，虽然老被你们中州宛州有钱地方来的人叫作南蛮，但是我们也不是不讲道理的。"

"当然，从你身上就看得出来。"云湛说，"昨天还来了个姑娘？也是为了曹老头的事儿？"

"还能为了什么？我们这儿离了乌金矿就一无是处了。"闻珍耸耸肩。

"那个姑娘……是不是个羽人？"云湛又问。

"没错，长得还挺好看。看来你们是熟人。"闻珍随口说，"她在镇上认识人，没在我这客栈里住。"

"我们这些外来的坏蛋都是熟人。"云湛说，"再问你一下，最近有没有来过什么大块头的人？比如说，看上去就力气很大的那种？"

"来这儿的人，大多数都是看上去很凶力气很大。"闻珍说，"大块头的也不少。"

倒也是，云湛想，怎么能指望这么一个乡下地方的老板娘有辨识血羽会杀手的眼光？何况块头大其实也只是出于他的揣测，武术练到极致的人，即便拥有能杀死顾小丁的巨大力量，外表却也未必一定强壮，说不定反而只是个干瘦的小老头。总而言之，对于这个传说中的血羽会第一刺客，只能自己多加小心了。

他打着伞，按照闻珍的指点来到曹老头的故居。在还有一段距离的时候，他就扔掉了伞，费力地从另一条难走得多的山道绕到院子的后门，悄悄地潜入进去。借助着雨声的掩护，他相信他的脚步声不会被院子里的人听到。

如他所料，曹老头的院子里真的有人，而且绝不会是第一批。此刻的院内一片狼藉，已经不知道被掘地三尺地翻找过多少次了，连之前的几个高炉都被彻底砸开。云湛并没有在意这些，他相信，如果这个院子里曾经住过姬映莲的话，他所隐藏的东西，绝不会轻易被人发现，就算把整个地皮翻起来都没用。不过，那个先他一步到达此处的"好看有礼的羽人姑娘"可不是一般人，自己或许可以考虑黑吃黑。

他没有猜错。隔得很远他就认出了雪香竹的背影。雪香竹独自一人站在雨中，动也不动，即便是在如此脏乱的环境里，衣服上也没有半点泥泞，多半是使用了秘术的缘故。

云湛知道雪香竹的厉害，哪怕是稍微靠近一点都有可能立马被对方察觉，所以他抱着宁可跟丢也绝不惊扰的原则，一直站得很远，不敢往前。雪香竹依然一步也没有挪动位置，如果不是偶尔会动一下手指，他简直怀疑眼前的雪香竹和木屋里的印皓与仇芝凝一样，都只是失去了动力的傀儡。

而他也渐渐明白了雪香竹到底在做什么：她是在感知这里残存的星辰力。雪香竹无疑和云湛一样，相信姬映莲即便隐藏了什么秘密，也肯定不能用常规方式去寻找。她在利用自己出色的秘术功底，寻找姬映莲打造傀儡所留下的星辰力的印记，然后循着这些印记去追寻姬映莲的秘密。

看来我真的只能黑吃黑，云湛想，玩秘术我可不在行。现在他已经基本可以确定，先前雪香竹在北都城看似遇袭后的失踪，其实无非是在做戏。从一开始，她其实只是想要利用云湛打探出和风靖源有关的信息，并且如果可能的话，还要索性直接利用云湛去找到风靖源。但到了后来，她发现其实风靖源已经完全变成了另外一个人，即便云湛也不大可能找到，反倒是云湛本人在这个事件里越陷越深，或许会挖掘出一些雪香竹不想让他知道的真相，所以在北都安排同伙甩掉了云湛。她自己假装被捉走不算，还要派人来刺杀自己，而且一上手就用了正宗的天罗暗器——实在是太伤感情了。

另一方面，既然雪香竹能动用血羽会的资源，那么，她即便不属于血羽会，必然也和这个组织有着千丝万缕的关联，也就是说，她极有可能并不是一个"纯粹"的辰月。这时候他忽然想起了雪香竹之前和他闲谈时说过的话："我之前告诉你你家的宅子是被我父亲买下来的，当然是骗你的谎话。我父母去世的时候，我大概只有七八岁的年纪。他们都是被人杀死的。"

当时他对于雪香竹提到的年纪并没有太在意，但此时此刻，"七八岁的年纪"这个描述却忽然涌上心头，让他想到了一些其他的情况——当印皓和仇芝凝同归于尽之后，冼文康在印皓委托他购买的那座南淮城宅院里，曾经找到过没有被烧尽的女童的衣衫，而且正好是适合七八岁的女孩穿的。这不能不让云湛做出更多的联想。

再想得更远一些，他想到了羽家的女杀手羽原幼年在宛州善堂里结识的那个小小年纪就颇有手段的朋友，化名为黄娟的小女孩，似乎也差不多该是这个年纪。把这些线索串在一起的话，前前后后发生的很多事就都能解释得通了。

"为什么他和她死了而你没死？"云湛轻声自语，"后来发生了什么？你现在又到底想要做什么？"

这一天剩下的时间里，云湛看着雪香竹隔一段时间换一个位置，在姬映莲的院子里淋着冬雨执着地找寻着，光是看着都觉得自己身上在发冷，而肚子在提着抗议。但雪香竹仿佛完全没有感觉，只是把所有的注意力都放在对星辰力的寻找上。

冬天的越州山区太阳下山很早，黑暗很快笼罩天地。当最后一丝阳光的些

227

　　微光亮也完全消失的时候，云湛注意到，雪香竹的肩膀一下子绷紧了，看来是捕捉到了一些什么。云湛先是有点儿不太明白，紧跟着想通了：白昼的时候，太阳的星辰力太强，可能会有所干扰。所以到了夜晚，当太阳星辰力减弱之后，雪香竹才能真正找到她想要找的东西。

　　云湛打起精神，全神贯注地留意着雪香竹的动向。只见她迈着十分缓慢的步子，一步步向着院子的东南方向走去，直到完全走出院子。云湛恍悟：原来姬映莲的秘密根本就隐藏在这座宅院之外，难怪那些先来的人怎么找也没有收获。

　　他依旧非常警惕，尽量和雪香竹保持着足够安全的距离，跟随在后面，跟着雪香竹走上了东南方向的一条山路——先前客栈老板娘闻珍告诉过他，那条路通往废弃的矿坑。

　　矿区里一片死寂，也没有丝毫灯光。矿都被采光了，这里不再有任何价值，成为真正意义上的废墟，就连那些随着矿主们撤离而废弃掉的采矿工具、立井、支护、提运滑轮等都被拆走了。除了历年采掘留下的一个又一个仿佛能直通地底的深洞之外，就只剩下一些早已糟朽破烂的矿工居住的简陋木屋了。

　　雪香竹就走进了这样的一间破木屋，看样子能容纳五六十名矿工在此睡觉。云湛担心在这样的静夜里让雪香竹听到脚步声，不敢再靠近，只能躲得远远地等待着。但雪香竹这次进去的时间出乎意料的长，足足一个来对时都没有重新走出来。正当云湛开始有些担心她的安危时，雪香竹的身影终于出现。她像一个暗夜中的幽灵，离开那座看上去在风雨中摇摇欲坠的破旧木屋，一步也不停留，向着矿区出口方向走去，看来是不打算继续在这里搜寻了。

　　看来雪香竹已经在木屋里找到了她想要找的东西，云湛想，接下来轮到我了。

　　等到雪香竹的背影完全消失在夜色里，云湛才从藏身的一辆废木车后面钻出来，猫着腰快速钻进木屋。木屋的屋顶早已千疮百孔，此刻屋里到处是水，一些断折的桌腿之类的物件在水面上漂浮着，尚未倒塌的墙上已经长出了许多蘑菇。云湛不顾积水脏臭冰凉，蹲下身子在水里细细寻找，果然找到了一个隐藏在墙根处的机关，被伪装成了一块从地面凸起的石块。搬动机关之后，地下一阵咔咔作响，随即裂开一个洞，一个类似井口一样的出口升了起来，刚刚好比积水更高，设计倒是颇为巧妙。云湛朝着井口向下望了一眼，发现下面并不是很深，再估摸了一下宽度，比自己的身体宽出不少，于是果断地跳了下去。

下方仍然是一团漆黑。云湛点燃火折子，慢慢摸索着前行，发现自己身处于一条长而曲折的地下通道中，而这个地道刚开始的方向是向下的，越到后面却一直不停向上，相对地面的高度甚至已经远远超过了出口处的小木屋。云湛意识到了这是怎么回事——这个地道其实是一直朝上通向山腹中的。

沿着通道向前转过几个弯之后，眼前豁然开朗，出现了一个巨大的大厅，大厅的石墙上和顶壁上镶嵌有不少用于照明的荧光石，连火把蜡烛之类都用不着了，这就是他想要寻找的那个隐藏起来的秘密地点——一个位于挖空的半山腰中的秘窟。云湛把火折子吹灭，稍微适应了一会儿荧光石的亮度之后，总算看清了秘窟的全貌。他站在原地，揉了揉眼睛，确认自己的眼睛没有坏掉，然后长长地出了一口气。

"这个死老头……还真是拼命呢。"云湛对自己说，"十七年的工夫，果然能做很多事情了。"

在他的眼前，在这个山腹中的秘窟里，竟然停放着足足有超过三百具的傀儡！

对于云湛而言，这辈子一共就只见过四个半傀儡：风靖源、冼文康、南淮城山谷里那两具仿制品，以及那个英途制造出来的会学狼叫的半成品。此时此刻，一下子冒出这么一大片有如沙场点兵般的傀儡群，对他而言着实算得上不小的冲击。

好在这些傀儡都完全不能动弹，不知道是没有安装星流石碎片还是安装了但能量耗尽了。他走下台阶，进入到大厅里，开始细细打量这些傀儡。他发现这些傀儡彼此之间的差异颇大，有些十分精细，单从外表来看可以和风靖源、冼文康相提并论，称得上艺术品；有些相对粗糙一些，但整体还是几乎和真人无疑，只是细节上有所欠缺，假如不仔细看，倒也可以混充真人；有些就差得有点远，眼睛好似玻璃珠子，嘴型十分奇怪，四肢比例也很不自然。

不对啊，云湛想，姬映莲这老家伙是在凑人头赶工么？怎么会不同的傀儡之间手艺差别那么大？他来到一个与其说是人形傀儡，不如说更像穿了衣服的猩猩的傀儡面前，仔细端详，发现傀儡的脖子上有一块小小的花纹，掀开衣领一看，那块皮肤上纹了三个字：南宫晟。

南宫晟？南宫晟？这个名字好熟。自己近期一定在什么地方听到过。云湛盯着这三个字，思索了好一阵子，忽然一拍脑门，反应过来。那是在北都城的时候，英途对他说过的话："我先前说，我是这个时代的天驱中唯一一个偃师了，这话说得不确切，我是活着的唯一一个。还有两个已经死去了，一个名叫南宫晟的，算是我的师父，年纪太大病死了；另一个就是你的父亲云谨修。"

毫无疑问，傀儡皮肤上纹着的这个南宫晟，就是英途的师父，那个老病而死的天驱偃师。这很可能是他标记自己作品的一种方式，在傀儡的皮肤上文上一个独一无二的文身，就像书法家或者画家的落款一样。

于是问题来了，南宫晟制作的傀儡，怎么会出现在姬映莲的秘窟里面呢？

大概只有一种可能了，云湛想，我刚才感觉那些傀儡不像同一人做出来的，这种感觉是对的。这秘窟里超过三百个的傀儡，只有一部分是姬映莲亲手制作的，剩下的可能都属于其他的偃师，是姬映莲偷来或者抢来的。这些傀儡弄到手里，多半是用来进行实验的，而这样的实验应当和关着盲一空灵魂的铁盒有关。

姬映莲到底是想要做什么呢？

云湛正在揣度着，耳朵里却忽然听到身后地道的入口处隐隐传来一阵异响。他猛然惊觉，转身以最快的速度狂奔过去，但却还是晚了一步。轰隆隆一阵巨响，木屋地道出口处的机关被破坏了，上面似乎是被压上了极为沉重的石块之类的重物。云湛连吃奶的劲都使出来了，上方的重物却纹丝不动。

他被关在了这个山中秘窟里。

柒

他与非他

1

那个远方来的银发羽人匆匆忙忙吃了点东西就离开了，从头一天清晨直到第二天凌晨还没有回来。说不定他也和之前的不少外来客一样，偷鸡不成倒蚀一把米，没能找到曹老头留下来的秘密，反而把自己的小命也陪上去了。

还真是挺可惜的，闻珍想，在那一大帮子粗鲁凶恶动不动就拔刀子的外来江湖客中，这个自称叫云湛的羽人算得上是个和气的好人，而且长得还蛮好看。在东鞍镇这样的穷乡僻壤，好看的人物并不常见。

感了一会儿叹，思了一会儿春，闻珍感到了困倦。这样的山村客栈，原本也不用值夜，她把门闩上就打算去睡觉了，但刚来到门口，就看到远处有一个黑影向着客栈的方向走来，似乎又是一个打算投宿的外乡人。

这个死老头，虽然给东鞍镇带来了许多麻烦，倒也创造了不少生意。闻珍想着，转身回到柜台。

来人果然径直走进客栈大门，走向了柜台后的闻珍。这是一个身材高大的中年人类，和身为羽人的云湛差不多高，宽度却可以顶两个云湛。他有着一张阴沉沉仿佛全世界人都欠他两个铜镚的面孔，尤其一双眼睛里射出的光芒简直像掺进了钢针，让闻珍一看就觉得心里发颤，不自觉地低下头把目光移开。

"别怕，我只杀我需要杀的人。"中年人说。

闻珍强笑一声："那是，你们都是大人物，怎么也不至于为难我们这种没用的小杂碎。需要住店么？"

"来一个房间，再给我随便做点儿吃的。"中年人说着，抛出了一枚金铢。

闻珍大喜，把金铢收起来，殷勤地领着中年人上楼，把相对而言最干燥的一个房间给了他，然后转身下楼，同样给中年人下了一碗面，里面加了两个鸡蛋，比给云湛的还多一个——怕的。中年人接过面之后，随手指了指房间里的一把椅子："坐。问你几个问题。"

这个人说话的口气可比云湛霸道多了，但闻珍不敢违拗，战战兢兢地坐了下来，依旧垂着头避开中年人锐利的目光。中年人吃了几口面之后，发问道："最近这里来的人多么？"

"多，也不算太多，反正隔个两三天三五天总会有人来。"闻珍说。

"都是为了那个死在这里的怪老头的事情，是吗？"中年人又问。

"反正也瞒不过你，还能为了什么，当然就是曹老头的事了。"闻珍唉声叹气，"他搬到这儿来之后就没有过什么好事。先是镇上的人贪图他的钱财，丢了自己的性命；等他死了，还是不安宁，外面的人又来送死。"

"这两天，有没有来过一个羽人？"中年人接着问，"二十多岁不到三十岁年纪，男的，银色头发，黑色瞳孔，脸型比较尖细，身上可能一直带着一张弓……"

还没等中年人形容完，闻珍就说："有，云湛嘛，就比你早来一天。也住在我家店里。"

中年人目光闪动了一下："哦？他现在在房间里吗？"

"没有，他也去找曹老头的宝贝去啦。"闻珍说，"昨天在店里放下东西就走了，到现在还没回来呢。"

她看了中年人一眼，又继续低下头去，欲言又止。中年人注意到了她的眼神，笑了笑："怎么？看他长得俊，担心我出手杀了他？"

闻珍的脸微微一红，继而又变得苍白："您说笑了。你们这些厉害人的事儿，我们哪儿敢管？你杀他，他杀你，我都不敢多说半个字，只不过……只不过……"

　　她的眼珠子滴溜溜乱转，看着客栈，中年人又是一笑："我随身带着的财物，换你这破烂客栈二十间都有富余。我如果不死，该给你多少就是多少；我要是死了，东西你只管全部拿走。怎么样，是不是马上盼望着我死？"

　　闻珍连连摆手："我哪儿敢呢！反正你们的事我不掺和。面吃完了，我收碗下去了，有什么事儿对着楼下喊一声就行。"

　　她麻利地擦干净桌子，端着碗筷逃也似的走下楼，心里想着：就算没钱，在云湛和你之间，我大概还是会盼着你死吧。

　　当然有钱拿更好。

　　她回到自己的房间，困得顾不上洗漱，脱了鞋袜就缩上床睡着了。也不知道睡了多久，她忽然听到窗外隐隐传来一阵声响，好像有人在附近打架，她心里一紧，猜测大概是云湛回来了，而且和那个一脸凶相的中年人打起来了。到这会儿，她才猛然反应过来先前云湛问她"最近有没有来过什么大块头"到底是什么意思——多半指的就是这家伙。云湛前脚到，这个人后脚就跟过来，看来不分个你死我活是没法罢休的了。

　　她有些紧张地竖起耳朵悄悄听着。外面打得还有点儿小热闹，但她不懂得打架之道，也听不出到底发生了什么，只能在脑海里胡乱想象。过了一会儿，打架的声音停住了。她听到有人从客栈大门口进来，一步步走上楼，那脚步声颇为沉重，即便是大块头的中年人也没有那么重，连楼梯都在吱嘎作响。闻珍愣了一下，反应过来：这个进来的人，身上扛了什么重物，搞不好就是这一场斗殴的失败者。

　　云湛和中年人的房间都在楼上，闻珍不自觉地捏紧了拳头，仔细分辨着那沉重的脚步声最后停住的方位。

　　脚步停在了中年人的房门前。然后是开门进屋的声音，伴随着地板上一声重响，就像是一捆稻草被扔到了地上。

看来还是那个凶神赢了啊，闻珍心里一凉，可怜的云湛，不知道你现在是死是活。不过落到那个家伙手里，多半是活不下来了。真是可怜。天神不保佑长得俊的人。

2

出口的机关被破坏了，并且压上了巨石。

云湛出不去了。

他再试了几次，确认以自己的力量根本无法撼动巨石分毫，只能无奈地放弃。他明白，自己又被雪香竹算计了。雪香竹还是发现了自己，却始终不动声色，故意让自己跟踪，然后又极富耐心地先假装离开再偷偷折回，等到确认云湛已经进入地道之后，再把他彻底封堵在地下——确切地说，半山腰。

"太伤感情了。"云湛叹了口气，"好久不见面，一见面就要命。"

此刻再守在出口处也没有意义，他只能重新回到秘窟，希望能找到另外一条出口。至于找不到出口会不会就此饿死在这个秘窟里，他不愿意去多想，那也是云灭训练他时反复强调的。

"先把自己能做的事情做完，然后再去想'如果做不到我该怎么办'，尤其是在看似陷入绝境的时候。"那时候云灭对云湛说，"任何对后果的悲观预计都会带来紧张和恐慌，那种情绪会大大影响你的判断力和反应力，也许一点儿细微的疏忽就足以要你的命。人活在世上，纵然不说什么生死由天的屁话，死亡这种事或迟或早都是要来的，害怕也没有鸟用。等到最后一丝希望都破灭了，再去害怕，在此之前，先集中你全部的精力去争取活命。"

对于云灭的教导，云湛经常要抗辩几句，但对于这一段话，他却从一开始就由衷地赞成，这或许和他的性格有关。云湛虽然不像云灭那样充满毁天灭地的桀骜不驯，但还是颇有几分浑不吝的气质，对生死之事倒一向看得挺淡，至少不会在面临绝境的时候面如土色手足无措。此时此刻，反正已经被关在秘窟里了，他也并不慌乱。

他再度走回那些傀儡当中。墙上的荧光石依旧明亮闪烁，在傀儡们的脸上投下各种不同的光影。看着这些或惟妙惟肖或画虎类犬的面孔，云湛突然觉得心里一阵阵的不舒服，他仔细想了一会儿，大致找到了这种不舒服的来源：他很不习惯看到非人的身上有着酷肖真人的面孔，这种感觉十分拧巴，比他见到那些尸舞者驱使的由死人改造成的尸仆还要拧巴。

生命与非生命，假人与真人，在过去似乎是并不那么让人在意的对比，但当这二者之间的界限真的开始模糊的时候，作为"真人"的云湛，还是会感觉到别扭和不适。站在这数百个似人而又非人的存在当中，他又想起了佟童给他送来的那份署名邢万里的手记，那位写作者也提到了差不多的感受：拥有智慧、拥有独立思维能力的傀儡，应该算作器物还是算作一种新的生命？生命到底有多神圣，多宝贵？它究竟应该是只属于天神的创造，是只属于造物主才能染指的神话，还是如同一件玩具一样可以由凡人来拿捏？

而那些穷其一生创造傀儡的偃师，究竟是在塑造凡人的玩具，还是在亵渎神明的领地？

云湛向来是一个对传说中的神明妖魔都毫无敬畏的人，这方面倒是和他的老师云灭非常相像，但此时此刻，面对着创造生命这样宏大的命题，他还是禁不住产生了诸多联想。

当然，在进行完了哲人式的思辨之后，他还是得先考虑考虑自己的生命。云湛穿过密密麻麻的傀儡们，开始在秘窟的四壁和地面细细寻找，看能不能找到第二个出口。突然之间，他的脚下被绊了一下，低头一看，吓了他一大跳：险些绊了他一跤的是一个傀儡的手臂，一只手臂竟然还在动！

云湛赶忙向后退了几步，定睛一看，没错，真的在动。那是一个制作相当精良的傀儡，外观和真人无异，此刻正趴在地上，向外伸出的没有手掌的右臂正在蠕动，而蠕动的方向指向大概两三尺之外的一只断手。除此之外，它的整个身躯并没有动弹。

云湛大致猜到这是怎么一回事。这大概是这个秘窟里最后一个还勉强能动的傀儡，但星流石碎片所提供的能量也已经消耗得差不多了。它可能是摔了一跤，把右手摔断了，然后凭借着最后的本能去努力够那只断手。

"看起来还真是可怜啊。"云湛轻轻叹息一声，"即便已经不可能再活下去了，临死之前还是想要保护躯体的完整，真的很像真人的思维了。"

他伸手拍了拍脑袋："看来我也把你当成真人一样对待了，什么死啊活啊的，我都还没想明白这两个词该不该用在你身上，就已经脱口而出了。不过，既然你那么执着，就把你当成一个人吧。"

他把那个断掌捡了回来，然后握住傀儡的小臂，仔细对照了一下断口处结构，小心翼翼地把手掌接在断臂处，用力一按，咔嗒一声，手掌上的手指头开始轻微活动，看来是接对了。

"好啦，兄弟，你最后的遗愿我也替你满足了。"云湛拍了拍傀儡的手臂，"说不定过不了多久你我就会在地下相见呢，虽然我不知道你会不会和我去同一个地方。"

"多半是不会的。"趴在地上的傀儡突然闷声闷气地开口说道，即便以云湛这样胆大包天的货色，也吓得一下子站起身来向后窜出好几步。

"见了鬼了！"云湛骂道。

"没有见鬼，一个傀儡而已。"傀儡说着，慢吞吞地从地上坐起来，动作迟滞笨拙，很不灵活，但绝不像先前那样只有一只胳膊能动的奄奄一息的模样。

"你刚才是在装死？"云湛又是好气又是好笑，"老子居然被一个傀儡给耍了？"

"没错，你就是被我耍了。"傀儡一本正经地点点头。

云湛和傀俑在秘窟里对面而坐。在傀俑的指点下，他找到了一处有山泉水渗出的裂缝，算是有水喝了，但是既没有粮食，也找不到别的出口。

　　"看起来你很可能活活饿死在这里，为什么看起来不紧张？"傀俑问。

　　"没人会甘心等死，但是紧张也没用。"云湛说，"还不如抓紧时间多想想让自己愉快的事。比方说，我又见到了一个和真人一样聪明的傀俑，这不也很有趣么？"

　　"你还真是个奇怪的人。"傀俑摇摇头，"当然，我见过的人实在很有限，也难以做出有意义的对比什么叫作不奇怪。"

　　"你还没回答我，刚才为什么要装死？"云湛说。

　　"就是看看来的是什么样的人，以便决定我要不要搭理。"傀俑说，"像在你之前进来的一个女人，没有半点儿同情心，嫌我碍手碍脚，还把我的手臂踢开，我就不想理她。"

　　云湛哈哈一乐，只觉得眼前这个傀俑实在有趣，无论是和神志不清的风靖源相比，还是和严肃到一板一眼的冼文康相比，都不大一样，但似乎也更加让人容易亲近。

　　"所以你装模作样在地上找你的断手，是为了考验我们吗？"云湛说，"可是这么考验人有什么用呢？"

　　"因为我还想多活几天。"傀俑说，"姬映莲只是醉心于他的研究，一直没有给这个秘窟里的傀俑更换补充星流石碎片，在他生命的最后两年里更是自己的身体都足够糟糕，大家就陆陆续续失去能量，动不了了。现在整个秘窟里只剩下我还活着，也不知道能活多久，万一遇到个蛮不讲理的上手就把我拆了，那就不好玩了。"

　　果然是姬映莲，云湛想，这下不用曹老头李老太地猜来猜去了。不过，他注意到傀俑对姬映莲是直呼其名，而不是使用"主人"之类的敬称，可见它有着自己的独立意识，或许自己应该使用"他"这个字了。

　　另外，他更加注意到，这个傀俑竟然有了对死亡的恐惧，有了和活人相仿的求生的欲望。这更加让他的心里一阵迷茫：我面前的到底是个人造的人偶，还是一个活生生的有灵魂的生命？

"你如果只是要躲开可能伤害你的人，直接假装死透不就行了吗？"云湛
又问。

傀儡的回答让云湛心里一颤："可是，我也想找到人陪我说说话。一个人
待在这里，很寂寞。"

他竟然也懂得了寂寞和孤单，云湛一时间不知道该说些什么才好。过了半
晌，他才说："那好，在我饿死之前，就陪你聊聊天吧。你有名字吗？"

傀儡点点头："有。不是姬映莲起的，他没有给过我们名字，我是在读
书的时候自己给自己起的名字。我看有一位古人的名字挺好听的，就拿来用
了。"

"那你叫什么名字？"云湛问。

"我叫风凌雪。"傀儡回答。

云湛的眼睛都瞪圆了。他细细打量着这个被做成二十余岁的青年男子模
样、身材微胖、肤色黝黑、下巴上一圈黄须的傀儡，忽然抱着肚子哈哈哈狂
笑起来。过了好久他才停住笑："大哥，你太能逗了，你这副尊容……风凌
雪？"

"对，我就叫风凌雪，我喜欢这个名字。"傀儡也不生气，倒是神态自若。

风凌雪是数百年前九州胤末燹初乱世时代的传奇人物，是一个相貌绝美而
弓术又高得出奇的女性羽人，也是同样被写入传奇的羽族鹤雪团中的第一高
手，和眼前这个傀儡实在是找不到半点儿相似之处。但云湛笑了一会儿，却很
快想到，这些傀儡无父无母，无依无靠，完全被姬映莲当成工具使唤——但他
们却有着自己的思想，有着自己的灵魂。这个傀儡给自己起名风凌雪，无非是
向往那种无拘无束自由飞翔的感觉，何错之有？

"对不起，我不该取笑你，你有权利选择自己喜欢的名字。"云湛正色
说，"我叫云湛，幸会，风凌雪老兄。"

"你和刚才进来的那个女人，都是羽人，对吧？"名叫风凌雪的傀儡说，

"我还是第一次见到真正的羽人，没想到一下子就见到了两个。"

"对，只不过我和她还不一样。我是暗羽，只有感受到暗月之力的时候才能起飞。"不知道怎么的，云湛忽然生起了陪这个傀儡好好聊聊天的冲动，一时间连笼罩在头上的死亡阴影都忘记了。"风凌雪"充满好奇地向云湛提了很多外面世界的问题，他都一一耐心解答。

问了若干个问题之后，"风凌雪"忽然反应过来："哎呀，光顾着问我关心的问题了，还没问你为什么到这儿来送死呢。"

"你还真是直白……"云湛摇摇头，"我是遇上了一些事，想要了解姬映莲这十七年来躲在东鞍镇到底干了些什么。你能告诉我吗？"

"你也是为了抢他那个宝贝铁盒子来的么？""风凌雪"反问。

云湛继续摇头："不是。我对占有那个破盒子没有丝毫兴趣。我只是需要真相，和那个盒子有关的真相，这件事关系到我自己的清白，可能还关系到我的养父——他原本是一个活人，被改造成了傀儡，只剩下自个儿的脑袋。"

"风凌雪"一拍巴掌："那个风靖源，是你的养父？怪不得你找到这儿来了。"

"你见过风靖源？"云湛一惊，"难道说……他之前一直在这里？"

"是啊，一直就在这个秘窟里。""风凌雪"说，"不过他的待遇是独一份的，我们在秘窟里至少还可以自由行动，只是不让出去而已，风靖源身上一直又有铁链又有秘术封印，好像是生怕他逃跑。不过姬映莲最后还是得死啊，他死了，风靖源还是被放走了。"

"被放走？就是说不是他自己逃走的？"云湛忙问，"是什么人放走了他？"

"一个外来的陌生人，就在姬映莲死后不久。他闯进了秘窟，没有找到什么对他有用的东西，就离开了。但是那个笨蛋的闯入一不小心破坏了风靖源身上的秘术封印，他前脚走了没多久，风靖源后脚就挣脱锁链离开了。当时我能感觉到，铁盒就在那个陌生人的身上，既然我都能感知到，风靖源更不必提了。我没有猜错的话，风靖源是去追他了。"

　　云湛感到自己可以理清一些基本的时间脉络了。大约二十年前，姬映莲用某些方法说服了风靖源，保留风靖源的头颅，把他改造成了拥有活人的头脑的半傀儡，可能是试图把风靖源作为赌注去击败始终压在头上的当世第一傀师沐怀纷。但不知怎么的，几年之后，姬映莲却带着他所有的傀儡迁居到了这个鸟不拉屎的矿区小镇来，从此再也没有离开，这当中最重要的变化，可能就是他获取了那个铁盒。为了这个包含有三百年前的天罗杀手灵魂的铁盒，他抛弃了过往的生活，在东鞍镇隐居十七年，费尽心力开凿这个秘窟进行实验，无疑就是想从铁盒里得到某些东西。

　　可是姬映莲究竟想得到什么呢？

　　云湛抬眼环顾了一下身边形态各异的傀儡，想到姬映莲甚至会去劫夺别人制作的傀儡，想到那个被禁锢了三百年的灵魂，突然间有了一些模模糊糊的猜想。

　　"姬映莲是想要弄清楚人的灵魂是怎么进入到一个铁块里去的，对吧？"云湛问"风凌雪"，"然后，一旦他掌握了那种方法，他就会想要直接把人类的灵魂移进傀儡的体内，以便填补他和老对手沐怀纷之间最大的，也是始终难以逾越的鸿沟：傀儡的智慧高低。"

　　"风凌雪"颇有兴趣地看了云湛一眼："哎呀，你看起来像个小白脸，居然还挺有头脑的，都让你猜对了。"

　　"你从哪儿学来的这些乱七八糟的词？"云湛没好气地说，"小白脸这个词可不是那么用的……这么说来，姬映莲真的是想要找到直接把人的灵魂移入到傀儡身上的法子，那他成功了吗？"

　　话刚问出口，他看了看身边那一大堆一动也不动的傀儡们，自问自答："显然是没有。"

　　"对，他一直到死都没有成功。""风凌雪"的语气显得非常幸灾乐祸，"这么多年就算他白辛苦啦！弄来那么多傀儡，最后也没成功。"

　　"你简直就是一个活人。"云湛说，"和活人一样有报复心，知道幸灾乐祸。不过说起来，你的同伴们都失去了能量了，为什么就你一个还活着？"

"因为我平时就很少动，一直有意识地节省着能量。""风凌雪"挺了挺胸膛，"我是姬映莲制作出来的最有智慧的傀儡。"

"真的假的？你不会是从书里学会了人吹牛的毛病吧？"云湛斜眼瞥他。

"当然是真的。""风凌雪"说，"当初姬映莲制造我的时候，就铁了心要把我弄得足够聪明，结果在这方面用力过猛，我倒是足够有头脑了，身体的能力就差了不少，打他手底下一个最笨的傀儡都打不过。用书上的话来说，那叫作一力降十会。"

"这个词就用得很准确了。"云湛说，"难怪我看你刚才坐起来的动作都有点笨手笨脚的。我有点明白了，一来你比较聪明，二来反正你也不能打，所以平时就刻意地节省体力，因此比别的同伴都活得更长命。能给我具体讲讲姬映莲在这里十七年间所做的事情么？"

"他先带着几个比较得力的傀儡来到这里，买下这座旧院子之后，一面翻修，一面开始在矿区里开凿这个秘窟，在此过程中，源源不断地把他自己制作的傀儡和从别处抢来的傀儡偷偷运到秘窟里。你的养父风靖源是这当中最特殊的一个，姬映莲很器重他，因为那种人和傀儡的结合确实带来了非常惊人的力量，我猜想应当已经和沐怀纷的傀儡实力相当了。但是你的养父……不怎么听话，所以多数时候都被姬映莲禁锢起来，以免惹出麻烦。"

"你所说的'不怎么听话'是什么意思？"云湛问。

"按照两个人进行改造之前的约定，姬映莲会保留风靖源大部分的基础意识，但要抹掉他和自己的人生有关的记忆。也就是说，风靖源之前懂的知识和技艺、能做的事，改造之后也依然能做，比如他身为天驱武士所掌握的武学技能，然而，他不应当再记得他自己是谁，也应当遗忘他生命中所认识的人，经历的事——其中也包括你。可是不知道怎么的，后来姬映莲发现，风靖源的记忆并没有被抹干净，又或者是抹掉之后莫名复苏了。他还记得一些事，比方说，去找你。"

云湛紧握着拳头，指甲刺破了手心的皮肤都恍然不觉。过了好久，他才轻声问："姬映莲找不到办法去解决？"

"很难了。""风凌雪"说，"风靖源的记忆已经被抹除过一次，如果再来一次，很有可能会把其他东西也抹掉，把他变成一个什么都不懂的白痴，姬映莲不敢冒这个险。再加上铁盒的重要性比风靖源大得多，他索性一心扑在对铁盒的研究上，只要能找到那种用人类的意识控制纯粹的非生命物质的方法，他就能制造出真正无敌的傀儡，击败沐怀纷，到时候风靖源也就不重要了。"

"可惜的是，他始终没能找到。"云湛说。

"风凌雪"点点头："没错。这十多年来，我一次次地看着他坐在这里，手里捧着铁盒苦思冥想，人瘦得不成样子，眼睛总是通红通红的，嘴里就像疯子一样一个人念念叨叨。他想尽了各种办法，做尽了各种他能想得到的实验，都没能取得进展。他想要的灵魂始终在铁盒里，弄不出来，也无法被他控制。你知道他为什么要搬到这里来吗？"

云湛思索了一会儿："这个小镇就是依托着乌金矿建立起来的。难道是和这儿的矿物有关？"

"对，那个铁盒里面，含有一定的乌金杂质，从纯度和其他伴生杂质来分析，恰恰好就是出产于这里。姬映莲就是觉察到了这一点，才搬到这里来的。他也确实发现了此地出产的乌金矿对于精神力能形成一定程度的吸引与干扰，但也就仅限于此。该怎么利用乌金矿，该怎么转移灵魂，他空耗了一十七年，甚至绑架了好几位河络研究矿物的专家，也始终没能找到答案。可惜了那些被他抓来做实验的人……"

云湛心里一颤，继而吐出一口气："没错了，如果不用活人来做实验，怎么能验证他的理论呢？不过，他应该都是从小镇之外弄来的人吧？这个镇子本来就人口有限，连续有人失踪的话，肯定藏不住的。"

"人从哪儿来我不清楚，不过，我知道那些人现在在什么地方。""风凌雪"说着，站起身来，领着云湛来到秘窟里的一个角落，移开那里的一块沉重的石板。云湛向着石板下方看了一眼，心里升腾起一股怒火。

"姬映莲这个老混蛋，还真是不拿人命当回事呢。"他狠狠地说，"为了和同行争个短长，居然杀害了那么多无辜的人。可惜我没能早遇上他。"

"比起书里讲的那些帝王将相，他杀的人也不算多。""风凌雪"说，"我看书之后，一个很深的感受就是，对于人类而言，有需要的时候生命就是最宝贵的，一个庶民的性命也关乎王者的尊严；没有需要的时候，一条条的人命就是垫脚石，垫出最后的胜利者在书里留下的丰功伟绩。"

"打住！打住！"云湛说，"你这腔调越来越像道学家了。"

"和道学家没什么关系，反正我也不是人。""风凌雪"说，"我自己都不算活过，对于那些距离我很遥远很遥远的人命，也就是能像现在这样，轻飘飘地说上几句罢了。"

"不，你活过，你是活的。"云湛按住"风凌雪"的肩膀，看着他那和真人一般无异透出疑惑与好奇的眼睛，"我不是学问家，只是个粗人，不懂得那些做学问的人是怎么定义生命的。但是，现在你站在我面前，懂得思考，懂得表达，脑子里并不是只有姬映莲灌输的东西，而有你自己的观点，自己的喜怒哀乐，我就觉得你是活的。虽然没有人能真正弄明白灵魂到底存不存在，但是我觉得，你有灵魂。"

"风凌雪"有些疑惑地搔搔头皮："我……按照你们人类的习惯，我现在是不是应该感动一下？如果需要的话，我的眼睛还能流出眼泪。"

"省省吧兄弟。"云湛说，"你好容易认识了一个姬映莲之外的活人，我不能第一课就教你虚伪。你心里想的是什么，就表现出什么就好啦——当然你要是感动一下我会稍微多点儿成就感。不过，反正这一课也不大有意义了，出口毁了，我们都出不去，你只能在这里看着我饿死之后的尸体慢慢腐烂。"

他说着，重新在地上靠着墙壁坐了下来。"风凌雪"的眼神里更加疑惑："你不怕死吗？"

"怕啊，挺怕的，谁会想死呢？"云湛说，"但是现在，这里确实没有别的出路了，光是害怕也不顶用。倒不如抓紧时间，想一想这辈子经历过的那些让我快乐的事情。"

“哪些事情让你快乐呢？”“风凌雪”问。

“总还是有好多的。”云湛说，“我的亲生父母我从来没见过，但是有一位对我很好的养父，想到他我就会觉得自己的运气还算不错了；我有一位很好的师父和一位很好的师娘——确切说，我的师父是个混蛋，但他还是很好；我认识一些很好的朋友，还有一位很好的姑娘……”

“我算是看出来你是粗人了。”“风凌雪”大摇其头，“除了‘很好’这俩字，你就找不出别的形容词了么？我马上就能给你掏出几百个不重样的。”

“找倒是找得出来，但是无非还是那个意思，我又不是做文章。”云湛说，“想到他们的时候，也许最简简单单的字眼就是最贴切的。他们很好，认识他们很好，所以我的这一生，也很好。”

“风凌雪”默然。过了一会儿他又问：“你说的那个很好的姑娘，是不是就是情人的意思？”

云湛点点头：“对。我答应过要娶她。可惜的是，似乎没有这个机会了。”

“这个，我也不是太懂。”“风凌雪”说，“书上说，历史上的那个风凌雪也有一个深爱的情人，名字叫向异翅，但是最后，他们也没能够在一起。相爱的人不能够在一起，是不是格外让人难过的一件事？”

“就像是结痂的伤疤被硬生生撕开一样吧。”云湛说，“这个比方不大好，因为你本来也不知道什么叫作疼。我倒也想问问你，你怕死吗？”

“风凌雪”想了很久，有些犹犹豫豫地回答：“老实说，我还没想明白。你刚才跟我说，我有灵魂，我是活的；但是姬映莲总是告诉我们，我们不过是一堆死物，是他造出来的工具，无所谓生，也就无所谓死。而且我从来没到过除了姬映莲住的院子和这里之外的任何一个地方，怎么样是生，怎么样是死，除了书上看到的之外，好像也说不大清楚。”

他顿了顿，又补充说：“不过，我看到过有一种说法，一切生命都会有欲望。草木想要向上生长，鸟儿想要飞，狼想要吃肉，人想要赚钱成家生儿育女。我觉得，我应该算是有欲望的吧，不知道这样能不能算作活物。”

"你有什么欲望？"云湛问。

"我想要离开这里去看一看世界。""风凌雪"说，"我在书上读到过很多有吸引力的描述，比如天启城是万年帝都，带有一种不可磨灭的庄肃，好像那里的空气都比其他地方的要重；比如殇阳关曾经发生过无数惨烈的死战，当你在黄昏的时候来到那里，会觉得城墙上的颜色并不是夕阳的余晖，而是无数战死者的鲜血，甚至听到远古亡魂的战鼓与呼喊；比如齐格林是一座建筑在森林之上的城市，仿佛那里的一切都是树木的一部分，会随着森林一起呼吸；比如瀚州的草原就像一块远远铺开的绿色毯子，一眼望不到边，风吹过的时候，那些随风起伏的长草发出的声响就好像部落里的合萨在吟唱……

"而最吸引我的，是关于云州迷云之湖的传说，那个传说好像还是来自于你的师父云灭呢。"

"对，他年轻的时候到过云州，见识过很多奇观。迷云之湖也是他亲眼所见的。"

"风凌雪"的双目中充满了向往："书里面说，那座湖方圆数里都常年被浓重的白色雾气笼罩，几乎什么也看不清，但是在湖面之上，有千千万万的发着光亮的小虫不断在两岸来回穿梭，几乎就是天然的航标。也不知道这些小虫子到底传承了多少代，但不管是云灭，还是那些云州的原住民，都看见它们就这样一刻不停地飞行，从湖的一端飞往另一端，许多虫子就在中途坠落，消失在湖水中。谁也不知道这些小虫为什么这样做，也许在它们的心中，迷云之湖就是全部的世界，而它们所要做的就是穿越迷雾和云天，寻找世界的尽头，那是一种冥冥中不容抗拒的宿命。

"当我看到这一段的时候，我就在想，这是多么美而多么纯净的故事啊。那些闪闪发光的漂亮的小虫子，生存的意义就是飞行和寻找，从一侧的湖岸到遥远的彼岸，哪怕死在半途也绝不放弃。我也想要像它们那样死去，而不是憋在这个狗屁地方变成一截朽木。"

云湛盯着"风凌雪"的脸看了很久，忽然又站起身来，在秘窟里一处堆放各种工具材料的墙边找出一把铁锹，转身走向通往木屋的地道。

"你要干什么？""风凌雪"连忙跟在他身后。

云湛不答，一直走到那个被完全堵死的出口处，这才停下来，挥起铁锹，向着堵住出口的乱石铲了下去。

"你刚才不还说等死么？""风凌雪"有些糊涂。

"我刚才只是需要休息一下，积蓄一点精力，所以陪你说了几句笑话而已。"云湛说，"我从来不等死。如果云灭知道我在一个山洞里一直坐在地上活活饿死，恐怕会把我的尸体挖出来剁成碎块喂狗。"

"你们人类真是奇怪，在绝境里还要说笑话……""风凌雪"喃喃地说，"可是，这下面的碎石不是大问题，真正麻烦的是后面的东西，我猜测那里是一块巨大的岩石。你把这里面的所有能用的工具都弄断了，也未必能捣得开那块石头，你的力气不够，换成傀儡可能还差不多。"

"那样的话，就累死在这儿。"云湛的语气仿佛很轻松，却充满了不容动摇的坚定，"那样云灭可能还会大发善心给我收尸。"

"你和你师父都是怪人，如果按照书上的标准来看的话。""风凌雪"说，"这就叫作执着吗？"

"马虎算是吧。"云湛挥动着铁锹，"就像你说的，我还有很多欲望，也还有很多心愿没有了。比方说，我答应了我喜欢的姑娘，要带她去看遍九州的风物，因为她为自己的职责所困，从来没有享受过自由自在的生活。而现在，我又添了一个新的心愿，想要再带一个人去看看九州。"

"带谁？"

"带上你。"

"我？""风凌雪"大为惊讶。

"对，就是你，'风凌雪'，姬映莲制造出来的聪明傀儡。"云湛说，"虽然我们刚刚认识了一小会儿，但我把你当成朋友。我想要把你带出去，让你亲眼见见你想要看的那些地方，甚至于迷云之湖——当然这事儿说不准，云州太难去了……"

"朋友？""风凌雪"若有所思，"好像只有人和人才能成为朋友的吧？这么说，你还真把我当成一个人了？"

"你就是一个人。"云湛斩钉截铁地回答。

"要是这样的话，你愿意送我一个名字吗？真正属于我的名字？""风凌雪"说，"风凌雪虽然好听，终究是别人的名字。你说得对，最好是有一个自己的名字，我想要一个。"

云湛不明白为什么这个傀儡要在这会儿突然提出这种古怪的要求，但是看着对方隐隐包含渴望的双眸，他不忍心拒绝："好吧，但是你非要我这个粗人来起名字，我可起不出什么漂亮有文采的好名字。"

"不需要什么文采。"傀儡说，"你想到什么就是什么。"

"好吧。"云湛把铁锹杵在地上，"首先得有个姓，咱们俩有缘在这儿认识，你就跟着我姓云，怎么样？"

"好，我就姓云。"傀儡没有异议。

"然后是名字。名字，名字……唉，要我这个粗人起名字。"云湛用指节轻轻敲打着自己的头顶，"我也想不出什么花巧来。要不然，最近我刚刚认识了一个朋友叫闻珍，我偷个懒也让你用这个读音好了，但是写法不一样。你觉得云真这个名字如何？真实的真。"

"云……真？真实的真？"

"因为你是一个真正的生命。"云湛说，"所以你就是云真。"

傀儡仔细琢磨了一下，展颜一笑："谢谢。这真是个好名字。我就叫云真了。"

他一边说着，一边看似漫不经心地向云湛靠近了一步。突然之间，刚刚得名云真的傀儡双手齐出，扭住了云湛的胳膊，把他的双手反剪到背后。云湛万没料到这个动作笨拙并且看来和他相处融洽的傀儡会猝然出手偷袭，猝不及防之间已经被制住。

"云真，你干什么？你疯了？"云湛喊道。他用力挣扎，才发现云真双手的气力大得异乎寻常，他无论怎么用力都好像是蚍蜉撼树。

云真不答，很麻利地动手在云湛身上点了若干下，云湛登时浑身酸麻，连手脚都难以动弹。无论他怎么呼喝质问，抑或破口大骂，云真始终一声不吭。直到云湛已经完全无法行动，他才小心地把云湛放在地上，然后拿起了从云湛手里掉落在地上的铁锹，对着出口处的封堵石块用力挖掘起来。

云湛一下子明白了对方想要做什么："喂！你别这样！你剩下的动力有限，这样下去会死的！"

"我就知道你这个人婆婆妈妈豆腐心肠，所以才要先把你制住，免得你碍手碍脚在那儿滥好人。"云真嘴上说着话，手里丝毫不慢，他的力气比云湛大得多，每一记铁锹挖下去，都能捣出许多碎石块，"书上说防人之心不可无，虽然刚才我觉得你不错，还是没和你全说实话。其实我应该算得上是姬映莲相对成功的一个作品了，头脑很聪慧，身手可能比体格最好的傀儡差一点，但也差得有限。只是我太聪明了，从刚刚诞生就知道，假如我把能力完全展现出来，免不了会被姬映莲带去和沐怀纷的傀儡火并，那样说不定就会死。所以我一直装得很笨的样子，逃过了和沐怀纷的傀儡的战斗，也逃过了其他的战斗，就这么着活到了现在。"

云湛叹了口气："你还真是，刚刚出生就有了人性的欺骗本能。所以通过封闭气血节点让我暂时动不了的技法，也是你从书上学到的？"

"读书是件好事，能让你学会很多很多有趣的东西。"云真说，"但是读书不能让你亲眼看到真实的世界，也不能让你亲身接触到真实的人。今天我只和你认识了这么一小会儿，我知道了世上除了姬映莲还有另外一种完全不同的人，我很高兴。谢谢你。"

"但是你……"云湛努力措着词，"我刚刚说了，你也是生命，和我虽然不大一样，但也一样有活下去的权力。我不想让你为了救我而就这么死掉。"

"你啊，真是不动脑子，看来你师父就没教过你算学。"云真讥嘲地扁扁嘴，"我的星流石碎片已经用了那么多年了，就算我再怎么鸡贼地去节省，按我的估算，最多也就再支撑半年到一年左右。在这个牢房里孤孤单单地多活一年，很有意义么？倒是你，还那么年轻，还能活几十年，你还有大把的时间去做你想要做的事情，你要帮助你的养父，你要和你混蛋的师父继续斗嘴作对，你要和你的好朋友们喝酒，你要带你心爱的姑娘去看遍九州。你要是死了，这些事情交给狗屁去做？"

云湛说不出话来，只觉得眼眶里热热的，心胸中好像有一股洪流在激荡。云真冲他一笑："好了，歇着吧，朋友。如果你相信我是有灵魂的话，也许我真的有呢，也许就会像你们东陆人所说的那样，灵魂不灭，转世成为别的什么东西，让你完成你带我看看外面的世界的心愿。再见了。"

他回到秘窟里，把他能找到的几乎所有工具都扛了过来，然后全神贯注地开始挖掘，不再和云湛说话，随着进度的深入，周遭的一切声响都被掩盖在单调的碎石噪音里，云湛就是想要和他说话也不可能了。他只能呆呆地看着眼前飞扬弥漫的尘土，静默得有如一个失去动力的傀儡。

3

雨还在下着，而且越下越大，一道道几乎连续不断的雷光不停地撕裂越州的夜空。闻珍迷迷糊糊地睡了一会儿，还是被炸雷声劈醒了，看看窗外依然漆黑，不禁叹了口气。

这两天实在发生了太多事，新来到镇上的这几个人，不管是友善的凶恶的，每个人都让她觉得心惊肉跳。此刻半夜醒来，闻珍觉得自己再也睡不着了，索性又回到了大堂里，似乎有一种模模糊糊的预感告诉她，今晚的事儿还没完。

不幸的是，这样负面的预感又应验了。坐在柜台后面发呆没多久，门又被敲响了。

"居然还有会敲门的人……"闻珍嘟哝着，走过去打开了门。进门的人让她又是一愣：这是一个只有她一半高的河络，而且是女性河络。越州倒的确生活着许多河络，但他们主要集中在越州南部，并不太喜欢和人类打交道。像这样一个单身出行的河络，更是不多见。

"请问，还有房间么？"河络很有礼貌地问。她的长相也很甜美可爱，脸上带有一种河络特有的纯朴气质，一看就让人心生好感。闻珍连忙点头："有的，这儿平时很少有人来，房间多的是。跟我来吧。"

"我有点儿饿了，能先给我弄点儿吃的吗？"河络一副可怜巴巴的样子。

这一下子，闻珍就找到了从昨天到今天的这三位客人的共通点。

名叫木叶萝漪的河络个子虽然小，胃口却一点也不小，和先前的云湛以及那个无名中年人一样，也吃掉了一整碗面。不过面对着她，闻珍的心情就放松多了，毕竟这个河络憨头憨脑，一看就是那种人畜无害的类型，矮小的身形也更加容易让人感到安心。

"你是来这儿游历的吗？"闻珍问，"我听说河络到了一定的年纪都会离开家，到九州各地去游历增长见闻。"

木叶萝漪点点头："对，我的主业是研究矿物的开采。我们的苏行告诉我，这里有一片废弃的乌金矿大矿区，我可以来参观感受一下，尤其思考当矿物开采殆尽之后，附近区域的生态与民生应当如何保护。"

"真是太了不起了！"闻珍由衷佩服，"我们这儿还真需要这些门道呢！自从乌金矿被采干之后，这个镇子死气沉沉的，人越来越少。你这样就能算作学者了吧？"

萝漪连连摆手："不能算不能算！我只是个学徒而已，还有很多很多东西要学……"

两人谈谈说说，居然有些投机。萝漪问起闻珍小镇的近况，闻珍自然把与曹老头相关的各种破事、以及最近这段时间的各种奇怪访客都向萝漪说了一遍。

"所以我劝你，今晚休息一晚上，明天就离开吧，等这里打打杀杀的那些人分出胜负之后，你再回来。"闻珍对萝漪说，"那些人惹不起，你一个小姑娘，别被他们误伤了。"

"你刚才说，就在刚才，就有人在你的客栈外面打架？"萝漪问，"是那个名叫云湛的羽人和那个没住在你这儿的羽人姑娘吗？"

"中间反正有一个是那个大个子的中年人。"闻珍说，"剩下那个可能是云湛，但我没有亲眼见到。"

"那就陪我去看看吧。"萝漪慢吞吞地擦干净手和嘴，站了起来。

"去看看？不行啊，那个家伙真的会杀人的，你怎么敢……"闻珍并没有把这句话说完，因为她发现，木叶萝漪的眼神里在一刹那间闪过一丝和那个中年人几乎一模一样的可怕的光芒。尽管那光芒一闪即逝，她也明白过来这是怎么回事了。

"我懂了。我们走吧。"闻珍乖乖地走在前面领路，心里想着，我这儿成贼窝了。

她把萝漪带到中年人的房间外，然后赶紧闪到一边。萝漪并没有急于敲门或是推门，而是站在门外原地不动，闻珍先是纳闷，继而有些明白过来，这个名叫木叶萝漪的河络可能是一个传说中的秘术师，正在用秘术感知着屋里的一切。

过了几秒钟，木叶萝漪向前走了两步，径直伸手推开门，走了进去。闻珍松了一口气，她能看出萝漪的步态很轻松，这至少说明那个吓死人的大个子没在里面——指不定又跑到哪儿杀"需要杀的人"了。她缩在萝漪身后，悄悄往房内窥探了一眼，房间的地板上果然放着一个被五花大绑的人，但那个人却并不是她有点儿好感的英俊的云湛，而是……那位同样长得很好看，却是个女性的羽人。

闻珍有些糊涂了。那个大个子的家伙，不是一直在打听云湛么？她想，为什么最后会把这个女羽人抓回来？木叶萝漪和他们又是什么关系？

她深深知道和这些人打交道的规矩，半个字不敢多问，转身就想要溜走，萝漪却叫住了她："有一件小事要麻烦你一下。"

"您……需要什么只管吩咐。"闻珍就差点头哈腰了。

"啊，暂时不需要别的，我自己带了茶壶，谢谢。"萝漪说起话来依然和蔼而亲切，"就是等云湛回到客栈的时候，麻烦你让他上来找我一下。"

"云湛已经有差不多一天没回来过了。"闻珍说，"说不定他和之前的很多人一样，早就死在曹老头的院子里或者矿区里面了。"

萝漪摇摇头："他不会的。就算全越州的人都死光了，他也会活着。你记着，他回来的时候让他来找我，这就行了。"

闻珍不敢多说什么，乖乖地下楼回到柜台里。既然木叶萝漪已经用很客气的方式发布了命令，她今晚是不敢睡了，只能继续等待云湛。但她还是觉得云湛多半是回不来了，也不明白木叶萝漪对云湛那种毫不怀疑的信心来自于何方。

雷声逐渐止息，雨势也比先前小了一些，但还是绵绵密密毫不停歇。因为木叶萝漪的吩咐，闻珍不敢睡着，掐着大腿强撑着睁眼，但脑子里已经迷迷糊糊了，进入了一种即便睁眼也什么也看不分明的混沌状态。

"醒醒，着火啦！"耳边忽然响起一声喊。闻珍一个激灵，一下子跳了起来："着火啦？哪儿着火了？快救火！快叫人去救火！"

"你的头发着火了。"对方说。

闻珍赶忙伸手摸自己的头发，哪儿有半点儿火星？这时候她也稍微清醒了一点，知道有人在和她恶作剧，很不高兴地抬眼一看，然后瞬间愣住了："云湛，是你？你没死？"

"一天不见就盼着我死？太伤感情了。"站在她身前的男人说。

这真的是云湛。此刻他满身泥水，衣服破损了不少处，脸上也黑乎乎的，显得狼狈不堪，但双眸依旧明亮。

"我不是这个意思……我是说……我是说……"闻珍心里一慌，更不知道该如何回答。云湛哈哈一笑："好啦，逗你玩的，别紧张。我没死，不过现在浑身又脏又臭，还饿得要命。能不能麻烦你帮我准备一桶热水，再弄点儿吃的。"

"你们几个人简直是一个模子里铸出来的，一露头一定是要吃的。"闻珍叹了口气。

"我们几个人？哪几个？"云湛问。

"有一个女河络，现在就在楼上的房间里。她说你一定会活着回来，要我告诉你去找她。"闻珍说，"她的名字叫作……"

"木叶萝漪。"云湛接口说，"我明白了。不过她一向喜欢干净，你还是得先给我准备热水。另外，吃的也要。再另外，你说的是'几个'，除了我和萝漪，还有谁？"

"还有那个你一来就在打听的大块头，他还真的来了，而且也找我问了你。"闻珍说，"不过现在他不在。他真的是来杀你的吗？"

云湛没有正面回答："想杀我的人多得要命，不多他一个。"

小半个对时之后，云湛换上了一身干净的衣物，走进了那个大个子男人的房间。正主依然踪影全无，现在坐在房内椅子上的正是老朋友木叶萝漪，地上还躺着另外一个被捆绑着的人。

云湛甚至顾不上和萝漪打招呼，视线已经被地上那个人吸引过去了："雪香竹？"

"云湛，你也好。"萝漪轻轻一笑。

云湛上前两步，俯下身来，发现雪香竹身躯冰凉，已经停止了呼吸。他眉头一皱："你杀了她？"

"怎么，心疼了？"萝漪反问。

云湛没有回答。他看着雪香竹苍白的脸，一时间心里有些不是滋味。他当然知道雪香竹一直只是在利用他，而刚才还差点把他关在秘窟里活活饿死。但同样的，他也会记得那些和雪香竹的愉快交谈，甚至是偶尔的交心。他觉得自己和雪香竹纵然不是朋友，至少也算是有交情，即便是咎由自取，他也不情愿看到这个年轻美丽的女孩子变成冰冷的尸体。

然而，世事从来不会因为人的情愿或不情愿而改变。

"当然心疼，她身上还藏着很多秘密没有挖掘出来。"云湛在床边坐了下来，"不过你不是那种二话不说动手就杀人的笨蛋教主，所以我想，要么你发现她的时候她已经死了，要么她就是被你用刑逼问的时候自杀了。"

"看来你还没有被越州的雨淋傻。"萝漪说，"雪香竹背叛了辰月教，暗中和血羽会有所勾结，但她是个高明的秘术师，我也无法阻止她自尽。你以为她之前和你同行是安了什么好心吗？"

"当然不是，她不过是想要利用我找到抓住风靖源的机会。"云湛说，"我和她彼此彼此，互相利用。我还怀疑她的身世和当年的印皓与仇芝凝有关。"

"看来想要让你听我的话果然是不可能的。"萝漪摇摇头，"既然你已经来到了这里，那么不止是印皓和仇芝凝，我想，和那个铁盒有关的故事你也听说了吧？"

"那当然。"云湛说，"你打算杀了我吗？"

"我本来是这么打算的。"萝漪说，"可惜的是，现在计划有变。比起杀死你，我可能更需要你来替我充当打手。"

"你这话和安学武那个夯货说的几乎一模一样。"云湛说，"看来大家都知道被盲一空占据了身体的傀儡了不得。这样也好，不然你也要杀我，他也要杀我，我还真有点头疼呢，要不然你们俩一人杀一半？"

"听着你贫嘴我最头疼。"萝漪翻翻白眼。

"我还没问你呢，你为什么也跑这儿来了？是为了我还是为了雪香竹呢？"云湛说。

"你可想得真美。"萝漪说着，脸色有点凝重，"根据斥候传回来的最新消息，盲一空最后现身的地点，是在越州北部，距离东鞍镇只有数十里。他的目的地，很可能就是东鞍镇。"

"他还要回到东鞍镇干什么？"云湛有些不解，"被姬映莲那个老疯子关在这儿那么久，现在好容易摆脱铁盒的桎梏，还获得了自由的躯体，没有理由再回来啊？"

"除非是姬映莲在这里还藏了点儿什么其他的秘密。"萝漪说，"如果是能够让盲一空变得更强的秘密，那就相当糟糕了。"

"所以你赶过来了。"云湛说，"既然你来了，安学武也一定会来。真不容易啊，咱们仨这也算是老友重逢。"

"但愿不是临死前的最后一会。"萝漪说，"现在该我问你了，你从昨天出发去姬映莲的家里，今天才回来，发现了些什么？到了这个时候，就别再隐瞒了。"

"我不会瞒你的，毕竟盲一空那么厉害，想要对付他的话，我也得借助你和安学武的力量。"云湛说，"姬映莲的宅院里其实并没有藏着什么，真正的秘密在矿山里，他在山腹当中修建了一个秘窟。"

"秘窟？用来做什么？"萝漪问。

"用来做转移盲一空灵魂的实验。"云湛说，"我刚刚走进去的时候，都吓了一大跳。姬映莲真是个疯子，不但杀害了许多活人，还偷抢来一大堆傀儡……"

"你说什么？一大堆傀儡？"萝漪急忙打断了他，"有多少个？"

"我没有细数，但至少超过三百个。"云湛说。

萝漪的表情显得格外凝重："有一件事我还没有告诉你。就在盲一空的最后行踪被发现之前的几天，还发生了一件事：辰月在宛州的一处秘密工坊被人洗劫了，丢失了很多非常贵重的藏品。之前我们暂时没有把它和盲一空联系起来，但是现在看来，丢失的这些东西远比金钱更要命。你能想到是什么吗？"

"你既然都说起来了，那一定是和盲一空相关的了。"云湛说，"盲一空现在获得了自由的躯体，他还想要做什么呢？他的身躯毕竟也就是个傀儡……傀儡……等等！傀儡！"

云湛只觉得口舌发干，脊背上的冷汗却冒了出来："被抢走的是不是很多星流石碎片？"

木叶萝漪转身来到窗口，手指轻弹，一道闪亮的绿色焰火高高地飞上天际，直入云霄，幻化出辰月教星团的巨大图案。显然，她是在召唤辰月的同伴。

257

云湛也站起身，解下了弓握在手里："这种时候倒是能看出独来独往的缺陷了……我召唤不了援兵，只能靠自己了。"

天快亮了，窗外的雨声终于开始逐渐止息，在两人的耳中，已经可以清晰地听到一片片密集的脚步声。听上去，似乎有至少上百人正在迈着步伐向客栈方向走来。

"走楼梯还是走窗户？"云湛问。

"走窗户吧，别把它们引进客栈了。你这样的女性之友，肯定怕惊扰了那位对你心怀绮念的老板娘。"木叶萝漪说。

"我终于找到机会原话奉还了。"云湛咬牙切齿，"'你怎么又摆出这么一副从小和我上一个学堂的很熟的口气？'再说了，你以为我会相信你会去关心陌生人的生死？你只是知道傀俑身体坚硬，万一在客栈里打起来，尽可以把整个客栈打塌，它们没事儿，你我反而跑不掉。"

"看，你果然是个了解我的好同窗。"

两人推开窗户，从窗口跃下。此刻天色将明，客栈外那条唯一的小街上，熹微的晨光照出了远方山路上一大片影影绰绰的身影，正在冒着尚未完全停止的毛毛细雨向客栈的方向走来。云湛和萝漪迎着人群走上前去，正好在镇子尽头的开阔地带和这群人正面相逢。那里有一片难得的平整地面，倒是拉开架势群殴的好地方。

"没错，就是我在山中秘窟里见到那一群。"云湛分辨着这群人的脸型，"那些脸我基本都有印象。就是姬映莲屯在洞里的那帮傀俑。盲一空这个孙子，果然是奔着傀俑来的，看来那个铁盒赋予他的，绝不仅仅是死后还能保留灵魂那么简单，他好像有了操控傀俑的能力。"

"三百多个傀俑，尽管并不是风靖源那种等级的，但毕竟天然的力量优势和防御优势在那里，单独一个拉出来在天驱或者辰月里也都能算得上是排前列的好手了。"木叶萝漪说，"盲一空这是想要组成一支军队啊。"

说话间，傀俑们已经默契地对两人完成了包围。随即正前方的包围圈让出了一个小口子，一个高大的傀儡迈着不紧不慢的步伐来到两人身前。这正是云湛曾经与之面对面的那个拥有风靖源头颅的半人半傀儡，但云湛知道，此时此刻，操控着他的却是另外一个邪恶的灵魂。

"三百年了，我已经在九州消失三百年了。"盲一空一张口就充满感慨的意味，"真是没想到，重新回到世间，还是得和天驱、辰月、天罗打交道。是该说你们祸害万年在呢，还是该说这世界真是不长进呢？"

"盲一空先生，祸害万年在这几个字，用在你身上似乎也挺恰当的。"云湛说。

盲一空忽然间哈哈大笑起来，笑得是如此剧烈，居然还做出了捧腹弯腰的姿势。云湛当然明白对方是在表达一种夸张的嘲讽，因为以傀儡的人造身体是不可能感受到大笑之后腹肌的酸疼的，他只是不明白为什么盲一空会笑成这样，所以也不打断，只是耐心地等待着。

过了一会儿，盲一空似乎是笑够了，直起腰来，盯着云湛，脸上的讥嘲更浓："你刚才叫我什么？"

"盲一空先生，有什么问题么？"云湛问。

"有什么问题？问题太大了。"盲一空伸手在自己肩胛骨处轻轻拍了拍，"盲一空？你觉得我是盲一空？"

云湛微微皱眉："你这话是什么意思？是想要玩一些拙劣的酸臭文人的修辞手法，表示你已经不是过去的盲一空，而是脱胎换骨变成了另外一个人吗？"

盲一空依然带着笑："云湛，虽然我重新回到世上并没有太多时日，但在收集天驱资料的时候也听说过你。看来那些资料对你的描述有误啊，你其实只是一个自作聪明的蠢货而已。"

云湛的眉头皱得更紧。他能听出来，盲一空并不是在口头上占便宜，而是确确实实抓住了他的错误。但他为什么要说这句话？他不是盲一空还能是谁？

"仔细想想吧，自认为自己很聪明的年轻人，"盲一空说，"你们是怎么认定我是盲一空的。"

怎么认定的？云湛想，那就是安学武在天启城告诉自己的那段经过了。盲一空策划了一套近乎完美的对炼火佐赤的刺杀方案，并最终付诸实践，但由于他双目已盲，看不到他无法感知到的暗月雾气，因此天罗刀丝被暗月星辰力微弱干扰，最终失之毫厘，刺杀失败，只是切掉了佐赤的一只耳朵，倒是那几根刀丝把佐赤的一名徒弟切成了碎块。然后盲一空发动了垂死挣扎的最后一击……

等等！

佐赤的徒弟？

在盲一空之前先死去的那个徒弟？

犹如一道火光在脑海里点亮，云湛一下子明白了过来："你不是盲一空！你是炼火佐赤的徒弟！那个被盲一空的天罗刀丝切成碎块的徒弟！被关进铁盒的不是盲一空，是你！"

4

雨渐渐停了，但地面上还是一片泥泞。傀儡们并没有死站在原地，而是根据云湛和木叶萝漪的每一个细小动作不断调整走位，以便确保两人无法找到空隙突出包围圈。他们沉重的脚步踩在地上，泥水飞溅，更增添了某种威势。

"他不是盲一空？"萝漪听完云湛的话，大为震惊，"可是，那个徒弟是在铁块与秘术相碰撞之前就死了的啊！"

"但是你怎么知道他死后的情形呢？"云湛说，"从来没有人真正研究过灵魂，没有人知道人死之后灵魂是如何湮灭、意识是如何消散的。我猜想，由于暗月星辰力的存在，那个徒弟的灵魂也好、精神或是记忆或是意识也好，并没有第一时间消失，其后在秘术与星辰力的碰撞当中，被封印进入了那个铁块，与之结合成一体。至于盲一空，倒是可能当场就烟消云散，什么也没留下了。”

“这个分析倒是不错。”傀俑歪着嘴一乐，“不过，你们知道我叫什么名字么？又或者，我都不出那么难的题目，我就问你一句：我是什么种族的，你们知道吗？”

云湛摇摇头：“抱歉，当时给我讲这段往事的人并没有提。不过我明白你想要说什么，我觉得现在这世上还活着的人当中，恐怕只有你自己知道了。所有人的注意力都在盲一空和炼火佐赤这两个有名的人身上，没有人会在意其他的死者，他们提到你的时候，只可能说：‘死了一个炼火佐赤的徒弟。’这就是人，这就是历史。那么，请问这位老前辈，我该如何称呼你？”

“不错，你的反应倒确实挺快。”傀俑点点头，然后坏笑了一下，“不过其实我只是在逗你玩。很遗憾，你就算是想要用真姓名来称呼我也没什么可能。我是从小被师父捡来的，根本就没有名字，炼火佐赤的徒弟，只有编号。”

“编号？”

“对，我是他收养的第十一个徒弟，他一向都叫我十一。这就是我，活着的时候没有名字，死了同样没有名字，还被当成是其他人——因为别人比我有名。”傀俑说。

云湛从十一的遣词造句里听出了一种强烈憎恨的情绪，但十一说这段话的时候语声平静，脸上甚至一直带着笑容。他略一思忖，有些懂了：十一这样离奇的遭遇，恐怕在九州历史上也是绝无仅有的。这个人失去了自己的身体，却并没有死，而只是精神与意识被禁锢在一个铁盒中，云湛无法想象这是一种怎么样的生存状态。在这三百年里，十一或许会经历无数心境的转变：迷惘、恐惧、慌乱、无所适从、痛苦、仇恨、懊悔、孤寂……这三百年的折磨，已经足够让他把一切情感波动都收敛在心中，不在脸上显露出分毫。

但这样的内心，却会更加可怕。一个无名无姓，原本不应当存在于这个世界上的人。

　　"十一前辈，能不能告诉我一下，你这三百年来是怎么存活的？"萝
漪问。

　　十一摇了摇手指："小姑娘，别玩这一套拖延时间的小把戏。等我讲完故
事，你们的援兵也就到了——你以为我没有看到你求援的焰火么？祈祷吧，祈
祷自己死后灵魂不灭，到那时候你就能知道一切了。"

　　随着这一句话，傀儡们开始行动起来。它们把包围圈扩得更大，层次分明
地排成好几个圆圈，挡住每一条可能逃跑的路径，位于最内圈的傀儡则向着两
人猛冲过来。云湛往弓上搭好了箭，萝漪的左手燃起黑色的火焰，右手则闪动
着雷光，同时运用起两种不同的秘术。

　　第一个傀儡已经冲到了云湛的身前。如果是在过去，云湛还真很难判断对
方的实力，但在和风靖源的那次交手之后，他对于傀儡的力量和速度都有了一
定的了解，后来也向冼文康请教过一些如何和傀儡战斗的常识。此刻面对着这
个傀儡，他迅速判断出对方的实力远在风靖源之下，一个闪身避开了迎面的一
拳之后，右手的箭支向后挥出，从傀儡的后脑插入，直接穿透了整个头颅，箭
头从面部穿出。傀儡直挺挺地面朝下倒在地上，不动了。

　　与此同时，萝漪左手的火焰缠绕住了一个傀儡，那火焰仿佛带有一种古怪
的黏性，硬生生缠住傀儡的双手，她右手的闪电接踵而至，也直接洞穿了傀儡
的左胸部位。随着整片胸膛化为碎片，傀儡也倒在地上，不再动弹。

　　"真不错，居然已经知道了傀儡的致命弱点在掌管思考能力的头部和镶嵌
星流石碎片主管动力的心脏。"十一依然笑着，"但是你同样也应该知道，傀
儡是有智慧的，是懂得学习和完善自己的。你们杀掉了第一个，后面的就都会
懂得保护自己的头部和心脏，再杀第二个就没那么容易了。"

　　"我同样会寻找你们新的弱点。"云湛说，"不过前辈，我还是希望你回
答我一个简短的、不会拖延你太多时间的问题。"

　　"我知道你想问我什么。"十一说，"你不就是想知道我唤醒这些傀儡想
要干什么吗？未来的事情我并没有想太多，但有一点是可以肯定的……"

他脸上的笑容骤然变得狰狞："我对这个充斥着活人的九州没有太大好感，尤其对辰月和天罗没什么好感。所以首先，我会着力于让九州的活人数量稍微减少一些。"

　　"就凭这些傀儡吗？"云湛说，"它们确实厉害，但终究数量有限，毁掉一个就少一个。"

　　十一继续狞笑："你错了，云湛。你还不明白我现在拥有了什么样的力量。傀儡的制作难度从来不在身躯，而在头脑，但是这个难题对我而言，几乎等于不存在。"

　　"你可以运用你的精神力直接赋予傀儡智慧，并且获取它们的绝对忠诚，对吗？"萝漪说，"这就是那三百年与铁盒的共存带给你的最大收获。"

　　"没错。"十一收起了先前的狞笑，脸上的神情重新变得淡然，"只要九州的偃师还没有死绝，我就有取之不尽的傀儡可供驱使；就算死光了也不要紧，我是炼火佐赤的徒弟，最擅长制造，我可以自己做傀儡，也可以培养新的偃师。我有无穷的时间，还有过去的三百年赐予我的宝贵耐心，我可以慢慢地陪你们玩，百年，千年，万年，都无所谓。"

　　这话里蕴藏着的恐怖图景让云湛不寒而栗。他还没来得及说话，萝漪已经抢先开口了："既然这样，很抱歉，前辈，今天我不能让你活着离开这里了。我并不那么在乎人命，但是你所做的，会严重妨害到辰月所追寻的目标。"

　　"你很有勇气，辰月教主。"十一说，"但是就凭你们两个，自己活着离开都不可能，还想留下我？"

　　话音刚落，他的头顶突然出现了一片极细微的闪光。他敏锐地捕捉到了这一闪即逝的光芒，身形一晃，已经站到了数丈之外。而那道闪光落到地上，咔擦咔擦几声干脆利落的轻响后，先前站在十一身畔的三个傀儡忽然间变成了若干截，尤其是三颗头颅都被精准地切割下来。

　　"凭他们两个可能不够，再多几个人就不好说了。"一个冷冰冰的声音说道。随着这句话，几条身影如同没有分量的树叶一般，以绝佳的轻身功夫跃入斗场中，站在了云湛和萝漪身边。

"夯货，你还是来了。"云湛一笑。

"你脑子那么蠢，我不来救你怕你死得太快。"来人中的一个回答道。

这个人自然就是云湛的朋友安学武。和他一同现身的，还有其余五名天罗。

十一微微眯缝起眼睛："刚才那是你们六个一起使用出来的天罗刀丝罗网吗？"

安学武盯着十一："不错。三百年前，天罗刀丝把你切成了碎块；三百年后，我不会介意再重复一次，你这个无名无姓的杂碎。"

十一的目光中终于出现了深沉的恨意："很好，好极了。天罗，我一直惦记着你们呢。"

云湛忍不住说："前辈，我知道，当年是天罗杀手杀死了你——或者说毁灭了你的身体——才让你变成现在这样。但是现在你活过来了，还拥有了自由的身体，你完全可以抛掉仇恨，不必像这样一定要和九州为敌。"

"和九州为敌？"十一哈哈大笑，"别开玩笑了。对我而言，并不存在什么敌人。只不过，在你们眼中，我无名无姓无足轻重，那么同样的，九州的生灵于我而言也无足轻重。"

"大家无非是在没有意义的生命中寻找一些打发时间的乐子而已。"他说。

云湛叹了口气，知道十一已经不可理喻，此时无暇多想，必须想办法彻底毁掉十一。但他根本没有办法靠近十一的身畔。傀儡们把云湛这边的八个人团团围住，轮番进击。而且如同十一所说，傀儡和完全依赖于尸舞者操纵的尸仆不一样，懂得学习，懂得吸取经验。它们十分注意对头部和心脏的保护，云湛和天罗们单凭武术想要切掉傀儡的头颅或者击穿心脏变得越来越难。而萝漪在利用秘术击毁了几个头颅后，傀儡们也开始留意对秘术的防范。

不久之后，萝漪所召唤的辰月的援兵也赶到了，但也不过有十余人。辰月、天罗加上孤零零的天驱代表云湛，一共只有二十个人，面对着两百多个依然生龙活虎的傀儡，能自保就不错了，想要突出重围逼近十一，几乎是不可能的。

　　而更让云湛感到焦虑的是，即便真的能接近十一，恐怕也很难奈何得了他。这个半人半傀儡的怪物，现在的实力恐怕已经在原来的风靖源之上，恐怕需要自己和萝漪与安学武三人联手才能匹敌。然而，单是对付这些傀儡部属就已经让他们筋疲力尽了，怎么才能和以逸待劳的十一对抗呢？

　　一名傀儡腾空而起，飞腿向着云湛迎面踢来，云湛身体后仰，以一个近乎倒立的姿态右腿上踢，把傀儡踢得横飞出去。安学武紧跟着天罗刀丝直线射出，刺向傀儡的胸口，但傀儡不是活人，并没有痛感，即便挨了云湛重重一脚，在半空中依然扭动着身体做出了闪避动作，刀丝划过，穿透了傀儡的腹部，却并没有伤及心脏。它摔到地下后，挣扎了一会儿又爬了起来，尽管动作有些不太灵活了，但还是立即重新扑上，挥拳打向一名辰月教徒。

　　"这些家伙还真难缠，打不掉脑袋或者心脏，就一直能死缠烂打。"安学武说着，天罗丝卷住一个傀儡的右腿，将右腿生生切断，萝漪立即朝着傀儡的头部补上了一记冰锥。但傀儡抬起左臂奋力一档，整个小臂和手掌都被冰锥击断。它用右手撑地爬起来，竟然单脚蹦跳着继续投入战斗。

　　"要不然我们可以先撤？"云湛又是连珠三箭射出，射穿了三个傀儡的身体，但仍然没能一击毙命。"我并不是怕死……"

　　"废话！"安学武扔出一个小小的爆裂球，把侧面的两个傀儡炸飞出去，一个炸断了手臂，一个炸掉了左腿的小腿。"我们三个还说什么怕死不怕死的屁话？我当然知道你的意思。但是我们要逃走并不难，再想要得到和这个老妖怪面对面动手的机会就难了。"

　　"没错，现在的机会很难得。老妖怪一旦躲起来，那九州就永无宁日了。"萝漪催动秘术，把一片泥泞的地面直接转化为了沼泽，将一个傀儡陷入其中，直至没腰，两名天罗同时挥出刀丝，成功地把傀儡的头颅从脖颈处切断，算是彻底杀掉了一个。尽管如此，此刻层层包围着众人的傀儡，仍然至少有两百五六十个仍然具备战斗能力，其中大部分都还没有受伤或者只是受了完全不影响动手打架的轻伤。在星流石的驱动之下，它们完全不知疲倦，也没有感受痛苦的能力，前赴后继地持续冲击着。而云湛等人终究是人，体力消耗越来越大，而且几名天罗成员和辰月教徒的实力比不上三位高手，此刻已经半数挂彩，一位秘术师的左臂已经被傀儡打断，软软地垂在身畔，仍旧咬牙坚持着放出秘术。

"我当然懂你们的意思。"云湛射出两箭，替一位正在遭遇左右夹击的天罗解了围，"这个老妖怪身手又好，又阴险恶毒，一旦他躲起来只管一次次地玩暗杀，我们这几个组织一定会损失惨重。但是……"

他用弓一架，挡住了一个傀儡沉重的一掌，安学武从衣袖里射出一枚钢钉，击穿了傀儡的左胸。云湛略一用力，傀儡如同一截朽木，扑倒在地上。

"但是如果我们都死在这儿，也不过是白死。"他接着说，"而我们死了，这个老怪物一样能离开这里，什么都不影响——除了辰月失去教主，天罗失去最重要的宗主。"

"这个时候你这孙子倒是会拍马屁了。"安学武哼了一声，手肘猛击，把一个傀儡的脖子打歪了，可惜失之毫厘，没有能够将脖子整个打断。傀儡在同伴的掩护下退到一边，用力伸手把脖子掰正，但最后头还是有点歪，这让它行动起来的平衡性差了不少。安学武连续猛攻逼退了几名为它掩护的傀儡，一个萝漪手下的辰月欺身近前，用无形的风刃切开了这个歪头傀儡的胸膛。

"不过你说得也有道理，"安学武一面说，一面用与他圆滚滚的身材绝不相称的惊人敏捷躲过了两个傀儡的夹击，再顺手用天罗丝替一名辰月教徒解了围，"现在看起来，我们确实没有足够的实力在这里杀死他，倒不如留得青山在。木叶教主，您老意下如何？"

木叶萝漪用秘术在地上化生出一根突然自地底钻出的石笋，把一个扑向她的傀儡自腹部刺穿、钉在原地，扭头对安学武说："好吧，那我们先撤。我本来是想搏一搏的，我还有几个同伴应该差不多快要到了，我没有猜错的话，你们天罗也还能有援兵过来。"

"天罗有没有我不知道，你们辰月的援兵已经来了。"忽然间，一个陌生的声音响起。

萝漪悚然，急忙回头，只见几团黑影就像米口袋一样嘭嘭扔到了众人身前的空地上。她低头一看，眉头皱了起来："这几个都是我教的教徒，就是我刚刚说的后援。是谁？"

萝漪尽管表现得很镇定，但目光中却也有了几分怒火。十一似乎也有些摸不清状况，无声地利用精神力操控着傀儡们暂时停止进攻，但包围圈并没有丝毫放松。

先前说话的那个陌生人已经一步步走到了圈中，好似丝毫也不在意身边的傀儡们。他来到了云湛等人面前，冷冷地打量着众人，众人也正好看清了此人的形貌。这是一个身材异常高大的中年男人，有着一张食腐秃鹫般令人不寒而栗的面孔，目光更是锐利如刀，即便是安学武这样以杀人为业的凶神，被他凌厉的视线扫过，都有一些不舒服的感觉。

"你就是那个跟着我来到东鞍镇、想要杀我的人？"云湛发问道，"血羽会暗月堂的头号杀手？"

"除了我，还能是谁？"对方的回答里充满傲气。

"如果我的那四个手下是他一个人打倒的，那他的实力恐怕在你我三人之上。"萝漪低声说，"即便是我，想要同时打倒他们四个也是极难的。"

"要不然就不配称血羽会第一杀手了。"安学武说，紧跟着提高了嗓门，"我们该怎么称呼你？"

"我不喜欢留下姓名，你们爱怎么叫我就怎么叫好了。"血羽会杀手说，"反正你们很快就会是死人了。尤其是你，云湛。"

"你以为你不会也变成死人么？"十一冷笑一声，"你以为你替我打发掉几个无关紧要的小渣滓就可以向我示好么？"

"当然不是。"血羽会杀手说，"还有更要紧的示好。"

他从怀里掏出一样东西，掷向十一。那是一个不到半个手掌大的小物件，飞向十一的速度并不快，但轨迹异常平稳，就像是被线提着一样，这固然是一种炫技，也是一种无恶意的表示。十一伸手一抄，把它摊在掌心，低头瞥了

267

一眼。

"一根金属羽毛？这是什么？"十一问。

"这叫作血杀令，是血羽会高层才能拿出来玩的小玩具。"血羽会杀手说，"你虽然重返人间并不太久，也应该听说了血羽会吧。"

"听说了，这个组织在我生活的那个时代要么不存在，要么无足轻重，但现在似乎很强大，可以和天驱辰月之类相提并论。不过那又如何？"

血羽会杀手笑了笑："血羽会和什么天驱辰月不一样。我们所做的一切，无非就是求财，除此之外，九州的一切都和我们无关。所以我觉得，也许你可以考虑和我们合作。"

"我对钱没有丝毫兴趣，对权力和女人也没有丝毫兴趣，你们恐怕给不出吸引我的筹码。"十一说。

"我们给得出来。"血羽会杀手说，"你刚才说的一切我都听到了，恕我直言，你的计划过于理想化了。现在的九州，剩余的偃师已经不多了，而以我们血羽会的情报网，可以在你找到他们之前把他们杀个八九不离十——这是血羽会轻轻松松就能办到的。失去了帮助你制作傀儡的偃师，你孤身一人做事，就没有那么痛快了。"

十一的眉头微皱："哦？"

血羽会杀手接着说："而且，傀儡的驱动是需要星流石碎片的。这东西可不像黄金白银那样容易得到，而我们血羽会，同样掌握着重要的贸易渠道。在了解了你的存在之后，即便是辰月，也不可能再那么轻易地让你抢走碎片了。"

"什么叫'即便是辰月'……"萝漪不满地咕哝了一句。

十一思索了一会儿："按你的说法，如果我和你们合作，在这两个方面就能得到便利，但我需要付出什么？"

"就是对付天驱、辰月和天罗这三个组织。"血羽会杀手说，"血羽会想要成为九州最强大的组织，就必须跨过这三个障碍。反正你的死本来就要怪在辰月和天罗身上，天驱一向自诩守卫九州的安宁，也绝对会和你为难。所以，对付这三个组织里的人，于你而言不过是顺手，何乐而不为？"

"没错，我最先要杀的，的确是这几个组织里的人，如果能得到你们的帮助，那就是事半功倍了。不过，如果有一天我们真的联手压住了这几个组织，接下来呢？是不是你们就要想办法来铲除我了？为了那一天不会到来，我是不是应该现在就先把你和他们一起变成死尸呢？"十一的双目中凶光毕露。

血羽会杀手神情自若："世上从来没有永恒的友谊。人们都只是为了眼前的利益结合到一起的。没错，未来有一天，或许你和血羽会注定要分个你死我活——但却绝不会是现在。为了将来的决裂而影响到现在最急切的目标与欲望，恐怕并非明智。更何况，以你的力量，难道还需要担心什么阴谋么？"

十一的表情缓和了不少："倒也有理。我一直以为杀手都像当年杀我的天罗那样莽撞又盲目自大呢，没想到你的头脑却那么清醒，连拍马屁都几乎不留痕迹。"

血羽会杀手哈哈一笑："过奖过奖。"

"好吧，你这个马屁我受了，我接受你的提议。"十一说。

"作为回报，我先把云湛的命拿走，算是送给你的见面礼。"血羽会杀手说，"他原本也是我刺杀的目标，像我刚才说的，一举两得的小小顺手。"

说完这句话，他的双手突然各自多了一把形状古怪的短柄弯刀，乍一看简直像是厨房用的菜刀。但是当他以诡奇而凌厉的身法向着云湛飞扑而去时，这两把刀所蕴含的凶险不言而喻。

云湛张弓搭箭，向着血羽会杀手连射四箭。但对方看似身躯高大，动作却异常灵活，竟然连格挡都没有，就是生生在半空中扭动躯体，就避开了云湛的这几箭。然后他双手齐出，居高临下，两柄弯刀舞出两团耀眼的银光，直取云湛的头顶。

萝漪和安学武并没有出手相助，反而各自向远处走出几步，似乎是默认这是两人之间的单独较量。云湛扬起右手的弓，和杀手的双刀一连串快得几乎让人看不清的连续碰撞后，杀手落到了地上。他的刀法几乎每一招都不依常规，而且招招指向要害，险恶异常，加上刀身较短，便于操控，经常有各种出人意料的变招。云湛只能且战且退，试图和杀手拉开距离。但对方显然也知道云湛的箭术厉害，存心要保持近身缠斗，不管云湛如何闪避，他都步步紧逼，绝不落下半步。

好在云湛打起架来一贯不会顾及形象，近身搏击处于劣势，就不停地转着圈子退让，两人一进一退，踩得泥水飞扬，但总体而言，还是云湛看起来狼狈得多。一方面杀手的短柄弯刀天然在近身作战中具备优势，另一方面他在先前和傀儡们的战斗中已经消耗了不少体力，眼下面对着和自己实力相仿甚至更强的敌人，体能上的些许劣势都可能是致命的。双方战斗了大约十多分钟，看起来并不长，云湛却已经气喘吁吁，身上也添了一些小伤口，幸而并没有伤及要害，但是时间再长一些，恐怕会更加危险。

十一看来非常享受这样人与人之间的生死搏杀，不断地用精神力指挥着傀儡们让路，以免阻挡他的视线。他的嘴角始终带着残酷的微笑，看着云湛被敌人步步紧逼，兴奋的时候甚至会像围观街头流氓打架的闲汉那样搓搓手。

血羽会杀手果然经验丰富。他虽然逼得很紧，但好像一直还没有使出真正的杀招，只是意图消耗云湛的体力。又过了几分钟，当看出云湛的体力消耗已经很大、一个轻微的动作都会带来沉重喘息之后，他陡然变招，双刀的速度比先前更快，刀光如越州的暴雨一般笼罩住云湛全身。

“这个人比我强。”安学武很不甘心地呸了一声，“虽然我不愿意承认，但是这个人真的比我们三个人中的任何一个都厉害，云湛就算体力没有损耗，也比他略逊一筹。血羽会竟然有这样的人才，我真是小看了他们了。”

“我在他面前凭借秘术大概可以保住逃命，但和你一样，不大可能杀得了他。”萝漪轻叹一声。

两人说话间，云湛的全身都已经被杀手的双刀制约，眼看就要难以为继，几乎只是凭借着本能用弓护住要害。好在这张弓是云灭为他特制的，外层包有材质坚硬的特殊金属，尽管被双刀一次次嗑得火花四溅，总算还没有断折。

杀手似乎是感觉到时机已到，突然间身体像毒蛇一样一扭，以不可思议的姿态一下子转到了云湛背后，短刀直取云湛的后颈要害。云湛竭力回弓抵挡。刀弓相交的一瞬间，杀手做出了第二个匪夷所思的动作：他猛然松手弃刀。云湛或许是没有料想到对方会松手，手上的力道失去了杀手反力的抵消，身体一下子失去平衡，加上地上泥泞湿滑，他身子一歪，眼看就要跌倒。

　　杀手是不会放过这个天赐良机的。他扔掉短刀的双手一齐探出，揪住了云湛的衣襟，用力把云湛的整个身躯揪离了地面，然后……

　　他仿佛用尽全身的力气，把云湛当作一块岩石一般，狠狠地掷向了十一站立的方向。

　　"快给我开路！"身体刚刚被杀手提起来，云湛就已经发出了一声大吼。

　　萝漪和安学武尽管对这意料不到的变故十分震惊，但毕竟两人都是最顶尖的高手，而且内心深处对云湛有着真正的信任，此刻根本顾不上去细想，在短暂地愣了一下之后，一齐出手。安学武左右手天罗丝同时激射而出，并且由柔转为刚，聚在一起就像两根长长的铁棍，如同拿着扫帚扫地一般，把依旧围在十一身前的几名傀儡硬生生撞开。而萝漪在这一瞬间使出了极具爆发力的郁非系火焰秘术，数枚火球在傀儡们身边爆裂开来，把他们的身体炸开。

　　一条转瞬即逝的通道清出来了。云湛飞在半空中，已经在弓弦上搭上了五支箭。他原本可以做到七箭连珠，但此刻体力消耗过大，强行射出七箭反而会削弱每一支箭的力道和准度，因此选择了相对稳妥的五箭。他把全身的力气都贯注在拉弓的右手上，五支利箭如流星般射向十一。

　　而就在同一时刻，血羽会杀手的手中也突然多出来了一副弓箭。他的动作看似从容不迫，却又如丝般柔滑，如雷霆般迅猛，几乎只是一眨眼工夫，弓弦上一共搭上了九支箭。他岳峙渊渟，气凝如山，弓似满月，九支箭以雷霆万钧之势朝着十一激射而出。

九箭连珠！传说中羽族鹤雪弓术的最高境界！

"我知道这是谁了。"萝漪说。

"我也知道了。"安学武接口说，"很显然他一开口就被云湛听出来了，所以从一开始，这两人就一直在默契地做戏。"

捌

别离与初遇

1

十四支弓箭仿佛组成一张不逊于天罗刀丝阵的罗网，从高空和地下两个方向一同射向十一。这十四支箭，几乎凝聚了这个时代九州的最强弓术，即便是十一，也无法躲开。

他已经尽力做出了闪避的动作，身形也比一般人的速度要快出很多，但咔嚓咔嚓几声轻响后，尘埃落定，所有人都看得分明，他的左肩、右胸、左侧小腹和双腿上都中了箭。最触目惊心的是，他的右侧面颊上也中了一箭，由于这个头颅是直接使用的风靖源的活人头颅，这一箭穿透面颊后，血涌如注，整张脸也因此变得畸形怪异，丑陋不堪。

然而，并没有任何一箭击穿了大脑，也没有任何一箭刺穿心脏。十一的身体尽管遭受了重创，却仍然还活着。

"你们太天真了。"只剩下半边脸完好的十一，露出了半个近乎恐怖的邪恶笑容，"演技确实够完美，连我都被骗过了，我还真以为你要杀了云湛呢。不过，你们高估了自己的箭术，尽管距离杀死我就只差那么一点点，但终于还是差了，做不到十分就等于是零。"

云湛刚才射箭时倾注了全力，以至于落地都没有站稳，重重摔在地上。此刻他半坐于地，脸上的神情显得十分失望，看得出来，他对刚才那联手一击原本充满把握，却没想到十一竟然能在如此绝境中还护住两处要害。而这一击不能奏效，也就不会再有第二次机会了。

"竟然连九箭连珠都杀不死他……功亏一篑啊。"木叶萝漪叹息一声，"走吧，趁着还有力气，我们赶紧突围撤离。"

"不太对。"安学武说，"你看看那家伙的表情。"

萝漪扭头看向"血羽会杀手"，果然，此人丝毫也没有显得失望、沮丧或是紧张，相反的，目光中透出一种胜利者的得意。他冲着十一轻蔑地努努嘴："脸上挨了一箭，还会低头么？"

十一一怔，急忙低头看去，只见他的双足不知何时已经被一种锁链一样的东西牢牢捆住。这种锁链呈现出和泥水差不多的颜色，不仔细看甚至无法分辨。十一赶忙用力挣扎，但以他的力量，竟然都无法挣断那条细细的锁链，却反而被越捆越紧。

而在他的对面，"血羽会杀手"已经加速向他疾冲过来，云湛、萝漪和安学武三人虽然不明白此刻的变故究竟是什么，但却仍然像先前那样，无条件地信任自己的同伴，各自使出全力为"杀手"清除掉上前阻挡的傀儡们。转瞬之间，"杀手"已经来到了十一身前数尺的距离。

"你以为我受了这点儿伤就会输给你？"十一的半张脸依旧狞笑着，"就算脚不能动，我的力量还是远强于你！"

他左手握拳，右手化掌，目光追随着"杀手"的步伐，随时准备出手。

"杀手"距离十一已经只有一步之遥，十一仍然纹丝不动，看样子应该是在算计敌人的动作和速度，随时准备给出致命一击。

然而，让所有人都意想不到的事情出现了："杀手"突然间停住了脚步，就像一根木桩一样定在了原地，刚刚好是十一挥拳达不到的距离。

这样高手比拼中出现的顽童过家家般的场景，不只让云湛等人一头雾水，十一自己也有些不知所措。他全神贯注地盯着"杀手"，不知道对方在搞什么花招。

正当所有的人的注意力都被"杀手"吸引过去的时候，一名守护在十一身后的女性傀儡突然间踏上前一步，抬起右臂，从后背对准了十一的心脏部位，袖口处倏忽间闪过一片银光，嗤嗤几声几近细不可闻的轻响后，十一张口结舌，脸上露出了不敢相信的表情，身体却软软地跪倒在地上，继而扑通一声脸朝下扑倒。而随着十一的倒地，他所召唤而来的傀儡们似乎也失去了魂魄，全都呆立在原地，不再有任何行动了。

萝漪和安学武面面相觑，即便以这两人的智慧，一时间也不容易理清刚才到底发生了什么。但云湛却已经迈开大步向着那个偷袭了十一的女傀儡跑了过去。

"师娘！"云湛兴奋地喊叫着。

女傀儡脸上露出温柔的笑容，迎向了云湛。而萝漪也明白过来，这并不是一个傀儡，而是活人。这个面容美丽温婉、充满优雅气质的女人，就是云湛的师母风亦雨。

站在一旁的"血羽会杀手"也脱下外袍，扔掉了外袍里一堆垫出巨大身型的填充物，露出他和云湛相仿的典型的羽人瘦长身材。然后他在脸上一抹，似乎是揭掉了一层面具，现出一张英武而充满桀骜的中年人的面孔。

"我就猜到了是他。"萝漪叹息一声，"不愧是云灭。我过去一直以为云湛对他叔叔的形容包含了不少夸大的成分，但现在看来，这小子倒并没有吹牛。"

"总有一天我会超越他的。"安学武闷闷地说。

是的，这个褪去了血羽会杀手伪装的人，就是云湛的师父，也是他的叔叔，羽族第一高手云灭。在明确了云灭和风亦雨的身份之后，对于先前发生的一切，萝漪和安学武也就可以做出正确的推断了。从一开始，云灭就没有打算正面和十一进行对抗，他所做的一切，都是为了故意吸引十一的注意力，让十一把所有的警惕都放到他身上，而让自己的妻子风亦雨来完成真正的致命一击。在这一片混乱的战斗中，凭借着云灭等人的掩护，风亦雨早就无声无息地混入了傀儡群中，假扮成一个傀儡，和身边的假人们保持着步调一致，然后悄悄地一点一点接近十一。而她最后突然出手的那一下，尽管并没有看清楚，以两人的阅历也不难猜测。风亦雨出身于赫赫有名的雁都风氏，是前代风氏族长风贺的女儿。因为爱惜女儿的缘故，风贺曾经给过风亦雨一件防身利器：一个河络工匠打造的特制针筒，小到可以藏在袖子里，发射的时候几乎无声无息，但出射的力量和速度都非常惊人，足够直接刺入十一的心脏了。至于地面上那个可以根据环境变色的坚韧的锁链，多半是云灭收拾掉什么敌人的时候顺手抢来的。

此刻云湛站在风亦雨的身边，忽然间看起来就像一个孩子。风亦雨掏出一张洁白的手绢，替他擦去了脸上的脏污，又想要给他包扎伤口——那些伤口倒有一大半是方才云灭所赐。

"都是小伤，没事儿的，师娘，回头再说。"云湛说着，扭头狠狠瞪了云灭一眼，"幸好师父他老人家还没老到骨头糟朽控制不好力量，不然说不定就不是小伤了。"

"这是你师父一向的行事方法，你习惯了就好啦。"风亦雨细心地给云湛整理好衣襟，"衣裳也破了不少，一会儿咱们找个市集，我给你挑一身新的。"

"我也没想到会把你弄出那么多伤。"云灭翻了翻白眼，"还是太高估你这些年的进境了。"

"我倒是太低估了你多管闲事的能力。"云湛翻了一个和叔叔几乎一模一样的白眼，"你是怎么找到这儿又扮成刚才那副蠢相的？"

"我是为了风靖源而来的。"云灭说，"这几个月来发生的事情，我大致耳闻了。当年你亲生父亲死的时候，我没能出手，这一次，我不想错过什么。而且我也对那个什么什么血羽会第一高手有点儿好奇，想要试试他有什么手段，很可惜，着实不怎么样，连挡我三箭都挡不住，应该连你那点儿三脚猫的身手都还不如。"

他依然是死鸭子嘴硬，既没有直接表达对亲生兄弟的愧疚，也不愿意明白说出对云湛和风靖源的关心，以至于不惜大费周折先杀死血羽会第一杀手然后再假扮成他来到东鞍镇，并且顺手帮云湛和萝漪制服了雪香竹，管了一个大大的"闲事"，但话中之意不言而喻。云湛心里一阵久违的温暖，一时间连和云灭斗口的兴致都没了："师父，谢谢你。"

"屁话多。"云灭板着脸转向风亦雨，"好了，我替你照料好了你的宝贝侄儿，先走了。你和他啰唆完了也早些回去吧。给他买一身像样的衣服，别老那么寒酸丢我的脸。"

但说完这句话之后，他却并没有着急离开，而是来到了倒在地上十一身前。此刻十一已经被杀，呈现在他面前的，只是老友风靖源那张熟悉的脸，尽管这张脸已经被毁掉了一半。

云灭半蹲在地面上，凝视着风靖源的面孔，始终一言不发。云湛还记得风亦雨曾告诉过他，风靖源是难得的能够和云灭交上朋友的人，他也熟知师父面冷心热的性情，猜想此刻云灭的心里一定有很多话想要和老友说，却又已经无法让对方听见了。而在他的心里，尽管以铁盒中的十一为核心的大的谜团已经可以得到解释了，其实也有不少尚未昭明的细节想要问风靖源，然而同样的，风靖源无法回答他的朋友，也无法回答他的儿子。

"师娘，我们先走吧，让师父和我父亲在这儿待一会儿。"云湛说，"稍晚一点儿，等他走了，我再回来收敛尸身。"

风亦雨点点头。云湛正想和萝漪与安学武交代几句，却看到云灭霍然站立起来，并且向后退出了几步，立即明白了发生了意外的情况。他赶忙来到云灭身边："怎么了？"

无须云灭回答，他自己也能看得很分明：明明已经被风亦雨用钢针刺穿心脏的十一，此刻赫然重新睁开了眼睛，并且身体开始缓慢地蠕动。

"他还没死！"云湛惊呼道。

就在云湛说这几个字的时候，云灭已经迅速地开弓连射数箭，但十一只是轻轻挥舞一下手臂，就把云灭足以穿透六角牦牛的强劲利箭全部荡开。然后他

279

支撑着身子慢慢站立了起来。

"了不起的计划，也确实成功摧毁了我过去的那枚星流石，但是你们千算万算还是算漏了一件事。"十一发出喑哑难听的嘿嘿笑声，"我的身体里，还有一块星流石碎片，是前些日子一个试图暗算我的蠢货装进去的。"

"金手雷嘉！"云湛顿悟，"是他试图制伏你的时候……"

"没错，这就是命运的安排了。"比起先前，十一说起话来有些磕磕巴巴，口齿不甚灵活，这倒有些近似风靖源说话时的情形，"这枚碎片并没有安装到正确的位置，要长期使用是不可能的，但是，要管用一小会儿工夫，把你们全都杀死给我陪葬，却是没有丝毫问题的。"

"就你这样站都站不稳的模样，怎么杀我们？"安学武哼了一声。

"我不需要站起来，也不需要动一根手指头。"十一说，"杀人并不一定都需要拔刀。"

说完这句话，他的身体开始闪烁出一种银白色的光辉，这光芒从他的体内透出，仿佛融化在空气里一样，以一种水波一样的形态在空气里迅速扩散，把他从姬映莲的秘窟里带出来的所有傀儡都包裹在其中。随着白光的掠过，那些原本如木头一般呆立在原地不动的傀儡们也都纷纷重新开始了活动。不过它们并没有像先前那样急于进攻，而是只是轻微地调节着站立的姿态，好像是在等待着十一的进一步的命令。

"虽然我没有办法实现我的心愿了，不过，在我彻底死去之前，总还是需要一些陪葬。你们就做这样的陪葬品吧。"十一狞笑着。人们的耳朵里随之听到了一种奇特的轻微轰鸣声，像是有什么东西在振动。

"是星流石碎片！"萝漪说，"所有傀儡体内的星流石碎片都在相互呼应振动！"

她顿了顿，像是猛然间醒悟过来："糟糕了！这个老怪物想要引发所有星流石碎片一起爆炸！那些星辰力释放出来的话，整个这片山头都会被夷为平地！"

云湛扬起弓，箭头对准了十一："我拖住他，你们快撤！"

云灭摇摇头："没用的，这些星流石碎片已经开始共鸣了，过不了多一会儿就会一起爆炸。一旦爆炸，方圆数里之内的一切都会灰飞烟灭，除了能飞上天空的羽人，其他人腿脚再快也跑不了。"

"但是你不会跑，是吗？"风亦雨看着自己的丈夫，目光依旧沉静娴雅，毫无慌张。

云湛先是一怔，继而明白过来。云灭虽然并没有多说什么，但以他的傲气，一定把十一的绝地反击算在了自己头上。尽管云灭是羽人，而且是血统纯正飞行能力极强的羽人，在星流石碎片爆炸之前原本有能力逃脱，但他却不会扔下其他人而逃跑。

而风亦雨，无疑看穿了云灭的心思，在这短短的一瞬间，已经做出了陪丈夫一起死在这里的决定，尽管她自己也完全可以凝翅飞走。云湛只觉得自己有无数的话想要说，但话到嘴边却又一个字也说不出来，他太了解自己的师父，也太了解自己的师母，在这种时候，说什么话大概都是不管用的。

云灭没有回答风亦雨，却忽然间身形一闪，来到风亦雨身边，挥掌在风亦雨的颈后一切。风亦雨猝不及防，昏迷过去，被云灭横抱在臂弯。云湛明白，云灭将会凝翅把风亦雨送到安全的地方，然后再飞回来，陪着众人一同赴死。从时间上来算，已经不够再带出去第二个人了。

但出乎意料的是，云灭并没有凝出羽翼。他抬起头，看了看依旧阴霾的天空，皱了皱眉："云湛，你把你师娘带出去。"

云湛猛醒，云灭没有凝出羽翼的原因是他感受不到明月的月力——因为暗月遮挡了明月！命运似乎是要和大家开上一个足够大的玩笑，就在这个决定生死的时刻，暗月运行到了遮挡明月的轨迹上，即便是云灭也无法感知明月之力并借此凝翅飞翔。但是云湛却可以，因为他所拥有的是万中无一的暗羽体质，尽管无法感知明月的力量，却可以借助暗月之力起飞。

"暗月之翼的飞行之力比明月之翼更强大，你还可以把你的小朋友也带出去。"云灭指了指木叶萝漪，"至于那个天罗的胖子，太重太累赘，只好陪我死在这儿了。"

到了这当口，他倒是还能说俏皮话。安学武哼了一声："能有大名鼎鼎的云灭替我陪葬，倒也脸上有光。"

"不，你不会死，师娘不会死，小朋友和死胖子都不会死。"云湛忽然说，"还有一个人能救我们。"

他大步来到十一身前，双手按住了傀儡躯体的肩膀，一团黑气从他的双手释放出来，在傀儡肩头流转。

"醒过来啊，父亲！"云湛几乎是用尽全身力气喊道。

2

"父亲！醒过来！"云湛不断催动着蕴藏在体内的暗月的力量，"我不相信你会被这个老妖怪打败！你是一个天驱，你是风靖源！你不会输给他的！"

"醒过来！醒过来！"云湛的吼声有如一头愤怒的雄狮，萝漪等人都惊疑不定地望着他。在连续喊叫了数声之后，傀儡的身体突然抖动了一下，眼珠子不断地变化着颜色，忽而是亘白的耀眼白色，忽而是暗月般的漆黑如墨。

"打败他，父亲！"云湛摇晃着傀儡的身体，"他只是一个无赖的猥琐小人，而你是个武士，是个英雄！你一定能打败他！快醒来！"

傀儡的眼睛再度闭上，那半边还完好的脸颊上可以看出深深的痛苦，嘴唇都被自己咬出了鲜血，整个身躯也像癫痫一般不断抽搐。但云湛丝毫不放松，死死按住风靖源的双肩，暗月之力在他的体内澎湃，让他的肤色都隐隐显出暗淡的灰黑。

傀儡蓦然间发出一声仿佛是和云湛应和般的嘶吼，重新睁开眼睛时，眼珠深黑，眼白仿佛也被染黑了。这原本是一双让人看了不寒而栗的怪异双眼，但此时此刻传递出的却是让人欣喜的信号。

——原本被十一所压制的风靖源的精神世界又复苏了！他反过来压制住了十一！

然而，风靖源的头脑似乎仍然不是太清醒，和当初与云湛交手时相仿。此刻他看着眼前云湛的面容，眼神里一片混乱，似乎是又感到熟悉又完全记不起细节，陷入一种大梦方醒却又无法打捞出梦中记忆的窘况。

"父亲，是我，风蔚然！"云湛俯下身，贴在风靖源的耳边说，"你是了不起的天驱武士风靖源，我是你的儿子风蔚然。醒过来，我们都需要你，没有你的话，我们会死，就像你的好朋友云谨修那样。"

风蔚然，云谨修。这两个名字就像是两根钢针，让风靖源的颤抖更加加剧。他猛地挥出一拳，打在了云湛的胸口，尽管此时的力量已经比之前微弱许多，仍然打得云湛五脏六腑一阵翻腾，一口鲜血吐了出来。但云湛咬紧牙关，仍旧不松手，大喝一声："看清楚了！我是风蔚然！你要打死你的儿子吗？"

"儿子……风蔚然……蔚然？"风靖源含含糊糊地说，"是你么，蔚然？"

云湛大喜："对，是我，我是风蔚然！你醒过来了！"

风靖源艰难地转动着头颅，四处看了看，有些困惑："这是怎么回事？这里还是东鞍镇？那些傀儡，不是都被姬映莲关在地宫里的吗？还有我，我记得我去了泉明港，找一个河络给我修补身体，怎么会……"

"现在顾不上解释，简单地说，你和一个恶魔——就是姬映莲一直想弄出来的铁盒里的那个——正在共用这具傀儡的躯体。你必须压倒他，不然这些傀儡的星流石碎片会一起爆炸，这一片山区都会被夷为平地。"云湛说。

风靖源盯着云湛，看了好一会儿，忽然间露出了笑容："你还是和小时候一样啊，蔚然，有事没事净惹祸，然后就要靠老爹给你擦屁股。但是老爹每一次都会做到的。"

云湛擦了一下眼角："没错，你一定能做到。"

"靖源兄，很久不见了。"云灭不知何时也来到了风靖源身边。风靖源看着云灭，笑意更浓："啊，我明白了，这个祸是你和我儿子一起闯的。"

"他是我徒弟，一身武艺都是我教的，闯祸的本事也是我教的。"云灭说。

"有你做他的老师，我就可以彻底放心啦。"风靖源吃力地挥挥手，"你们快走吧，没时间说闲话了。我会尽力拖住这个老妖怪，让星流石爆炸得晚一点儿。"

云灭点点头，不再多言，云湛却开口说："师父，你带着所有人走，把这附近的居民尽可能全部疏散，我留在这里。"

"你留在这里？"云灭眉头微皱。

"别忘了，十一的古怪生存形态来自于暗月，现在只有我能够调用暗月之力来强行压制老怪物，帮助父亲，让他尽可能多拖一些时间。"云湛说，"真到了最后支撑不住的时候，别忘了，我还能飞走。"

"好。"云灭只说了这一个字，向风靖源微微点头，怀抱着风亦雨，招呼萝漪等人随他离去。

接下来的时间里，云湛拼命借助着暗月之力帮助风靖源压制十一的反击。十一的意识显得格外暴躁，不断地试图抢夺回这具躯体，好几次甚至已经成功了，但又立马反过来被风靖源击退。父子二人就好像是两名守卫着一座孤城的士兵，面对着潮水般涌来的敌人，纵使伤痕累累浴血满身，也始终咬紧牙关，半步也不后退。

在此过程中，云湛抽空和风靖源进行了一些简短的对话。尽管风靖源的语言能力仍然不太好，时而清醒时而迷糊，有时候甚至词不达意，但毕竟父子二人有着一种独有的心灵默契，从风靖源那些碎片化的叙述中，云湛仍然基本理出了一些头绪。

他之前的推断是基本正确的。就在距今二十年前左右，云湛不满七岁的时候，姬映莲找到了风靖源。姬映莲一直在苦苦寻找适合用于改造半傀俑的活人，但他所实验过的许多人都会和机械的身体产生相互排斥，严重的甚至会很快毙命，他经过解剖研究，猜测这大概是因为人体自身的生长能力在作怪。但风靖源恰恰是被玄阴血咒重伤的人，玄阴血咒的力量来自于谷玄，可以抑制人

284

类正常的生长力量，但却说不定可以促使人体和机械人偶融合，制造出姬映莲想要的拥有活人智慧的傀儡。

于是姬映莲用云湛的性命威胁风靖源接受他的改造计划，风靖源为了保护云湛，无奈之下只能答应。姬映莲在杜林城里买下一座宅子，隔一段时间就去悄悄探访风靖源，为他更换身体部件。由于仆人陈福是个很机警的人，每次上门，姬映莲都会挑选陈福出门采买办事的空当。

一段时间之后，风靖源的身体已经基本被更换完毕，并没有出现任何排斥，反而结合得十分好，姬映莲大喜过望，继续以云湛的性命威胁风靖源，要后者随他离开杜林，成为他的仆从。风靖源无奈只能选择了假死，在葬礼的喧嚣之后，跟随姬映莲离开杜林。但在离开之前，在风宅里的最后一次改装调节中，他那单独的头颅被一个闯入偷盗的孩子发现了——就是云湛童年时代的好友安林。安林被吓疯了，给这起黑色的事件在杜林城留下最后一个惊恐的符号。

这之后，风靖源一直被姬映莲带在身边，帮助他杀死了不少敌人。但姬映莲还是对挑战沐怀纷没有把握，而风靖源是他手里唯一一枚可用的棋子，万一夭折就前功尽弃了。所以他并没有去找沐怀纷，而是继续为提升自己的傀儡实力而努力。当然，在此过程中，他也绝不会放弃对沐怀纷的追踪，哪怕并不现身挑战，也要随时知道沐怀纷在哪里。

三年后，也就是大约距今十七年左右的时刻，追踪沐怀纷给姬映莲带来了一个很意外的收获。他意外地发现，一个名叫印皓的辰月教长找到了沐怀纷，向沐怀纷提出一个交易。他要求沐怀纷为他制作两具具备简单的行动能力，但外表一定要精致到无懈可击的傀儡，一个以印皓自己为模板，另一个则有些出乎意料：竟然是以印皓的死敌、一直和他作对的女天驱仇芝凝为模板。而作为交换，他会把自己所负责保管的辰月教的秘宝——那个禁锢了一个活人灵魂的铁盒送给沐怀纷。

"孩子，你能猜到这笔交易是为了什么吗？"风靖源问云湛。

云湛点了点头："如果是过去，还真不大容易明白。但我亲眼见到过那两个傀儡，还见到了一些别的东西，大体上应该能猜出来。我想，印皓和仇芝凝表面上彼此仇视，甚至要拼得你死我活，但在旁人的视线之外，他们应当彼此相爱，是一对情侣，很有可能还有一个孩子。可能就是因为厌倦了这样双面的生活，他们才一起策划了一起假死，打算抛出那两个足以以假乱真的傀儡作为替死鬼。就我所知，就在这两人死亡的当夜，有一波辰月和一波天驱被某些消息吸引到了印皓的宅院里，我想，那也应该是印皓故意放出的假消息，目的就是要让天驱和辰月同时目击两人的'同归于尽'，然后用秘术一类的方法毁尸灭迹，不给双方的组织解剖验尸的机会。"

"云灭真是把你教得不错，"风靖源很是欣慰，"简直像你亲眼所见的一样。"

"但是后来却出了意外，他们俩真的死了，反而是两个傀儡逃出去了。"云湛说，"这当中具体发生了什么就很难凭空猜想了，但是大体的方向是有的。既然你已经提到，这个计划被姬映莲发现了，那么以姬映莲的性子，一定会为了抢夺铁盒而策划种种阴谋。他一定是提前通知了辰月，然后辰月内部负责锄奸的阴支把这两个人铲除了，同时使用了秘术一类的障眼法，让那些目击者看到两人拼斗身死同归于尽的假象，但实际上，拼斗的是两个傀儡，死掉的却是真人。至于之后两个傀儡是怎么逃出去的，就恐怕只有它们亲口才能讲明白了。"

"八九不离十，唯一猜错的一点是最后真人假人之间的替换。那并不是锄奸者干的，而是两夫妇自己。他们的计划是这样的：两人先开打，使用出各自的绝招，让旁观者因为看出两人的实力而绝不怀疑他们的真假；继而使用空间置换的秘术，在障眼法的掩护下，把两个傀儡换到旁观者面前，而他们两人自己换到暗处逃生。印皓精通谷玄秘术，他会使出谷玄秘术中的最高奥义'空'，假造成两人都被'空'吞噬，尸骨无存的假象。然而计划被提前识破，夫妇俩还没能来得及进行空间置换，就被锄奸者抓住时机偷袭暗杀了。所以，那两个傀儡应该是自己逃出去的。"

"这又能解释一些事情了。不过有一点很关键，这夫妇俩有没有一个女儿？她后来怎么样了？"云湛问，"是不是和两个傀儡一起逃走了？"

"确实有一个孩子，但是是男是女我也不清楚，后来的结局更不知道了。"风靖源说，"不过我猜想，他们俩之所以策划这样的假死逃离，应当是和想要带着孩子远离纷扰有关。将心比心地猜。"

　　云湛恍然："是啊，无论这两个人活着的时候有多么张狂凶恶，涉及孩子的时候，父母的天性终究压倒了一切。可惜的是，还是没能算计过姬映莲那个疯子。"

　　"是啊，姬映莲的确是一个恶魔，一个疯子。"风靖源一声喟叹，"他一方面通知辰月，一方面自己亲自去沐怀纷那里抢夺铁盒，为了保险，他终于动用了我，却没有想到出了意外……"

　　根据风靖源有些杂乱的回忆，云湛勉强理清了头绪。沐怀纷是一个非常警醒的人，住所里好像还有不少机关，姬映莲挖空心思，把风靖源拆解成头部、躯干、四肢、手足等若干部件，混在沐怀纷订的一批制作原料里送进了沐怀纷的家里。以风靖源的特殊精神能力，完全可以利用精神力把所有部件召唤在一起并自行组装，成为完整的人体，然后实施盗窃。

　　但是在风靖源抓住沐怀纷外出的时机，催动精神力打算把自己的身体组装起来的时候，却遇到了意外状况。他的精神力和那个铁盒产生了共鸣，确切地说，是拆下来的右手。铁盒先是操纵着右手自动爬入盒中，然后似乎是借此吸取了更多力量，反过来控制了风靖源的整个身躯。风靖源不由自主地拼起了自己，只剩下右手掌还在铁盒里，然后带着铁盒逃出了沐怀纷的住所，一路远行。

　　当然，从铁盒内进行间接控制，毕竟效果还是有限。风靖源一路行进，一路也在用自己的意志和铁盒内十一的精神进行对抗，走走停停速度很慢。倒是姬映莲很快循着风靖源留下的踪迹追上了他，就此发现了这个铁盒果然有着影响傀儡心智的奇效。他若获至宝，先用法器控制住铁盒，以免十一在里面再捣乱，然后找了个僻静的地方，绑架来几位与矿物、冶金相关的专家，分析铁盒的成分。最后他发现，铁盒中有一种乌金矿伴生的古怪杂质，能够与精神力产生强烈共鸣，无疑就是十一在机缘巧合下被困入其中的关键。

　　这个发现让姬映莲着了迷，让他发现了绕过人类的肉体、直接将意识注入并束缚在傀儡身上的可能，这条路或许能让他真正超越沐怀纷，甚至成为九州历史上出现过的最强的偃师。这个宏伟的目标激励着姬映莲，让他暂时抛开一切，迁居到了那种特殊杂质的产地：东鞍镇。

　　然而，这个目标远比姬映莲想象的更加艰难，最终他只是空耗了十七年光阴而一无所获，在无穷的悔恨中默默死去。而在他死后，铁盒被镇上的无良青年偷走，直到一个不速之客的出现。而这个不速之客，也成了云湛关注的重点。

　　"他就是为了铁盒而来的，先是闯进了山中秘窟一通搜寻，并没能找到，却无意中释放了我。那时候的我，并不像现在这样基本算是清醒的，脑子里一直半清醒半糊涂，更多是受到本能的驱使。他离开秘窟不久，我也挣脱束缚出去，沿着铁盒释放出的精神印记一路追踪，才知道他杀害那个青年抢走了铁盒，当然，黄雀在后，我花了一番工夫追上他之后，反而杀死了他，并且抢回了铁盒里的断手。不过那时候，铁盒上被姬映莲施加的秘术封印还没有解除，十一并没能控制我，只能给我施加某些精神上的暗示，推动我的情绪。"

　　"所以你的情绪就被推动到去追杀那些辰月偃师了，这是我一直都没弄明白的。"云湛说，"你为什么会去对付他们？"

　　"那是一份我在那个不速之客身上找到的名单。"风靖源回答，"那时候我就像中了邪一样，一看到名单上这些人的身份是辰月教的，并且都是偃师，立刻不顾一切地开始照着名单去追杀，心里根本没有一个清晰的原因，简直就像是野兽捕食般的本能。就像我刚刚和你说的，这当中肯定有十一给我施加的暗示与推动，但如果我内心没有一个对辰月偃师充满敌意的根源，他也没有办法推动。"

　　"没错，那现在你想通了吗？"云湛问。

　　"那是因为你的亲生父亲啊，"风靖源长叹一声，"你已经知道他是谁了吧？"

　　云湛点点头："我知道，天驱偃师，云谨修。难道……难道……"

　　他一下子恍然大悟："我懂了！云谨修的死，和辰月偃师有关，你的内心

别离与初遇 捌

深处……一直藏着杀死辰月傀师保护他的潜意识！"

他回想起了当时英途向他讲述的那段往事："姬映莲想办法夺走了一个辰月手里正在研制的傀儡，以他的才智，很轻松地就能够破解出其中的技术要点，然后再想办法假造证据，让辰月误以为云谨修盗窃了他们的秘密。对傀儡的研制，很可能关乎着辰月长久的未来，辰月自然是要对他追杀不止，你的父母最终因此而丧生。"

都明白了，云湛想，保护自己的朋友，是深藏于风靖源心中的不可磨灭的执着。甚至于在他的头脑都还没有恢复清醒神智的时候，仅仅是看到辰月教傀师们的名单，就在这样保护自己好朋友云谨修的本能驱使下，去一个个按照名单展开刺杀。他这一生受尽痛苦磨难，可以说都是为了云谨修父子二人，但却从未有一丝一毫的后悔退却，有的只是献出自己生命也不足惜的勇敢大义。

这一瞬间，云湛更加坚定了那个念头：云谨修是我的生身父亲，但是风靖源，才是我真正的父亲，一直都是，永远都是。

"不过，我还有一件事情不明白，为什么十一单单对你的右手有很强的感应呢？"云湛问，"在此之前那么多年，他都并没能操控过其他的傀儡，包括被收在沐怀纷家里。"

"傻小子，有些事情你可能不记得了。其实，你体内的暗月邪力并不是一直平静的，大概在你两岁左右的时候，那股力量爆发过一次，眼看着就要吞噬掉你的心智，然后把你活生生撕裂。我当时强行用我的右手按住你，右手吸取了不少邪力，总算缓解了你的重症，不过在那之后，我的右手就会时不时地作怪，我想是那股邪力残存了不少的缘故，这种力量应当就是我可以和十一的意识相互呼应的根源。不过不妨事，我当时原本就浑身上下都在受到玄阴血咒的折磨，右手稍微更难受一点也无足轻重。"

云湛紧紧握住父亲的手，一时间觉得找不到任何语言来表达他内心的感情，但风靖源那半张还完好的面庞上，带着的是自豪与欣慰的笑容，仿佛是因为看到云湛延续了他的光荣而迸发出的发自内心的骄傲。云湛禁不住想：没错，我是风蔚然，风靖源的儿子风蔚然，这件事永远不会改变，它是我生命中最大的荣光。

"好了，儿子，你该走了。"风靖源忽然说，"镇上的人应该都已经撤到了安全地带，我也坚持不了太久了，你赶紧飞走，我引爆所有的星流石碎片，把这些傀儡和老妖怪一起永远埋葬掉。它们和我一样，原本不应当存在于这世上。"

"我懂了，父亲。"云湛紧紧拥抱着风靖源坚硬如铁的傀儡身子，"可惜时间太短了。我还有很多话想要和你说，我想要你知道，你的儿子风蔚然从来没有丢过你的脸。"

"我相信你，你一定会是让我放心的好儿子。"风靖源轻轻抚摸着云湛的头发，"能够在临死之前见到你，和你说了那么多话，我已经没有任何遗憾了。去吧，好好活下去，你活着就如同我也活着。"

云湛站起身来，凝出了巨大的黑色羽翼，准备起飞："想想真是可笑啊，我的出生源自于亲生父亲的欺骗与阴谋，但是最后却得到了一个真正的父亲。总体而言，已经很幸运了。"

"不，孩子，你错了。"风靖源认真地说，"你的生身父亲的确是怀着不纯的目的去接近你母亲夏如蕴的，可是到了后来，他真的爱上了夏如蕴，并且不想再利用她。于是他把真相告诉了夏如蕴，而夏如蕴也仍旧选择了随他离开，这才导致了后来姬映莲的阴谋和他们俩的被害。姬映莲也正是因为一直迁怒于云谨修，想要报复于他身边活着的亲人，才一路找到你、找到我的。你的亲生父亲确实不是一个完美的人，有很多缺点，也犯过很多错误，但他对你的母亲是真心的，如同你母亲对他一样。你的出生，是一个美好的奇迹，而不是什么阴谋与欺骗。"

云湛低头默然，过了许久才轻声说："我明白了，父亲。我走了。愿你安宁。"

他最后深深地看了自己的父亲一眼，仿佛是要把父亲解脱与骄傲的笑容永远刻在心间。然后，宽阔的暗月之翼迎风展开，他飞了起来。不过，在上升之前，他还低空盘旋了一小会儿，从地上抓起了一个因为失去十一的指挥而呆若木鸡的傀儡，一拳捣碎了傀儡的左胸，把其中的星流石碎片扯出来扔在地上，这才带着傀儡继续高飞，飞到足够安全的高度，直到没入云端。

"兄弟，我答应过的，要带你去看看九州的美丽世界。我可不是说话不算数的人。"云湛对手里的傀儡说，"虽然你再睁开眼睛的时候，已经不会记得我是谁了，不过……就算你重新投胎活了一回吧。"

身下传来了响彻云霄的巨大的轰鸣声，仿佛整片越州的天空都要被撕碎。云湛拍动着羽翼，上升到云层的上方，太阳的光芒灿烂而辉煌。仿佛是被刺目的阳光晃到了眼睛，云湛的眼泪流了下来。

3

越州的事情基本结束了。废弃矿区被彻底摧毁的消息震动了官家，接下来又是一大串忙乱的调查与问责。不过这些事已经和南淮城游侠云湛先生没有关系了。他死皮赖脸地从自己的两位朋友木叶萝漪和安学武那里蹭了些路费，快马加鞭回到南淮。

在把事件真相汇报给天驱，解除了自己身上的嫌疑之后，云湛再度去往邪物司。整起事件中的大部分疑点都已经得到了解释，但仍然存在着一些还无法解释的案情，尤其是那个一直与他作对的血羽会高层的真实身份，以及同西北谷里那间小木屋有关的故事。这些疑点不解决，他仍然不会甘心，因此打算再去找佟童聊聊。

然而佟童不在邪物司，这可是十分罕见的事。佟童的手下刘厚荣对云湛说："头儿病啦。"

"病啦？他的身体那么好，怎么会生病的？"云湛很是意外。

刘厚荣叹了口气："算是心病吧。他失恋了。"

"失恋？"这个答案更加让云湛惊讶，"我离开南淮之前，不还好好的吗？他那阵子心情好得都能飘上天了。"

刘厚荣一摊手："就在越州那件事的消息传回来的那一两天，这当中究竟发生了什么我们就很难知道了。你知道的，头儿在男女之事上脸皮最薄，平时有什么绝不会和我们说。"

刘厚荣所说的"越州那件事的消息"，毫无疑问指的是云湛等人打败了十一，但也因此造成了一大片山区被毁的那件大新闻。这原本可能只是一个时间上的巧合，但云湛听了却隐隐感觉有些不大对。他想了想，追问了一句："那个女方到底是个什么人，你们知道么？"

"这个倒是碰巧知道。"刘厚荣说，"头儿一直瞒着外人，不让我们说出去，也是有原因的。他不想让别人说他假公济私？"

"假公济私？什么意思？"

"头儿的这个前任情人，就是最初发现西北谷里那几具尸体的那个逃婚的大小姐。"刘厚荣说，"头儿为了了解案情细节去拜会过她一两次，也不知道怎么的，一来二去这两个人就在一起了。可惜啊，可能还是身份地位悬殊吧，人家是富家千金，我们呢？老百姓表面上称呼你两声官爷班头，心里还是只把你当成官家养的狗……"

云湛没有再去理睬刘厚荣充满自怨自艾的絮絮叨叨，脑子里浮现出一个十分滑稽的念头。然而，滑稽可笑却往往是世事的真相。

四天后。深夜。

南淮城大茶商颜佩玉的宅院门口，气派的大红灯笼彻夜点亮，院子里各处也点了不少灯。颜佩玉本来是一个挺节俭的人，尽管家财万贯，平时却经常在各种小处抠门，但最近一段时间以来，他却咬着牙夜夜把颜宅布置得灯火通明，熟悉颜佩玉的人都明白：这个一贯迷信的人是想要以此来洗去晦气。毕竟颜家大小姐竟然为了逃婚而离家出走，已经足够让颜老爷丢面子的了；而逃婚逃到西北谷里，恰恰好撞上几具惨不忍睹的死尸，那更是倒霉到家。为了清除掉这些霉运，他除了请来各路大师做法驱邪之外，还置办了大量的红灯笼、红蜡烛等，每天晚上把颜宅照耀得犹如白昼。

这些灯火能不能驱邪不好说，至少能让小偷飞贼们望而却步。不过，南淮城里却偏生还有那么一个不怕死的货色，就选在这样一个夜晚潜入了颜宅。

那就是知名无良游侠云湛。

他轻而易举地避开了所有巡夜的家丁，径直来到颜家大小姐的闺房门外，直接动手轻轻敲门。过了一会儿，房内传来一个镇定的声音："云湛先生，是你吗？"

"是我，特地来拜会血羽会郁非堂堂主，颜瑾姝小姐。"云湛说。

"请进来吧，恭候多时了。"颜瑾姝说。

云湛推门进屋。屋里的女人已经点亮了烛火。这是一个看上去比云湛年轻许多的女子，美丽中犹带几分稚气，南淮城的人们假若谈起她，一定会用到诸如"千金小姐""扭扭捏捏""大门不出二门不迈""和男人说一句话能脸红三天"之类的词句。但是此刻，在云湛面前，她的神态落落大方，目光中更是有着针锋相对的锐利光芒。

"你最后还是找到这儿来了，尽管比我预期的慢得多。请坐吧。"颜瑾姝说。

"因为你藏得实在太深，我实在很难想到这里，直到你甩掉了我们可怜的佟童。然后我就先溜进你家偷看了一下你的脸——请原谅我那么不君子……一看到你的脸，我就明白过来了。"云湛说着，继续注视着颜瑾姝的面容。这张脸他在几个月前曾经见过，但却没有留意，直到前几天第一次夜探颜宅，见到了传说中扭扭捏捏从不出门的颜大小姐的面孔，这才明白过来：原来他老早就身在局中了。

——颜瑾姝的这张脸，他在杜林城的风家老宅见到过。那天夜里，一名辰月教徒求见雪香竹，云湛偷听了两人的对话，从此开始和雪香竹一同踏上寻找偃师们的踪迹的行程。那名辰月教徒在离开之前，曾经和云湛打过一个照面，当时云湛并没有太在意。直到见到颜瑾姝的脸他才明白过来，那时候他所见到的，就是颜瑾姝。

——他一直在怀疑雪香竹是幕后的主使，但事实上，这个曾假扮成雪香竹手下的颜瑾姝，才是真正的幕后主使，雪香竹反而只是受她操控的部属。

"那个时候，我并不是偶然偷听到你们俩的对话的，是吗？"云湛说，"你故意让我听到你的脚步，故意引我跟踪，就这样一步一步让我跟随着雪香竹的步调，试图从我身上得到我的父亲风靖源的消息，并且利用我找到他。到了后来，你们发现我可能会挖掘出一些你们不愿意我知道的信息，又决定甩掉我，设置各种陷阱对付我，甚至于杀害任非闻栽赃于我。"

"这是一个失误。"颜瑾姝说，"我终究还是低估了你，没想到你会一步步地顺藤摸瓜，甚至连我的身世都被你挖出来了，最后还折掉了我们暗月堂的第一杀手，而我想得到的却没有得到。不过，有一件事你说得不对。"

"哪件事？"云湛问。

"就是我中途改变主意决定不再与你合作的原因。其实我并不是特别担心你知道的事情越来越多，因为那样会有助于你查找某些我也需要的线索，我们至少可以相互利用。但是，当你进入北都城之后，我却还是在犹豫再三之后，命令北都城的血羽会分舵布局对付你。你能猜得到其中的原因所在吗？"

云湛思考了一下，忽然间神色黯然："雪香竹。"

颜瑾姝点点头："没错，你们进入北都城之后，在你去和那个名叫英途的天驱偃师会面时，我也和雪香竹有所交谈。我发现，她对你有了一种莫名的好感和信任。这一点实在是太危险了，比让你自己发掘出那些秘密还要危险。雪香竹是我很得力的臂助，尤其能在辰月教里爬上高位，殊为难得，我不能让这样一枚重要的棋子毁在你手里。"

云湛长叹一声："毁在我手里？我现在很后悔当时没能及时找到她，不然的话，说不定还能救她。她和你不一样，她的内心深处还有人性。"

"多谢夸奖。却之不恭。"颜瑾姝笑靥如花。

"可是后来，在东鞍镇，她设计把我关在地下的时候，却很决绝。是因为你的胁迫吗？"云湛问。

颜瑾姝的笑容变得冷酷："我有无数种方法让我的人听话，可惜的是，她最后还是没能完成任务。当然，这对我是一个很不错的教训，提醒了我我的算计当中也还有许多漏洞，尤其要考虑到男人和女人之间的某些莫名其妙的联系——毕竟人不是傀儡。所以还得感谢你。"

"不用谢，我得到的教训也不小。为了掌握相关案情以及我的动向，你居然还利用了我的好朋友的感情，当然，如果不是因为他，我也没那么容易能找到你。"云湛哼了一声，"此外，恕我直言，傀儡比你更像人。"

"我依然把这句话当作是对我的夸奖。"颜瑾姝眼波流转，近乎媚眼如丝。

"不过，你所说的你的身世，指的是你的亲生父母对么？我不知道你用了什么手段一直假扮颜瑾姝——有可能颜佩玉本人都是你们血羽会的傀儡——但你并不是什么宛州茶商家的大小姐。你是印皓和仇芝凝的女儿。"

"对，我是他们的女儿。印皓和仇芝凝的女儿。"颜瑾姝并没有否认。

"能告诉我那天夜里到底发生了什么？"

"其实你也多半能猜得差不多了：由于姬映莲的出卖，他们准备逃亡的当晚，没能按照计划利用空间转移的秘术把两个傀儡换出去送死，而是自己被杀死了。两个傀儡带着我逃走了，不过那两个傀儡是沐怀纷临时赶工的产物，身体无懈可击，智慧太低，走到半道上，在山路上滑下了悬崖，不过它们滑下去之前用力把我扔了上去。"颜瑾姝说。

云湛注意到，颜瑾姝无论讲到父母的死还是两个傀儡滑下山崖前救了她的命，都十分平静，语气里波澜不惊，好像是在讲述着和她完全无关的事件。他忽然间意识到了，对于这个美丽的女人来说，利用一下佟童的感情，简直是微不足道的小事。

"那么，羽氏家族的杀手羽原，也是你的老相识？"云湛接着问，"你逃离南淮城之后，辗转进入了那家位于宛州东北部的善堂，随便编了个假名字，并且开始展现出你的各种天赋，羽原不过是被你利用的无数枚棋子当中的一枚。小小年纪就那么有心机，即便是对羽原这样一个原本随时可以丢弃的棋子，也会动脑筋把她安排进羽家，成为日后你可以用得上的长线，也难怪血羽会这些年来势力扩张如此之快。你是郁非堂堂主，郁非代表着雄心和志向，正好最适合你不过。"

"谢谢夸奖。"颜瑾姝妩媚地一笑，"可惜我还做得不够好。"

"那个闯入东鞍镇抢走铁盒，并且无意中在秘窟里放走我父亲的人，也是你的手下对吧？你是印皓的女儿，自然是早就知道了那个铁盒的存在。"

颜瑾姝点点头："这些年来，我一直在想办法寻找那个铁盒，但姬映莲藏得很深，始终难以找到他的行踪。到了他临死前几个月，因为身体衰弱，头脑也有些不清醒，在黑市订购星流石碎片的时候保密做得不好，终于被我揪到了破绽，找到了他的藏身之所。我马上派我的人去找他，同时还给了他辰月偃师的名单，想要马上抓那些偃师回来帮助研究。但是我却没有算计到风靖源的存在，更加没有算计到他会拿着名单去杀那些偃师，尽管竭力补救，最后还是没能成功，这其中固然有你不停捣乱的缘故，但风靖源也的确是个厉害的人，即便头脑并不太清醒，但天驱的本能和应变能力并没有丢。

"我唯一一次跟上风靖源的脚步，就是在西北谷，因为那时正好是那三位被杀的偃师多年不见后的一次聚会。我想要阻止他，但风靖源的傀儡躯体实在是太过强大，反而害得自己也受了不轻的伤。不过，风靖源也受到惊扰，并没有彻底杀死那三个人，就匆匆离去了。我躺在地上调息了一阵子，刚好勉强恢复行动能力，发现又有人靠近，就赶忙躲了起来。"

"这个人就是现场那四具尸体中唯一身份不明的年轻女性，对吗？"云湛说，"我一直都没有想明白，明明去杀人的是我的父亲，为什么最后却变成了那样四个人一齐被剖腹的惨状？"

"我倒是在暗处目睹了整个过程。"颜瑾姝说，"老实说，就算是像我这样心狠手辣的人，见到那个场景，也会觉得触目惊心。那个年轻的女人，应当是从山谷深处向外走的，见到三个垂死昏迷的辰月偃师之后，停下来查看他们的状况，刚开始倒也并不显得有恶意，甚至于还像是很关心想要照料一下的样子。但没过多一会儿，她忽然从自己的身上抽出一把锋利的刀子，开始剖开那三个人。"

云湛大为震骇："也就是说，是那第四个死者干的？这是为什么啊？"

颜瑾姝摇摇头："我不知道。我只看到她下刀非常细致，但是掏出那些人的内脏时却显得茫然无措，似乎不知道之后应该干什么。几分钟之后，当她确认那三个被她剖腹的人都已经死去之后，更加显得惊惶万状。然后……我就眼看着她剖开了自己的肚腹，和那三个偃师一样，死在了一起。"

"这……这是为什么啊？没有任何道理啊？"云湛又是震惊又是疑惑，"难道她根本就是一个疯子？这完全是神志不清之下的发疯的举动？"

颜瑾姝一摊手："跟你说了，我不知道。也许就是忽然间想要杀人了呗。死人这种事，我从小到大见得太多了。不过有一点，那个女人和后来撞墙抢尸的傀儡是一伙的，因为抢走她的尸体就是一男一女两个傀儡，我么，不过是派手下浑水摸鱼带走了三个偃师的尸体而已。"

云湛叹了口气："好吧。不管怎么说，谢谢你今天晚上跟我说了那么多，解决了我很多心头的疑惑。不过容我多问一句：你加入血羽会，培植自己的势力，寻找铁盒，做出了那么多事，究竟是为了什么？是为了给你的父母报仇么？"

"报仇？"颜瑾姝像是听到了什么大笑话，哈哈大笑起来。过了好一会儿，她才止住笑："云湛，你是不是打斗小说看多了？满脑子都是父母的血海深仇啊，家国理想啊，坚定的信仰啊之类的？你想得太多了。他们早就死了，不死也和我没什么关系，我为什么要给他们报仇？我所做的一切，只是想要自己活得更好而已。"

"活得更好……"云湛咀嚼着这句话里的含义，"听起来，虽然有一对厉害的父母，你的童年似乎活得很悲惨。"

"也还好，不算太悲惨。"颜瑾姝依旧笑意盈盈，"只不过他们两口子原本自己双宿双飞挺快活的，一不小心生下了我，我就算是个累赘吧。所以我还是喜欢像现在这样自己活自己的，谁也不欠，谁也不拖累。"

"你对佟童也算得上谁也不欠么？"云湛咕哝着，"不过我也大致明白了，之前一些对你父母与你之间关系的猜测，看来是错误的。那就这样吧，今晚打扰了，告辞。下次见面的时候，也许就是你我刀兵相见的时刻了。"

"很有可能。但是也不一定。"颜瑾姝说，"我刚刚说了，我只为自己而活，怎么样能活得更好，我就会选择怎么样的路。现在我是血羽会的堂主，也许哪天一不小心，我会成为你的天驱同伴呢？"

"我会阻止这样的事情发生的。"云湛说，"天驱虽然有时候在我的心里十分不堪，但它终究还是真诚的信仰。我不会让人玷污这样的信仰。"

"那我们就走着瞧好了。"

云湛转身准备出门，但临出门前，又停住了脚步。

"你现在叫颜瑾姝。你在善堂里化名黄娟。我想你还曾经用过无数其他的名字。"云湛说，"不过我纯粹是好奇，你的真名是什么？印皓和仇芝凝给你起的真名？"

"年深日久，记不清了。"颜瑾姝耸耸肩，"这些无关紧要的事，记住它作甚？"

云湛不再多说，微微点头，替颜瑾姝带上了门。一面向外走，他一面想着：从此以后，又多了一个难缠的对手。

但是能不能像对安学武和木叶萝漪那样，也把这个对手变成自己的朋友，他实在是半分把握也没有。

4

今夜的山谷里依旧北风呼啸，还有零星的小雪飘落。但小木屋里炉火熊熊，云湛还把漏风的窗户和有些破损的房顶都修缮了一下，此刻的木屋中温暖如春。

云湛和冼文康对面而坐，桌上有酒，有简单的小菜，但这一次，冼文康终于不必再假装自己能吃能喝了。这个根本不需要饮食的傀儡，只是看着云湛一个人喝酒。

"所以，整个事件就是这样了。"云湛说，"我过去不了解偃师，不了解傀儡，没有想到会牵扯得那么深那么远，但是无论如何，该解决的总算都解决了。十一的灵魂消散了，铁盒不复存在了，姬映莲那三百多具傀儡化为了灰烬，再加上这段时间被杀害的那么多偃师，我感觉以后想要再见到一位偃师都很不容易了，这个行当会不会一步步走向灭绝都很难讲。"

"灭绝了倒也无妨。"冼文康说，"或许有些人的话是对的，生命终究是属于神的创造。凡人想要把生命的奥义握在自己的手里，能带来的，大概只有无穷无尽的灾祸。"

"所以沐怀纷是最聪明的，虽然身为这个时代最伟大的偃师，却总是避开所有的纷争。"云湛说，"你以为我看不出来吗？你的身体维护保养得那么好，凭你自己是办不到的，一定还是沐怀纷做的。"

"是的。但是她现在只是一个默默等死的垂暮老人，不想见外人，希望你能理解。"冼文康说。

"放心吧，我也无意去惊扰她。"云湛说，"我已经见到了太多偃师的血了，就让她安安静静地生活吧。"

他停顿了一下，又说："我现在就只有一件事死活没有想通，就是那起剖腹的事件。基本可以肯定的是，那位年轻姑娘就是一直在这个木屋里和两个傀儡共同生活的人。从这间木屋里的种种迹象来看，她也许从来没有离开过西北谷，为什么会见到几个陌生人就突然出手杀害，然后还要自杀？而且还用的是剖腹杀人这种极度残忍的方式。"

冼文康轻笑一声："云湛，你是人而不是傀儡，所以你只会用人类的思维去揣测傀儡的行为，所以你才会一直偏离正确的方向，不停地去猜测什么杀人啊残酷啊之类的。"

"可是，那个姑娘并不是傀儡，而是真人啊。"云湛有些糊涂。

冼文康从桌旁站起来，来到那两个已经不知道在长凳上坐了多久的傀儡面前，看着他们那两张惟妙惟肖、恍如真人的脸，慢慢地说："你离开南淮城的这段时间，我把这个山谷走了个遍，发现了不少你过去未曾发现的东西。比方说，在这个山谷入口处不远的地方，同样有一座早已成为废墟的小木屋，你应该见过，但却从未留意过。"

云湛不明白冼文康想要说什么，只是静静地听着。冼文康接着说："我却留意了，专门利用我过去在官场积累的人脉去调查这间看起来无足轻重的废屋。你知道吗？就在印皓和仇芝凝死去之后的两天，有人在西北谷里发现了两具尸体，同样是一男一女，同样是一对夫妻，他们就是那间废屋的主人，是一个樵夫和他的妻子。他们的尸体被发现时，全身的骨头都断折了，像是被什么从高处坠下的岩石砸死的……"

"傀儡！就是这两个傀儡！"云湛忍不住插口说，"颜瑾姝所说的'逃亡半道上从山崖上滑下去'，竟然就是在这个山谷里。是它们砸死了这对夫妇！"

"对，但是根据案件卷宗的记载，当时住在木屋里的并不只有夫妻俩，他们还有一个不满三岁的女儿。只是后来只找到了夫妻俩的尸体，女儿却生不见人死不见尸。因为她的父母是两个无足轻重的樵夫山民，官家派了两个捕快草草在附近搜索了一阵子，没有找到孩子，也就结案了。"冼文康说。

"另外我还要给你看一样东西。"冼文康说着，从屋子里搬出一口小木箱，打开箱盖，里面装了不少木工和金工的工具。

"这些东西我一看就了然于胸，都是用来修复傀儡身上出现的各种缺损故障的。"冼文康说，"不过，如果傀儡自己的智慧不足够，恐怕是没有能力自己对自己进行修理的。话说到这里，以你这么多年当游侠的推理能力，能拼凑出事件的全貌了么？"

云湛刹那间明白了一切。他闭上眼睛，在心里把线索拼接了一遍，脸色慢慢变得凝重，话音里带有一种莫名的伤感："差不多可以得到答案了：两个傀俑在无意中坠崖砸死了樵夫和他的妻子之后，又发现了还活着的樵夫的女儿。不知道是出于什么心态，他们收养了那个女孩，带着她进入山谷深处，建造了这间新的小木屋。从此以后，女孩就伴随在傀俑身边，和他们一起长大。除了需要吃东西之外，女孩在其他方面可能并没有觉察出傀俑们和她有什么差别，而那两个傀俑，由于智力低下，可能也没有办法教导女孩任何的人情世故。这个全新的家庭，就好像许多故事里为了制造情节冲突而刻意编造的那样：一对愚笨但心地善良的父母，一个冰雪聪明的孩子。

"所以女孩从两三岁一直长到成年，完全不通世事，也不明白自己和两个傀俑之间的区别。但她天资足够聪慧，当'父母'出现各种无可避免的小故障时，她会学着用工具为它们开膛破肚，修理其中的小毛病，这样的事儿她做得很熟练，几乎成了本能，所以在她的心中，这世上所有的'人'，身体的构造都应该是和父母那样，皮肉的表象之下藏着复杂的机械，只是木头和金属的组合而已。

"就这样一直到了几个月前，惨案发生的时刻，两个傀俑的星流石碎片接近枯竭，令它们呈现出不可逆转的衰弱迟钝，这是以小女孩那些小修小补的本事没有办法解决的。她可能只能猜测父母生了什么她治不了的重病，于是选择了离开山谷，想要到她完全不熟知的外部世界去寻找救援。然而，还没有真正走出山谷，她就看到了那三个垂死的辰月教偃师。善良的天性让她决定动手'治疗'眼前的三个病人，当然，治疗的方法却和常人能意识到的截然不同。

"所以，这并不是什么谋杀或者报复，也不是什么恐怖残忍的邪教祭祀，更不是什么疯子失去理智的肆意妄为，而是一个被傀俑养大的女孩，怀着善意想要救人。但是，这一次躺在她面前的是三个活人，而不是她'父母'那样的木石之躯，剖开肚腹能看到的不是机械零件，而是血淋淋的内脏，并且会立即导致对方的死亡。她吓坏了，惊呆了，不知所措，生平第一次意识到同样外表的人与人之间却存在着巨大的不同。也许是为了验证什么，也许是为了寻找什么，她也剖开了自己的腹部，想要看清楚自己到底是什么样的。"

"我不知道她最后有没有看清，也不知道假如真的看清了她会有什么样的想法。但最终的结果是，她怀着善意杀死了三个人，然后杀死了自己。我猜，一直到死亡的那一刻，她也没有弄明白，自己究竟是什么。

"而她的傀儡父母没能等到她的归来，出于对她的担心，冒险潜入南淮城寻找，却最终只能抢回她的尸体。以他们的智慧，不太可能是通过常规方式找到的，只能解释为他们和女儿之间有某种特殊的精神联系。最后，这一趟远行和衙门里的战斗耗尽了他们剩余的全部能量，在把女儿的尸身完成天葬之后，他们就这样肩并肩地坐在木屋里，迎来了自己的死亡。"

结束了这段叙述后，云湛喘了一口气，抓起桌子上的半壶残酒，一口气全部倒进喉咙里。这原本是和他并无关系的一件事，其中的两位主角甚至于都不是人，但那种难以言说的悲怆和伤感却像黑色的藤蔓一样，缠绕着他的全身，冲击着他的心脏。

"有些时候，傀儡也很像人，对吗？"冼文康低声说。

"傀儡就是人。"云湛回答。

尾声

真实的真

石秋瞳并没能获得太多的休息时间。身为衍国公主，她的命运大概就是在九州大地上无休止地奔波，却从来无法真正去欣赏可以被收入心底的风景。

现在她向西乘船跨过滁潆海，来到了西陆雷州的毕钵罗港。毕钵罗是雷州最大最繁华的城市，对于整个九州而言，也是联结西陆与东陆北陆的最重要港口。历史上的雷州诸国，占据了毕钵罗几乎就等于占据了整个雷州。

所以这必然是石秋瞳会到访的城市。和过往的无数次出行一样，她端庄高贵，举止得体，言谈缜密，恩威并用，以无可挑剔的外交魅力征服了毕钵罗达官贵人们的心。有一位王子在晚宴上和石秋瞳喝了一杯酒之后，回到宫里就要求自己的父王立即向衍国国主石之远正式提亲。

"我这辈子都不可能爱上别的女人了！"王子宣布说，"如果不能娶到常淮公主，我就自杀！"

然而，在那些光彩夺目的浮华散场之后，石秋瞳仍然选择了独自一人坐在驿馆的房顶上，赤着脚，喝着烈酒，浮光掠影地远眺着这座城市的风光。毕钵

305

罗被称之为"千灯之港",在夜间灯火璀璨,恍如海岸边的一粒明珠。石秋瞳看着那些变换摇曳的灯光,不由轻轻地叹息一声。

"大夫们都说寒从脚下起,大冬天的光着脚真不冷么?"身后忽然传来一个她无比熟悉而又无比想念的声音。

笑意浮现在石秋瞳的双眸里。过了好一会儿她才说:"我现在算是知道什么叫阴魂不散了。你又怎么了,缺钱花啦?"

云湛大模大样地走过来,和石秋瞳并肩而坐:"你看,你们这些有身份的贵人看我们穷人总是抱有深深的成见,这样很不好。难道我见你就只是为了骗点钱么?"

"你这个'骗'字用得很精当,算是有自知之明。"石秋瞳哼了一声,"你见我当然不只是为了骗钱,有时候也会骗出城令牌、路引、官马、陈年卷宗……"

"瞧瞧瞧瞧,总是把人说得那么功利,这样多伤感情!"云湛说,"我就不能是为了想见你这件事本身才来见你的么?"

石秋瞳不说话了。过了一会儿,她轻轻把左手放到了云湛的右手手心。

"狗嘴里偶尔吐出象牙来,虽然很奇怪,但是……也还挺能哄人开开心的。"石秋瞳轻声说。

"其实还有更开心的事。"云湛说,"你明天的计划不是去往毕钵罗北面的阿斯卡逻城、拜会那里的城主吗?"

"是啊,那里距离毕钵罗并不远,半天的路程就能到。"石秋瞳很奇怪,"怎么了,怎么就有什么更开心的事了?"

"我今天早上去了一趟阿斯卡逻,偷偷干了一点儿小事,明天早晨的时候,那边的消息就会传过来,你应该两三天内没有机会拜会那位城主了。"云湛诡秘地一笑。

石秋瞳瞠目结舌:"你干了些什么?不会是往城主的饮食里放了泻药吧?"

"天机不可泄漏。"云湛把头摇得好似拨浪鼓,"总而言之,至少明后两天你没事了，可以无所事事虚掷光阴地在毕钵罗逛一逛，看看海，看看灯。"

"什么都不管，看看海，看看灯，听起来倒是挺不错的。"石秋瞳抿嘴微笑，"不过，得有向导。"

云湛用左手拍拍自己的胸脯："云湛先生，南淮城最好最专业的游侠，随时为您效劳。"

两人依偎在一起，享受着静谧的夜色，久久无言。几分钟后，云湛忽然拍了拍脑袋："哎呀，差点儿忘了，我还带了一个朋友到毕钵罗港来，想让他长点儿见识。"

"朋友？"

"对，明天我去陪你闲逛，能不能把他交给你的手下，让他们陪他说说话，教他一些东西？我这个朋友……有很多事情都还不懂，有时候就像个初生的婴儿。"

石秋瞳想了想："还真是个足够奇怪的朋友……不过，就算是我付给你的向导费吧，没问题，我安排。"

云湛回过头："喂，还不过来谢谢公主！"

随着他这一嗓子，一个黑影慢慢爬上了房顶，怯生生地来到石秋瞳跟前。这是一个二十余岁的年轻人，身材微胖、肤色黝黑、下巴上一圈黄须，眼睛里带有一种孩童般的纯真和好奇。

"谢、谢谢公主。"他紧张得有些结巴。

"你不用害怕，云湛的朋友就是我的朋友。"石秋瞳说，"你叫什么名字？"

年轻人轻微地挺了挺胸膛："我、我叫云真。"

"真实的真。"他补充说。